坂口安吾
戦後を駆け抜けた男

farce & allegory

相馬正一

人文書館
Liberal Arts Publishing House

カバー装画
三岸節子
『さいたさいたさくらがさいた』
130.0×168.0mm／1998年
協力
三岸黄太郎
一宮市三岸節子記念美術館

大扉写真
『坂口安吾』
昭和22年(1947)夏
[毎日新聞社提供]

坂口安吾
戦後を駆け抜けた男

目次

はじめに―いま、なぜ安吾なのか

いま、なぜ坂口安吾なのか。明治以来の日本の近代化に異議を申し立て、薩長藩閥政府が中央集権政策のために持ち出した〈天皇制〉の欺瞞を炙《あぶ》り出して見せた安吾は、昭和三十年（一九五五）に彼自身が予告した脳出血で倒れ、五十年の生涯を閉じた。それからすでに半世紀も過ぎたのに、安吾の発してきた〝日本及び日本人〟に対する警告が、時代を経るごとに現実味を帯びて蘇ってくる。

昭和二十年の三月から五月にかけて東京が大空襲で焼け野原になった時、連日無惨な屍体の群れや瓦礫の間を潜り抜けながら、安吾は紛れもなく非情な〈戦争〉に立ち合ってきた。安吾は戦時中から物量を誇るアメリカ相手の戦争の無謀さを言いつづけてきたが、国民の殆どは敗れて初めてそのことに気づき、政府や軍部や報道機関の垂れ流す一方的なニセ情報に操られて日本の勝利を信じてきた身の愚かさを思い知らされる。

では、敗れた日本人は心の底から戦争に懲《こ》りたろうか。答えは否《いな》である。安吾はエッセー「もう軍備はいらない」（昭和27・10『文学界』）の中で、軽佻浮薄で附和雷同に陥りやすく権力に弱い国民性と、その国民性を巧みに誘導して平和憲法の改正と再軍備を目論む不気味な総理大臣の出現を警戒している。これはそのまま今日《こんにち》の問題である。

五十年の生涯の中で、反俗の作家・坂口安吾が自らの思想信条をどのような形で表現してきたかを確かめることは、取りも直さず戦中・戦後を生きた〝日本及び日本人〟の体質を明らかにすることであり、ひいては現代を生きる我々の存在意義を問うことにもなるのである。

それにしても、文壇の巨人・坂口安吾の〈人と文学〉を論ずることは至難の業である。極端な言い方をすれば、「群盲、象を評する」ようなものである。安吾の〈人と文学〉に最も通暁しているはずの盟友・檀一雄でさえ、「坂口安吾と云う孤独な魂について語ることは大層にむずかしい。安吾自身は、手を変え、品を変え、彼自身の魂の表情についてさまざまの解明をこころみようとするが、彼の表現は一種名状しがたいデフォルメに頼らないと片時も安住しないばかりか、やれ奉仕の精神だの、やれ戯作者だの、と云いながら、異様に高踏の精神で貫ぬかれているから、彼自身の生粋《きっすい》の魂に触れることは容易な業ではない」(『定本坂口安吾全集』第七巻収録「作家論」)と、少々持てあまし気味である。

しかしその檀一雄も、改めて安吾文学の内面を吹き抜けてみると、「安吾の孤独が、まぎれなく澄み透る時の文体は美しい。その孤独は、まるでもう天上大風(注、良寛の世界)の中に吹き上っているようで、市井の雑踏も、狂燥も、ただ人間の生滅の遠鳴りとして、遥かに悲しく鳴り過ぎるのである」(同前)と、安吾の求めた〈絶対孤独〉の果ての寂寞《じゃくまく》の境地に感じ入っている。

今回小稿で取り上げる安吾は、廃墟からの出発である。敗戦を挟んでそれ以前と以後とでは、日本自体が百八十度転換する。かつて一度も外国の支配を受けたことのない日本は、昭和二十年（一九四五）八月十五日のポツダム宣言受諾・無条件降伏を契機に連合国軍最高司令官総司令部（ＧＨＱ）の支配下に置かれ、次から次へと制度の改革を迫るＧＨＱの占領政策に右往左往しながらも、一般庶民は飢餓と恐怖と絶望の坩堝《るつぼ》の中で、とりあえず一億玉砕を免れてどうにか命拾いしたことに安堵する。安吾の戦後もここから始まることになる。

坂口安吾（本名炳五《へいご》、一九〇六・明治三九年一〇月二〇日―一九五五・昭和三〇年二月一七日）は、戦前・戦中・戦後を通じて己れの芸術的良心を貫き通した数少ない作家の一人である。昭和六年に二十五歳の安吾がファルスの実験作「風博士」と「黒谷村」を引っ提げて颯爽と文壇に登場して以来、昭和三十年に四十九歳で世を去るまでの作家生活二十五年の間、国家権力や体制に迎合するような言動を示したことは一度もなかった。彼は個人の自由を規制する〈国家〉という観念を何よりも嫌った。とりわけ、昭和十年代における言論・思想の統制を目論む国策と、無謀な軍人政治家どもの戦争ごっこを嘲笑した。

合理主義者・坂口安吾の眼から見れば、生活の実質を伴わないスローガンや観念はすべて虚偽であり、戦時下の日本政府はその虚偽に国策の仮面をかぶせて国民を瞞着してきた、ということになるのである。

昭和十六年十二月八日に太平洋戦争の勃発を告げる真珠湾攻撃のニュースがラジオから流れた時、安吾は小田原市に近い二ノ宮の魚屋の店先で土地の知人と二人で焼酎を飲んでいたが、ふと、「敵は世界に誇る大型飛行機の生産国である。四方に基地を持っている。ハワイをやられて、引っ込んでいるはずはない。たぶん、敵機の編隊は、今、太平洋上を飛んでいる。はたして東京に帰ることができるであろうか」と心配する。これは、昭和十七年の『文芸』六月号に発表した短篇「真珠」の一節である。（開戦から五日後の十二月十二日、政府は対米英戦争を、昭和十二年以降の支那事変も含めて大東亜戦争と呼称することを閣議決定した。）

昭和十七年と言えば、東南アジアに進攻した日本軍が、マニラ占領（一月二日）、シンガポール占領（二月十五日）、オランダ領東インド諸島占領（三月九日）の戦果を挙げ、国内は政府主導の「戦捷祝賀会」に湧き立っていた時期である。この時点で戦争に不安を感じたり、日本の敗北を懸念したりする者は、国際情勢に通じている極めて少数の人を除けば、殆ど無かったはずである。

更に国内の戦勝気分に油を注いだのは、昭和十七年三月七日付の各新聞朝刊一面に初号で掲載された「殉忠古今に絶す軍神九柱」の記事である。前年の十二月八日未明、ハワイの真珠湾《パール・ハーバー》（アメリカ海軍の軍港）に停泊中のアメリカ艦艇に奇襲攻撃を仕掛け、敵に大打撃を与えたニュースはすでに報道済みであったが、何故か二人一組の特殊潜航艇に魚雷を積み敵艦に体当りして自爆して果てた勇士のことは、これまで報じられずにいたのである。この日、写真入りの九人の勇士は聯合艦隊司令長官山本五十六《いそろく》大将からの〈感状〉授与と二階級特進の恩典に浴し、大本営の指示によって今後は真珠湾の〈特別攻撃隊〉と呼ばれ、〈軍神〉として讃えられることになった。国民もまた、武人の鑑《かがみ》としての彼等の捨て身の美挙に酔いしれた。安吾の「真珠」はこの時の新聞記事やラジオのニュースを素材にして書かれた創作である。

大東亜共栄圏の樹立と称して〈聖戦〉という大義名分の下に突入した緒戦において、安吾はすでに日本の悲劇的な結末を予感していたのである。官学アカデミズムの皇国史観に洗脳された者たちの、国体明徴や国家神道《しんとう》を背景にした国粋主義的な観念が、物量戦争という非情な現実の前に如何に無力で滑稽極まるものであるかを、安吾は疾《と》うに見抜いていたのである。

戦後に発表した「ぐうたら戦記」（昭和22・1『文化展望』）の中で安吾は、真珠湾攻撃の仕返しに敵機の編隊が日本の本土を爆撃するに違いないと考え、「その日私は日本の滅亡を信じ、私自身の滅亡を確信した。小田原の街々は変りはなかった。人通りはすくなく、ただ電柱に新聞社のビラがはられ、日本宣戦す、ハタハタと風にゆれ、晴天であった」と述べている。航空機が主力の戦争である以上、大型飛行機の生産が世界一のアメリカに、今もって精神主義と人海戦術に頼っている日本が太刀打ち出来るはずのないことは、冷静に考えれば判りきったことなのである。しかし、当時の日本人の殆どは神国日本教の狂信者に仕立て上げられていた。

安吾はまた、短篇「真珠」を発表した直後にエッセー「青春論」（昭和17・11〜12『文学界』）を発表するが、その第四章で江戸時代における切支丹の殉教を例に挙げながら人間の生死の問題に触れ、次のように述べている。

《実際、信念というものは、死することによって初めて生きることが出来るような、常に死と結ぶ直線の上を貫いていて、これも亦ひとつの淪落であり、青春そのものに外ならないと言えるであろう。／けれども、盲目的な信念というものは、それが如何ほど激しく生と死を一貫していても、さまで立派だと言えないし、却《かえ》って、そのヒステリイ的な過剰な情熱に濁りを感じ、不快を覚えるものである。（中略）

切支丹は自殺してはいけないという戒めがあって、当時こういう戒めは甚だ厳格に実行され、ドン・アゴスチノ小西行長は自害せず刑場に引立てられて武士らしからぬ死を選んだ。（中略）当時は殉教の心得に関する印刷物が配布されていて、信徒達はみんな切支丹の死に方というものを勉強していたらしく、全くもって当時教会の指導者達というものは、恰《あたか》も刑死を奨励するかのような驚くべきヒステリイにおちいっていたのである。無数の彼等の流血は凄惨眼《め》を掩《おお》わしめるものがあるけれども、人々を単に死に急がせるかのようなヒステリイ的性格には時に大いなる怒りを感じ、その愚かさに歯がみを覚えずにいられぬ時もあったのだ。

いのちにだって取引というものがある筈だ。いのちの代償が計算外れの安値では信念に死んでも馬鹿な話で、人々は十銭の茄子《なす》を値切るのにヒステリイは起さないのに、いのちの取引に限ってヒステリイを起してわけもなく破産を急ぐというのは決して立派なことではない。》

誰も好きこのんで「いのちの破産を急ぐ」わけではないのだが、当時は「十銭の茄子」を値切るどころか、ある日突然二銭の〈赤紙《アカガミ》〉（召集令状）一枚の「計算外れの安値」で駆り出され、有無を言わせず戦場へ送り込まれるのを値切る（拒否する）ことは許されなかった。安吾は切支丹に事寄せて〈死〉を美化する時代風潮を揶揄しているが、これは明らかに「殉教の信念」ならざる「殉国の信念」に燃えて欣然として死地に赴くことを奨励する戦争指導者たちの「驚くべきヒステリイ」を痛烈に批判したものである。国家のため、天皇のために死ぬことは最高の栄誉だと讃えられていたその同じ時期に、安吾は「死ぬることは簡単だが、生きることは難事業である。僕のような空虚な生活を送り、一時間一時間に実《じつ》のない生活を送っていても、この感慨は痛烈に身にさしせまって感じられる。こんなに空虚な実のない生活をしていながら、それでいて生きているのが精一杯で、祈りもしたい、酔いもしたい、忘れもしたい、叫びもしたい、走りもしたい。僕には余裕がないのである。生きることが、ただ、全部なのだ」（「青春論」）と書いて、安易に死ぬことよりも生き抜くことの方がいかに困難であるかを説くのである。

戦線の拡大に伴って、兵員増強の必要から兵役年齢を引き下げ、一方、予備役軍人の召集は勿論のこと、これまで兵役を免除されていた中年の虚弱体質（丙種）の人たちまでも駆り出されて戦場へ送り込まれていた時期に、三十六歳の巨体の持主が〈戦争、どこ吹く風！〉と言わんばかりに、焼酎を飲みながらひたすら己れ一身の生き方を模索している姿は、それ自体が時流に対する一つの見事な抵抗であった。このような発想の延長線上に、戦後の「堕落論」（昭和21・4『新潮』）が現われるのである。

（本稿に引用する坂口安吾の作品は、主としてちくま文庫版『坂口安吾全集』を参照した。）

一、倫理としての「堕落論」

安吾は昭和二十二年に銀座出版社から刊行した評論集『堕落論』の〈後記〉に、「私はいわば『日本文化私観』によって私の生き方を確認したのであったが、それが発展して青春論となり、これが……戦後の堕落論その他へ発展したものであった」と記している。文中の「日本文化私観」については、すでに小著『若き日の坂口安吾』で詳しく言及しているので、ここでは省略する。

しかしこれについては、安吾の文壇デビュー以来の文学仲間の一人であった評論家の河上徹太郎が「『堕落論』その他」（昭和30・4『文芸』）の中で、「筑摩版現代日本文学全集の『坂口安吾篇』を見ると、『堕落論』と列《なら》んで『日本文化私観』というのがある。私はこれを今度初めて読み、面白いと思ったが、ふとその日付を見て昭和十七年に書いたことを知って驚いた。私はこれを戦後のものとばかり思って読んだのである。これは『堕落論』と全く同じ思想である」と述べている。言論・思想の弾圧の厳しかった太平洋戦争下にあって、時流に逆らいながらこれだけ堂々と本音を披瀝した作品を発表していることは、戦時体制に組み込まれて生きた河上徹太郎には信じがたいことであったに違いない。

つまり、安吾の「堕落論」は敗戦直後の特殊な社会情勢や政治状況の中から生れたものではなく、戦時下の「日本文化私観」や「青春論」の延長線上で書かれた作品であり、殊更に〈戦後〉の特産物として意義づける必要のない作品である。

一般に「坂口安吾の代表作品は何か？」との問いに対しては、創作面で少なからぬ佳作があるにも拘らず、文壇や出版ジャーナリズムをも含めて、エッセーの「堕落論」を挙げる人が少なくない。これは、長い年月国家権力によって誤った方向に誘導されて来た〈神国日本教〉の信徒たちが、敗戦という信じがたい現実を突きつけられて右往左往していた時期に、安吾の「堕落論」を読んで強い衝撃を受け、文字どおり眼から鱗の落ちる体験をしたからである。敗戦から僅か半年後に書かれた「堕落論」の冒頭は、次のような一文で始まる。

《半年のうちに世相は変った。醜の御楯といでたつ我は。大君のへにこそ死なめかへりみはせじ。若者達は花と散ったが、同じ彼等が生き残って闇屋となる。ももとせの命ねがはじいつの日か御楯とゆかん君とちぎりて。けなげな心情で男を送った女達も半年の月日のうちに夫君《ふくん》の位牌《いはい》にぬかづくことも事務的になるばかりであろうし、やがて新たな面影を胸に宿すのも遠い日のことではない。人間が変ったのではない。人間は元来そういうものであり、変ったのは世相の上皮《うわかわ》だけのことだ。（中略）

この戦争中、文士は未亡人の恋愛を書くことを禁じられていた。戦争未亡人を挑発堕落させてはいけないという軍人政治家の魂胆で彼女達に使徒の余生を送らせようと欲していたのであろう。軍人達の悪徳に対する理解力は敏感であって、彼等は女心の変り易さを知らなかったわけではなく、知りすぎていたので、こういう禁止項目を案出に及んだまでであった。》

二十《はたち》前後の特攻隊員や学徒兵たちは、皇国史観によって培われた忠君愛国の至誠に燃えて、『万葉集』（巻二〇―四三七三）の「今日よりは顧みなくて大君の醜《しこ》の御楯《みたて》と出で立つわれは」（今日からは後顧の憂いもなく、卑しい身ではあるが天皇の御楯となって外敵を防ぐために出立するのだ）の和歌を辞世として書き残し、同じく『万葉集』（巻一八―四〇九四）の大伴家持の長歌の一節を作曲（信時潔《のぶときよし》）した国民歌謡「海行かば水《み》浸《づ》く屍《かばね》、山行かば草生《む》す屍、大君《おおきみ》の辺《へ》にこそ死なめ、顧みはせじ」（海を行けば水に浸《つ》かる屍《しかばね》となり、山を行けば草の生える屍となっても、必ず天皇のお側で死のう、もう後を振り返ることはするまい）を口ずさみながら決然として死地に赴いたが、敗戦で生き残った特攻隊の若者たちは卑しい闇屋に変身したという。

また、結婚して間もなく夫を戦場に駆り出された若妻は、「いつまでも生き永らえてほしいとは願うまい、いつの日か天皇の御楯となって死地に赴くであろうあなたと結ばれたのだから」と覚悟はしていたものの、戦死の公報にはやはり堪えがたいものがあったろう。しかし、国家から〈栄誉の家〉の門標まで与えられて節婦の道を貫かされて来た若い未亡人も、敗戦と同時に長い間の呪縛から解き放たれ、一人の女性として生まれ変ることになる。すでに陸軍省と海軍省は廃止（昭和20・12・1）されて復員省に姿を替え、大日本帝国の軍隊が解体されてしまったとは言え、まだ外地からの復員が続いていた時期に、名誉ある特攻隊員を闇屋にしたり、戦争未亡人に恋愛を奨めたりすることは、かなり思い切った発言である。しかし安吾は、「人間が変ったのではない。人間は元来そういうものであり、変ったのは世相の上皮だけのことだ」とうそぶいてみせるのである。

安吾の「堕落論」の発表に先立って、昭和二十年十二月二十六日付の『朝日新聞』に「特攻隊員、辻強盗に転落す」の見出しで、不良グループに加わった予科練（海軍飛行予科練習生）あがりの元特攻隊員が仲間と共に五回にわたって辻強盗を繰り返し、通行人から金銭を脅し取っていたことが報じられている。特攻隊用の飛行服を着用しての犯行であった。四箇月前までは日本中の若者たちの憧れの的だったが、復員後は周囲から「敗残兵！」と蔑称されて自棄《やけ》になっていたという。闇屋に転落するのも似たような事情からであったろう。

続いて安吾は、天皇制についてもかなり思い切った発言をしている。実は、昭和二十一年一月一日に発せられた昭和天皇の年頭の「詔書」を踏まえて書いたものである。天皇はこの「詔書」の中で、「……朕《チン》は爾等《ナンジラ》国民ト共ニ在リ、常ニ利害ヲ同ジウシ休戚ヲ分タント欲ス。朕ト爾等国民トノ間ノ紐帯《チュウタイ》ハ、終始相互ノ信頼ト敬愛トニ依リテ結バレ、単ナル神話ト伝説トニ依リテ生ゼルモノニ非ズ。天皇ヲ以テ現御神《アキツミカミ》トシ、且《カツ》日本国民ヲ以テ他ノ民族ニ優越セル民族ニシテ、延《ヒイ》テ世界ヲ支配スベキ運命ヲ有ストノ架空ナル観念ニ基クモノニ非ズ。……云々」と語り、自ら神話と伝説によって偶像化されて来た神格天皇を否定し、人間天皇を宣言したのである。天皇の人間宣言は、太平洋戦争を体験しない世代ならいざ知らず、少なくとも欽定憲法下で育って来た日本人にとっては、殆ど信じがたいほどの画期的な出来事であった。この日から現人神《アラヒトガミ》は消滅して人間天皇が誕生するのである。安吾は日本の武士道のカラクリに触れた後で、天皇制について次のように言及している。

《私は天皇制に就いても、極めて日本的な（従って或いは独創的な）政治的作品を見るのである。天皇制は天皇によって生みだされたものではない。天皇は時に自ら陰謀を起したこともあるけれども、概して何もしておらず、その陰謀は常に成功のためしがなく、島流しとなったり、山奥へ逃げたり、そして結局常に政治的理由によってその存立を認められてきた。社会的に忘れ（られ）た時にすら政治的に担ぎだされてくるのであって、その存立の政治的理由はいわば政治家達の嗅覚によるもので、彼等は日本人の性癖を洞察し、その性癖の中に天皇制を発見していた。それは天皇家に限るものではない。代り得るものならば、孔子家でも釈迦家でもレーニン家でも構わなかった。ただ代り得なかっただけである。

すくなくとも日本の政治家達（貴族や武士）は自己の永遠の隆盛（それは永遠ではなかったが、彼等は永遠を夢みたであろう）を約束する手段として絶対君主の必要を嗅ぎつけていた。平安時代の藤原氏は天皇の擁立を自分勝手にやりながら、自分が天皇の下位であるのを疑《うたぐ》りもしなかったし、迷惑にも思っていなかった。……彼等は本能的な実質主義者であり、自分の一生が愉しければ良かったし、そのくせ朝儀を盛大にして天皇を拝賀する奇妙な形式が大好きで、満足していた。天皇を拝むことが、自分自身の威厳を示し、又、自ら威厳を感じる手段でもあったの

である。（中略）

要するに天皇制というものも武士道と同種のもので、女心は変り易いから「節婦は二夫に見《まみ》えず」という、禁止自体は非人間的、反人性的であるけれども、洞察の真理に於て人間的であることと同様に、天皇制自体は真理ではなく、又自然でもないが、そこに至る歴史的な発見や洞察に於て軽々しく否定しがたい深刻な意味を含んでおり、ただ表面的な真理や自然法則だけでは割り切れない。》

これと似たようなことを、司馬遼太郎も語っている。『週刊朝日』連載の「司馬遼太郎が語る日本」第38回（平成9・2・21号）収録の〈天皇について〉の中で、天皇は十二世紀の終り頃から明治維新まで六百年もの間京都の御所に住み、東アジアの国々からも国内的にも殆ど忘れられた存在になっていたが、その間、天皇の身辺に一度も危険が及ばなかったのは、天皇に全く権力がなく、従って権力闘争に巻き込まれる心配がなかったからだ、と司馬は語っている。

御所の建物の構造は要塞でもなく城でもなく、無防備な一般家屋と同じであるが、宗教的に神聖な場所として清らかにしてあるので、武士も盗賊も御所には立ち入らなかった。つまり、司馬は「無防備な、無力であった六百年の間に、天皇の本質はほぼ定着した」と見るのである。

司馬によると、天皇の本質は無力で無防備な御門《ミカド》（宮廷の主）でしかないはずなのに、国家の（政治家たちの）要請とは言え、明治維新後は憲法上の権力を持ち、軍服に身を固めてサーベルを吊り、白い馬に乗って、外交文書の上では日本国皇帝（エンペラー・オブ・ジャパン）として君臨するようになるが、これは天皇にとって非常に不幸なことであったという。御門《ミカド》が権力の座に即《つ》いて軍隊を統帥《とうすい》することは、天皇家の将来を危うくするものだからである。天皇は無力無防備な御《ミ》門《カド》にすぎないが、皇帝は血なまぐさい臭いのする権力者である。司馬は、日本が太平洋戦争に敗れて天皇が再び御門《ミカド》の本質に戻ったことを歓迎し、「天皇とは御門《ミカド》である。日本でもっとも無力な存在であることが本質であり、そのために長く続いてきたのだ」と締めくくっている。

天皇が人間宣言をしてから半世紀以上を経たにも拘らず、戦前の皇国史観に洗脳された亡者どもが今なお蠢《うごめ》いていることを考えると、明治・大正・昭和と続く白い馬に跨った軍服姿の絶対者を否定することによって〈天皇の本質〉を明らかにしようとすることは、かなり勇気の要ることである。まして、欽定憲法下で思想警察を操る内務省がまだ健在であり、不敬罪も効力を持っていた昭和二十一年に、安吾が大胆にも戦時下のお仕着せ道徳や天皇制の欺瞞を暴き、次のように言い切るには、それなりの覚悟があったはずである。

《特攻隊の勇士はただ幻影であるにすぎず、人間の歴史は闇屋となるところから始まるのではないのか。未亡人が使徒たることも幻影にすぎず、新たな面影を宿すところから人間の歴史が始まるのではないのか。そして或いは天皇もただ幻影であるにすぎず、ただの人間になるところから真実の天皇の歴史が始まるのかも知れない。》

更に安吾は、同年十二月に同じ「堕落論」の表題で続篇（『文学季刊』第二号、のち「続堕落論」と改題）を発表し、もう一歩踏み込んで天皇制について次のように言及している。

《いまだに代議士諸公は天皇制について皇室の尊厳などと馬鹿げきったことを言い、大騒ぎをしている。天皇制というものは日本歴史を貫く一つの制度ではあったけれども、天皇の尊厳というものは常に利用者の道具にすぎず、真に実在したためしはなかった。

藤原氏や将軍家にとって何がために天皇制が必要であったか。何が故に彼等自身が最高の主権を握らなかったか。それは彼等が自ら主権を握るよりも、天皇制が都合がよかったからで、彼等は自分自身が天下に号令するよりも、天皇に号令させ、自分が先ずまっさきにその号令に服従してみせることによって号令が更によく行きわたることを心得ていた。その天皇の号令とは天皇自身の意志ではなく、実は彼等の号令であり、彼等は自分の欲するところを天皇の名に於て行い、自分が先ずまっさきにその号令に服してみせる、自分が天皇に服す範を人民に押しつけることによって、自分の号令を押しつけるのである。（中略）

昨年八月十五日、天皇の名によって終戦となり、天皇の名によって救われたと人々は言うけれども、日本歴史の証するところを見れば、常に天皇とはかかる非常の処理に対して日本歴史のあみだした独創的な作品であり、方策であり、奥の手であり、軍部はこの奥の手を本能的に知っており、我々国民（も）又この奥の手を本能的に待ちかまえており、かくて軍部・日本人合作の大詰の一幕が八月十五日となった。

たえがたきを忍び《（ママ）》、忍びがたきを忍んで、朕の命令に服してくれという。すると国民は泣いて、外ならぬ陛下の命令だから、忍びがたいけれども忍んで負けよう、と言う。嘘をつけ！　嘘をつけ！　嘘をつけ！

我等国民は戦争をやめたくて仕方がなかったのではないか。竹槍をしごいて戦車に立ちむかい、土人形の如くにバタバタ死ぬのが厭でたまらなかったのではないか。戦争の終ることを最も切に欲していた。そのくせ、それが言えないのだ。そして大義名分と言い、又、天皇の命令という。忍びがたきを忍ぶという。何というカラクリだろう。惨めとも又なさけない歴史的大欺瞞ではないか。しかも我等はその欺瞞を知らぬ。天皇の停戦命令がなければ、実際戦車に体当りをし、厭々ながら勇壮に土人形となってバタバタ死んだのだ。最も天皇を冒瀆《ぼうとく》する軍人が天皇を崇拝する如くに（は）、我々国民はさのみ天皇を崇拝しないが、天皇を利用することには狎《な》れており、その自らの狡猾さ、大義名分というずるい看板をさとらずに、天皇の尊厳の御利益を謳歌している。何たるカラクリ、又、狡猾さであろうか。我々はこの歴史的カラクリに憑《つ》かれ、そして、人間の、人性の、正しい姿を失ったのである。》

天皇制は歴史的なカラクリであり、天皇という存在は為政者の考案した独創的な作品（虚構）であり、政治的な傀儡にすぎないとする安吾の見解は、まだ機能していた欽定憲法下においては不敬罪で起訴されてもおかしくない内容である。現に、安吾が最初の「堕落論」を発表した一箇月後に皇居前広場で行われた食糧メーデーで、松島松太郎という一労働者が破れた襖半分に、「詔書／国体はゴジされたぞ／朕はタラフク食ってるぞ／ナンジ人民飢えて死ね／ギョメイギョジ」と墨書したプラカードを掲げて参加したが、松島はその場で検挙され、「国家の元首としての天皇の栄誉を侵害するが如き言動」（昭和21・6・23『朝日新聞』）であるとの理由から不敬罪で起訴されている。その後、ＧＨＱの反対で不敬罪は不適当となり、急遽天皇個人に対する名誉毀損罪に切り替えられ、求刑十箇月に対して懲役八箇月の有罪判決を言い渡された。判決が下されたのは新憲法発布の前日（十一月二日）のことである。

敗戦と同時に、ＧＨＱの命令で悪名高い治安維持法や特高警察などが廃止され、言論・思想の表現が一応自由になったとは言うものの、天皇は依然として日本国の元首の座に在り、飢えに苦しむ一庶民が鬱憤晴らしにしたためたプラカード程度で不敬罪に問われるような状況が、まだ続いていたのである。そんな状況を百も承知で、安吾は殉国の至誠に燃えた特攻隊員や聖女化された戦争未亡人や現人神《アラヒトガミ》として君臨した天皇に、幻想にすぎない肩書を取り払い人間として生きるために〈堕落〉せよと呼びかけるのである。

《日本国民諸君、私は諸君に、日本人及び日本自体の堕落を叫ぶ。日本及び日本人は堕落しなければならぬと叫ぶ。天皇制が存続し、かかる歴史的カラクリが日本の観念にからみ残って作用する限り、日本に人間の、人性の正しい開花をのぞむことができないのだ。人間の正しい光は永遠にとざされ、真の人間的幸福も、人間的苦悩も、すべて人間の真実なる姿は日本を訪れる時がないだろう。（中略）

天皇制だの、武士道だの、耐乏の精神だの、五十銭を三十銭にねぎる美徳だの、かかる諸々のニセの着物をはぎとり、裸となり、ともかく人間となって出発し直す必要がある。さもなければ、我々は再び昔日《せきじつ》の欺瞞の国へ逆戻りするばかりではないか。先ず裸となり、とらわれたるタブーをすて、己れの真実の声をもとめよ。未亡人は恋愛し地獄へ堕ちよ。復員軍人は闇屋となれ。堕落自体は悪いことにきまっているが、モトデをかけずにホンモノをつかみだすことはできない。表面の綺麗ごとで真実の代償を求めることは無理であり、血を賭け、肉を賭け、真実の悲鳴を賭けねばならぬ。堕落すべき時には、まっとうに、まっさかさまに堕ちねばならぬ。道義頽廃、混乱せよ。血を流し、毒にまみれよ。先ず地獄の門をくぐって天国へよじ登らねばならない。手と足の二十本の爪を血ににじませ、はぎ落して、じりじりと天国へ近づく以外に道があろうか。》（「続堕落論」）

安吾にとって〈堕落〉は、世間的な偽善を去って真実の人間へ近づくための唯一の道であり、命を賭けた厳粛な倫理である。安吾は言う、「私は日本は堕落せよと叫んでいるが、実際の意味はあべこべであり、現在の日本が、そして日本的思考が、現に大いなる堕落に沈淪しているのであって、我々はかかる封建遺制のカラクリにみちた『健全なる道義』から転落し、裸となって真実の大地へ降り立たなければならない。我々は『健全なる道義』から堕落することによって、真実の人間へ復帰しなければならない」――と。

あれから六十年を経た現在の社会情勢や政治状況を見ても、安吾の「堕落論」は今なお充分な説得力を持っている。昭和二十一年当時の「現在の日本」は、そのまま平成の「今の日本」に重なる。魑魅魍魎《ちみもうりょう》の暗躍する政・官・業の癒着のカラクリは論外として、管理機構や競争社会に追い立てられて生きるサラリーマン、あるいは受験産業や商業主義《コマーシャリズム》に踊らされて生きる少年少女たちに、世間体や地位や肩書を捨てて真正の〈人間〉を発見するために堕落せよ、と呼びかければどんな反応を示すであろうか。

ひと頃〈共同幻想〉という言葉が流行したことがあるが、日本人の最も陥り易い罠がそこに在る。横並びの〈共同幻想〉に浸っている限り疎外される心配はなく、社会的にも心理的にも安全だからである。明治期以来の日本的近代化路線がそうであり、戦後の高度経済成長路線がそうである。オウム真理教に象徴される多くの新興宗教も亦そうである。それらは所詮、大義名分に縛られた〈共同幻想〉にすぎないのだが、その中に生きる人たちには、そのような生き方自体が自己欺瞞であり、人間性に悖《もと》るものであるという認識が欠けている。

安吾の提唱する〈堕落〉は、そのような幻想の殻を自力で破り、孤独ではあるが何者にも束縛されない自由の境地に立つことを奨めているのである。もちろん、もともと人間は「可憐で脆弱な」存在であるから、世間体や既成道徳を無視してそれを実践することが如何に困難であるかは言うまでもない。だからこそ、せめてお仕着せを脱ぎ去り、自力本願で自分の生き方を模索してみよ、と説いているのである。

二、小説の神様・志賀直哉批判

昭和二十一年十一月二十五日の夜、安吾は続けて二つの座談会に出席した。最初の方は実業之日本社主催の「現代小説を語る」座談会で、出席者は坂口安吾・太宰治・織田作之助の三人に、司会の平野謙である。織田が予定よりも一時間近く遅刻したので、座談会が始まる前から安吾と太宰は酒を呑み、すでにほろ酔い機嫌であったという。もう一つの方は改造社主催の座談会「歓楽極まりて哀情多し」で、出席者は前記三名と進行係の西田義郎である。

戦時中、時代の風潮に迎合せず、反体制を貫き通してきた坂口安吾・太宰治・織田作之助の三人は、敗戦を契機に急浮上し、文壇的にも世間的にも特異な反俗作家として印象づけられた。虚無と頽廃の渦巻く敗戦直後のカオスの中で、彼等の言動に注目する読者が確実に増えつつある実状を踏まえて、早くから三人の鼎談《ていだん》を企画する雑誌社もあったが、東京在住の安吾はともかくとして、太宰は津軽に疎開中だったし、織田は大阪在住なので、これまで実現しないでいた。たまたま太宰の疎開引き揚げと織田の上京とが重なったことをキャッチした前記二つの出版社が同時に企画したので、同じ日の夜、三人は期せずして二つの座談会に出席することになったのである。

お互いにこれまで作品を通して知ってはいたものの、三人が一処に会するのはこれが初めてである（安吾と太宰は旧知の仲）。しかも、この座談会から一と月後の昭和二十二年一月十日に織田は肺結核が悪化して喀血し、三十四歳の生涯を閉じる。文字通り、最初にして最後の鼎談であった。「現代小説を語る」座談会の掲載誌『文学季刊』（昭和22・4、実業之日本社）の「編輯後記」でも、そのことに触れて織田の死を悼んでいる。

《「現代小説を語る・座談会」は、坂口、織田、太宰の、当代の流行作家に、評論家平野氏を加へて、オーソドックスの現代文学に痛烈な反撃を与へた、颯爽凛々たる文学座談会である。小説愛読者には絶対見逃せない好読物だらう。殊に、織田作之助氏は本座談会を最後に、喀血、遂に起つ能はず、三十五年（注、数え）の短い生涯を終つた。鬼才織田氏の最後の言々句々誠に痛烈人の肺腑を衝き、文学の鬼として斃れた氏の本領を余すなく発揮してゐる。私たちは本座談会を読んで、改めて織田氏の死を惜しみ、悼まずにはをられない。／尚、「現代小説を語る」座談会の形式は、毎号続けて行くつもりである。季刊ならではできない現代小説批判の新型式として、充分読者の期待にお応へしたい。……》

実際は、この座談会の直後に改造社主催の座談会にも三人が出席して、盛んに女の魅力について談論風発、とどまるところを知らない型破りのオシャベリをし、とりわけ安吾と織田は太宰の割り込む余地のないほど、二人だけで饒舌の限りを尽くしている。したがって、織田が出席した最後の座談会は実業之日本社主催のものではなく、改造社主催の「歓楽極まりて哀情多し」の方である。なお「現代小説を語る・座談会」掲載の『文学季刊』の創作欄には、室生犀星や芹沢光治良らの創作と共に安吾の「わが戦争に対処せる工夫の数々」も掲載されている。

ところで、「現代小説を語る」座談会ではどんなことが話題になったのであろうか。司会の平野謙は戦時中、同人雑誌『現代文学』で安吾と仲間同士だったという気安さもあって、ゲスト三人に対しては評論家の立場から対等に振舞っている。話を面白くする狙いからだと思うが、平野は冒頭から挑発的な提言をして太宰の反撥を買った。

平野　大体現代文学の常識からいふと、志賀直哉の文学といふものが現代日本文学のいっとうまつたうな、正統的な文学だとされてゐる。さういふ常識からいへばここに集まった三人の作家はさういふオーソドックスなリアリズムからはなにかデフォルメした作家たちばかりだと見られてゐるが……。

太宰　冗談言っちやいけないよ。

平野　いや、冗談ぢやない、ほんとの話だよ。太宰さんはすでに少々酔つぱらってるから……。

坂口　平野が言ふ意味は向ふが正統的の文学だとすれば、俺たちがデフォルメだといふのだよ。

平野　それはさうだらうと思ふ。いくらあなたがさうぢやないと頑張つたつて……。

太宰　俺にはちつとも分つてゐやしない。デフォルメなんて……。

平野　それぢや一つ、そのデフォルマシオンに非ざる弁を一席やつて下さいよ、太宰さん。

太宰　やるも何も……僕はいつもリアリストだと思つてゐるのですよ。現実をどういふ工合に、どの斜面から切つたらいいか、どうすれば現実感が出るか、それに骨身を砕いてゐるわけぢやないか。なにも志賀直哉の、あんなものが正統であつてオーソドックスだといふ……そんなことを僕は感じたくない。寧ろあの人は邪道だと思つてゐる。文学から……。

平野　しかし、世間の常識からいへば志賀直哉がオーソドックスで、あなた方はデフォルメ……まあさういふ風に見られてゐると思ふ。だからさういふ作家が偶然寄つて……偶然か企画か知らんが……一堂に会して現代文学を語るといふことになれば、そこにありふれた座談会なんかと面目を異にした面白い座談会ができるだらうと僕は期待するわけなんだ。

太宰　面白いといふより、非常に厳粛な座談会ができるね。

坂口　それは平野の言ふのは当りまへさ。

太宰　僕は初耳だつた。デフォルメなんて言葉は……。

平野　デフォルメが気に入らなきや、外道《げどう》の文学と言つてもいい。とにかく、太宰治の『晩年』は僕も愛読したが、あれは正統なリアリズム文学か――。つまり、いはゆるブルジョア文学もプロレタリア文学もみんな崩壊した地盤からはじめて生れた文学だ。

坂口　われわれはつまり横道《おうどう》だといふこと……ね。みなさう考へてゐるよ。

太宰　僕は坂口さんの小説など、あまりオーソドックスすぎて、物足りないくらゐなんですよ。かへつて……。

坂口　確かにさうだな。
太宰　それがデフォルメだなどといふのは、ふざけてゐるよ。
——中略——
織田　志賀直哉はオーソドックスだと思つてはゐないけど、さういふものにまつり上げてしまつたんだ。オーソドックスなものに……。文壇進歩党みたいなもので、進歩党の党首には誰もなりたがらないのだよ。けれども誰かまつり上げて来るのだ。で、志賀さんが褒めればどの雑誌だつてありがたがつて頂戴するのだよ。
太宰　女の人なんか殊にさうだ。
織田　第二の志賀直哉が出ても仕方がないのだよ。
太宰　あれは坂口さん、正大関ぢやなくて張出しですよ。
坂口　さうだ、張出しといふより前頭だね。あれを褒めた小林の意見が非常に強いのだよ。
織田　さう〳〵、小林秀雄の文章なんか読むと、一行のうちに「もつとも」といふ言葉が二つくらゐ出て来るだらう。褒めてゐるうちに褒めてゐることに夢中になつて、自分の理想型をつくつてゐるのだよ。志賀直哉の作品を論じてゐるのぢやない。小林の近代性が志賀直哉の中に原始性といふノスタルヂアを感じただけで……。
　みんなが小林秀雄がほんたうに志賀直哉の実体を批評したのだと思つてゐるのだよ。横光さんの「機械」を小林秀雄が褒めたときも同じですよ。「機械」といふものをちつとも批評してゐない。
坂口　小林といふ男はさういふ男で、あれは世間的な勘が非常に強い。世間が何か気がつくといふ一歩手前に気がつく。さういふカンの良さに論理を托したところがある。だからいま昔の作家論を君たち読んで御覧なさい。実に愚劣なんだ、いまから見ると……。小林の作家論の一足先のカンで行く役割といふものは全部終つてゐる役割だね。
織田　管《くだ》を巻いてゐるのをみんな白面《しらふ》で聞いてゐるからをかしいのだよ。
坂口　けれど小林は偉いところもある。その後どんどん育つてゐるからね。
太宰　僕は昨夜小林の悪口をさんぐ〳〵言つちやつて、今日は言ふ気がしないな。

文壇人こき下ろしの放談はこんな調子で延々と続くが、酒の入っている割にはまともな文壇批評になっている。この中で面白かったのは、永井荷風の仕事部屋に言及した安吾の感想である。安吾は、「荷風の部屋へ行くと惨憺たるものださうだ。二ケ月くらゐ掃除をしてをらんのだ。それでずゐぶん散らかつてゐる中に住んでゐて、部屋がない、部屋がないといつて、部屋を探しに歩いてゐるさうだ。さういふのは趣味だと思ふね。ちつとも深刻でもなんでもない」と語っているが、まるでこの時期の自分の仕事部屋を荷風に託して紹介しているようなものである。
昭和二十一年十二月、つまり座談会の直後に蒲田区（現、大田区）安方町の安吾の自宅を訪れた写真家の林忠彦氏は、安吾が二年近くも掃除していないという仕事部屋の見事な乱雑ぶりに感動し、その場ですかさずシャッターを切ったのが、かの有名な「執筆中の坂口安吾」である。荷風の二ヶ月ぐらいの無精は単なる趣味でしかないと言い切るだけの質量が、安吾の仕事部屋には充満していたのであろう。「堕落論」に続いて発表した創作「白痴」によって安吾は一躍流行作家として脚光を浴び、原稿依頼が殺到するようになるが、林忠彦氏の写真は、いみじくもその頃の執筆風景を活写したものである。

二つ目の座談会のあと、三人は改造社の西田義郎氏と共に銀座のバー・ルパンに出かけるが、織田の「可能性の文学」によると、その時太宰はビールを飲み、安吾はウイスキーを飲み、織田は徹夜で原稿を書く予定だったので珈琲を飲んで歓談したという。たまたまこの時ルパンに居合わせた林忠彦氏の撮ったそれぞれの写真が、各自のアルバムに残されている。

座談会の直後から取りかかっていた長篇評論「可能性の文学」を脱稿した十二月四日深更、織田作之助は逗留先の佐々木旅館（東銀座）で大量に喀血し、以後絶対安静のまま、一と月後の昭和二十二年一月十日夕刻、入院先の東京病院で三十四年の生涯を閉じた。文壇の長老・志賀直哉に捨て身で挑戦した「可能性の文学」は、織田が文字どおり命懸けで後代に託した〈遺書〉であった。

《日本の文壇といふものは、一刀三拝式の心境小説的私小説の発達に数十年間の努力を集中して来たことによつて、小説形式の退歩に大いに貢献をし、近代小説の思想性から逆行することに於ては、見事な成功を収めた。／人間の努力といふものは、奇妙なもので、努力するといふ限りでは、ここ数年間の軍・官・民はそれぞれ莫迦《ばか》は莫迦なりに努力して来たのだが、その努力が日本を敗戦に導くための努力であつた如く、日本の文壇の努力は日本の小説を貧困に導くための努力であつた。悪意はなかつたらうが、心境的私小説――例へば志賀直哉の小説を最高のものとする定説の権威が、必要以上に神聖視されると、もはや志賀直哉の文学を論ずるといふことは即ち志賀直哉礼讃論であるといふ従来の常識には、悪意なき罪が存在してゐたと、言はねばなるまい。

私はことさらに奇矯な言を弄して、志賀直哉の文学を否定しようといふのではない。私は志賀直哉の新しさも、その稟質も、小説の気品を美術品の如く観賞し得る高さにまで引きあげた努力も、口語文で成し得る簡潔な文章の一つの見本として、素人にも文章勉強の便宜を与へた文才も、大いに認める。この点では志賀直哉の功を認めるのに吝《やぶさ》かではない。しかし、志賀直哉の小説が日本の小説のオルソドックスとなり、主流となつたことに、罪はあると、断言して憚《はばか》らない。心境小説的私小説はあくまで傍流の小説であり、小説といふ大河の支流にすぎない。人間の可能性といふ大きな舟を泛《うか》べるにしては、余りに小河すぎるのだ。けつして主流ではない。近代小説といふ大海に注ぐには、心境小説的といふ小河は、一度主流の中へ吸ひ込まれてしまふ必要があるのだ。例へば志賀直哉の小説は、小説の要素としての完成を示したかも知れないが、小説の可能性は展開しなかつた。このことは、小説といふものについて、ことに近代小説の思想性について少しでも考へた人なら、誰しも気づいてゐた筈だが、最高の境地といふ権威がわざはひしたのと、日本の作家や批評家の中で多かれ少なかれ志賀直哉の小説といふより、その眼や境地や文章から影響を受けた者が多いといふ事情がわざはひして、小説を「即《つ》かず離れず」の芸術として既に形式の完成されたものと見る考へ方が、近代小説の可能性の追求の上位を占めてしまったのである。》（「可能性の文学」）

織田の文章を長々と引用したのは、他でもない。安吾がこの「可能性の文学」を踏まえて、織田の死を悼む「大阪の反逆」（昭和22・4『改造』）を書いているからである。副題に〈織田作之助の死〉とあって織田の提唱する戯作者根性を支持する立場をとっているが、志賀批判については織田以上に辛辣である。安吾は、「文学者が戯作者でなければならぬという、その戯作者に特別な意味があるのは、小説家の内部に思想家と戯作者と同時に存して表裏一体をなしているからで、日本文学が下らないのは、この戯作者の自覚が欠けているからだ。戯作者であることが、文学の尊厳を冒瀆するものであるが如くに考える。実は、あべこべだ。彼等の思想性が稀薄であり、真実血肉の思想を自覚していないから、戯作者の自覚もあり得ない」とした上で、志賀直哉について次のように言及している。

《志賀直哉の態度がマジメであるという。悩んでいるという。かりそめにも思想を遊んでいないという。然し、そういう態度は思想自体の深度俗否とかかわりはない。態度がマジメだって、いくら当人が悩んでみたって、下らない思想は下らない。ところが志賀文学では、態度がマジメであることが、思想の正しさの裏打ちで、悩むことが生き方の正しさの裏打ちで、だからこの思想、この小説はホンモノだという。文学の思想性を骨董品の鑑定のようなホンモノ、ニセモノに限定してしまった。おまけに、なぜホンモノであるかと云えば、飛躍がなく、戯作性がなく、文章自体が遊ばれていないこと、作者がその心を率直に（実は率直らしくなのだが）述べていること、それだけの素朴な原理だ。（中略）

志賀直哉は、本質的に戯作者を自覚することの出来ない作者で、戯作者の自覚と並立しうる強力な思想性をもたないのだ。こういう俗悪、無思想な、芸のない退屈千万な読み物が純文学の本当の物だと思われ、文学の神様などと云われ、なるほどこれだったら、一応文章の修練だけで、マネができる。ほんとの生活をありのまま書けば文学だという、たかが小手先の複写だから、実に日本文学はただ大人の作文となり、なさけない退化、堕落をしてしまった。（中略）

織田が可能性の文学という。別に目新らしい論議ではない。実はあまりにも初歩的な、当然きわまることなので、文学は現実の複写ではないという。紙の上の実在にすぎないのだから、その意味では嘘の人生だけれども、かかる嘘、可能性の中に文学本来の生命がある、という。文学は人性を探すもの、より良き人生をもとめるものなのだから、可能性の中に文学上の人生が展開して行くのは当然なことで、単なる過去の複写の如きは作文であるにすぎず、文学は常に未来のためのものであり、未来に向けて定着せられた作家の目、生き方の構えが、過去にレンズを合せたときに、始めて過去が文学的に再生せられる意味をもつにすぎない。》

つまり安吾は、「小説に面白さは不可欠の要件だ。それが小説の狙いでなく目的ではないけれども、それなくして小説は又在り得ぬもので、文学には、本質的な戯作性が必要不可欠なものである」と述べ、戯作性を通俗文学の属性として一笑に付す志賀直哉一党に物申しているのである。

最後に安吾は、「織田は悲しい男であった。彼はあまりにも、ふるさと、大阪を意識しすぎたのである。ありあまる才能を持ちながら、大阪に限定されてしまった。……だが我々に織田から学ぶべき大きなものが残されている。それは彼の戯作者根性ということだ。読者を面白がらせようというこの徹底した根性は、日本文学にこれほど重大な暗示であったものは近頃例がないのだが、壇上のスポットライトの織田作は神聖な俗物ばら（注、志賀直哉とその一党）から嘲笑せられるばかりであった」と述べて、文壇人からマイナー作家として冷遇されて来た織田作之助の戯作者根性にエールを送っている。

その上で、糞真面目を装った大人の作文が長い間オーソドックスな文学として罷り通ってきた日本的風土を憂え、「日本文学は貧困すぎる。小説家はロマンを書くことを考えるべきものだ。多くの人物、その関係、その関係をひろげて行く複雑な筋、そういう大きな構成の中におのずと自己を見出し、思想の全部を語るべきものだ。小説は、たかが商品ではないか。そして、商品に徹した魂のみが、又、小説は商品ではないと言いきることもできるのである」と結んでいる。

「商品に徹した魂」とは言うまでもなく、命懸けで戯作者根性に徹することであり、「あらゆる人間の各々のいのちに対する敬愛と尊重といたわりは戯作者根性の根底であり、小説の面白さを狙うこと自体、作者の大いなる人間愛、思想の深さを意味するもの」だということになるのである。以上二人の志賀直哉批判に、翌年発表した太宰のエッセー「如是我聞《にょぜがもん》」（昭和23・3〜7『新潮』）を加えると、この時の座談会が最初にして最後の出会いとなった三人の、志賀直哉とその一党に対する批判がすべて出揃うことになる。しかも、太宰の志賀攻撃は安吾よりも更に手厳しいものであった。これもまた、太宰が後進に託した捨て身の〈遺書〉である。連載第四回の発表を目前にして、昭和二十三年六月十三日深更、太宰は三十九年の生涯を閉じた。

太宰の死の直後、安吾は読売新聞に「志賀直哉に文学の問題はない」（昭和23・9・27）の一文を発表して太宰の「如是我聞」の主張を支持した。

《志賀直哉の一生には、生死を賭したアガキや脱出などはない。彼の小説はひとつの我慾を構成して示したものだが、この我慾には哲学がない。彼の文章には、神だの哲学者の名前だのたくさん現われてくるけれども、彼の思惟の根柢に、ただの一個の人間たる自覚は完全に欠けており、ただの一個の人間でなしに、志賀直哉であるにすぎなかった。だから、神も哲学も、言葉を弄《もてあそ》ぶだけであった。（中略）

ニセの苦悩や誠意にはあふれているが、まことの祈りは翳《かげ》だになく、見事な安定を示している志賀流というものは、一家安穏、保身を祈る通俗の世界に、これほど健全な救いをもたらすものはない。（中略）この阿呆の健全さが、日本的な保守思想には正統的な健全さと目され、その正統感は、知性高き人々の目すらもくらまし、知性的にそのニセモノを見破り得ても、感性的に否定しきれないような状態をつくっている。太宰の悲劇には、そのような因子もある。然し、志賀直哉の人間的な貧しさや汚らしさは、「如是我聞」に描かれた通りのものと思えば、先ず、間違いではなかろう。志賀直哉には、文学の問題などはないのである。》

太宰が「様々の縁故にもお許しをねがひ、或ひは義絶も思ひ設ける」覚悟で文壇の権威・志賀直哉に噛みついたのは、「孤高とか、節操とか、潔癖とか」を装って、〝子供の読物〟を書いてきた男が、「いつのまにやら、ひさしを借りて、図々しくも母屋に乗り込み、何やら巨匠のやうな構へをつくって」小説の神様に収まり、座談会で周りにチヤホヤされながら、太宰の「斜陽」および他の近作を座興でこき下ろしたのが我慢ならなかったのである。

太宰は志賀を評して、「も少し弱くなれ。文学者ならば弱くなれ。柔軟になれ。おまへの流儀以外のものを、いや、その苦しさを解るやうに努力せよ。どうしても、解らぬならば、だまってゐろ」とか、「君について、うんざりしてゐることは、もう一つある。それは芥川の苦悩がまるで解ってゐないことである。／日蔭者の苦悶。弱さ。聖書。生活の恐怖。敗者の祈り。／君たちには何も解らず、それの解らぬ自分を、自慢にさへしてゐるやうだ。そんな芸術家があるだらうか。知ってゐるものは世知だけで、思想もなにもチンプンカンプン。開いた口がふさがらぬとはこのことである」などと毒舌を吐き、最後に「腕力の強いガキ大将、お山の大将、乃木将軍。……売り言葉に買ひ言葉、いくらでも書くつもり」と宣言しておきながら、この直後に自裁（?）して果てたのである。

安吾の「志賀直哉に文学の問題はない」の一文は、先に織田作之助を弁護した「大阪の反逆」と同じように、文壇の権威に抗議して憤死した太宰の「如是我聞」に共鳴し、文学者としての志賀直哉を全否定したものである。ところが、皮肉なことにこの翌年、志賀直哉は永年に亘る文業が評価されて文化勲章を受章する。安吾流に解釈すれば、選考した文部官僚の「日本的な保守思想には、（志賀文学が）正統的な健全さと目され」たのである。

三、女体の神秘「白痴」の世界

評論「堕落論」と並んで、戦後の出発を象徴する安吾の作品に短篇「白痴」（昭和21・6『新潮』）がある。「白痴」は「堕落論」の言説を小説化したような、救いがたい人間の根源的な実存を問う作品であるが、同時に〈戯作者根性〉に徹した読みごたえのある作品でもある。

周囲から〈先生〉と呼ばれている主人公の伊沢は、「大学を卒業すると新聞記者になり、つづいて文化映画の演出家（まだ見習いで単独演出したことはない）になった男で、二十七の年齢にくらべれば裏側の人生にいくらか知識はある」独り者である。安吾は徴用逃れのため、昭和十九年に日本映画社の嘱託になったので、それが背景になっている。

その伊沢の住む東京のある場末界隈（当時安吾の住んでいた蒲田界隈を想定したものか）を、作者は次のように細密描写している。時は昭和二十年春の太平洋戦争末期のことである。

《その家には人間と豚と犬と鶏と家鴨《あひる》が住んでいたが、まったく、住む建物も各々の食物も殆ど変っていやしない。物置のようなひん曲った建物があって、階下には（仕立屋の）主人夫婦、天井裏には母と娘が間借りしていて、この娘は相手の分らぬ子供を孕んでいる。／伊沢の借りている一室は母屋から分離した小屋で、ここは昔この家の肺病の息子がねていたそうだが、肺病の豚にも贅沢すぎる小屋ではない。それでも押入と便所と戸棚がついていた。(中略)

この路地の出口に煙草屋があって、五十五という婆さんが白粉《おしろい》つけて住んでおり、七人目とか八人目とかの情夫を追いだして、その代りを中年の坊主にしようか矢張り中年の何屋だかにしようかと煩悶中の由であり、若い男が裏口から煙草を買いに行くと幾つか売ってくれる由で(但し闇値)、先生も裏口から行ってごらんなさいと仕立屋が言うのだが、あいにく伊沢は勤め先で特配(注、特別配給)があるので婆さんの世話にならずにすんでいた。

ところがその筋向いの米の配給所の裏手に小金を握った未亡人が住んでいて、兄(職工)と妹と二人の子供があるのだが、この真実の兄妹が夫婦の関係を結んでいる。けれども未亡人は結局その方が安上りだと黙認しているうちに、兄の方に女ができた。そこで妹の方をかたづける必要があって親戚に当る五十とか六十とかの老人のところへ嫁入りということになり、妹が猫イラズを飲んだ。飲んでおいて仕立屋へお稽古にきて苦しみはじめ、結局死んでしまったが、そのとき町内の医者が心臓麻痺の診断書をくれて話はそのまま消えてしまった。え？　どの医者がそんな便利な診断書をくれるんですか、と伊沢が仰天して訊ねると、仕立屋の方が呆気《あっけ》にとられた面持で、なんですか、よそじゃ、そうじゃないんですか、と訊いた。》

ざっとこんな風の猥雑な土地柄である。しかも、「このへんは安アパートが林立し、それらの部屋の何分の一かは妾と淫売が住んで」おり、また「アパートの半数以上は軍需工場の寮となり、そこにも女子挺身隊の集団が住んでいて、何課の誰さんの愛人だの、課長殿の戦時夫人（というのはつまり本物の夫人は疎開中ということだ）だの、重役の二号だの、会社を休んで月給だけ貰っている妊娠中の挺身隊だの」が住んでいる。伊沢の通勤途中にある木造二階建の百貨店は、「戦争で商品がなく休業中だが、二階では連日賭場が開帳されており、その顔役は幾つかの国民酒場（注、戦時下の酒類統制の際、特別に許可された大衆酒場）を占領して、行列の人民共を睨みつけて連日泥酔」しているという有様である。

このように、戦争末期の東京の片隅における風俗描写のお膳立てをした上で、安吾はいよいよ本題に入ってゆく。伊沢の住居の隣りに気違いの一家が住んでいる。相当の資産があり、間数の多い二階建の家に住みながら、近所付き合いの全くない一家である。

《気違いは三十前後で、母親があり、二十五六の女房があった。母親だけは正気の人間の部類に属している筈だという話であったが、強度のヒステリイで、配給に不服があると跣足《はだし》で町会へ乗込んでくる町内唯一の女傑であり、気違いの女房は白痴であった。ある幸多き年のこと、気違いが発心《ほっしん》して白装束に身をかため四国遍路に旅立ったが、そのとき四国のどこかしらで白痴の女と意気投合し、遍路みやげに女房をつれて戻ってきた。気違いは風采堂々たる好男子であり、白痴の女房はこれも然るべき家柄の然るべき娘のような品の良さで、眼の細々とうっとうしい、瓜実顔の古風の人形か能面のような美しい顔立ちで、二人並べて眺めただけでは、美男美女、それも相当教養深遠な好一対としか見受けられない。気違いは度の強い近眼鏡をかけ、

常に万巻の読書に疲れたような憂わしげな顔をしていた。》
これが物語の発端である。気違いの亭主と母親は白痴の女房を前面に押し出すための脇役にすぎず、ここから伊沢青年と白痴女の笑えない喜劇が展開することになる。安吾はここで、白痴女と伊沢とを同じレベルの人間として設定するために、双方に次のような性格づけをしている。
《白痴の女房は特別静かでおとなしかった。何かおどおどと口の中で言うだけで、その言葉は良くききとれず、言葉のききとれる時でも意味がハッキリしなかった。料理も、米を炊くことも知らず、やらせれば出来るかも知れないが、ヘマをやって怒られるとおどおどして益々ヘマをやるばかり、配給物をとりに行っても自身では何もできず、ただ立っているというだけで、みんな近所の者がしてくれるのだ。（中略）……母親は大の不服で、女が御飯ぐらい炊けなくって、と怒っている。それでも常はたしなみのある品の良い婆さんなのだが、何がさて一方ならぬヒステリイで、狂い出すと気違い以上に獰猛《どうもう》で三人の気違いのうち婆さんの叫喚が頭《ず》ぬけて騒がしく病的だった。白痴の女は怯《おび》えてしまって、何事もない平和な日々ですら常におどおどし、人の跫音《あしおと》にもギクリとして、伊沢がヤアと挨拶すると却ってボンヤリして立ちすくむのであった。》
《新聞記者だの文化映画の演出家などは賤業中の賤業であった。彼等の心得ているのは時代の流行ということだけで、動く時間に乗遅れまいとすることだけが生活であり、自我の追求、個性や独創というものはこの世界には存在しない。（中略）……ああ日の丸の感激だの、兵隊さんよ有難う、思わず目頭が熱くなったり、ズドズドズドは爆撃の音、無我夢中で地上に伏し、パンパンパンは機銃の音、およそ精神の高さもなければ一行の実感すらもない架空の文章に憂《うき》身《み》をやつし、映画をつくり、戦争の表現とはそういうものだと思いこんでいる。又ある者は軍部の検閲で書きようがないと言うけれども、他に真実の文章の心当りがあるわけでなく、文章自体の真実や実感は検閲などには関係のない存在だ。要するに如何なる時代にもこの連中には内容がなく空虚な自我があるだけだ。流行次第で右から左へどうにでもなり、通俗小説の表現などからお手本を学んで時代の表現だと思いこんでいる。》

戦時下の新聞も映画も芸術も、すべて国策迎合と義理人情の古い制度に縛られ、凡庸さと低俗卑劣な徒党の中で死滅しており、いつのまにか伊沢の物を創る情熱も死んでいたが、特配の煙草と二百円の給料のため、やむを得ず会社へ足を運んでいるのである。そんな伊沢の家に、ある夜、隣家の白痴女が侵入する。夜遅く帰ってきた伊沢が、部屋に入って「あかりをつけると奇妙に万年床の姿が見えず、留守中誰かが掃除をしたということも、誰かが這入ったことすらも例がないので訝《いぶか》りながら押入をあけると、積み重ねた蒲団の横に白痴の女がかくれていた」のである。多分、母親か気違いの亭主に叱られるか叩かれるかして逃げ込んで来たのであろうが、女は「不安の眼で伊沢の顔色をうかがい、蒲団の間へ顔をもぐらしてしまったが、伊沢の怒らぬことを知ると、安堵のために親しさが溢れ、呆れるぐらい落着いて」しまう。

白痴女は、「私、痛いの」とか「ごめんなさいね」など切れ切れのコトバをぶつぶつ呟くが、伊沢にはよく飲み込めない。独身の伊沢にしてみれば、「深夜に隣人を叩き起して怯えきった女を返すのもやりにくいことであり、さりとて夜が明けて女を返して一夜泊めたということが如何なる誤解を生み出すか、相手が気違いのことだから想像すらもつかない」のだが、どういうわけかこの時伊沢の心にふと奇妙な勇気が湧いてくる。それは「生活上の感情喪失に対する好奇心と刺戟《しげき》との魅力に惹かれただけのもの」かも知れないが、これも一つの試練だと居直り、「白痴の女の一夜を保護するという眼前の義務以外に何も考える必要もない」と自分に言いきかせ、一人分の夜具蒲団で二つの寝床を敷き、隣りに女を寝かせる。

ところが、電灯を消して一、二分もすると女は急に起きあがり、部屋の片隅にうずくまる。特別寒い夜更けだったので伊沢は女の身を案じ、電灯をつけて、眠りなさいと言うと女は素直に寝床に入る。電灯を消して一、二分もすると、また起き出して部屋の隅にうずくまる。伊沢は早呑み込みして、「私はあなたの身体に手をふれるようなことはしないから」と言いきかせると、女は怯えた眼付をして何やらぶつぶつ言っている。ところが三度目は、起きあがった女が押入に入って内側から戸を閉め、伊沢を怒らせる。伊沢は、「それほど信用できない家へなぜ逃げこんできたのですか。それは人を愚弄し、私の人格に不当な恥を与え、まるであなたが何か被害者のようではありませんか。茶番もいい加減にしたまえ」と叱りつけるが、白痴女にそんな説教など通じるはずもない。女はぶつぶつ言いながら、「私は帰りたい、私は来なければよかった」とか、「私はきらわれている、私はそうは思っていなかった」など、とぎれとぎれに呟いている。

これを聞いて、伊沢ははじめて女の行動を理解する。女は、伊沢を怖れていたのではなく、好いていたのである。好いている男に暗闇で抱かれることを心待ちにしていたのに、伊沢がそうしなかったのが不満だったのである。そのことに気づいて伊沢は愕然とし、「電燈を消して一、二分たち男の手が女のからだに触れないために嫌われた自覚をいだいて、その羞しさに蒲団をぬけだすということが、白痴の場合はそれが真実悲痛なことであるのか」と思い悩む。

《……事態はともかく彼が白痴と同格に成り下る以外に法がない。なまじいに人間らしい分別が、なぜ必要であろうか。白痴の心の素直さを彼自身も亦もつことが人間の恥辱であろうか。俺にもこの白痴のような心、幼い、そして素直な心が何より必要だったのだ。俺はそれをどこかへ忘れ、ただあくせくした人間共の思考の中でうすぎたなく汚れ、虚妄の影を追い、ひどく疲れていただけだ。》

女を寝かせて枕元で額の髪の毛をなでてやると、「女はボンヤリ眼をあけて、それがまったく幼い子供の無心さと変るところがない」のを見て、伊沢が「私はあなたを嫌っているのではない。人間の愛情の表現は決して肉体だけのものではなく、人間の最後の住みかはふるさとで、あなたはいわば常にそのふるさとの住人のようなものなのだ」と語りかけるが、もちろん白痴女には通じるはずもない。安吾の言う〈ふるさと〉とは、人間の魂の安息所であり、芸術創造の原点でもある。

伊沢は白痴女によりも、むしろ自分自身に向かって語りかけ、「いったい言葉が何物であろうか、何ほどの値打があるのだろうか、人間の愛情すらもそれだけが真実のものだという何のあかしもあり得ない。生の情熱を託するに足る真実なものが果してどこに有り得るのか、すべては虚妄の影だけだ。女の髪の毛をなでていると、慟哭したい思いがこみあげ、さだまる影すらもないこの捉えがたい小さな愛情が自分の一生の宿命であるような、その宿命の髪の毛を無心になでているような切ない思いに」なってゆく。

一方、伊沢は映画会社から二百円の給料を貰っているしがないサラリーマンである。映画の演出家見習ではあったが、当初「彼は芸術を夢みていた。その芸術の前ではただ一粒の塵埃《じんあい》でしかないような二百円の給料が、どうして骨身にからみつき生存の根底をゆさぶるような大きな苦悶になるのであろうか。生活の外形のみのことではなく、その精神も魂も二百円に限定され、その卑小さを凝視して気も違わずに平然としていることが尚更なさけなくなる」昨今である。

伊沢は、遠からずして日本が戦争に敗れ、その時アメリカ軍の総攻撃を受けて「泥人形のくずれるように同胞たちがバタバタ倒れ、吹きあげるコンクリートや煉瓦の屑と一緒くたに無数の脚だの首だの腕だのが舞いあがり、木も建物も何もない平な墓地になってしまう」東京を想像する。戦争という〈偉大なる破壊〉のもたらす瓦礫の上の生活にも好奇心はうずくのだが、他方、二百円に首をしめられてうなされ、そのために「まだ二十七の青春のあらゆる情熱が漂白されて、現実にすでに暗黒の曠野の上を茫々《ぼうぼう》と歩くだけ」の自分を想像してうんざりする。いつのまにか伊沢は、「破壊の神の腕の中で眠りこけたくなり……生命の不安と遊ぶことだけが毎日の生きがい」

だと思うようになっていた時期に、図らずも白痴女の訪問を受けることになったのである。

二百円の給料に縛られて生きる独身の伊沢青年にとって、美形の白痴女の出現は迷惑この上ないことではあったが、決して不快なことではなかった。なぜなら、「伊沢は女が欲しかった。女が欲しいという声は伊沢の最大の希望ですらあった」からである。にも拘らず伊沢が独身を通しているのは、自分なりの好みがあり、それに見合った女性が見つからないからである。

伊沢が最も嫌いな女性は、生活を共にした途端に安心しきって生活の鬼と化すタイプである。仮にそういうタイプの女と結婚した場合、「その女との生活が二百円に限定され、鍋だの釜だの味噌だの米だのみんな二百円の呪文《じゅもん》を負い、二百円の呪文に憑《つ》かれた子供が生まれ、女がまるで手先のように呪文に憑かれた鬼と化して日々ブツブツ呟いている。胸の灯も芸術も希望の光もみんな消えて、生活自体が道ばたの馬糞のようにグチャグチャに踏みしだかれて、乾きあがって風に吹かれて飛びちり、跡形もなくなって行く。爪の跡すら、なくなって行く。女の背にはそういう呪文が絡みついて」いて、俗悪な日常性にがんじがらめにされた「やりきれない卑小な生活」に落ち込むことになる。伊沢は何よりも、世話女房的な生活臭に毒されることを嫌った。生活の場に鍋釜の類《たぐい》は不要であり、そのために食堂があり、クリーニング屋がある、とは安吾の持論でもあるが、伊沢も同じことを考えながら目の前で子供のようにあどけなく眠っている白痴女の寝顔を眺めるのである。

《この白痴の女は米を炊くことも味噌汁をつくることも知らない。配給の行列に立っているのが精一杯で、喋《しゃべ》ることすらも自由ではないのだ。まるで最も薄い一枚のガラスのように喜怒哀楽の微風にすら反響し、放心と怯えの皺《しわ》の間へ人の意志を受け入れ、通過させているだけだ。二百円の悪霊すらも、この魂には宿ることができないのだ。この女はまるで俺のために造られた悲しい人形のようではないか。伊沢はこの女と抱き合い、暗い曠野を飄《ひょう》々《ひょう》と風に吹かれて歩いている、無限の旅路を目に描いた。》

要するに、糠味噌《ぬかみそ》臭さの全く感じられない白痴女のようなタイプが伊沢の理想の女性なのである。今更、気違いの亭主の許へ帰すわけにも行かず、伊沢はこの日から白痴女との奇妙な同棲を始めることになる。同棲してみて気づいたことだが、女には二つの顔があった。

一つは、「彼が始めて白痴の肉体にふれた時の白痴の顔だ。……その日から白痴の女はただ待ちもうけている肉体であるにすぎず、その外の何の生活も、ただひときれの考えすらもないのであった。常にただ待ちもうけていた。伊沢の手が女の肉体の一部にふれるというだけで、女の意識する全部のことは肉体の行為であり、そして身体《からだ》も、そして顔も、ただ待ちもうけているのみであった。驚くべきことに、深夜、伊沢の手が女にふれるというだけで、眠り痴《し》れた肉体が同一の反応を起し、肉体のみは常に生き、ただ待ちもうけているのである。眠りながらも！　……目覚めた時も魂はねむり、ねむった時もその肉体は目覚めている」という無自覚な肉慾のみの顔である。

今一つの顔は、空襲の爆撃の際に見られる白痴女の苦悶の表情である。防空壕を持たない伊沢は空襲警報と同時に女を促して押入に隠れる。近くに爆発音が起こると、「女の顔と全身にただ死の窓へひらかれた恐怖と苦悶が凝《こ》りついていた。苦悶は動き苦悶はもがき、そして苦悶が一滴の涙を落している。……それは人間のものではなく、虫のものですらもなく、醜悪な一つの動きがあるのみだった。やや似たものがあるとすれば、一寸五分ほどの芋虫が五尺の長さにふくれあがってもがいている動き」である。伊沢に抱かれていることすらも意識になく、本能的に死を予感し、死の恐怖に怯えている顔である。

そこで伊沢は考える。「人は絶対の孤独というが他の存在を自覚してのみ絶対の孤独も有り得るので、かほどまで盲目的な、無自覚な、絶対の孤独が有り得ようか。それは芋虫の孤独であり、その絶対の孤独の相のあさましさ、心の影の片鱗《へんりん》もない苦悶の相の見るに堪えぬ醜悪さ」ではないか――と。爆撃の終ったあと、伊沢は無反応の女を抱き起こしながら、「このむくろを抱いて無限に落下しつづけている」自分の姿を想像して暗然とする。

伊沢は爆撃後の焼跡を歩いて、「吹きとばされた女の脚、腸のとびだした女の腹、ねじきれた女の首」に出会い、更に人間が焼鳥のようにあっちこっちに死んでいる状況を眺めて、ふと「白痴の女が焼け死んだら――土から作られた人形が土にかえるだけではないか」と考える。醜悪なものを受けつけない伊沢は、この時点でひそかに女の死を望んでいたのである。「元々魂のない肉体が焼けて死ぬだけのことではないか。俺は女を殺しはしない。俺は卑劣で、低俗な男だ。俺にはそれだけの度胸はない。だが、戦争がたぶん女を殺すだろう。その戦争の冷酷な手を女の頭上へ向けるためのちょっとした手掛りだけをつかめばいいのだ」と考えた伊沢は、次に訪れる空襲を「きわめて冷静に待ち構えていた」のである。

昭和二十年三月十日の東京大空襲後も波状的に空襲は続いていたが、四月十五日の夜、伊沢たちの住む蒲田地区が焼夷弾攻撃を受け、またたくまに周辺が火の海と化した。伊沢は大家の仕立屋から一緒に逃げようと促されるが、一緒に避難したいと思いながらも「身体《からだ》の動きをふりきるような一つの心の抵抗で滑り（注、逃避すること）を止めると、心の中の一角から張りさけるような悲鳴の声が同時に起ったような気がし」て、思わず仕立屋に同行することを躊躇する。その悲鳴の幻聴は、押入に閉じ込めて来た白痴女の絶叫だったからである。火の手が迫っている最中《さなか》に伊沢は死の恐怖心に駆られながらも、白痴女を連れ出すには人目を避けなければならず、そのために隣り近所の人たちが避難し終るまで待たねばならなかった。すでに白痴女の亭主の家も、その左右の家も、目の前のアパートも火を吹いている。

《伊沢は家の中へとびこんだ。押入の戸をはねとばして（実際それは外れて飛んでバタバタと倒れた）白痴の女を抱くように蒲団をかぶって走りでた。それから一分間ぐらいのことが全然夢中で分らなかった。路地の出口に近づいたとき、又、音響が頭上めがけて落ちてきた。伏せから起上ると、路地の出口の煙草屋も火を吹き、向いの家では仏壇の中から火が吹きだしているのが見えた。路地をでて振りかえると、仕立屋も火を吹きはじめ、どうやら伊沢の小屋も燃えはじめているようだった。

四周は全くの火の海で府道の上には避難民の姿もすくなく、火の粉がとびかい舞い狂っているばかり、もう駄目だと伊沢は思った。十字路へくると、ここから大変な混雑で、あらゆる人々がただ一方をめざしている。その方向がいちばん火の手が遠いのだ。そこはもう道ではなくて、人間と荷物の悲鳴の重なりあった流れにすぎず、押しあいへしあい突き進み、踏み越え、押し流され、落下音が頭上にせまると、流れは一時に地上に伏して不思議にぴったり止まってしまい、何人かの男だけが流れの上を踏みつけて駆け去るのだが、流れの大半の人々は荷物と子供と女と老人の連れがあり、呼びかわし、立ち止り、戻り、突き当り、はねとばされ、そして火の手はすぐ道の左右にせまっていた。》

この時伊沢は白痴女と肩を組み、水に浸した蒲団をかぶって群集の流れの中にあったが、読者から見ると、なぜ女を押入の中に置きざりにして独りで避難しなかったのか不思議である。一度は、醜怪きわまる白痴女が戦争に殺されるのを望んでいたのではなかったか。この疑問に対して伊沢は、「俺の運をためすのだ。運。まさに、もう残されたのは、一つの運、それを選ぶ決断があるだけだ」と呟く。白痴女に己れの運を賭けようというのである。

伊沢はこの辺りの地理に詳しく、今群集の流れている方向は空地も畑もない危険地帯であり、焼夷弾が行く手をふさぐとこの道には死の運命があるのみだということを知っており、もう一方の道は現在両側の家々が燃え狂っているが、そこを通り抜けると小川があり、その小川の流れを数町遡ると広い麦畑へ出られることも知っていた。そこで伊沢は、濡れた蒲団をかぶり女と肩を組んで、群集の流れと訣別した。

《猛火の舞い狂う道に向って一足歩きかけると、女は本能的に立ち止り群集の流れる方へひき戻されるようにフラフラとよろめいて行く。「馬鹿！」女の手を力一杯握ってひっぱり、道の上へよろめいて出る女の肩をだきすくめて、「そっちへ行けば死ぬだけなのだ」女の身体《からだ》を自分の胸にだきしめて、ささやいた。「死ぬ時は、こうして、二人一緒だよ。怖れるな。そして、俺から離れるな。火も爆弾も忘れて、おい俺達二人の一生の道はな、いつもこの道なのだよ。この道をただまっすぐ見つめて、俺の肩にすがりついてくるがいい。分ったね」女はごくんと頷《うなず》いた。

その頷きは稚拙であったが、伊沢は感動のために狂いそうになるのであった。ああ、長い長い幾たびかの恐怖の時間、夜昼の爆撃の下に於て、女が表した始めての意志であり、ただ一度の答えであった。そのいじらしさに伊沢は逆上しそうであった。今こそ人間を抱きしめており、その抱きしめている人間に、無限の誇りをもつのであった。二人は猛火をくぐって走った。》

蒲団をかぶって火の海を走り抜け、漸く小川の岸に辿り着いた二人は、「小川の両側の工場が猛火を吹きあげて燃え狂っており、進むことも退くことも立止ることも出来なくなった」ので、川の中を進むことにした。二人のほかにも三々五々、川の中を歩いている人たちがいた。蒲団をかぶっている白痴女は、「時々自発的に身体《からだ》を水に浸している。犬ですらそうせざるを得ぬ状況だったが、一人の新たな可愛い女が生れでた新鮮さに伊沢は目をみひらいて、水を浴びる女の姿態をむさぼり見」ながら感慨にひたっている。が、その一方で、「空一面の火の色で真の暗闇は有り得なかったが、再び生きて見ることを得た暗闇に、伊沢はむしろ得体の知れない大きな疲れと、涯《はて》しれぬ虚無とのために、ただ放心がひろがる様を見る」のである。

川を上がると三方丘に囲まれた広い麦畑に出るが、ここでも「丘の上の住宅は燃えており、麦畑のふちの銭湯と工場と寺院と何かが燃えて」いる。国道を流れて行く群集を眺めながら、二人は麦畑に続く雑木林に入り、木立の下へ蒲団を敷いて寝ころんだ。やがて、「ねむくなったと女が言い、私疲れたのとか、足が痛いのとか、目も痛いのとかの呟きのうち、三つに一つぐらいは私ねむりたいの」と呟くので、伊沢は優しく「ねむるがいいさ」と言って女を蒲団にくるんでやり、傍らで煙草を吸いながら考える。

《雑木林の中にはとうとう二人の人間だけが残された。二人の人間だけが――。けれども女は矢張りただ一つの肉塊にすぎないではないか。女はぐっすりねむっていた。凡ての人々が今焼跡の煙の中を歩いている。全ての人々が家を失い、そして皆な歩いている。眠りのことを考えてすらいないであろう。今眠ることができるのは、死んだ人間とこの女だけだ。死んだ人間は再び目覚めることがないが、この女はやがて目覚め、そして目覚めることによって眠りこけた肉体に何物を附け加えることも有り得ないのだ。女は微かであるが今まで聞き覚えのない鼾声《いびき》

をたてていた。それは豚の鳴声に似ていた。まったくこの女自体が豚そのものだと伊沢は思った。》
逃げる途中で伊沢を感動させた〈可愛い女〉が、一転して醜悪な〈眠れる豚〉に変貌しているのを見て伊沢はうんざりする。伊沢は子供の頃、悪童たちと一緒にジャックナイフで仔豚の尻肉を切りとって遊んだことを思い出した。そのことから、上陸した米軍が重砲弾でコンクリートのビルを吹き飛ばし、「崩れたコンクリートの蔭で、女が一人の男に押えつけられ、男は女をねじ倒して、肉体の行為に耽りながら、男は女の尻の肉をむしりとって食べている。女の尻の肉はだんだん少なくなるが、女は肉慾のことを考えているだけだった」ということを連想して、いっそうやりきれなくなる。
伊沢は、「女の眠りこけているうちに女を置いて立去りたいとも思った」が、物を棄てるには棄てるだけの「張合いと潔癖」がなければならないのに、微塵の愛情も未練もないが、かといって棄てるだけの張り合いもないことに気づき、何もかも面倒くさくなる。すべては「戦争の破壊の巨大な愛情」が解決してくれるはずだから、あれこれ考えても詮ないことだと伊沢は諦める。やがて夜が明ければ、豚のように眠りこけている白痴女を起こし、ねぐらを探して再び二人だけの当てのない〈さすらい〉の旅が続くだろう。払暁の寒さを感じながら、「今朝は果して空が晴れて、俺と俺の隣に並んだ豚の背中に太陽の光がそそぐだろうか」と伊沢は思ってみる。これから先のことは読者に委ねたまま、作品はここで終っている。

先に私は、「……『白痴』は『堕落論』の言説を小説化したような、救いがたい人間の根源的な実存を問う作品であるが、同時に〈戯作者根性〉に徹した読みごたえのある作品でもある」と書いた。前者は主題に関わる問題であり、後者は表現方法に関わっている。ここで「救いがたい人間」というのは、俗悪な日常性から脱皮したいと願望しながらも気の弱さから宙ぶらりんの中途半端な人生を生きている主人公の伊沢であり、白痴女はそのような主人公に突きつけられた果し状である。日常的な生活力も知的判断力も持ち合わせない白痴女サヨに対して、サラリーマンの伊沢がどのように応えるのか。

時局便乗型の上司や猥雑な世間を批判しながらも、二百円の給料と特配の煙草に縛られて心ならずも自己欺瞞の日常を生きる伊沢にとって、白痴女との出会いは自らの本源的な〈人間存在〉を問う又とない好機であった。東京蒲田地区の場末の界隈は、統制の厳しい戦時下であるにもかかわらず、町内の住民もアパート住まいの怪しげな女性や女子挺身隊員たちも、それぞれ乱脈な背徳生活に浸っており、教科書の「雨ニモマケズ」の詩の一節〈一日ニ玄米四合ト……〉が、食糧難の折とて〈一日ニ玄米三合ト……〉に改訂されるような時期に、同じ町内に住む海軍の将校は「毎日魚を食い珈琲をのみ缶詰をあけ酒を飲」んでいる。これが時代の現実である。

作品は、そういう猥雑な都会の「人間と豚と犬と鶏と家鴨」が同居している建物の片隅に二十七歳の独身サラリーマン伊沢が住んでいる、という設定である。但し、伊沢の風貌については何一つ書かれていない。キャラクターについても、読者は伊沢自身の呟きや自己批判的言動から感じとるだけで、作者による客観的な描写は殆ど見られない。作者はむしろ、伊沢の隣りに住む気違い一家の白痴女に力点を置いているのである。

《白痴の女も時々豚小屋へやってきた。気違いの方は我家の如くに堂々と侵入してきて家鴨に石をぶつけたり豚の頬っぺたを突き廻したりしているのだが、白痴の女は音もなく影の如くに逃げこんできて豚小屋の蔭に息をひそめているのであった。いわば此処《ここ》は彼女の待避所で、そういう時には大概隣家でオサヨさんオサヨさんとよぶ婆さんの鳥類的な叫びが起り、そのたびに白痴の身体《からだ》はすくんだり傾いたり反響を起し、仕方なく動き出すには虫の抵抗の動きのような長い反復があるのであった。》

ここで、豚小屋が白痴女の待避所であるという記述に注意したい。これは結末の、鼾をかいて眠りこけている白痴女を伊沢が、「まったくこの女自体が豚そのものだ」と思う箇所と照応しているからである。〈豚〉が何の象徴であるのか明らかにしていないが、作品は最後まで白痴女を豚に見立てて終っている。

ところで、安吾はどういう意図で〈白痴〉を主題に据えたのであろうか。ヒロインの白痴女は二十五、六の健康な肉体の持主で、見かけは瓜実顔の美形である。亭主の気違いは、「笑いたい時にゲタゲタ笑い、演説したい時に演説をやり、家鴨に石をぶつけたり、二時間ぐらい豚の顔や尻を突ついていたりする」が、白痴の女房は時折意味不明の言葉をぶつぶつ呟くことはあっても

「特別静かでおとなしい」性格である。他の女性と異なるところがあるとすれば、肉体だけは絶えず目覚めているということである。つまり、何一つ日常的なコミュニケーションの手段を持たない白痴女は、肉体の接触によってのみ他者と繋がることができるのである。けれども、これが果して悪徳であろうか、と伊沢は自問する。夜な夜な、ただ待ちもうけている「白痴の女よりもあのアパートの淫売婦が、そしてどこかの貴婦人が、より人間的だという何か本質的な掟が在るのだろうか」——と。ここには作者自身の女性観が重ねられている。

安吾は「白痴」の直後にエッセー「欲望について」（昭和21・9『人間』）を発表しているが、これはプレヴォの「マノン・レスコオ」（一七三一）とラクロの「危険な関係」（一七八二）について書いたものである。安吾はこのエッセーの冒頭で、「私は昔から家庭というものに疑いをいだいていた。愛する人と家庭をつくりたいのも人の本能であるかも知れぬが、この家庭を否応なく、陰鬱に、死に至るまで守らなければならぬか、どうか。なぜ、それが美徳であるのか。勤倹の精神とか困苦耐乏の精神とか、そういう美徳と同じように、実際は美徳よりも悪徳にちかいものではないかという気が、私にはしてならなかった」と述べている。この発想自体は安吾の若い頃からの処世術であり、武士道や神格天皇制を否定する「堕落論」の主張にも通じるものである。

安吾が勤倹の精神や困苦耐乏の生き方を悪徳と看做すのは、「もし人間が人間の社会性に主点を置き、秩序によって人間を完全に縛りつけようとするなら、それはいわゆる武士道の如きものとなり、人の個性は失われ、個性に代るに制服、たとえば武士という一つの型の制服の中の、いわば人間以外の生物になってしまう。女は小笠原流という礼儀の中の武士の娘であり妻であって、女でも人間でもないのである。そして人間の欲望は禁じられ、困苦欠乏に耐えることが美徳となり、自我でなしに、他に対する忠誠が強要せられる。これは蟻の生活だ」からである。安吾にとって、世間の美徳は秩序によって人間性を歪めている故に非人間的であり、悪徳なのである。

《私はマノン・レスコオのような娼婦が好きだ。天性の娼婦が好きだ。彼女には家庭とか貞操という観念がない。それを守ることが美徳であり、それを破ることが罪悪だという観念がないのである。マノンの欲するのは豪奢な陽気な日毎日毎《ひごと》で、陰鬱な生活に堪えられないだけなのである。彼女にとって、媚態は徳性であり、彼女の勤労ですらあった。そこから当然の所得をする。陽気な楽しい日毎日毎の活計のための。》

安吾によれば、「マノン・レスコオの作者プレヴォは本職はカトリックの坊さんであるが、神、絶対に就て考え、人間の幸福について考える一人の僧侶が天性の娼婦を描き、その悪徳を地上の至高の美果の如くに描きだしたということは、或いは大いに自然のこと」だというのである。

正確には、プレヴォ（一六九七―一七六三）はジェスイット派の僧院に所属するカトリック教徒だが、僧院から軍隊へ、軍隊からまた僧院へ、そして三度《みたび》僧院から軍隊へと環境を変え、生涯漂泊の旅を続けた人である。アナトール・フランスに、「マノンよ、もしお前が生きていたら私はお前を熱愛するだろう」とまで言わせた傑作「マノン・レスコオ」の後半には、マノンの恋人デ・グリューに託して、神の恩寵に拒絶されて生きる一基督者の苦悩が描かれている。

一方、ラクロ（一七四一―一八〇三）の書簡体小説「危険な関係」は「マノン・レスコオ」の伝統を継承する心理小説として位置づけられているが、主人公のメルトゥイユ侯爵夫人は数々の情事に飽き果て、今は人の心を弄んで堕落させることに生き甲斐を感じている知能犯的な娼婦である。安吾によると、「マノンに於て盲目的であったことが、（この作品では）最も意識的に、即ち愛の遊戯を明確なる人生の目的とした男女の場合を描きだしたものである。侯爵夫人によれば愛の遊戯の満足は肉慾の充足自体ではなく、そこに至る道程の長い悩殺と技巧と知識の中にあるので、そのためにあらゆる観察と研究が行われている」のだという。メルトゥイユ夫人は自分と繋がる男たちを利用して手練手管の限りを尽くし、世間知らずの良家の娘や貞淑な上流階級の夫人を恋の罠に掛けて堕落させることに成功するが、その報いとして彼女自身も破滅の人生に転落する。

安吾が敢えてこれを取り上げたのは、地位も身分もなく教養も低いマノンと異なり、高い身分や広い教養を身につけた女の中にも〈天性の娼婦〉がいることを確認したかったからである。安吾はそのことを別に非難しているのではなく、「欲望は秩序のために犠牲にせざるを得ないものではあるけれども、欲望を欲することは悪徳ではなく、我々の秩序が欲望の満足に近づくことは決して堕落ではない。むしろ秩序が欲望の充足に近づくところに文化の、又生活の真実の生育があるのであり、人間性の追求という文学の目的も、かかる生活の生育のための内省の手段として、その意味があるのだ」ということを言いたかったのである。

では、このエッセーの直前に発表された「白痴」のヒロインに安吾は何を託しているのだろうか。娼婦マノンの場合は、「その情夫の青年（デ・グリュー）を熱烈に愛しているのであるが、他の男を媚態によって迷わし貞操を売ることを、貞操への裏切りであるという風な考え方が本来欠けているのである。豪奢な楽しい生活のためには媚態が最高の商品で、その商品としての媚態に対して、最高の商人的な徳義と良心を持っている。その良心は優秀なる媚態ということで、貞操などは無関係だ。貞操などというものは単に精神上に存在するのみであって、物質としては一顧の価値もない。根柢的な物質主義を基盤として成立っている娼婦の思考は、無貞操ということに罪悪感は持ち得ず、男を無上に喜ばせるということに対して、当然にして莫大な報酬を要求しているだけのことだ」とすれば、貞操観念はもちろん、媚態すら持ち得ない白痴女の場合は、肉体そのものが商品とはなり得ず、豚同然の単なる〈肉の塊〉でしかないということになる。伊沢と女との間には〈愛慾〉すら存在しないのである。豚のような女と交わることによって、伊沢自身も豚になりきるということなのであろうか。

確かに白痴女の肉体は四六時中醒めており、眠り痴《し》れている時ですら伊沢の手が触れれば「虫の如き倦《う》まざる反応の蠢動《しゅんどう》を起す肉体」である。爆撃で死の恐怖に怯える白痴女は、「虚空をつかむその絶望の苦悶」を顔に表わすが、理智のカケラもない本能的な苦悶の表情は「醜怪きわまるもの」として伊沢の目に映る。その伊沢は、一寸五分の芋虫を五尺の長さにふくらませたに過ぎないような女の「むくろを抱いて無限に落下しつづけている」というが、何のために落下しなければならないかは語られていない。マノンの恋人デ・グリューは何度裏切られてもマノンを追い続け、最後にアメリカの荒野を二人で逃亡中にマノンは極度の疲労のためデ・グリューの腕の中で息絶えるが、明日の希望のない伊沢は白痴女を抱え込んでどこへ行こうというのか。

この問いに対する答えは、次作「女体」(昭和21・9『文芸春秋』)の中にある。「女体」の主人公谷村は今年三十八歳になる画家であるが、生来病弱で、これまで肋膜やカリエスを患っており、「瘦せて、ひからびて、骨に皮をかぶせたような白々とした肉体」の持主である。一方、同じ画家である妻の素子《もとこ》は三十七歳になるが、「皮膚のたるみも見せず、その光沢は失われず、ねっちりと充実した肉感が冷めたくこもりすぎて感じられる」豊満な肉体の持主である。しかし、何故かこの作品には夫婦が画業に取り組んでいる場面は一つもなく、専ら谷村と素子の肉体的な関係についてのみ語られている。

結婚して十一年になるが、何よりも谷村は夜の到来を怖れた。何故なら、夜毎に素子によって「眠りは概ね中断されて、暗闇と孤独の中へよみがえる。悪熱《おねつ》のえがく夜の幻想ほど絶望的なものはなかった」からである。谷村が病気で寝込む時は「数日の徹夜も厭わず看病に献身」する素子ではあるが、夫婦の夜の遊びになると、「素子は遊びに専念する無反省な娘のように、全身的で、没我的であった。素子の貪慾をみたし得るものは谷村の『すべて』であった。谷村の瘦せた額に噴きあがる疲労の汗も、つきせぬ愛の泉のようになつかしく」、素子はいたわりながら拭ってくれるのである。この瘦せこけた肉体が一人の健康な女の愛慾を満たし得ている不思議さについて谷村は考える。「たとえば、自ら徐々に燃えつつある蠟燭はやがてその火の消ゆるとき自ら絶ゆるのであるが、谷村の生命の火も徐々に燃え、素子の貪りなつかしむ愛撫のうちに、やがて自ら絶ゆるときが訪れる」――と。

素子には二つの顔がある。情慾の素子と献身の素子である。時々寝込む谷村の病気の原因が素子の情慾にあるとすれば、その都度徹夜で看病する素子の献身はそれの償いであろうか、と谷村は思ってみる。

《素子の貪婪《どんらん》な情慾と、素子の献身と、その各々がつながりのない別の物だと谷村は思った。素子の一つの肉体に別々の本能が棲み、別々のいのちが宿り、各々の思考と欲求を旺盛に盲目的に営んでいるのであろう。素子の理智が二つの物に橋を渡すことがあっても、素子の真実の肉体が橋を渡って二つをつなぐということはない。そして素子は自分の時間が異ったいのちによって距《へだ》てられていることに気付いたことはないのである。

谷村は呪《のろ》いつつ素子の情慾に惹かれざるを得なかった。憎みつつその魅力に惑うわが身を悲しと思った。谷村は自らすすんで素子に挑み、身をすてて情慾に惑乱した。その谷村をいかばかり素子は愛したであろうか!》

素子が「情慾の余燼《よじん》の恍惚たる疲労の中で恰《あたか》も同時に炊事にたずさわるもののような自然さで事務的な処理を行う」のを見て谷村は、「かかる情慾の行いが素子の人生の事務であり、人生の目的であり、生活の全てである」ことに気づいて目を背けずにいられなくなり、「その動物の正体を正視しがたく」なる。けれども素子は、谷村の憎しみの目を意識しながらも、素知らぬ顔で「谷村の痩せた額に噴きだした疲労の汗をふいてやる」のである。

谷村は、近所に住む大学生の仁科《にしな》が素子に好意を抱き、素子の肉体に関心を持っていることを知っている。しかし、素子が十歳以上も年下の仁科青年をどう思っているかは判らない。谷村は自分を精一杯愛している素子の純潔を信じながらも、「人に魅力がありとすれば、その胸に知り得ぬひめごとが有るからであり、その胸に夢も秘密も失せ果てたとき、何人《なんぴと》が無慙なむくろを愛し得べき筈があろうか」と自問してみて、ひょっとして素子は夢の中で仁科を思っているのではないかと不安がる。現実では満たし得ぬ夢が素子にあるとすれば、その満たし得ぬ現実とは谷村自身の存在であることに思い到る。病気がちの貧相な肉体しか持ち得ない谷村にしてみれば、魅力的な肉体の持主である素子が別の世界を夢見たとしても無理からぬことであり、それを咎める資格のない自身を認めないわけにはいかない。

しかし、そんな谷村にも一つの夢があった。谷村は、「肉体というもののない、ただ精神があるだけの、そしてあらゆる火よりも強烈な、燃え狂い、燃え絶ゆるような激しい恋」をしてみたいというのである。それ自体は貧相な谷村の肉体から発想された夢物語でしかないのだが、この日から谷村は素子の許を去って、プラトニックな〈恋〉の遍歴へと旅立つことになる。

安吾がこの後に発表する「恋をしに行く」（昭和22・1『新潮』）は「女体」の続篇であるが、過去に識り合った美女たちを訪ね歩きながら、その美女たちから子供のようにあしらわれるドン・

キホーテ谷村の姿が描かれている。肉体を否定し、肉慾を醜怪なものとして退ける理屈屋の谷村に、「燃え狂い、燃え絶ゆるような激しい恋」など出来るはずもなく、自分の貧しい肉体を棚上げして知ったかぶりの女性論を振りまくような男が、実は最も〈女体〉から軽蔑されるのだということに谷村は気づいていない。

このように見て来ると、インテリであると否とを問わず女の魅力は〈女体〉にあり、これを抜きにして女性を論ずることは無意味《ナンセンス》だということになる。では、「白痴」の場合はどうなのか。「恋をしに行く」で女体恐怖症の谷村を全裸で魅惑する信子という独身女性と、肉体だけで生きている白痴女サヨとは、本質的にどこが違うのか。知性の有無はあっても、本能の赴くままに行動するという点で二人は同じ〈女体〉の持主である。また「白痴」の主人公伊沢も、ある意味では「女体」の主人公谷村に似ている。すでに性交渉を持ってしまった白痴女に対して、知性のカケラもない女は単なる肉塊にすぎず、それは豚に似て醜悪きわまるものだと呟く伊沢と、天性の娼婦・信子と長時間戯れたあとで肉慾の醜怪を感じる谷村には、最初から〈女体〉そのものを動物的欲望の巣窟と見る自然観があり、その結果として自分の体験した肉慾を〈醜怪きわまるもの〉と決めつけるのである。

谷村が肉慾の伴わない魂だけで男女を繋ぐ〈一つの紐〉を求めて実らぬ恋の遍歴を続けるように、伊沢もまた白痴女の肉体を背負って未来のない焼け野原を当て処《ど》なくさ迷うことになるのだろう。今にして思えば、唐突な白痴女の出現は、世間的な秩序や虚飾を棄て去って家畜と同じ裸の人間に堕ち切れるかと伊沢に問いかけた実存的な暗号だったのである。しかも、その暗号の解読は読者個々に課された問題でもある。

その手掛りとなる作品に「戦争と一人の女」（昭和21・10『新生』）および「続戦争と一人の女」（昭和21・11『サロン』）がある。いずれも戦時中に安吾と同棲した場末の酒場「ボヘミアン」のマダムをモデルにした作品であるが、ヒロイン像は「いづこへ」の女たちよりも「私は海をだきしめてゐたい」の不感症の娼婦にほぼ重なる。

職業も年齢も伏せられている主人公の野村は、女が女郎上がりの浮気者であることを承知で、ただ肉体の魅力に惹《ひ》かれて同棲するが、「夫婦と同じ関係にあったけれども女房ではない。なぜなら、始めからその約束で、どうせ戦争が負けに終って全てが滅茶滅茶に」なれば、途切れる関係だからである。だから、家庭的な愛情などというものは、最初から二人共持っていない。

女は「娼妓という生活からの習性もあろうが、性質が本来頭《ず》ぬけて淫奔なので、肉慾も食慾も同じような状態で、喉の乾きを医《いや》すように違った男の肌をもとめる」ので、野村から「お前はあさましい色餓鬼だ」と侮辱されるが、女にもプライドがあった。激しい遊びのあと、不感症の裸体を軽蔑の目差しで冷やかに眺める野村に向かって女は抗議する。「あなたは遊びを汚いと思っているのよ。だから私を汚がったり、憎んでいるのよ。勿論あなた自身も自分は汚いと思っているわ。けれども、あなたはそこから脱けだしたい、もっと、綺麗に、高くなりたいと思っているのよ。……あなたは卑怯よ。御自分が汚くていて、高くなりたいの、脱けだしたいの、それは卑怯よ。なぜ、汚くないと考えるようにしないのよ。そして（なぜ）私を汚くない綺麗な女にしてくれようとしないのよ」――と。

これに対して野村は、「淫蕩の血が空襲警報にまぎれていたが、その空襲もなくなるし、夜の明るい時間も復活し、色々の遊びも復活する。女の血が自然の淫奔に狂いだすのは僅かな時間の問題だ。止《と》めようとして、止まるものか。高まるものか」と吐き捨てて女への未練を断ち切ろうとする。安吾は、人間の価値を肉体の魅力に求める現実派の女と、思想の有無に求める観念派の野村を付き合わせて、ここでも判断を読者に委ねている。

次作「続戦争と一人の女」は、安吾には珍しい女性一人称小説であるが、登場人物は同じで内容も前作と余り変っていない。ただ、野村は前作に比べて影が薄く、女房気取りの女に可愛がられる気弱なキャラクターを与えられている。主人公の女から見た野村は、敗北した日本と同じように可哀相な人間であり、亡びてゆく日本と運命を共にするようなタイプの男である。それに引き換えて女は、「密林の虎や熊や狐や狸のように、愛し、たわむれ、怖れ、逃げ、隠れ、息をひそめ、息を殺し、いのちを賭けて生きたい」と願うタイプの人間である。ここにもまた、世間体を気にして生きる野村と、野性を生きることに生命《いのち》を賭ける女の生き様《ざま》が対峙されている。

四、自伝的小説という名の虚構

敗戦直後の昭和二十一年から昭和二十三年までの三年間に、安吾は〈女体〉に関する創作を数多く手がけたので、この時期、一部のジャーナリストから情痴作家と呼ばれたことがある。旧知の編集者の中にも安吾を情痴作家と決めつける者がいて、昭和二十二年に入ってから、一と月のうちに〈情痴小説についての弁明〉を書いてほしいという新聞・雑誌からの申し入れが二十件ほどあったという。安吾はエッセー「私の小説」（昭和22・5・26〜28、『夕刊新大阪』）の中で、その間の消息を次のように弁明している。

《私は世間知らずで、書斎と一軒の居酒屋の外は知らないのだから、私はその時まで、私が情痴作家と呼ばれていることなど、知らなかった。（中略）正直なところ、私は人の評判を全然気にかけていない。情痴作家、エロ作家、なんとでも言うがいいのである。読む方の勝手だ。こう読め、ああ読めと、一々指図のできるものではないのだ。文学というものはそういうもので、読む人によって、どういう解釈もできる。私の小説が情痴小説だと思うのは先方の勝手だけれど、然し、これだけは知らねばならぬ。つまり一つの小説に無数の解釈が成立つのだから、一つの解釈だけが真実ではないということだ。私が情痴作家だという。ところが、案外、そう読んだ読者の方が情痴読者かも知れぬ。読者は私を情痴作者だというし、私は読者を情痴読者だという。別に法廷へ持ちだすまでのことはない。裁判官はちゃんといる。歴史だ。我々はつまらぬことをいう必要はない。証拠書類は全部出してあるのだから。曰く、小説。作家にとって小説は全てであり、全てを語りつくしており、それに補足して弁明すべき何物も有る筈はない。有り得ない。文学は全てのものだ。》

安吾は自分の作品を情痴小説呼ばわりする読者に対して、「小説というものは、全く異質の二つがある。一つは読み物で、一つは文学である。この二つがどういうふうに違っているかは読者自らが学問すべきことであって、文学とは何か、文学を理解するには、いくらか教養が必要だと知らなければならない」と諭している。

つまり、安吾は「情痴のために情痴を書いている」のではなく、古いモラルを訂正するために〈情痴〉を書いているのである。古いモラルとの闘いは〈自由〉獲得の闘いでもある。けれども、命がけで獲得した〈自由〉は、地獄の門をくぐって「不安、懊悩、悲痛、慟哭に立たされ……自由は必ず地獄の中をさまよい、遂に天国へ到り得ぬ悲しい魂に充たされている」のだという。そして、「常に天国を目差しながら、地獄の門をくぐり、地獄をさまようもの」の一つが文学だというのである。だから文学は、「自由人の哀れみじめの爪の跡、地獄の遍歴の血の爪の跡」であり、社会の秩序や時代のモラルと闘う「悲しい反逆の足跡」なのである。そんなことも弁えない者に俺の小説が解ってたまるか、というのが安吾の言い分である。

安吾は「理想の女」（22・9『民主文化』）と題するエッセーの中で、ある婦人から、あなたは情痴作家などと言われているけれども、そんなことは「小説の中で作者の理想の女を書きさえすれば忽ち消える妄評だ」と言われて、成る程と納得するが、しかし、「私はいつも理想をめざし、高貴な魂や善良な心を書こうとして出発しながら、今、私が現にあるだけの低俗醜悪な魂や人間を書き上げてしまうことになる。私は小説に於て、私を裏切ることができない。私は善良なるものを意志し希望しつつ醜怪な悪徳を書いてしまうということを、他の何人《なんぴと》よりも私自身が悲しんでいるのだ」と告白する。

もちろん、安吾はそのことを反省したり後悔したりしているのではない。何故なら「最高の理想をめざして身悶えながら、汚辱にまみれ、醜怪な現実に足をぬき得ず苦悶悪闘」して書き続けることが作家の在るべき姿だ、という自負があるからである。では、作家は何をどう書くのかということについて、安吾は明治後期以来の日本自然主義の「面白くもない綴方」を批判しながら、次のような独自の小説論を展開する。

《小説は、思想を語るものではあっても、思想そのものではなく、読物だ。即ち、小説というものは、思想する人と、小説する戯作者と二人の合作になるもので、戯作の広さ深さ、戯作性の振幅によって、思想自体が発育伸展する性質のものである。明治末期の自然派の文学以来、戯作性というものが通俗なるもの、純粋ならざるものとして、純文学の埒外《らちがい》へ捨て去られた。

それは、実際に於ては、むしろ文学精神の退化であることを、彼らは気付かなかった。

即ち彼らは、戯作性を否定し、小説の面白さを否定することが、実は彼らの思想性の貧困に由来することを知らなかった。彼らには思想がなかった。理想がなかった。人生を未来に托して、常により高く生きぬこうとする必死な意慾を知らなかった。思想性が稀薄であるから、戯作性、面白さと、だき合うことができなくて、戯作性というものによって文学の純粋性が汚されるかのような被害妄想をいだいたわけだが、本当のところは、戯作性との合作に堪えうるだけの逞しい思想性がなかったからに外ならぬ。

小説にとっては、戯作性というものが必要なので、それは小説を不純ならしめるどころか、むしろ思想性を伸展させ、育てるものだ。日本には、そういう文学の正統、つまり、ロマンというものの意慾が欠けていた。つまりは本当の思想が欠けており、より高く生きようとする探求の意慾がなかったから、戯作性との合作に堪えうるだけの思想性がなく、ロマンがなかったのである。》(「理想の女」)

一年前の「現代小説を語る」座談会で、司会役の平野謙が志賀直哉の文学を、「現代日本文学のいっとうまったうな、正統的な文学だとされてゐる」と発言して出席していた太宰治を怒らせ、安吾と織田作之助を呆《あき》れさせたが、安吾はこのエッセーで判っきりと、「平野謙が私の小説をデフォルメだなどというのは大間違いで、私ぐらい正統的な文学は、むしろ、日本には外にない。私のめざしているものは、ロマン、思想家と戯作者の合作品であり、最も正統的な文学だ」と言い切っている。この「理想の女」の発想は、平野謙からの依頼で書いたという「戯作者文学論」（昭和22・1『近代文学』）にも通じている。こちらの方は日記体で書かれたエッセーであるが、その前書きに、「この日記を書いた理由は日記の中に語ってあるから重複をさけるが、私が『女体』を書きながら、私の小説がどういう風につくられて行くかを意識的にしるした日録」だとある。

平野謙が安吾に「戯作者文学論」を註文したのは、「私は常に自ら戯作者を以て任じているので、私にとって小説がなぜ戯作であるのか、平野君はそれを知りたかったのではないか」と忖度《そんたく》し、安吾の場合、文壇のいわゆる戯作者と多少意味が違っているとは言うものの、所詮「私はただの戯作者、物語作者にすぎないのだ。ただ、その戯作に私の生存が賭けられているだけのことで、そういう賭の上で、私は戯作しているだけなのだ」と述べている。

安吾は「戯作者文学論」の日録冒頭〈昭和二十一年七月八日〉で「白痴」に触れ、文学仲間の佐々木基一から「白痴」についての感想をしたためた手紙を貰ったが、「実のところは、作者たる私に『白痴』の意図が何であったか分っていない。書いてしまうと、作品の意図など忘れてしまう」と惚《とぼ》けている。その上で、これからある長篇の書き出しを書こうと思って、参考までに夏目漱石の長篇をひと通り読んでみたという。

《私は漱石の作品が全然肉体を生活していないので驚いた。すべてが男女の人間関係でありながら、肉体というものが全くない。痒《かゆ》いところへ手がとどくとは漱石の知と理のことで、人間関係のあらゆる外部の枝葉末節に実にまんべんなく思惟が行きとどいているのだが、肉体というものだけがないのである。そして、人間関係を人間関係自体に於て解決しようとせずに、自殺をしたり、宗教の門をたたいたりする。そして、宗教の門をたたいても別に悟りらしいものもなかったというので、人間関係自体をそれで有耶無耶《うやむや》にしている。漱石は、自殺だの、宗教の門をたたくことが、苦悩の誠実なる姿だと思いこんでいるのだ。

私はこういう軽薄な知性のイミテーションが深きもの誠実なるものと信ぜられ、第一級の文学と目されて怪しまれぬことに、非常なる憤りをもった。然し、怒ってみても始まらぬ。私自身が書くより外に仕方がない。漱石が軽薄な知性のイミテーションにすぎないことを、私自身の作品全体によって証し得ることができなければ、私は駄目な人間なのだ。》

こうして安吾は、この春以来温めてきた「ある一組の夫婦の心のつながりを、心と肉体と（を）その当然あるべき姿に於て歩ませるような小説」に執りかかるのである。この小説が、すでに見てきた「女体」とその続篇の「恋をしに行く」である。安吾は「戯作者文学論」の七月十四日の項で「女体」のヒロイン素子《もとこ》に触れ、「この素子に私は、はっきり言ってしまおう、矢田津世子を考えていたのだ。この人と私は、恋いこがれ、愛し合っていたが、とうとう、結婚もせず、肉体の関係もなく、恋いこがれながら、逃げあったり、離れることを急いだり、まあ、いいや。だから、私は矢田津世子の肉体などは知らない。だから、私は、私の知らない矢田津世子を創作しようと考えているのだ」と告白している。そして、安吾の知らない矢田津世子という女人は「私の知らない私自身と同様に大切な」存在であり、だから彼女を創作することは「私自身の発見と全く同じことだ」というのである。

安吾と矢田津世子との恋愛関係については小著『若き日の坂口安吾』の第五章〈肉体と観念の二元論〉で詳述しているので、ここでは「女体」との関係に限定して少し触れておく。文壇切っての美貌の作家・矢田津世子は、独身のまま昭和十九年三月十四日に三十七歳で病歿したので、安吾が戦後に発表した一連の〈津世子もの〉は、いずれも矢田津世子の死後に書かれた作品である。安吾は「戯作者文学論」の七月十五日の項に「女体」のヒロイン素子と矢田津世子との繋がりを、苦渋に満ちた表情で次のように書き記している。

《昨日、私は、素子を矢田津世子だと云った。これは言い過ぎのようだ。やっぱり素子は素子なのだ。手を休めるとき、あの人を思いだす、とても苦しい。素子はあんまり女体のもろさ弱さみにくさを知りすぎているので、客間で語る言葉にならないのではないか、と書いた。（中略）今から十年前、私が三十一のとき、ともかく私達は、たった一度、接吻ということをした。あなたは死んだ人と同様であった。私も、あなたを抱きしめる力など全くなかった。ただ、遠くから、死んだような頰を当てあったようなものだ。毎日毎日、会わない時間、別れたあとが、悶えて死にそうな苦しさだったのに、私はあなたと接吻したのは、あなたと恋をしてから五年目だったのだ。その晩、私はあなたに絶縁の手紙を書いた。私はあなたの肉体を考えるのが怖しい、あなたに肉体がなければよいと思われて仕方がない、私の肉体も忘れて欲しい。そして、もう、私はあなたに二度と会いたくない。誰とでも結婚して下さい。私はあなたに疲れた。私は私の中で別のあなたを育てるから。返事も下さるな、さよなら、そのさよならは、ほんとにアデューという意味だった。そして私はそれからあなたに会ったことがない。それからの数年、私は思惟の中で、あなたの肉体は外のどの女の肉体よりも、きたなく汚され、私はあなたの肉体を世界一冒瀆し、憎み、私の「吹雪物語」はまるであなたの肉体を汚し苦しめ歪めさいなむ畸形児の小説、まったく実になさけない汚い魂の畸形児の小説だった。》

昭和十三年に刊行した未完の長篇『吹雪物語』を、当時女流作家として絶頂期にあった矢田津世子は当然読んでいるはずであるが、それについては何のコメントもなかったという。津世子の死亡通知の葉書を貰った時、安吾は余りの唐突さに涙ぐみ、「葬式にも、おくやみにも、墓参にも、行かなかった」そうだが、一方、「私はやるせなかったが、爽かだった。あなたの肉体が地上にないのだと考えて、青空のような、澄んだ思いも」あったと告白する。

ところが、今「女体」の執筆に当って、「私は今も亦、あなたの肉体を、苦しめ、汚し、痛めているのだ。私はあなたの肉体を汚そうと意図しているのではなく、いつも、あなたの肉体や肉慾を、何物よりも清らかなものに書くことができますように、ほんとうにそう神様に祈っていますが、書きはじめると、どうしても、汚くしてしまう」のだという。だから、「私は筆を休めるたび、あなたを思いだすと、とても苦しい。素子の肉体は、どうしても、汚い肉慾の肉体になってしまう。素子は女体の汚さ、もろさ、弱さ、みにくさを知りすぎているので、客間で語る言葉にならないのではないか、と書いて、筆を投げだしたとき、私はあなたの顔をせつなく思いつづけていた」のである。安吾は、素子は素子であって矢田津世子ではない、と心に決めて執筆するのだが、「どうも、素子を書く限り、その肉体を汚すこと、弄ぶこと、まるで私はその清純に悪意をこめているとしか、復讐しているとしか思われ」ず、その相手がやはり矢田津世子になってしまうのである。

戦後に安吾が矢田津世子をモデルにして発表した実名小説は「二十七歳」（昭和22）、「三十歳」（昭和23）、「死と影」（昭和23）などであるが、これらはいずれも安吾が矢田津世子と識り合った昭和七年の夏から、津世子に絶縁の手紙を書いたという昭和十一年春までの出来事を小説化したものである。しかも、同じ頃に安吾は蒲田の三流酒場「ボヘミアン」のマダム・お安さんと懇ろになり、一時「ボヘミアン」から三丁ほど離れた安アパートに同棲していたこともあった。矢田津世子に対する安吾の思い入れは傍目《はため》にも痛々しいほど純情そのものであったが、二十六歳の安吾にとってそれは正真正銘の初恋であった。独身の矢田津世子に時事新報記者の想い人（和田日出吉）があることを知るまでは津世子を聖女のように思い込み、片想いにも似た〈恋〉の妄執にとり憑かれていた。その苦しい恋情の吐け口を、安吾は「ボヘミアン」のお安さんに求めていたのである。エッセー「世に出るまで」（昭和30・4『小説新潮』）の中で、昭和八年五月に田村泰次郎や矢田津世子らの始めた同人雑誌『桜』に加わった時の様子を、安吾はぬけぬけと次のように語っている。

《……私がこの同人になったのは矢田津世子に惚れていたからだ。ぞっこん、という言葉はこういう時に用いるのであろう。矢田津世子以外の女は目につかぬぐらい惚れてしまった。ダラシのない惚れ方である。しかもそれを打ちあけることができないという気の弱さであった。……私はこの愛情に疲れきってしまった。そして、全然愛していないあるバーの女と同棲したのは、矢田津世子を忘れたい一念（から）であった。自分をバカにしたい一念からであった。私は私自身をバカにし突き放してしまいたい一念であったに拘らず、矢田津世子は私に裏切られたような怒りをいだいたようであった。思いもよらないことであった。》

矢田津世子に誘われて『桜』の同人に加わったものの、聖女に祀り上げている彼女に恋を打ち明けることもできず、初めて恋を知った少年のように悶々としながら、「一日会わずにいると息絶えるような幼稚な情熱のなかで暮していた」（二十七歳）のである。その苦しい恋情から逃れるために「ボヘミアン」のお安さんに肉慾の慰藉を求めたのだという。

早くから安吾と親しかった仏文学者・若園清太郎の『わが坂口安吾』（昭和51、昭和出版）によれば、「マダムのお安さんは安吾より三つ四つ上だったろうか。面長《おもなが》の、眉毛のうすい、目がくぼみ、サンプラチナの入れ歯をして、すらりと背が高かった。ながらくこのような水商売をやってきて、酔っぱらいと好色男たちの応対になれきっているが、その生業《なりわい》に疲れきったというような感じだった。この三流バーにふさわしいような若い女が四、五人いた。安吾が、ここの常連で、もうかなりの馴染みであるのは、マダムや女たちの彼に対する態度で知れた。（中略）お安さんは安吾に首ったけで、まったくベタ惚れだった。彼女は安吾のことを『はきだめに舞いおりた鶴だわ』と言い、彼が少しでも冷淡な態度をみせると、サメザメと涙を流し、『アタシを捨てないで！』と叫ぶように言って、彼の胸に顔を埋めるのである。安吾がいつ彼女を捨てるか知れない不安と憂慮におののき、お安さんは彼の機嫌をうかがい、ビクビクしていた。まるで、カン癖な王様につかえる侍女そのままだった」と回想している。

かくして安吾は「ボヘミアン」の常連たちからお安さんのヒモと見なされ、安吾自身もそのことを別に否定しなかったようである。事実、同棲後のお安さんは女房気取りで安吾の身の周りの面倒を見ていたのである。ところが、お安さんには別れた亭主がおり、この男が時々無心に来てお安さんと安吾の間柄を知り、「安吾を叩き殺してやる」と息巻いてはお安さんを怒らせたものだという。安吾がお安さんと逃避行を始めるのは、この前夫から逃れるためであった。このお安さんとの関係を小説化したのが、「いづこへ」（昭和21・10『新小説』）と「私は海をだきしめてゐたい」（昭和22・1『婦人画報』）の二作である。その間、安吾は恋い焦れていた矢田津世子からも意識的に遠ざかり、バーのマダムと淫楽の泥沼にどっぷりと浸っていたのである。

《私は然し、ちかごろ妙に安心するようになってきた。うっかりすると、私は悪魔にも神様にも蹴とばされず、裸にされず、毛をむしられず、無事安穏にすむのじゃないかと、変に思いつく時があるようになった。そういう安心を私に与えるのは、一人の女であった。この女はうぬぼれの強い女で、頭が悪くて、貞操の観念がないのである。私はこの女の外のどこも好きではない。ただ肉体が好きなだけだ。（中略）

この女は昔は女郎であった。それから酒場のマダムとなって、やがて私と生活するようになったが、私自身も貞操の念は稀薄なので、始めから、一定の期間だけの遊びのつもりであった。この女は娼婦の生活のために、不感症であった。肉体の感動というものが、ないのである。肉体の感動を知らない女が、肉体的に遊ばずにいられぬというのが、私には分らなかった。精神的に遊ばずにいられぬというなら、話は大いに分る。ところが、この女ときては、てんで精神的な恋愛などは考えておらぬので、この女の浮気というのは、不感症の肉体をオモチャにするだけのことなのである。》（「私は海をだきしめてゐたい」）

それにもかかわらず主人公の〈私〉が女を捨てないのは、「女のからだは、美しいからであった。腕も脚も、胸も腰も、痩せているようで肉づきの豊かな、そして肉づきの水々《ママ》しくやわらかな、見あきない美しさがこもっていた。私の愛しているのは、ただその肉体だけだということを女は知っていた」のである。このような〈女体〉を眺めていると、「山の奥底の森にかこまれた静かな沼のような、私はそんななつかしい気がすることがあった。ただ冷めたい、美しい、虚しいものを抱きしめていることは、肉慾の不満は別に、せつない悲しさがあった。女の虚しい肉体は、不満であっても、不思議に、むしろ、清潔を覚えた。私は私のみだらな魂がそれによって静かに許されているような幼いなつかしさを覚えることができた」という。しかし、いくら貞操観念が欠けているとは言っても、「こんな虚しい清潔な肉体が、どうしてケダモノのような憑《つ》かれた浮気をせずにいられないのか」主人公には理解できない。主人公の知らないところでイタズラを繰り返しているに違いない「女の淫蕩の血を憎ん」ではみても、時にはその淫蕩の血すらも清潔に思われてくるのである。

ここには〈女体〉に天性の娼婦を求める安吾の女性観が見られる。即ち、「私が肉慾的になればなるほど、女のからだが透明になるような気がした。それは女が肉体の喜びを知らないからだ。私は肉慾に亢奮し、あるときは逆上し、あるときは女を憎み、あるときはこよなく愛した。然し、狂いたつものは私のみで、応ずる答えがなく、私はただ虚しい影を抱いているその孤独さをむしろ愛する」ようになる。そして、「私は女が肉体の満足を知らないということの中に、私自身のふるさとを見出していた。満ち足ることの影だにない虚しさは、私の心をいつも洗ってくれるのだ。私は安んじて、私自身の淫慾に狂うことができた。何物も私の淫慾に答えるものがないからだった。その清潔と孤独さが、女の脚や腕や腰を一そう美しく見せる」ことになるのである。

永遠に満ち足りることのない孤独な魂の渇きが安吾文学の属性であることを考えると、「私は海をだきしめてゐたい」一篇は、奔放淫蕩な女の肉体を壮大な荒海の波濤に見立て、「私の肉慾も、あの海の暗いうねりにまかれたい。あの波にうたれて、くぐりたい」と願望する安吾の〈ふるさと〉志向に結びつくのである。

矢田津世子に対する恋情を抑えきれなくなり、彼女を避けるために愛してもいない「ボヘミアン」のマダムと愛慾の逃避行を続けて来た安吾は、女を振り捨てて二年振りに母の住む蒲田・安方町の自宅に帰った。ところが、帰宅して間もなく矢田津世子が訪ねて来て安吾を驚かす。昭和十年の師走の出来事である。短篇「三十歳」には、その時の様子が次のように描かれている。

《私は「いづこへ」の女とズルズルベッタリの生活から別れて帰ってきたのであった。母の住む蒲田の家へ。「いづこへ」の女と私は女の良人の追跡をのがれて逃げまわり、最後に、浦和の駅の近くのアパートに落着いた。そこで私たちはハッキリ別れをつけて、私はいったん私のもと居た大森のアパートへ戻って始末をつけて、母の家へ戻ったのだ。すると、その三日目か四日目ぐらいに、あの人が訪ねてきたのだ。四年ぶりのことである。母の家へ戻ったことを、遠方から透視していたようであった。常に見まもり、そして帰宅を待ちかねて、やってきたのだ。別れたばかりの女のことも知りぬいていた。》（傍点引用者）

しかし、昭和八年の夏以来、「いづこへ」の女と同棲したり逃避行を繰り返していた同じ時期に、安吾は矢田津世子に宛てて長文の手紙を数多く発信している。しかも、それらの手紙の中には津世子から来た便りへの返信として書かれたものが可成り含まれている。作品には、バーの女と淫楽の生活をしていた時期は矢田津世子から完全に遠ざかっていたように書かれており、久々に会ったのは「四年ぶりのこと」だとあるが、この時期に相当する昭和八年から昭和十年までに矢田津世子へ宛てた安吾の書簡は、現在確認できるものだけでも四十通を超えている。ということは、一方で天性の娼婦と肉慾の淫楽に溺れながら、他方で聖女化した矢田津世子と精神的な悦楽に浸っていた、ということになる。例えば、女と逃避行を続けていた当時の安吾から津世子へ宛てた書簡に次のようなのがある。

《長らく御無沙汰いたしました。／先日わざ〳〵御祝ひの御手紙いただきながら、家におりませず、漸く今見たやうなだらしない次第です。／御病気の由、先般若園清太郎君から伺ってゐたのですが、御見舞ひにも参上いたさず、所用にかまけてつひ失礼してしまひました。

　その若園君が、これまた乾性肋膜にて、ただ今、群馬県吾妻郡新鹿沢《かざわ》温泉に転地しておりますが、ああいふ性質の人で、意気とみに銷沈しておりますので、明日小生も新鹿沢温泉へ赴き、清太郎と共に、七八月一杯、暫く山中に籠ってこようとしてゐるところです。（中略）

　小生、ここ一年、放浪、流転、行方さだめぬ絶望の生活を送り、今もなほいささか暗澹としておりますが、鹿沢温泉へ行きましたら、命をこめて仕事にとりかかる決意をいたしております。その思ひで、今は勇気にあふれてゐますが、いささかなりと心に満ち足る仕事ができましたなら、秋にはよほど心強く東京の土が踏めることと思ひます。そのときは、おくればせながら御病気御見舞ひにも参上し、無沙汰のお詫びをいたしたいと思ひます。秋までには御病気全快の吉報をききうるやう、呉々も御養成下さるやう願ひます。いづれ又、山から。／御元気を祈ります。》（昭和10・7・9付）

このあと七月二十四日には、「御身体いかがですか。小生只今上記のところにゐます。風景絶品ですが、小生仕事があるので、暫くこのへんの山々を歩いたのち、数日後もっと人里離れた奥地で、仕事にとりかかるつもりです。いづれ帰京の上」としたためた新鹿沢温泉の絵葉書を送っている。折り返し、津世子から返信があり、健康を取り戻しつつあること、近く友人（大谷藤子）と信州か上州へ小旅行する予定でいることなどが報じられて安吾を安堵させた。八月に入って安吾と若園清太郎は、長野県小県《ちいさがた》郡祢津村の奈良原鉱泉へ移った。移転早々、安吾は津世子に宛てて次のような便りをしたためている。

《だんだん御丈夫の由何よりに存じます。／信濃へおでかけの由、その折には奈良原へお立寄りになりませんか。信越線田中駅から自動車で当鉱泉までできます。参謀本部の五万分（の一の地図）では「上田」のところにあります。海抜千百米で、涼しく、気候はおすすめできると思ひますが、吸血昆虫（といふと恐しさうですが、つまり、ぶと、のみ、かの類ひ）多く、蚊の被害最も少く、ぶととのみには困却しております。宿泊料は一泊ですと一円二十銭と一円五十銭ですが、食物の全然砂糖の気配のない料理が、病後のおからだに如何なものかと思はれる程です。山の中腹で見晴らしはひらけてゐるのですが、風景としては決しておすすめできる絶景ではありません。ただ健康向きと云ふだけです。尤も小生は勉強のためにきたのでしたが、一二週間くらゐは山の疲れで何もできず、昨日から漸く仕事ができはじめました。（後略）》（昭和10・8・5付）

二人が滞在した奈良原鉱泉の富士見館は、現在の「あさま苑」である。津世子は手紙の中に病気療養中の若園清太郎への見舞いもしたためたので、安吾の手紙に若園も津世子への礼状を同封している。若園は新鹿沢温泉を推薦する安吾とは反対に、新鹿沢は食事も満足で天下の絶景ではあるがすでに俗化しており、その点「奈良原の方は野趣に富み、土地の風俗など知る上には後者の方が興味つきぬものがあります」と報じている。

安吾が矢田津世子と識り合った直後の昭和八年一月から、「僕の存在を、今僕の書いてゐる仕事の中にだけ見て下さい。僕の肉体は貴方の前ではもう殺さうと思つてゐます。昔の仕事も全て抹殺。」と絶縁の手紙を送って訣別した昭和十一年六月までの安吾の書簡を読んでみると、津世子の健康や文壇の評判などを気遣いながらも、その内容はまともな文学論や人生論であり、同年配の女流作家・矢田津世子と対等に渡り合っていることが判る。いわゆる恋文を思わせるような浮いた内容の書簡は一通もない。津世子がすでに妻子のある時事新報の和田日出吉と不倫の関係にあることを承知で、安吾はひたすら津世子と精神的に結びつこうとして涙ぐましい努力を傾けているのである。冗談一つ言えない生真面目《きまじめ》な文面を辿って行くと、周囲から豪放磊落《らいらく》と評されている《坂口安吾》に、純情で神経の濃《こま》やかなもう一つの顔が見えてくるから不思議である。それでいながら、来る日も来る日も矢田津世子の幻影に悩まされ、日増しに募ってゆく恋情を掻き消すために、愛してもいない「ボヘミアン」のマダムと淫楽の逃避行を続けるのである。その辺の消息が「二十七歳」に次のように小説化されている。女と逃避行を続ける主人公は、旅先で矢田津世子とW（和田日出吉）に出くわすことはないだろうかと懸念する。それは、津世子に「私と女が見られることへの怖れ」からではなく、「純一に、彼等の姿を見かけることの、その事実を確めさせられることの恐怖と苦痛」を味わうことになるからである。
《私はそのころ、路上でふと立ちすくむことがあった。胸は唐突にしめつけられ、呼吸が一瞬とまっている。私はふりむいて一目散に逃げる衝動にかられているのだ。私は街角を怖れた。又、街角から曲って出てくる人を怖れた。私は矢田津世子の幻覚におびえていたのだ。よく見れば似つかぬ女が、見た瞬間には矢田津世子に思われ、私は屢々路上に立ちすくんでいたのであった。

別して私は温泉で、矢田津世子とWの幻覚になやまされた。こんな安宿に彼等が泊る筈はないと信じながら、廊下で見かける人影に、とつぜん胸がしめつけられ、息がつまって、立ちすくむ。隣の男女の話声の、よくきけば凡そ似つかぬ女の声が、初めてきこえた一瞬だけは矢田津世子の声にきこえてしまう。

私は女給と泊り歩いている私《ママ》が、矢田津世子への復讐であるような心はミジンもなかった。私は今、すぐこの足で、矢田津世子を訪ねて、結婚しましょう、と言えば、結婚することもできるのだった。それは疑うべからざることで、そのことだけでは、一とかけの疑念も不安もなかったのだ。もとより、憎む時間はあった。然し、私があの人の影におびえて立ちすくむとき、私自身の恐怖の中には、あの人に苦痛と恥辱を与えたくない思いやりが常にこめられていたのだ。》(「二十七歳」)

それほど自信がありながら、では、何故彼女にプロポーズしなかったのか。それは、〈矢田津世子と私〉が〈矢田津世子とW〉と対立し、その結果、Wと同一線上に並べられる「自分の低さ、位置の低さを自覚する」ことになるからだという。それでいながら、主人公は最初から矢田津世子との結婚を諦めていたと弁明する。しかも、「一人の愛する女を諦めているばかりではなかった。より大いなるものを諦めていた」というのである。年上の女と淫楽の逃避行を続けている二十七歳の主人公が、この時点で一種の諦観の境地に在ったとはどういうことなのか。作者は説得力のない、こんな曖昧な表現でこの作品を切り上げている。

しかし、これが「三十歳」になると、矢田津世子に対する作者の眼は一そう辛辣になる。三年間、恋の狂気に翻弄されて来た主人公は、矢田津世子を「この世で最も不潔な魂の、不潔な肉体の人だという風に考える。……そして、その不潔な人をさらに卑しめ辱しめるために、最も高貴な一人の女を空想しようと考える。すると、それも、いつしか矢田津世子になっている」のである。そこで主人公は、ある決意をする。

《そして私が「いづこへ」の女と別れる時には、私はどうしてもこの狂気の処置をつけなければならないことを決意していたのである。求婚の形でか、より激しく狂気の形でか、強姦の形でか、とにかく何か一つの処置がなければならぬことだけは信じていた。矢田津世子も、たぶん、そうであったらしい。二人は別々に離れて、同じような悲しい狂気に身悶えていたらしい。》

(「三十歳」)

ここでもまた、それほどまでに恋い焦がれている主人公は、何故求婚しないのか、何故狂気を装って強姦しないのか、という問いに突き当たる。それに対して主人公は、Wのことには全く触れず、「夜の遊びをもとめる女の情慾に逆上的な怒りを燃やすたびに、神聖なものとして、一つだけ特別な女、矢田津世子のことを思いだして」しまうのだという。

《一つの女体としての矢田津世子が、他のあらゆる女体と同じだけの汚らしさ悲しさにみちたものであることを、当時の私といえども知らぬ筈はない。それどころか、女の情慾の汚らしさに逆上的な怒りを燃やすたびに、私はむしろ痛切に、矢田津世子がそれと同じものであることを痛く苦く納得させられ、その女の女体から矢田津世子の女体を教えられているのであった。それにも拘らず、逆上的な怒りのたびに、矢田津世子の同じ女体を、一つ特別な神聖なものとして思いだしてもいるのだ。》

要するに、矢田津世子は「私のあみだした生存の原理、魔術のカラクリ」であり、「三年間、私が夢に描いて恋いこがれていた矢田津世子は、もはや現実の矢田津世子ではなかったのだ。夢の中だけしか存在しない私の一つのアコガレであり、特別なものであった」と思い込むことで、魅力的な矢田津世子の女体から遠ざかろうと努めるのである。

しかし、作中の〈矢田津世子〉はあくまでも安吾が仮構した女人像である。安吾が実在の矢田津世子の心情をどのように忖度《そんたく》したとしても、所詮安吾の一方的な思い入れに過ぎないことを、誰よりも痛感していたのは外ならぬ安吾自身であったと思う。何故なら、久方振りに再会した時の「現実の矢田津世子は、夢の中の矢田津世子には似ず、呆れるほど、別れたばかりの女に似ていた。むしろ、同じものであったのだ。同じ女体であった」からである。当時、二人の間で頻繁に文通していた事実を考えると、作中の〈私〉もまた、安吾が自身の願望を託して造形したもう一人の〈坂口安吾〉だということになる。

五、教祖・小林秀雄への挑戦状

文学史の上では戦後六十年を経た今でもまだ定着したとは言えないが、戦時下の抑圧から解放されて百家争鳴の渦巻く戦後文学の一つの傾向に、〈新戯作派〉とか〈無頼派〉とか呼ばれる一派《エコール》があった。その中核に位置づけられているのが、坂口安吾・太宰治・織田作之助である。ほかに石川淳・檀一雄・田中英光・伊藤整・高見順などもこれに含まれる。いずれも昭和十年前後に創作活動を始めた作家たちである。

当時の文壇的状況は、永井荷風・正宗白鳥・谷崎潤一郎・志賀直哉たち老大家の復活と『近代文学』（昭和21・1創刊）派に代表される所謂第一次戦後派の新人たちが注目を浴び、新戯作派・無頼派は両者の谷間にあって、当初はむしろ異端のマイナー作家のように見られていた。すでに見て来たように、「現代小説を語る」座談会（昭和21・11・25）で『近代文学』派の平野謙が坂口安吾・太宰治・織田作之助を前にして、「志賀直哉の文学といふものが現代日本文学のいつとうまつたうな、正統的な文学だとされてゐる。さういふ常識からいへば、ここに集まつた三人の作家はさういふオーソドックスなリアリズムからはなにかデフォルメした作家たちばかりだと見られてゐる」と切り出しているところにも、当時の文壇事情がよく現れている。

確かに明治・大正期の生き残り作家たちは日本の文壇で永い間〈正統〉の座を与えられて来たし、一方『近代文学』派や左翼系の『新日本文学』派の作家たちには新しい日本文学の担い手としての自負があり、声高に戦後文学の〈正統〉を主張しているのに比べれば、「戯作」とか「無頼」などの侮蔑的な用語で性格づけられている安吾たちは、やはりデフォルメされた〈異端〉でしかなかったのである。

彼らを昭和の戯作者に見立てて〈新戯作派〉の蔑称を贈ったのは林房雄（昭和22・6『小説と読物』）だと言われているが、それよりやや遅れて使われた〈無頼派〉の名付け親については今なお判然としない。しかし、〈無頼派〉を戦後の新しい生き方として逸早く提示した人は太宰治である。太宰は終戦の年の十月二十二日から仙台の地方紙『河北新報』に「パンドラの匣」を連載するが、その中に次のような一節がある。サナトリュームで療養生活をしている一人のインテリが、自由思想について療養仲間に講釈する場面である。

《フランスでは……リベルタンってやつがあって、これがまあ自由思想を謳歌してずゐぶんあばれ廻つたものです。十七世紀と言ひますから、いまから三百年ほど前のことですがね。……こいつらは主として宗教の自由を叫んで、あばれてゐたらしいです。……たいていは、無頼漢みたいな生活をしてゐたのです。芝居なんかで有名な、あの、鼻の大きいシラノ、ね、あの人なんかも当時のリベルタンのひとりだと言へるでせう。時の権力に反抗して、弱きを助ける。

当時のフランスの詩人なんてのも、たいていもうそんなものだつたのでせう。日本の江戸時代の男伊達《おとこだて》といふものに、ちよつと似てゐるところがあつたやうです。（中略）

いつたいこの自由思想といふのは……その本来の姿は、反抗精神です。破壊思想といっていいかも知れない。圧制や束縛が取りのぞかれたところにはじめて芽生える思想ではなく、圧制や束縛のリアクションとしてそれらと同時に発生し闘争すべき性質の思想です。》

太宰は「パンドラの匣」の連載終了直後に津軽の疎開先（生家）から井伏鱒二に宛てた手紙（昭和21・1・15付）の中で、「このごろの雑誌の新型便乗ニガニガしき事かぎりなく、おほかたこんな事になるだらうと思つてゐましたが、あまりの事に、ヤケ酒でも飲みたくなります。私は無頼派《リベルタン》ですから、この気風に反抗し、保守党に加盟し、まつさきにギロチンにかかつてやらうかと思つてゐます。（中略）また文学が、十五年前にかへつて、イデオロギイ云々と、うるさい評論ばかり出るのでせうね。うんざりします」と述べ、同じ頃貴司山治に宛てた「返事」にも、「またまた、イデオロギイ小説が、はやるのでせうか。あれは大戦中の右翼小説ほどひどくは無いが、しかし、小うるさい点に於いては、どつちもどつちといふところです。私は無頼派《リベルタン》です。束縛に反抗します。時を得顔のものを嘲笑します」（昭和21・5『東西』）とあって、「パンドラの匣」の〈リベルタン〉を日本語の〈無頼派〉に置き換えている。一人の作家が自分の立場を〈無頼派〉と位置づけたのは、おそらく太宰治が初めてであろう。（永井荷風や川端康成にも反俗・反権力の文士を無頼の徒と称した表現はあるが、無頼派の呼称は見当らない。）

しかし、この時点で太宰は自分以外の作家をも含めて無頼派《リベルタン》と称したのではない。あくまでも太宰個人の心情を語ったものである。もともと無頼とは「役立たず、やくざ、放蕩、ごろつき」の意であるが、文学的には「反俗、反逆、反権力、破滅的下降志向、非日常的自由思想」などの意に用いられる。世間の公序良俗を偽善として排除し、文壇人の馴れ合いや気取り屋同士のサロン文化を通俗なものとして軽蔑すれば、好むと好まざるとに拘らず、当然その作家は〈無頼〉を生きざるを得なくなる。講談社版『日本近代文学大事典』第四巻収録「無頼派」の項で、奥野健男は次のように解説している。

《敗戦直後の昭和二一年から二四、五年あたりにめざましい活躍をした一群の文学者たちに与えられた名称である。……はじめは「新戯作派」という呼び名のほうが一般的であったが、しだいに「無頼派」の呼び名が広く用いられるようになった。（中略）彼らの多くは昭和一〇年前後に文学的出発を遂げたが、新感覚派やプロレタリア文学が挫折したのち、もはや従来のリアリズムやロマネスクが栄えた小説の黄金時代である近代が終焉し、未知な現代という時代に突入したことを認識し、既成の小説観や方法に反逆し、新しい現代文学の模索から出発した文学者である。したがって敗戦後の日本を近代の復活ととらえず、さらに困難な現代的情況と正しく認識し、古いリアリズムに反逆する新しい戯作を、人間と文学の真の変革を、めざした。それが若者たちに大きな共感を与えたのだ。平野謙が「自然主義から私小説へと続く文壇主流のため、戦前、戦中には、傍系の少数派として、その文学的実力が認められにくかった石川淳、坂口安吾、太宰治、伊藤整らの文学も、敗戦直後の開放的雰囲気に支えられて、はなばなしく文壇の前面に押し出された結果となった」という指摘はもっとも正鵠を射ている。》

ところが、この呼称に対して異議を唱えている人がいる。小田切秀雄は集英社版『現代文学史』下巻（昭和50・12）で、「戦前または戦争中に文壇に出ていて、戦後派とはまたちがったしかたで戦後的な新しい文学の作者として注目された一群の作家」として、石川淳・太宰治・坂口安吾・織田作之助・伊藤整の名を挙げた上で、「この時期のかれらを、のちに〝新戯作派〟・〝無頼派〟等の名でよぶ習慣がつくられているが、新戯作派というのでは実体にたいして名が軽過ぎるし、無頼派というのでは一面だけの誇張になる。そこでここでは、仮りに〝反秩序派〟という名称を考えてみたが、これで文学史上の呼称として安定するかどうかは、なお考える必要があろう」と提言している。しかし、この提言から三十年経った現在、いつの間にか新戯作派も反秩序派も姿を消し、無頼派のみが彼らの呼称として生き続けている。

ところで、この無頼派の作家たちの中で最もその呼称に相応しい人物は坂口安吾と太宰治である。二人は饒舌体の独特な〈語り〉で読者と直接対話し、一つの物語を通して人間が人間らしく生きることの哀しさと切なさを訴える作品を数多く手掛けて来た。時代の便乗主義者を嘲笑し、戯作者根性に徹することを作家の在るべき姿と考えて、何よりも読者を喜ばせる作品の創造に命を賭けた。その意味では文字どおり〈文士〉の名に相応しい生き方であった。

しかし、等しく無頼派と言っても安吾と太宰とでは、作風の面でも生き方に於ても大きく異なっている。豪放磊落な合理主義者・坂口安吾の筋金入りの感性に比べれば、抒情の作家・太宰治の研ぎ澄まされた感性は余りにも脆弱で頼りない。そこに自ずと二人の文学の特質の違いが顕れ、読者は好みに応じてその何れかを選ぶことになるのであるが、反俗的な自由人としての共通項もあるので全く異質の文学とも思えない。しかし、どちらかと言えば安吾文学が男性的であるのに対して、太宰文学は女性的なものとして読者に受けとられている。女性一人称の〈語り〉の巧《うま》さについては安吾も太宰に一目置いており、特に太宰の「斜陽」を傑作として絶讃した。安吾は「花田清輝論」(昭和22・1『新小説』)の中で、「小説家には太宰治という才人があるが、いわば花田清輝は評論家のそういうタイプで、ダンデイで才人だ」と述べている。新進気鋭の評論家・花田清輝の紹介に太宰を持ち出しているところが面白い。

確かに安吾と太宰はタイプの異なる作家ではあるが、世間的な建前の正論を偽善と称して嘲笑し、自ら求めてデカダンスの中に身を投じて周囲の顰蹙《ひんしゅく》を買いながらも、最後まで本音の生き方を貫いて自爆したという点では最も〈無頼派〉の名に相応しい作家である。しかし、この呼称で呼ばれることは必ずしも彼らの本意ではなかった。何故なら、文士の道を選びとった者にとって〈無頼〉は避けることの出来ない一種の宿命であり、〈無頼〉を忌避することは芸術を棄てて自ら俗物と化し、通俗的な読物作者に堕してしまうからである。文学と読物の違いについて、安吾は「通俗と変貌と」(昭和22・1『書評』)の中で次のように説いている。

《今までの日本は文学でなしに読物が多すぎた。おまけに読物が読物としてでなしに、文学として、純文学として通用していたのである。（中略）文学は報告書ではなく、暴露史でもない。別に変ったものではなく、ただ人性の真実が語られているだけのことである。ある階級のものではなく、ただ、人間のためのものだ。／政治の発見というけれども、人間の発見が更により以上大切だ。より良き政治といったところで、政治によって真実人間の救われることはあり得ない。／この地上から、貧乏な人だの病気で苦しむ人などがなくなることは望ましいことであるけれども、不幸な人はなくならない。悲しみや切なさや虚しさや苦しみの根はなくなる時がない。こんなことは分りきったことだ。

文学はそういうものに解決を与えるような大それたものではないので、悲しさだの不幸などというものに元々解決などは有り得ない。毒を以て毒を制すというが、いわば、まア、魂の病人の鎮痛薬のようなもので、劇薬だから、病人以外には有害無益かも知れない。私は然し大して利《き》く薬だとも思わないので、まア、せいぜい気休めのオモチャ程度にしか考えていない。

だから私は別段読物を軽蔑してはおらぬので、否、文学というものを、大したシロモノだとは考えていないのだ。ただ読物は健康人のオモチャであり、文学は病人のオモチャだというだけのこと、然し、この違いだけはハッキリさせなければならぬ。／魂の病人とは何者か。ただ、人間ということだ。人間として生きており、自我を見つめて生きており、自我の真実な生き方を考えている人であるにすぎない。

文学は、いくら面白くても構わない。ハラン重畳、手に汗をにぎらせ、溜息をつかせても結構だ。そういうことによって文学の本質が変貌することはない。日本の文学は、面白くなさすぎた。あんまり直接ただ一服の鎮痛薬であるばかりで、病人の長々のオモチャに徹するだけの戯作者魂が乏しかった。》

安吾は文学の働きをオモチャの比喩を用いて控え目に語っているが、「文学はどんなに面白くても構わない。どれほどハランにとみ、手に汗をにぎらせ、溜息をもらさせても構わない。ただ、文学は常に文学であり、読物は常に読物だ。この二つは根本的に違いがハッキリしている」と断言する。

では、この二つはどこが違うのか。それは、描くべき対象にどれだけ貪慾に食い込んでいるかで決まるという。〈枯淡の風格〉とか〈淡々とした神品〉などという退屈千万な骨董性に惑わされることなく、「作家の肉体力はカゲロウの羽の如くに病み衰えても、作家精神というものは常に最大の貪慾を失ってはならぬ。芸術の貪慾と放蕩の中で作家は自爆しなければならぬ」と説く。自爆とは、戯作者魂を貫くことに命を賭けることである。安吾はここで、文学作品を骨董扱いして真贋の鑑定人に収まっている小林秀雄に噛みつく。

《小林秀雄は、作家は何を書いたか、ということよりも、何を書かなかったか、ということの方に意味があるという。そんな馬鹿げた屁理窟があるものか。芸術作品というものは、力の権化である。力自体の貪慾と放蕩の中で常に自爆しなければならないものだ。芸術作品が作家自身の創造であり、発見であるのは、かかる自爆によってである。作品は書かれたことにしか意味がない。

小林は骨董品をさがすように文学を探している。そして、小さな掘出し物をして、むやみに理窟をつけすぎ、有難がりすぎている。埃をかぶって寝ている奴をひきだしてきて、修繕したり説明をつけて陳列する必要はないのである。西行だの実朝の歌など、君の解説ぬきで、手ぶらで、おっぽり出してみたまえ。何者でもないではないか。芸術は自在奔放なものだ。それ自体が力の権化で、解説ぬきで、横行闊歩しているものだ。》(「通俗と変貌と」)

つまり、芸術作品は神韻縹渺とした骨董品ではなく、もっと人間くさいものだというのである。だから、「芸術は『通俗』であってはならぬが、いかほど『俗悪』であってもよい。人間自体が俗悪なものだからである。むしろ俗悪に徹することだ。素朴や静寂に徹するよりも、俗悪に徹することは、はるかに困難な大事業だ。そこには人の全心《ママ》全霊のあらゆる力が賭けられることを必要とする。その道は自爆以外にない」という。人間を精神的なものとして幻想化せず、それ自体を俗悪な存在として丸ごと抱え込み、その俗悪な人間を俗悪な姿のまま命がけで表現したものが文学だというのである。座敷の床の間に飾って鑑賞すべき代物《しろもの》ではないのである。

当時、安吾と小林秀雄は酒席を共にするほど気の合った文学仲間であった。安吾は小林よりも四歳年少であるが、二人の文学的出会いは昭和初年まで遡る。安吾は「二十七歳」の中で、「そのころ、春陽堂から『文科』という半職業的な同人雑誌がでた。牧野信一が親分格で、小林秀雄、嘉村礒多《いそた》、河上徹太郎、中島健蔵、私などが同人で、原稿料は一枚五十銭ぐらいであったと思う。五十銭の原稿料でも、原稿料のでる雑誌などは、大いに珍しかったほど、不景気な時代であった」と書いている。昭和六年十月に創刊された『文科』は昭和七年三月刊の第四輯で廃刊になるが、安吾はこの雑誌の第一輯から創作「竹藪の家」を連載し、小林は第二輯と第三輯にA・ポオの「ユレカ」を牧野信一と共訳で掲載した。安吾の挙げている人以外の執筆者に、坪田譲治、井伏鱒二、堀辰雄、滝井孝作、上林暁、三好達治、丸山薫、安西冬衛らがいる。

昭和六年と言えば、安吾が文壇デビュー作「風博士」（昭和6・6『青い馬』）を発表した年であるが、逸早くその特異性に注目した牧野信一は、次作「黒谷村」（昭和6・7『青い馬』）で安吾の才能に徒《ただ》ならぬものを感じとり、全くの無名の新人をわざわざ自宅に招き、近く創刊される『文科』に長篇を連載するよう慫慂《しょうよう》したという。文芸誌『文科』の執筆陣に加わることによって安吾は小林と酒席を共にすることもあり、以後永く文学仲間として付き合うようになる。この間の消息については、安吾の「小林さんと私のツキアイ」（創元社版『小林秀雄全集』第八巻月報、昭和26・3）と小林の「坂口安吾」（創元社版『坂口安吾選集』内容見本、昭和31・7）に二人の出会い当時のことが紹介されている。

安吾は先に挙げた「通俗と変貌と」の中で、「いったいこの戦争で、真実、内部からの変貌をとげた作家があったであろうか。私の知る限りでは、ただ一人、小林秀雄があるだけだ。（中略）

彼はイコジで、常に傲然肩を怒らして、他に対して屈することがないように見えるけれども、実際は風にもそよぐような素直な魂の人で、実は非常に鋭敏に外部からの影響を受けて、内部から変貌しつづけた人であり、この戦争の影響で、反抗や或いは逆に積極的な力の論者となり得ずに諦観へ沈みこんで行ったことなぞも、彼にとって自然であっても、私は必ずしも文学的に『望ましい』変貌であったとは思っていない。勝利の変貌であるよりも、敗北の変貌であったようだ。彼は祖国の宿命に負けたのだ。然し、これに就ては、私は近く『小林秀雄論』を書く予定になっているから、今はこれだけでやめることにしよう」と述べ、評論界の教祖に祀り上げられている小林を俎上に載せることを予告している。これが、昭和二十二年の『新潮』六月号に発表した「教祖の文学」である。面と向かって評論界のボス・小林秀雄を槍玉に挙げたのは安吾が初めてであろう。

《思うに小林の文章は心眼を狂わせるに妙を得た文章だ。私は小林と碁を打ったことがあるが彼は五目置いて……けっして喧嘩ということをやらぬ。置碁の定石の御手本通りのやりかたで、地どり専門、横槍を通すような打方はまったくやらぬ。こっちの方がムリヤリいじめに行くのが気の毒なほど公式的そのものの碁を打つ。碁というものは文章以上に性格をいつわることができないもので、文学の小林は独断先生の如くだけれども、本当は公式的な正統派なんだと私はその時から思っていた。然し彼の文章の字面《じづら》からくる迫真力というものは、やっぱり私の心眼を狂わせる力があって、それに要するに、彼の文章を彼自身がそう思いこんでいるということ、そして当人が思いこむということがその文学をして実在せしめる根柢的な力だということを彼が信条とし、信条通りに会得したせいではないかと私は思う。

彼の昔の評論、志賀直哉論をはじめ他の作家論など、今読み返してみると、ずいぶんいい加減だと思われるものが多い。然し、あのころはあれで役割を果していた。彼が幼稚であったよりも、我々が、日本が、幼稚であったので、日本は小林の方法を学んで、小林と一緒に育って、近頃ではあべこべに先生の欠点が鼻につくようになったけれども、実は小林の欠点が分るようになったのも小林の方法を学んだせいだということを、彼の果した文学上の偉大な役割を、忘れてはならない。》(「教祖の文学」)

安吾は小林の「当麻《たいま》」の中から世阿弥の、「美しい『花』がある、『花』の美しさといふ様なものはない」という言葉を、また「無常といふ事」の中から、「生きてゐる人間などといふものは、どうも仕方のない代物だな。何を考へてゐるのやら、何を言ひだすのやら、仕出かすのやら、自分の事にせよ、他人の事にせよ、解った例《ため》しがあったのか。鑑賞にも観察にも堪へない。其処に行くと死んでしまった人間といふものは大したものだ。何故、あゝはっきりとしっかりとして来るんだらう。まさに人間の形をしてゐるよ。してみると、生きてゐる人間とは人間になりつゝある一種の動物かな」の箇所をそれぞれ引用して、所詮は「曖昧さを弄ぶ性癖」から生れた単なる言葉遊びに過ぎないと断ずる。そして、世阿弥の美についての観念に何の疑わしいものがないと考えるのは、小林が「彼の文学上の観念の曖昧さを彼自身それに就いて疑わしいものがないということで支えてきた這般《しゃはん》の奥義を物語っている」に過ぎず、「小林はちかごろ奥義を極めてしまったから、人生よりも一行のお筆先の方が真実なるものとなり、……悟道に達して、何々教の教祖の如きものとなる。小林秀雄も教祖になった」と揶揄している。更に、「生きてゐる人間などといふものは……鑑賞にも観察にも堪へない」という小林の言葉を踏まえて、安吾は次のような嫌がらせをしている。

《だから坂口安吾という三文文士が女に惚れたり飲んだくれたり、時には坊主になろうとしたり、五年間思いつめて接吻したら慌ててしまって絶交状をしたためて失恋したり、近頃は又デカダンなどと益々もって何をやらかすか分りゃしない。もとより鑑賞に堪えん。第一奴《やつ》めが何をやりおったにしたところで、そんなことは奴めの何物でもない。こう仰有るにきまっている。奴めが何物であるか、それは奴めの三文小説を読めば分る。教祖にかかっては三文文士の実相の如き、手玉にとってチョイと投げすてられ、惨又惨たるものだ。（中略）

歴史には死人だけしか現われてこない。だから退《の》ッ引きならぬギリギリの人間の相を示し、不動の美しさをあらわす、などとは大嘘だ。死人の行跡が退ッ引きならぬギリギリなら、生きた人間のしでかすことも退ッ引きならぬギリギリなのだ。もし又生きた人間のしでかすことが退ッ引きならぬギリギリでなければ、死人の足跡も退ッ引きならぬギリギリではなかったまでのこと、生死二者変りのあろう筈はない。》

安吾に言わせれば、「人間は何をやりだすか分らんから、文学があるのじゃないか。歴史の必然などという、人間の必然、そんなもので割り切れたり、鑑賞に堪えたりできるものなら、文学などの必要はないのだ。……生きた人間を自分の文学から締め出してしまった小林は、文学とは絶縁し、文学から失脚したもので、一つの文学的出家遁世」であり、とどの詰まり、「教祖は独創家、創作家ではないのである。教祖は本質的に鑑定人だ。教祖がちかごろ骨董を愛すというのは無理がないので、すでに私がその碁に於いて看破した如く彼は天性の公式主義者であり、定石主義者であり、保守家であり、常識家である」ということになるのである。

ここで興味深いのは、小林が日本文学の一級品として推奨する西行と源実朝の和歌及び「徒然草」と「平家物語」を安吾は三流品扱いし、本物の作品例として宮沢賢治の「眼にて言ふ」（遺稿『疾中』所収）と題する詩篇を挙げていることである。この詩は賢治が両側肺浸潤と診断されて花巻病院に入院した昭和三年八月十日以降に書かれたもので、文字どおり〈疾中〉の詩作である。罫紙の両面に鉛筆で書かれた詩稿で、筑摩版校本全集の第六巻に口絵カラー写真と共に収録されている。

眼にて云ふ

だめでせう／とまりませんな／がぶがぶ湧いてゐるのですからな／ゆふべからねむらず血も出つづけなもんですから／そこらは青くしんしんとして／どうも間もなく死にさうです／けれどもなんといい風でせう／もう清明が近いので／あんなに青ぞらからもりあがって湧くやうに／

きれいな風が来るですな／もみぢの嫩芽《わかめ》と毛のやうな花に／秋草のやうな波をたて／焼痕《やけあと》のある藺草《いぐさ》のむしろも青いです／あなたは医学会のお帰りか何かは判りませんが／黒いフロックコートを召して／こんなに本気にいろいろ手あてもしていただけば／これで死んでもまづは文句もありません／血がでてゐるにかかはらず／こんなにのんきで苦しくないのは／魂魄《こんぱく》なかばからだをはなれたのですかな／ただどうも血のために／それを云へないがひどいです／あなたの方からみたらずゐぶんさんたんたるけしきでせうが／わたくしから見えるのは／やっぱりきれいな青ぞらと／すきとほった風ばかりです。

安吾はこの詩を全文引用（一部脱落）した上で、「本当に人の心を動かすものは、毒に当てられた奴、罰の当った奴でなければ、書けないものだ。思想や意見によって動かされるということのない見えすぎる目（注、鑑定人の眼）などには、宮沢賢治の見た青ぞらやすきとおった風など見ることができないのである」と述べている。要するに、文学は偶然なるものに己れを賭けて「生きること」であり、鑑定人の眼で「見ること」ではない、というのが安吾の主張である。

評論「教祖の文学」を発表した一年後に、安吾と小林秀雄は『作品』社の主催で「伝統と反逆」（昭和23・8『作品』）と題する対談を行なった。この対談について奥野健男は冬樹社版『定本坂口安吾全集』第十二巻の「解説」で、「安吾は昭和二十二年六月『新潮』に『教祖の文学』という敬愛にみちながら辛らつな小林秀雄の本質批判を書いている。それをふまえて認めあいながら、本質的にはもっとも違う両者が、一歩も譲らず、美と人生、創造と鑑賞、現代小説論、ドストエフスキーなどについて、酔いながらも全人格をあげて火花を散らしあっている。それはどちらかの生き方の全否定に通じるおそろしい論争である。この現代の両雄の秘術をたたかわせた議論は、読者を興奮とおそろしさに捲きこまずにはいない。文や言葉は武や剣より怖しいものであり、そして豊かな人間的なものである」とかなり誇張した解説をし、「真剣勝負とも形容したい名対談である」と評価している。

この対談には小見出しとして、「魔道」「暴風雨のようなリアリズム」「現代への繋り」「生活と伝統」「人生をつくる」「規矩と蔑視」「新しい文学批評形式」「ドストエフスキー」「突破」「菊池寛と志賀直哉」の十項目が編集部によって付けられている。その一部を次に紹介しておく。酒豪同士の酒席での対談である。

―〈前略〉―

小林　僕はあんたに会いたかったんだけども、何だか、いろんなことで会わなかったナ。この間も僕は雑誌組合か何かから講演を頼まれてね、講演なんか厭だけれども、ちょっと義理があって、出るって言ったんだよ。そしたら、その次に行ったら、洵《まこと》にどうも済みません、坂口さんが出るんです。坂口さんが出れば、あなたはとても出ないと思って断りました、こう言うんだよ。

坂口　俺にもその話はしたよ。

小林　だから、僕はとにかく講演なんていうのはしたくないからね、講演しなくっていいのか、ああ、そうか、って言って帰って来たんだ。俺はお前さんの何とか論って言うのを何とも思ってないけどね。

坂口　ああ、「教祖の文学」か。あれは何でもないじゃないか。

小林　誤解しているんで困るんだ。

坂口　誤解じゃないよ。あれくらい小林秀雄を褒めてるものはないんだよ。

小林　いや、世間がさ。世間という奴は死んでも正解はしない。僕は批評の専門家だからね、何を書かれたって誤解なんか出来ないよ。

坂口　僕が小林さんに一番食って掛りたいのはね、こういうことなんだよ。生活ということ、ジャズだのダンスホールみたいなもの、こういうバカなものとモーツァルトとは、全然違うものだと思うんですよ。小林さんは歴史ということを言うけれども、僕は歴史の中には文学はないと思うんだ。文学というものは必ず生活の中にあるものでね、モーツァルトなんていうものはモーツァルトが生活してた時は、果して今われわれが感ずるような整然たるものであったかどうか、僕は判らんと思うんですよ。つまりギャアギャアとジャズをやったりダンスをやったりするバカな奴の中に実際は人生があってね、芸術というものは、いつでもそこから出て来るんじゃないかと僕は思うんですよ。

小林　そう、そう。それで？

坂口　僕が小林さんの骨董趣味に対して怒ったのは、それなんだ。

小林　骨董趣味が持てれば楽なんだがね。あれは僕に言わせれば、他人は知らないけどね、女出入りみたいなものなんだよ。美術品鑑賞ということを、女出入りみたいに経験出来ない男は、これは意味ないよ。だけども、そういうふうに徹底的に経験する人は少いんだよ。実に少いのだよ。……狐が憑《つ》く様なものさ。狐が憑いている時はね、何も彼も目茶々々になるのさ。経済的にも精神的にも、家庭生活が目茶々々になって了うんだ。文士づき合いも止めて了って、骨董屋という一種奇妙な人間達と行き来してヘンな生活が始まるんだよ。それだけでも、結構地獄だね。それに、あの世界は要するに鑑賞の世界でしょう？　美を創り出す世界じゃないですよ。どうしてもその事を意識せざるを得ない。この意識は実に苦痛なものだ。これも地獄だ。それが厭なら美学の先生になりゃアいいんだ。

坂口　そう……。小林さんの言うことは、一種の惚れる世界じゃないですか。そうしてそれが文学じゃなくて、というのは、つまり生き方の暗示をうけるためじゃなくて、骨董品なんだ。骨董は、つまり、それ自身が生き方だ。しかも文学よりもう一つ上のものだと小林さんは考えてるんじゃないかな。

小林　上？　いや、決してそうは考えてない。文学者としてそんな不合理な考え方はない。美術や音楽は、僕に文学的な余りに文学的な考えの誤りを教えてくれただけなのだ。妙な言い方だがね、文学というものは文学者が普通考えているより、実は遥かに文学的なものではない、僕はそういう考えを持つに至った。この考え方は文学的ではないか。せいぜいそんな考えに達するのに高い価を払ったものさ。考えてみれば妙な世界だよ、狐が落ちてみればね。

坂口　公定価格のない世界だからかね。標準というもののない世界じゃないですか。

小林　美の鑑賞には標準はない、美を創る人だけが標準を持ちます。人間というものは弱いもんだね。標準のない世界をうろつき廻って、何か身につけようとすれば、美と金とを天秤にかけてすったもんだしなければならぬ。一種の魔道だろうが、他に易しい道があるとも思えない。現代には美的生活という様なものは不可能だからね。美を生活の友としようとすれば、魔道に落ちる他はない。落ちた奴は落ちた奴さ。とても人様におすすめ出来る事じゃない。上野で展覧会でも見ていた方が無事だろうよ。

―〈中略〉―

坂口　文士という職業があっちゃいけないんじゃないかな。

小林　うん、パラドックスとしてはね。――だから、俺も明日からセトモノ商売が出来る。そこまで行かなければ、何があんた、陶器が判るものかね。

坂口　それはそうだね、やっぱり生活を賭けるということがなくちゃダメなんだろうね。

小林　ダメらしいですよ。僕は陶器で夢中になってた二年間ぐらい、一枚だって原稿書いたことがない。セトモノを売ったり買ったりして生活を立てていた。

坂口　そうなるだろうな。

――〈後略〉――

酔うほどにますます本音をぶっつけ合うようになるが、最後に〈後記〉の形で小林は、「次第に酔いがまわり、二人とも何を喋っているかわからず、坂口君の忠告に従い、この辺りでチョン切る。速記者秋山君の責にあらず。彼の腕は天才的であるという坂口君の説にも同感である」と記している。対談に少し先立って『教祖の文学』が単行本（昭和23・4）になった時、安吾は巻末の「後記にかえて」の冒頭で二人の在り方を次のように述べている。

《私は社会人としての自我というものを考えるから、政治についても考えるけれども、政治家にはなる筈のない生れつきである。／私は今の世に生れたから文士になったが、昔の世に生れても、決して大名貴人になろうとか、天下の豪傑になろうとは思わず、琵琶法師とか遊吟詩人というようなものになったろうと思う。／尤も私も子供の頃には軍人だの坊主になろうと考えたから、天下の豪傑や高僧になろうと試みるかも知れないが、結局は遊吟詩人とか琵琶法師というものに落付くようなタチであろうと思っている。

思うに、小林秀雄も政治家にはならないタチの教育宗教型の詩人であるが、然し彼は、琵琶法師や遊吟詩人となって一生を終ろうとする茶気《ちゃき》はなく、さしずめ遁世して兼好法師となるところが、僕《ママ》と大いに違っているのだろうと考える。／似て、似きれない、そういう違いが、教祖の文学というものを書かせたのだろう。

あらそわれないものである。私は小さい時から、豪傑を夢みる一方に、遊吟詩人を熱愛し、長じてフランスの本を読むようになったころも、ジョングラー（注、吟遊詩人、放浪楽人）という言葉にぶつかると、なつかしさに、いっぱいになったものだ。／私は今も、楽器をかゝえ、野山をヘンレキして、ひなびた村の門に立って、自作の詩劇を唄う旅人を考える。それは私の姿である。》

後年、小林秀雄は安吾の死後に刊行された冬樹社版『定本坂口安吾全集』の内容見本に寄せた一文で、「坂口安吾は、まことに魅力ある人柄の持主であつた。それは、何んとも言へぬ優しい肯定的なものと荒々しく異常な破壊的なものとの微妙な混淆であつた。彼に附合つた人が直覚するより他はないこの人柄を、文学に、強引に真つ正直に直結させたものが、彼が遺した仕事である。彼は、決して言葉にごまかされない鋭敏な批評眼を持つてゐたから、自分をよく知つてゐたが、自分と戯れてみせるといふ事はしなかつた。自分の困難な天賦を忠実にぶちまけた。全集の読者は、彼の作品群の外見上の乱脈が、この作家が必須としたアイロニイであつた事を合点するであらう」（昭和43・1）と推奨している。真剣勝負に立ち会った論敵からの鎮魂の讃辞を、泉下の安吾はどのように受けとめたであろうか。

六、「桜の森の満開の下」の手法

作家たる者は何よりも戯作者根性に徹せよ、というのが安吾の持論であるが、それの延長線上にエッセー「娯楽奉仕の心構え」（昭和22・11『文学界』）がある。副題に〈酔ってクダまく職人が心構えを説くこと〉とあることからも判るように、酔狂を装って従来の日本的文学観を揶揄しながら、いわゆる休養娯楽に奉仕すべき戯作者の在り方を講釈したものである。

安吾によれば、「シエクスピアは傑《すぐ》れた人間通であると同時に傑れた戯作者であり、ドストエフスキイは悩み高き思想家であると同時に途方もない戯作者だった。ストリンドベルヒも同断であり、モリエールの喜劇の面白さによってモリエールを咎める史家は先ずないだろう」ということになり、それに比べれば、「日本文学は自らの思想性が低いから、戯作性とか娯楽性を許容すると自ら尊厳が維持しきれない。日本文学者の多くの人々に戯作性が拒否せられるのはそのせいだと私は思う。思想が深く、苦悩が深ければ、それに応じて物語も複雑となり、筋に起伏波瀾がなければ表現しきれなくなるから、益々高度の戯作性、話術の妙を必要とする。日本の文学者は多く思想が貧困であり、魂の苦悩が低いから、戯作性もいらない上に、戯作者を自覚する誇りも持つことができないのである」と断じている。

つまり、戯作者根性に徹するということは、高い思想と深い魂の苦悩に裏づけられながら、複雑に入り組んだ人間世界をいかに面白く語るかに工夫を凝らすことなのである。それは、「すぐれた文学ならみんなそれぞれの面白さがあるべきもので、面白さも亦作品の生命の一つ」だからである。

《文学は型をきめて判断してはいけないものだ。一般読者は文学の理論などに患《ママ》わされず虚心に読み、自分の心にふれるものだけに惹《ひ》かれるという読み方だから却って正しく小説の心にふれていることが多く、批評家や文学の専門家は型にきめて判断するから作者の魂にふれることが少ないものだ。（中略）

特別日本の文学者批評家の珍論は、この小説は面白いから不マジメだという。面白さ自体には不マジメなどあるものじゃない。作者の思想や魂が不マジメだということはある。然し面白さが不マジメだと云う人々は、たぶん涙はマジメで笑いは不マジメだと思っているに相違ない。然し涙はマジメなものでも誠実なものでもなく、大いに偽りのあるもので、屢々《しばしば》軽薄なものでもある。もとより笑いが涙以上に深刻高遠ということはないが、一つは目からでる水、一つは口からもれる風声で、どっちがマジメ、どっちが不マジメという性質のものじゃない。フィガロのセリフに「なぜ私が年中笑うかですって。笑わないと、涙がでてきやがるからさ」。五分五分のものだ。

同様に、面白さ自体、マジメも不マジメもあるものじゃない。面白さを悪徳と見る人々の魂や生活は何と貧困なものだろうか。誠実な生き方や省察がないから、休養娯楽の正しさが分らない。》(「娯楽奉仕の心構え」)

では、安吾の主張する〈面白さ〉とは何か。それは悩める魂を休養させるための娯楽、即ち休養娯楽だという。棋士は将棋によって、職業野球人は野球によって、寄席芸人は落語漫才によって人々の休養娯楽に奉仕するが、彼らは「人に負けない好サービスをなし、人々をより多くたのしませるために心を配り技をみがき努力する」のである。

同様に、安吾の作品が人々の休養娯楽に奉仕し、心ある読者が彼の奉仕を喜んでくれれば、「私はそれだけでも私の人生は意味があり人の役に立ってよかったと思う。もとより私は、さらに悩める魂の友となることを切に欲しているのだけれども、その悲しい希《ねが》いが果たされず、単なる娯楽奉仕者であったとしても、それだけでも私の生存に誇りをもって生きていられる。誇るべき男子一生の仕事じゃないか」と自負している。

更に安吾は、「休養娯楽の正しい意味が分らぬところに豊かな愛や深い思想や魂は生れてこない。大きな正義も育ちはしない。日本の貧しさの最大なる一つは娯楽を悪徳と見ることで、娯楽が悪いのではなく、娯楽によって崩れるような因習的道徳や教育が悪い。映画が悪いわけでもなく、ダンスホールが悪いわけでもない。悪いとすれば、人間が悪い」のだと説く。

《ただれた愛慾、無軌道な放埒《ほうらつ》の中からも、やがてそこに高い魂が宿るようになるものだ。ただれた愛慾はいつの世にもあるもので、娯楽のせいじゃなく、人間のせいだ。娯楽が人間の劣情を挑発するというなら、娯楽を禁止して、娯楽なき健全世界を創るか。これが健全だというなら、私は不健全。私は不健全を名誉とする。

私は娯楽奉仕の職人たる誇りをもつから、かかる誇りと努力によって、奉仕の商品にも自然進歩があり、そのうちには商品に魂も宿るようになり、いくらか文学らしくなることもあり得るだろう。私の奉仕の精神には、誇りと努力があるから、そうなる見込みもあるというものだ。》

この年に安吾は、文字どおり休養娯楽に奉仕するような面白い作品を次々と精力的に発表し、絶望のどん底にあえいでいた敗戦国日本の読者に束の間の〈夢〉を提供した。とりわけ、戦後の安吾文学の代表作となった短篇「桜の森の満開の下」（昭和22・6『肉体』）は、初期のファルス文学の手法を継承している注目すべき作品である。

奥野健男は『坂口安吾』（昭和47、文芸春秋社）の中で、「ぼくは坂口安吾の全作品からただひとつ作品を撰べと言われれば、この『桜の森の満開の下』を挙げるだろう。まぎれもない傑作である。芸術の鬼か神かが書いた作品としか言うほかのない出来ばえである。ぼくはこんな美しく、グロテスクで恐ろしい作品は、世界の文学の中でも、稀だと考える。しかし檀一雄によると、信じられぬことだが、この原稿は雑誌『新潮』の編集部の名編集長Sから、これは小説ではないと掲載を断られ返却され、『肉体』という三流雑誌にまわったものだと言う」と述べている。

雑誌『新潮』の名編集長Sというのは斎藤十一氏のことであるが、同じ頃に斎藤編集長は津軽から上京して間もない太宰治に『新潮』への長篇連載を依頼し、太宰は「桜の森の満開の下」の発表と時期を同じくして「斜陽」の連載を開始する。安吾は後に太宰の「斜陽」を傑作として高く評価したが、自信作を『新潮』から締め出されて三流雑誌《カストリ》へ廻さざるを得なかった胸の内はどうだったのだろうか。戦時中は『新潮』と縁のなかった安吾だが、昭和二十一年に「堕落論」を『新潮』四月号に発表して爆発的な人気を博し、続いて同誌六月号に「白痴」を発表して好評を得、翌二十二年も同誌に「恋をしに行く」「二十七歳」「教祖の文学」など、創作や評論を立て続けに発表しているのに、どうして「桜の森の満開の下」が不採用になったのか不思議である。察するに、作品の中に度々山賊がダンビラ（刀）を振り廻して人を斬り殺す場面が出てくるので、編集長がGHQ（連合国軍総司令部）による言論統制の検閲を危惧して過剰防衛に出た結果かも知れない。

かつて、文芸誌『文体』（昭和14・2）に太宰の「富嶽百景」と安吾の「紫大納言」が同時掲載されて好評を得たように、この時も『新潮』に「斜陽」と「桜の森の満開の下」が同時掲載されておれば、二人の流行作家の競作として当然文壇を賑わしたことであろう。しかし、残念なことに三流雑誌《カストリ》に掲載された安吾の作品は余り人目に触れず、一方太宰の作品は連載中から評判になり、没落華族をもじった〈斜陽族〉という流行語まで生れた。

さて、珍しくデス調の話し言葉で書かれた「桜の森の満開の下」は、桜花の下がいかに怖しい場所であるかというところから始まる。冒頭に、「桜の花が咲くと人々は酒をぶらさげたり団子をたべて花の下を歩いて絶景だの春ランマンだのと浮かれて陽気になりますが、これは嘘です。なぜ嘘かと申しますと、桜の花の下へ人がより集まって酔っ払ってゲロを吐いて喧嘩して、これは江戸時代からの話で、大昔は桜の花の下は怖しいと思っても、絶景だなどとは誰も思いませんでした」とあり、人間が一人も居ない桜の花の下は発狂しかねないほど怖しい場所だというのである。作者はここで、愛児を人さらいに攫《さら》われた母親が桜の花の満開の林でわが子の幻を描いて狂死するという能の話を持ち出し、満開の桜花の下の静寂さは人を発狂させる妖気を含んでいることを提起して、このことが伏線（同時にキー・ワード）となって物語は展開する。

時代は京の都が繁栄していた〈昔〉に遡る。その頃、鈴鹿峠に一人の山賊が住んでいた。この辺一帯の山の主《ぬし》で、追剝《おいはぎ》はもちろんのこと、平気で旅人を殺す獰猛《どうもう》非情な男である。この怖《こわ》いもの知らずの山賊にも、たった一つ怖しいものがあった。それは、独りで桜の森の満開の下を通ることである。

《この山賊はずいぶんむごたらしい男で、街道へでて情容赦なく着物をはぎ、人の命も断ちましたが、こんな男でも桜の森の花の下へくるとやっぱり怖しくなって気が変になりました。そこで山賊はそれ以来花がきらいで、花というものは怖しいものだな、なんだか厭なものだ、そういう風に腹の中では呟いていていました。花の下では風がないのにゴウゴウ風が鳴っているような気がしました。そのくせ風がちっともなく、一つも物音がありません。自分の姿と跫音《あしおと》ばかりで、それがひっそり冷めたい、そして動かない風の中につつまれていました。花びらがぽそぽそ散るように魂が散って、いのちがだんだん衰えて行くように思われます。それで目をつぶって何か叫んで逃げたくなりますが、目をつぶると桜の木にぶつかるので目をつぶるわけにも行きませんから、一そう気違いになるのでした。》

この山賊ばかりでなく、桜の満開の季節に鈴鹿峠を通る旅人たちは桜の森の花の下で皆気が変になるので、いつの間にかこの道を通る人がなくなり、遠廻りして別の山道を通るようになったという。しかし、山賊にとって鈴鹿峠は永年の住処《すみか》なので他に移り住む気にもなれず、来る年も来る年も桜が満開になると恐怖に怯《おび》えながら、花の散り終るのをじっと待つのである。

ある年の暮、山賊はこれまで見たこともない美しい女に目がくらんで同行の亭主を斬り殺し、その女を八人目の女房にするために連れ帰った。京の都から来た旅人である。この時山賊は、「始めは男を殺す気はなかったので、身ぐるみ脱がせて、いつもするようにとっとと失せろと蹴とばしてやるつもりでしたが、女が美しすぎたので、ふと、男を斬りすてて」しまったのだという。亭主が目の前で斬り殺されたので女は腰を抜かしてしまう。ここから、粗野で「後悔ということを知らない」山男と、美貌ではあるが「大変なわがまま者」の京女との奇妙な人間関係が始まる。

腰を抜かした女は、歩けないからおぶってくれと言う。男は女を背負って険しい山道を越え、七人の女房たちの居るわが家に辿り着く。山賊から女房たちを紹介された女は、咄嗟《とっさ》に顔形の整った一人の女房を斬り殺せと山賊に命ずる。山賊が「殺さなくっとも、女中だと思えばいいじゃないか」と言うと、女は「お前は私の亭主を殺したくせに、自分の女房が殺せないのかえ。お前はそれでも私を女房にするつもりなのかえ」と詰《なじ》り、目の前で逃げ惑う六人の女房たちを次々に斬り殺させ、最も醜いビッコの女だけを女中にするために残しておく。美しく響く声で女房殺しを指図する女の残忍さに、さすがの山賊も怖れをなして盲滅法に女房どもを斬り殺す。

《男は血刀を投げすてて尻もちをつきました。疲れがどッとこみあげて目がくらみ、土から生えた尻のように重みが分ってきました。ふと静寂に気がつきました。とびたつような怖ろしさがこみあげ、ぎょッとして振向くと、女はそこにいくらかやる瀬ない風情でたたずんでいます。男は悪夢からさめたような気がしました。そして、目も魂も自然に女の美しさに吸いよせられて動かなくなってしまいました。けれども男は不安でした。どういう不安だか、なぜ、不安だか、何が、不安だか、彼には分らぬのです。女が美しすぎて、彼の魂がそれに吸いよせられていたので、胸の不安の波立ちをさして気にせずにいられただけです。

なんだか、似ているようだな、と彼は思いました。似たことが、いつか、あった、それは、と彼は考えました。アア、そうだ、あれだ。気がつくと彼はびっくりしました。／桜の森の満開の下です。あの下を通る時に似ていました。どこが、何が、どんな風に似ているのだか分りません。けれども、何か、似ていることは、たしかでした。彼にはいつもそれぐらいのことし

か分らず、それから先は分らなくても気にならぬたちの男でした。》
この時点で山賊は、女そのものが桜の森の満開の下の静寂（妖気）に似ていることには気づかず、女の指示に従って逃げ惑う女房たちを六人も斬り殺したあとに訪れた静寂感を、実体をつかめないまま漠然と満開の桜花の下を通る時の不安に結びつけているのである。女を背負って来る道々、「山賊はこの美しい女房を相手に未来のたのしみを考えて、とけるような幸福を感じ」ていたので、女に不安や恐怖を覚えることなどは思いもよらぬことであった。だから、ふと訪れた静寂と恐怖が満開の桜花の下を通る時の静寂と恐怖に似ていることが判ったあとも、深く考えることのできない山賊は美しい女にのめり込み、その正体を疑うこともなかったのである。

六人の女房たちを斬り殺させて新しく女房の座に収まった女は、その日から一家のわがままな女王として振る舞う。男が小鳥や鹿や猪や熊を獲り、ビッコの女中が木の芽や山菜を探して来て「飛び切りの御馳走」を作っても、まずくて都の女の喉は通らないと言い出す。女から、「こんな淋しい山奥で、夜の夜長にきくものと言えば梟《ふくろう》の声ばかり、せめて食べる物でも都に劣らぬおいしい物が食べられないものかねえ。都の風《かぜ》がどんなものか。その都の風をせきとめられた私の思いのせつなさがどんなものか、お前には察することも出来ないのだねえ」と詰《なじ》られても、都の風がどんなものか知らない男には「女の怨じる言葉の道理」が呑み込めない。女の気を引こうとして男は女の命ずるまま使用人のように尽くすが、女は一向に喜ばないどころか、却って男を疎んずるようになる。

女は都から持ってきた櫛・笄《こうがい》・簪《かんざし》・紅《べに》・着物などを大事にし、男がそれに手を触れることを禁ずるが、女に疎まれていることに気づかない男は、「何枚かの着物といくつもの紐と、そしてその紐は妙な形にむすばれ、不必要に垂れ流されて、色々の飾り物をつけたすことによって一つの姿が完成されて行く」女の美しさに目を見張る。また男は、女に命じられて作った胡床《こしかけ》と肱掛《ひじかけ》を女が利用して物想いにふけっている「なまめかしく、なやましい姿」を遠くから眺めて、日増しに魅惑的になってゆく女の美しさを訝《いぶか》りながらも、うっとりと見とれてしまう。毎朝、男が深い谷川から汲んでくる清水で女はビッコの女中に長い黒髪をくしけずらせるが、「黒髪にツヤが立ち、結ばれ、そして顔があらわれ、一つの美が描かれ生れてくる」のを傍らで眺め、髪に触《さわ》ることを拒否されている男はその姿を「見果てぬ夢」のように思うのである。

やがて男は都を怖れるようになる。それは恐怖の感情ではなく、都の風《かぜ》を知らない者の羞恥と不安から生じる心情である。しかし、これまで「何百何千の都からの旅人を襲ったが手に立つ者がなかった」ことを思い、いつの間にか羞恥や不安が敵意に変り、都人《みやこびと》何するものぞという傲慢さが芽生えてくる。そんな時、「お前が本当に強い男なら、私を都へ連れて行っておくれ。お前の力で、私の欲しい物、都の粋を私の身の廻りへ飾っておくれ。そして私にシンから楽しい思いを授けてくれることができるなら、お前は本当に強い男なのさ」と女に煽《おだ》てられた男は、遂に都へ行くことを決意する。上京するに先立って、男は独りで桜の森の満開の下へ出かける。あれほど怖れていた「桜の森の花ざかりのまんなかで、身動きもせずジッと座って」おれるかどうかを試すためである。

《彼はひそかに出かけました。桜の森は満開でした。……花の下の冷めたさは涯のない四方からドッと押し寄せてきました。彼の身体《からだ》は忽ちその風に吹きさらされて透明になり、四方の風はゴウゴウと吹き通り、すでに風だけがはりつめているのでした。彼の声のみが叫びました。彼は走りました。何という虚空でしょう。彼は泣き、祈り、もがき、ただ逃げ去ろうとしていました。そして、花の下をぬけだしたことが分ったとき、夢の中から我にかえった同じ気持を見出しました。夢と違っていることは、本当に息も絶え絶えになっている身の苦しさでありました。》

桜の森の満開の下の怖しさを再確認した男は、女にはそのことを秘したまま、間もなくビッコの女中を伴ない三人で都へと旅立つ。都へ着くや否や、この作品の圧巻とも言うべき世にも不思議な〈首遊び〉が披露される。都に住みついたその日から、男は女の命ずるまま、あっちこっちの邸宅から着物や宝石や装身具を盗んで来るが、女が「何より欲しがるものは、その家に住む人の首」であった。男は女の要求に従って、毎晩のように首を持ち帰る。

いつの間にか三人の住む家には、「すでに何十もの邸宅の首が集められていました。部屋の四方の衝立《ついたて》に仕切られて首は並べられ、ある首はつるされ、男には首の数が多すぎてどれがどれやら分らなくとも、女は一々覚えており、すでに毛がぬけ、肉がくさり、白骨になっても、どこのたれということを覚えて」いて、男や女中が首の置き場所を変えると本気に怒り、「ここはどこの家族、ここは誰の家族とやかましく」言い立てるので、男も女中も首には手を触れなくなる。美貌の女（実は鬼の化身）の超現実的な首遊びは、日毎にその醜怪さを増して尽きるところを知らない。

《女は毎日首遊びをしました。首は家来をつれて散歩にでます。首の家族へ別の首の家族が遊びに来ます。首が恋をします。女の首が男の首をふり、又、男の首が女の首をすてて女の首を泣かせることもありました。

姫君の首は大納言の首にだまされました。大納言の首は月のない夜、姫君の首の恋する人の首のふりして忍んで行って契りを結びます。契りの後に姫君の首が気がつきます。姫君の首は大納言の首を憎むことができず我が身のさだめの悲しさに泣いて、尼になるのでした。すると大納言の首は尼寺へ行って、尼になった姫君の首を犯します。姫君の首は死のうとしますが大納言のささやきに負けて尼寺を逃げて山科《やましな》の里へかくれて大納言の首のかこい者となって髪の毛を生やします。姫君の首も大納言の首ももはや毛がぬけ肉がくさりウジ虫がわき骨がのぞけていました。二人の首は酒もりをして恋にたわぶれ、歯の骨と歯の骨と噛み合ってカチカチ鳴り、くさった肉がペチャペチャくっつき合い、鼻もつぶれ目の玉もくりぬけていました。》

二つの首を操る女は大いに喜び、けたたましく笑いながら、「ほれ、ホッペタを食べてやりなさい。ああおいしい。姫君の喉もたべてやりましょう。ハイ、目の玉もかじりましょう。すすってやりましょうね。ハイ、ペロペロ。アラ、おいしいね。もう、たまらないのよ、ねえ、ほら、ウンとかじりついてやれ」と囃したて、「薄い陶器が鳴るような」澄んだ声でカラカラと笑う。また、「まだうら若い水々《ママ》しい稚子《ちご》の美しさが残って」いる坊主の首が手に入った時は、「女はよろこんで机の上にのせ酒をふくませ頬ずりして甜《な》めたりくすぐったり」したが、すぐに飽きてしまい、今度は太った憎たらしい坊主の首を要求する。男が五十歳くらいの醜悪な大坊主の首を持ってくると、「女はたれた目尻の両端を両手の指の先で押えて、クリクリと吊りあげて廻したり、獅子鼻《ししばな》の孔へ二本の棒をさしこんだり、逆さに立ててころがしたり、だきしめて自分のお乳を厚い唇の間へ押しこんでシャブらせたりして」笑いころげるが、これにもすぐ飽きてしまう。

《美しい娘の首がありました。清らかな静かな高貴な首でした。子供っぽくて、そのくせ死んだ顔ですから妙に大人びた憂いがあり、閉じられたマブタの奥に楽しい思いも悲しい思いもマセた思いも一度にゴッちゃに隠されているようでした。女はその首を自分の娘か妹のように可愛がりました。黒い髪の毛をすいてやり、顔にお化粧してやりました。ああでもない、こうでもないと念を入れて、花の香りのむらだつようなやさしい顔が浮きあがりました。

娘の首のために、一人の若い貴公子の首が必要でした。貴公子の首も念入りにお化粧され、二人の若者の首は燃え狂うような恋の遊びにふけります。すねたり、怒ったり、憎んだり、嘘をついたり、だましたり、悲しい顔をしてみせたり、けれども二人の情熱が一度に燃えあがるときは一人の火がめいめい他の一人を焼きこがしてどっちも焼かれて舞いあがる火焔になって燃えまじりました。けれども間もなく悪侍だの色好みの大人だの悪僧だの汚い首が邪魔にでて、貴公子の首は蹴られて打たれたあげくに殺されて、右から左から前から後から汚い首がゴチャゴチャ娘に挑みかかって、娘の首には汚い首の腐った肉がへばりつき、牙のような歯に食いつかれ、鼻の先が欠けたり、毛がむしられたりします。すると女は娘の首を針でつついて穴をあけ、小刀で切ったり、えぐったり、誰の首よりも汚らしい目も当てられない首にして投げだすのでした。》

いつの間にか、女は男の持ち帰る首なしでは生きられなくなっていた。新しい首は女の命そのものだったからである。しかし、どんなに努めても都の風に馴染めない男は、都での生活に嫌悪を覚えるようになる。来る日も来る日も女の哀願に従って、大根を切るように他人の首を斬ることにも飽きてきた。そんな或る日、女から美しい白拍子の首を頼まれた男は、初めて「俺は厭だよ」と拒絶して女を驚ろかす。「お前もただの弱虫ね」と女に詰《なじ》られて外へ飛び出した男は、「あの女が俺なんだろうか。……女を殺すと、俺を殺してしまうのだろうか」と自問しながら、数日の間、家に帰らず山中をさまよい歩いた末に、鈴鹿の山へ帰ることを決意する。

男が鈴鹿の山へ帰ることを女に告げると、一瞬、女の眼は怒りに燃えて男を罵《ののし》るが、男の決心の固いことを知った女は、しおらしくも「お前と首と、どっちか一つを選ばなければならないなら、私は首をあきらめるよ」と言って男を悦ばせる。女には、取りあえず鈴鹿の山へ帰って「男のノスタルジイがみたされたとき、再び都へつれもどす確信」があったので、ビッコの女中にそのことを言い含めて都に残し、二人きりで都を後にする。

鈴鹿の山が近づくと、男は誰も通らない近道の旧道に入った。それは桜の森の中を通る道である。坂道にさしかかると女は背負ってくれと頼む。男は、かつて腰を抜かした女を背負って峠の向う側から登って来たことを思い出し、幸せ一杯になる。二人は当時のことを語り合いながら、いつの間にか桜の森の満開の下に辿り着く。しかし、幸福感に充たされている男は怖れる様子もなく、女を背負って花ざかりの森の中へ入って行く。

《男は満開の花の下へ歩きこみました。あたりはひっそりと、だんだん冷めたくなるようでした。彼はふと女の手が冷めたくなっているのに気がつきました。俄《にわか》に不安になりました。とっさに彼は分りました。女が鬼であることを。突然どッという冷めたい風が花の下の四方の涯から吹きよせていました。

男の背中にしがみついているのは、全身が紫色の顔の大きな老婆でした。その口は耳までさけ、ちぢくれた髪の毛は緑でした。男は走りました。振り落そうとしました。鬼の手に力がこもり彼の喉にくいこみました。彼の目は見えなくなろうとしました。彼は夢中でした。全身の力をこめて鬼の手をゆるめました。その手の隙間から首をぬくと、背中をすべって、どさりと鬼は落ちました。今度は彼が鬼に組みつく番でした。鬼の首をしめました。そして彼がふと気付いたとき、彼は全身の力をこめて（鬼ならぬ）女の首をしめつけ、そして女はすでに息絶え

ていました。》

背負っていた女の正体は鬼女なのか美女なのか。横たわる女の屍体を見た男は、呼吸も思念もすべて止まってしまう。死んだ女をゆさぶり、呼び、抱きかかえるが、すべて徒労であると判った時、男はその場にワッと泣き伏す。

桜の森の満開の下に独り座して、男には不思議と以前のような怖れも不安も感じられない。花の下にはひっそりと無限の虚空が充満しているが、静かに花びらが散りつづけているだけで、あれほど怖れていた〈孤独〉も消えている。やがて男は、なまあたたかな何物かを感じ、それが彼自身の胸の悲しみであることに気づく。そして、「花と虚空の冴えた冷めたさにつつまれて、ほのあたたかいふくらみが、すこしずつ分りかけてくる」と、男は「女の顔の上の花びらをとってやろう」とする。「桜の森の満開の下」のフィナーレは次のように結ばれている。

《彼の手が女の顔にとどこうとした時に、何か変ったことが起ったように思われました。すると、彼の手の下には降りつもった花びらばかりで、女の姿は掻き消えてただ幾つかの花びらになっていました。そして、その花びらを掻き分けようとした彼の手も彼の身体《からだ》も延した時にはもはや消えていました。あとに花びらと、冷めたい虚空がはりつめているばかりでした。》

後で触れるが、これは明らかに超現実主義《シュール・レアリスム》の手法である。美貌の女が老若男女の首を並べて遊び戯れる場面と言い、その女が突如として鬼女に変身する場面と言い、最後に男と女が降りしきる桜花の中にするりと掻き消える場面と言い、いずれも日常性を超えた異界の現象である。しかも、物語の背景として、人間の姿も魂も飲み込んでしまうような〈桜の森の満開の下〉の無限の虚空と無気味な静寂―つまり絶対孤独の空間を設定し、これをキー・ワードにして作者は世にも不思議なお伽噺を物語る。

幻想的な素材で組み立てられているので形はアレゴリー（寓話）に似ているが、男女の心理描写や細部《ディテール》の具体的な記述を見るまでもなく、「桜の森の満開の下」はまぎれもなくリアリズムの現代小説である。作者自身も、この作者をアレゴリーとして性格づけられることは不満であろう。美しいと自負する女の性《さが》の残忍さをここまで描き切った作品も珍しいが、読者にそれをグロテスクと感じさせず、むしろ女の業《ごう》の底知れぬ怖ろしさを一幅のロマンとして妖艶に表現することに成功した安吾の戯作者魂のすさまじさに脱帽するものである。

安吾文学の愛読者ならばすでに気づいていると思うが、前掲のフィナーレは昭和十四年に発表した「紫大納言」のフィナーレに似ている。真夏の陽射しを浴びながら、群盗に打ちのめされて瀕死の重傷に喘ぐ紫の大納言が、水を求めて谷川まで必死に這って行き、傷口から血のしたたる自分の顔を水鏡に映して絶句する場面である。

《大納言は水をみた。真赤な口をひらいた顔があるばかり。せせらぐたびに、赤い口もゆがんで、のびて、血が走り、さんさんと水は流れた。（中略）大納言は、てのひらに水をすくい、がつがつと、それを一気に飲もうとして、顔をよせた。と、彼のからだは、わがてのひらの水の中へ、頭を先にするりとばかりすべりこみ、そこに溢れるただ一掬《いっきく》の水となり、せせらぎへ、

ばちゃりと落ちて、流れてしまった。》

同じ説話物でありながら「紫大納言」の方は寓話性が強く、月の世界から笛を捜しにやって来た若い天女をたぶらかして彼女を犯した好色の大納言の因果応報譚であるから、盗賊たちに散々傷みつけられた上、最後に一掬の水となって流れてしまうのも、身から出た錆《さび》だということで読者の同情は得られない。それに比べれば「桜の森の満開の下」には教訓性は殆ど感じられず、リアリティーのある心理小説としても充分愉しめるし、安吾が「文学のふるさと」（昭和16・8『現代文学』）で主張しているように、「生存それ自体が孕んでいる絶対の孤独」とか、「生存の孤独とか、我々のふるさとというものは、むごたらしく、救いのないもの」とか、「むごたらしいこと、救いがないということ、それだけが、唯一の救い」であり、「モラルがないということ自体がモラルであると同じように、救いがないということ自体が救い」なのだとかの、安吾独自の文学観も酌みとれる作品である。

ところで、桜の花の下は人を狂わせるものだということを、安吾よりも先に作品化した人がいる。梶井基次郎は昭和三年十二月に「桜の樹の下には」と題する掌篇を『詩と詩論』第二輯に発表し、昭和六年に創作集『檸檬《れもん》』に収載しているので、諸種の事情から安吾の目に触れた可能性は高い。この作品は四百字詰原稿用紙で僅か五枚半くらいの小品文であるが、肺結核の病勢が進み、半ば絶望的になっていた時期に書かれたものである。

《桜の樹の下には屍体が埋まつてゐる！／これは信じていいことなんだよ。何故つて、桜の花があんなにも見事に咲くなんて信じられないことぢやないか。俺はあの美しさが信じられないので、この二三日不安だつた。しかしいまやつとわかるときが来た。桜の樹の下には屍体が埋まつてゐる。これは信じていいことだ。》

真ッ盛りの桜花を見ると主人公は不安になり、憂鬱になり、空虚な気持ちになり、部屋の中にある道具のうち真ッ先に安全剃刀の薄刃を思い出すような危険な心境になるが、原因が「桜の樹の下には屍体が埋まってゐる」からだと知って納得する。更に空想を拡げると、桜の樹の下に埋まっているはずの馬や犬猫や人間の「屍体はみな腐爛して蛆《うじ》が湧き、堪らなく臭い。それでゐて水晶のやうな液をたらたらとたらしてゐる。桜の根は貪婪な蛸のやうに、それを抱きかかへ、いそぎんちやくの食糸のやうな毛根を聚《あつ》めて、その液体を吸つてゐる。／何があんな花弁を作り、何があんな蕊《ずい》を作つてゐるのか、俺は毛根の吸ひあげる水晶のやうな液が、静かな行列を作つて、維管束《いかんそく》のなかを夢のやうにあがつてゆくのが見えるやうだ」という。

つまり、「爛漫と咲き乱れてゐる桜の樹の下に、一つ一つ屍体が埋まつてゐる」から、その下に佇む人間を不安にし、憂鬱にし、空虚な気持にさせるのだというのである。この発想は、そのまま「桜の森の満開の下」の主題にも通じる。梶井の作品が『詩と詩論』第二輯に発表された当時、安吾は東洋大学に在籍のままアテネ・フランセにも通っていた。そこで識り合った菱山修三は早くからモダニズムの詩作をしており、とりわけヴァレリーに関心があったので、新詩運動の拠点であった『詩と詩論』を購読していた。当時フランス文学に関心を示していた安吾が菱山から梶井の作品の掲載誌を借用しておれば、この時点で読んでいたことも考えられる。

また、梶井は昭和六年から小林秀雄・堀辰雄・井伏鱒二らの始めた文芸雑誌『作品』の執筆陣にも加わるが、この年に安吾のデビュー作「風博士」と次作「黒谷村」を推称した牧野信一も執筆陣の一人だったので、井伏や牧野を通じて「凄い作品を書く」梶井の名前はデビュー当時の安吾にも知れていたと思う。安吾自身も梶井の死後（昭和七年三月、三十一歳で病歿）に『作品』の執筆陣に加わるが、作家の仲間うちで評判の高かった創作集『檸檬《れもん》』を入手しておれば、当然その中の「桜の樹の下には」を読んでいたはずである。いずれにせよ、梶井の提示した死を暗示する無気味な主題を永い間温めてきた安吾が、説話の形を借りて小説化したのが「桜の森の満開の下」であったのかも知れない。

安吾が「桜の森の満開の下」を執筆する際に採った方法は、昭和六年に発表した「木枯の酒倉から」や「風博士」で実験したファルスの変形《デフォルメ》であると思われるが、ダダイズムの影響が感じられる初期のファルスと多少異なるのは、昭和十四年の「紫大納言」や「木々の精、谷の精」あたりからシュール・レアリスムの手法が見え隠れしていることである。作品の中に異界が設定され、時間的にも現実と非現実が交互に組み合わされて飛躍と断絶が繰り返される。登場人物の中にも異質（異形）の者が現われ、その人物の立ち居振る舞いが人間の深層心理や性衝動を暗示して、知らず識らずのうちに読者を魔界へと誘導する。これは明らかにシュール・レアリスムの手法である。

安吾が若い頃にシュール・レアリスムの影響を受けたという具体的な証拠はないが、一つの仮説として考えられることは、昭和初年にモダニズムの新詩運動の中心的役割を果たした西脇順三郎の存在である。新潟県小千谷《おぢや》市出身の西脇は安吾にとって同郷の大先輩であり、双方とも県内でよく知られた由緒ある家柄の出身である。

西脇はモダニズムの新詩運動の拠点となった季刊誌『詩と詩論』（昭和3・9〜昭和6・12）及びこれの後継誌『文学』（昭和7・3〜昭和8・12）に毎号のように執筆し、理論と実作の両面にわたってモダニズムの文学、なかんずくシュール・レアリスム詩普及の先導的役割を果たした。昭和五年十一月に同人雑誌『言葉』を創刊して外国文学の翻訳・紹介を始めていた習作期の安吾の目に、モダニズムの文学を提唱して華々しく活躍している同郷の大先輩の姿がどのように映ったであろうか。

安吾は『詩と詩論』の別冊として刊行された年刊誌『小説』（昭和7・1）に「風博士」を再録しており、また『文学』第三輯（昭和7・9）に散文詩風の創作「Piérre Philosophale（賢者の石）」を発表している。西脇順三郎が中心になって刊行している二つの雑誌に安吾の作品が掲載されている以上、西脇の存在に無関心ではあり得なかったはずである。とりわけ、昭和四年に刊行された西脇の詩論集『超現実主義詩論』（厚生閣書店）は、安吾がファルス論を考える上での好個のテキストでもあったろう。ファルスに関する安吾のエッセーが西脇の『超現実主義詩論』の論旨に極めて似ていることを考えると、安吾のシュール・レアリスム受容は一つの現実性を帯びてくるのである。

七、盟友・太宰治への鎮魂歌

ここで、盟友・太宰治の死に対する安吾の反応を見ることにする。昭和二十三年六月十三日深更、太宰治は愛人の山崎富栄（28歳）と共に行方不明となり、翌十四日の夜、太宰の妻津島美知子と、太宰が仕事場にしていた小料理屋「千草」の主人鶴巻幸之助から、三鷹署に太宰と富栄の捜索願がそれぞれ提出された。十五日の早朝、太宰宅と野川宅（富栄の止宿先）との中間あたりの玉川上水の土手に、草が薙ぎ倒されて重いものがずり落ちたようにえぐられた跡が見つかり、傍らにビールの小瓶ぐらいの茶色の瓶、青酸カリ（富栄の所有物）が入っていたと思われる青色の空《あ》き瓶、小さなガラス皿、鋏、女性の化粧袋などが置かれていたという。

六月十六日から各紙は一斉に〈太宰治氏情死行か〉の見出しで記事を掲載し、芥川龍之介の自殺以来の騒ぎとなった。屍体がまだ発見されていないにも拘らず、十六日付の『朝日新聞』は「太宰治氏情死」の見出しで、小見出しに「玉川上水に投身、相手は戦争未亡人」「〝書けなくなった〟と遺書」を並べ、次のように報じた。

《特異な作風をもって終戦後メキメキと売出した人気作家太宰治氏は昨報のごとく愛人と家出、

所轄三鷹署で行方を探していたが前後の模様から附近の玉川上水に入水情死したものと認定、玉川上水を中心に二人の死体を捜索している。》

遺留品の化粧袋が山崎富栄のものであり、二人が履いていたと思われる「男もの桐コマゲタと女もの赤線なゝめじまの緒のゲタ」も発見されたので、〈情死〉と認定したのであろう。『朝日新聞』の記事の中に滋賀県八日市町に住む富栄の母のぶさんの談話が載っており、「太宰さんとは富栄の兄が学生時代に友達だった[1]というのでとくに親しくなったと聞いています。最近は熱海や埼玉県大宮[2]からたび〲便りをよこし、病身の太宰さんの面倒を見てあげたいから師弟の関係を許してくれといって来ましたが父は許していませんでした」と語っている。

十六日付の『読売新聞』は、「二人が入水したと見られる現場[3]は川幅はせまいがひどい急流で深いところは一丈五尺もあり、落ちると死体のあがらぬ魔の淵で（十五日）正午ごろ下流の久我山水門で男物と女物のゲタがそれ〲片方ずつ発見され、ふだん着のまゝ下駄ばきで野川方を出たものと確認されたので三鷹署では十六日朝武蔵野市関町の境《さかい》上水場の水門をとざし死体捜索を行う」と報じた。

入水してから六日目の六月十九日午前六時五十分ごろ、投身推定現場から約一粁ほど下流で二人の水死体が通行人によって発見された。二人の死体は抱き合ったまま、赤い紐で結ばれていたという。奇しくもその日は、太宰にとって満三十九歳の誕生日に当っていた。

太宰の死体が発見された日、安吾は熱海市伊豆山の和風旅館「桃李境」に滞在していた。実は、六月十四日に太宰の失踪を知った安吾は、急遽東京から身を避けたのである。その理由について安吾は太宰の死の直後に発表した「不良少年とキリスト」（昭和23・7『新潮』）の中で次のように述べている。

《太宰の死は、誰より早く、私が知った。まだ新聞へでないうちに、新潮の記者が知らせに来たのである。それをきくと、私はただちに置手紙を残して行方をくらました。新聞、雑誌が太宰のことで襲撃すると直覚に及んだからで、太宰のことは当分語りたくないから、と来訪の記者諸氏に宛て、書き残して、家をでたのである。これがマチガイの元であった。

新聞記者は私の置手紙の日附が新聞記事よりも早いので、怪しんだのだ。太宰の自殺が狂言で、私が二人をかくまっていると思ったのである。／私も、はじめ、生きているのじゃないか、と思った。然し、川っぷちに、ズリ落ちた跡がハッキリしていたときいたので、それでは本当に死んだと思った。ズリ落ちた跡までイタズラはできない。》

安吾が伊豆山の「桃李境」に入った翌日、太宰の一番弟子を自任する田中英光が愛人と一緒にひょっこり安吾を訪れ、太宰の安否を気遣いながら「桃李境」に三日間滞在した。二人は太宰の失踪が〈狂言〉であってくれればいいと願いながら、太宰に宛てて原稿用紙に次のような手紙を書いた。

《「斜陽」傑作、愛読仕候／最後の「遺書」くるし。「おさん」のくるしさと同じ意味に候。このくるしさ、よろしからず。身をせばめ、世をせばめるは、とり申さず。なんとなく、悠々莞爾がよろしく候。人生、屁でもないことにて候。／大久保彦左衛門にも、おさん《（ママ）》、これあり、即ち曰く、おさん泣かすな、馬肥やせ。／一夕ノンビリのみたく候。／くれぐれも、御自愛、悠々莞爾、傑作ものし下されたく、切望いたし候。

アタミにて　安吾生

太宰大兄

二伸、太宰さん、心配しています。生きていて下さい。来月廿二、三日頃浅草「染太郎」で、坂口さんとボクと飲んで下さい。ボクが誘いにお伺いします。御都合、ボクなり坂口さんになり、お知らせ下さい。

田中英光》

日附はないが、英光が訪れた六月十五日に書かれたものと思われる。しかし、新聞の続報で「ズリ落ちた跡がハッキリしていた」ことを知ったので、安吾はこの手紙を投函しなかった。文中の「遺書」は「斜陽」第七章の〈直治の遺書〉である。また、短篇「おさん」（昭和22・10『改造』）は「斜陽」の次作として発表した女性一人称の作品であるが、三人の幼児を抱えて生活苦に耐える妻と言い、その妻に心で詫びながら二十八歳の愛人の許に入り浸る中年の夫と言い、その夫が愛人と信州の諏訪湖で心中することと言い、まるで一年後の太宰の末路を予言しているような筋書である。妻を浄瑠璃「心中天の網島」の紙屋治兵衛の内儀〈おさん〉に擬し、その妻が芸者小春に入り浸る治兵衛ならざる夫の影に向かって自分の苦衷を呟く作品である。

安吾は「おさん」における妻の〈くるしさ〉もさることながら、妻を欺いて女の許に通い、挙句の果に心中にまで自分を追い込んでしまう夫の〈くるしさ〉にも同情を示し、それを太宰自身の日常に重ね合わせて、「このくるしさ、よろしからず。身をせばめ、世をせばめるは、とり申さず」と忠告しているのである。しかし、安吾がこれをしたためていた時点で、すでに太宰は「おさん」の夫と同様に二十八歳の女性と玉川上水の水中に在ったのである。

先に挙げた「不良少年とキリスト」は安吾の〈太宰治論〉である。安吾は太宰の初期作品の「魚服記」と近作「斜陽」を傑作として賞揚する一方で、最晩年の「父」「桜桃」「人間失格」などを〈フツカヨイの文学〉と称し、「あれは人に見せちゃア、いけないんだ。あれはフツカヨイの中だけあり、フツカヨイの中で処理してしまわなければいけない性質のものだ」と語っている。《死に近きころの太宰は、フツカヨイ的でありすぎた。毎日がいくらフツカヨイであるにしても、文学がフツカヨイじゃ、いけない。舞台にあがったM・Cにフツカヨイは許されないのだよ。覚醒剤をのみすぎ、心臓がバクハツしても、舞台の上のフツカヨイはくいとめなければいけない。

芥川は、ともかく、舞台の上で死んだ。死ぬ時も、ちょッと、役者だった。太宰は、十三の数をひねくったり、人間失格、グッドバイと時間をかけて筋を立て、筋書き通りにやりながら、結局、舞台の上ではなく、フツカヨイ的に死んでしまった。》（「不良少年とキリスト」）

文中のM・Cは太宰が「斜陽」で使っている略号で、マイ・コメディアンのことである。安吾はM・Cを全身全霊で芸を演じる舞台俳優に見立て、これに対して家庭的な日常性を引きずって自責や追懐に苦しみながら、くどくどと言い訳を繰り返す姿をフツカヨイ的と称したのである。フツカヨイの文学は芸術的な自律性に欠け、読者に同情を強いるような弁解がましい〈口説き〉になってしまう。読者が晩年の太宰の自伝的な作品を読んで〈身につまされる〉のは、作者のフツカヨイに同化しているからである。安吾は、最後まで衆人環視の舞台でM・Cを演じ切れなかった太宰の脆弱さ・安易さを指摘しているのである。

《フロイドに「誤謬の訂正」ということがある。我々が、つい言葉を言いまちがえたりすると、それを訂正する意味で、無意識のうちに類似のマチガイをやって、合理化しようとするものだ。／フツカヨイ的な衰弱的な心理には、特にこれがひどくなり、赤面逆上的混乱苦痛とともに、誤謬の訂正的発狂状態が起るものである。

太宰は、これを、文学の上でやった。／思うに太宰は、その若い時から、家出をして女の世話になった時などに、良家の子弟、時には、華族の子弟ぐらいのところを、気取っていたこともあったのだろう。その手で、飲み屋をだまして、借金を重ねたことも、あったかも知れぬ。

フツカヨイ的に衰弱した心には、遠い一生のそれらの恥の数々が赤面逆上的に彼を苦しめていたに相違ない。そして彼は、その小説で、誤謬の訂正をやらかした。フロイドの誤謬の訂正とは、誤謬を素直に訂正することではなくて、もう一度、類似の誤謬を犯すことによって、訂正のツジツマを合せようとする意味である。

けだし、率直な誤謬の訂正、つまり善なる建設への積極的な努力を、太宰はやらなかった。彼は、やりたかったのだ。そのアコガレや、良識は、彼の言動にあふれていた。然し、やれなかった。そこには、たしかに、虚弱の影響もある。然し、虚弱に責を負わせるのは正理ではない。たしかに、彼が、安易であったせいである。／M・Cになるには、フツカヨイを殺してかかる努力がいるが、フツカヨイの嘆きに溺れてしまうには、努力が少くてすむのだ。然し、なぜ、安易であったか、やっぱり、虚弱に帰するべきであるかも知れぬ。》（同前）

安吾は、「芥川にしても、太宰にしても、彼らの小説は、心理通《つう》、人間通の作品で、思想性は殆どない」と言い切る。とりわけ太宰の場合は、冷然として人生を白眼視し、「青くさい思想や人間どもの悪アガキを冷笑して、フツカヨイ的な自虐作用を見せる」とファンは拍手喝采するが、その裏に潜む太宰の「救われざる悲しさ」に気づくファンはいないという。太宰が「歴史の中のM・Cにならずに、ファンだけのM・Cになった」のは性格的な虚弱のせいだと安吾は見ているが、その太宰も、「時々、ホンモノのM・Cになり、光りかがやくような作品をかいている。『魚服記』、『斜陽』、その他、昔のものにも、いくつとなくあるが、近年のものでも、『男女同権』とか、『親友交歓』のような軽いものでも、立派なものだ。堂々、見あげたM・Cであり、歴史の中のM・Cぶりである」と高く評価している。

しかし、虚弱な太宰はそれを持続させることができず、「どうしてもフツカヨイのM・Cになってしまう。そこから持ち直して、ホンモノのM・Cに、もどる。又、フツカヨイのM・Cにもどる。それを繰りかえしていたようだ。然し、そのたびに、語り方が巧《うま》くなり、よい語り手になっている。文学の内容は変っていない。それは彼が人間通《つう》の文学で、人間性の原本的な問題のみ取り扱っているから、思想的な生成変化が見られないのである。今度も、自殺をせず、立ち直って、歴史の中のM・Cになりかえったなら、彼は更に巧《たく》みな語り手となって、美しい物語をサービスした筈であった」と安吾は残念がる。

更に安吾は、「だいたいに、フツカヨイ的自虐作用は、わかり易いものだから、深刻ずきな青年のカッサイを博すのは当然であるが、太宰ほどの高い孤独な魂が、フツカヨイのM・Cにひきずられがちであったのは、虚弱の致すところ、又、ひとつ、酒の致すところであったと私は思う」と述べ、理由の一つに通俗的な魔物である〈酒〉を付け加えている。そして、「もとより、太宰は、人間に失格しては、いない。フツカヨイに赤面逆上するだけでも、赤面逆上しないヤツバラよりも、どれぐらい、マットウに、人間的であったか知れぬ。小説が書けなくなったわけでもない。ちょっと、一時的に、M・Cになりきる力が衰えただけのことだ」と弁護している。

要するに、芥川も太宰も〈不良少年〉であり、「不良少年の中でも、特別、弱虫、泣き虫小僧であったのである。腕力じゃ、勝てない。理屈でも、勝てない。そこで、何か、ひきあいを出して、その権威によって、自己主張をする。芥川も、太宰も、キリストをひきあいに出した。弱虫の泣き虫小僧の不良少年の手である」という。

《太宰という男は、親兄弟、家庭というものに、いためつけられた妙チキリンな不良少年であった。（中略）太宰は親とか兄とか、先輩、長者というと、もう頭が上らんのである。だから、それをヤッツケなければならぬ。口惜しいのである。然し、ふるいついて泣きたいぐらい、愛情をもっているのである。こういうところは、不良少年の典型的な心理であった。／彼は、四十になっても、まだ不良少年で、不良青年にも、不良老年にもなれない男であった。

不良少年は負けたくないのである。なんとかして、偉く見せたい。クビをくって、死んでも、偉く見せたい。宮様か天皇の子供でありたいように、死んでも、偉く見せたい。四十になっても、太宰の内々の心理は、それだけの不良少年の心理で、そのアサハカなことを本当にやりやがったから、無茶苦茶な奴だ。／文学者の死、そんなもんじゃない。四十になっても、不良少年だった妙テコリンの出来損いが、千々《ちぢ》に乱れて、とうとう、やりやがったのである。／まったく、笑わせる奴だ。》（「不良少年とキリスト」）

安吾ならずとも、確かに太宰の死には不自然なことが多く、少なくとも〈文学者の死〉とは呼べない見苦しい死にざまである。死に臨んで太宰はどのような精神状態にあったのか。遺書らしいものは残されているが、太宰に果して死ぬ意思があったのか。太宰の死を巡って、今なお多くの疑問が残されている。

安吾は「不良少年とキリスト」に続いて「太宰治情死考」（昭和23・8『オール読物』）を発表し、太宰の心中事件に一石を投じている。すでに安吾は「不良少年とキリスト」の中で、「情死だなんて、大ウソだよ。魔術使いは、酒の中で、女にほれるばかり。酒の中にいるのは、当人でなくて、別の人間だ。別の人間が惚れたって、当人は、知らないよ。……太宰の遺書は、体をなしていない。メチャメチャに酔っ払っていたようだ。十三日に死ぬことは、あるいは、内々考えていたかも知れぬ。ともかく、人間失格、グッドバイ、それで自殺、まア、それとなく筋は立てておいたのだろう。内々筋は立ててあっても、必ず死なねばならぬ筈でもない。必ず死なねばならぬ、そのような絶体絶命の思想とか、絶体絶命の場というものが、実在するものではないのである。彼のフツカヨイ的衰弱が、内々の筋を、次第にノッピキならないものにしたのだろう」と述べて、太宰の情死に疑問を投げかけている。

太宰と死を共にした山崎富栄（通称スタコラサッチャン、当時の漫画に因んで太宰が命名）は、一年前に識り合ったばかりの戦争未亡人である。富栄の次兄が旧制弘前高校卒業直後に病死したので、同じ高校を出た同年配の太宰に亡兄の面影を求めて富栄の方から接近して行ったのである。たまたま、太宰が仕事場として借りていた小料理屋「千草」の向い側にある野川家に富栄が間借りしていたので、亡くなる直前には富栄の部屋で仕事をすることが多くなる。富栄は文学と無縁の平凡な女性であるが、太宰にのめり込むようになると勤め先の美容院を辞め、愛人の立場で太宰を独占しはじめる。いつの間にか、富栄はこれまで蓄えてきた金を殆ど太宰の飲食費に使い果たしてしまい、愛人兼看護婦として身も心も捧げ尽してきたのに、最近の太宰の言動に〈藤十郎の恋〉を嗅ぎつけて煩悶する。

富栄の書き遺した日記の昭和二十三年五月十六日の項に、「神様、一体どうしたらよろしいのでせう。私は太宰治といふ人を知らなかつたんですもの。知つてゐたのは、津島修治であつて、その頃は、御家族をもつてゐられることも、何んにも知らなかつたんです。愛してしまつてから、はじめて奥様や、お子様のお在りになることを存じ上げたので、その時はもう、私は自分の愛情を押へられなかつたのですもの。」とあり、また五月二十二日の日記には、「いろ〳〵考へてみても、修治さんの仰言る通り。たとへ、私を方便的に一時は利用してゐたとしても、胸を開いて、いま、心を読まして下さるのは、私一人きり。伊豆の人は、『据膳』で愛情は全くないとのこと。女子大生のひとには、伊豆に子供のあることも云つてゐない。私ひとりきりなのだ。修治さん、結局は、女は自分が最後の女であれば……と願つてゐるのですね」としたためている。伊豆の「斜陽」の母子のことや、最近交際しているという美貌の女子大生のことなどを、太宰は富栄に語って聞かせて富栄の反応を見ているのである。富栄はすでに〈藤十郎の恋〉に気づいているのであるが、懸命になってそれを打ち消そうとしている様子が窺える。

しかし、五月二十六日の日記には、「かうした事を書き認めてゐるのも、結局はあなたに愛されてゐるのですよといふことを一層たしかめ、深め、刻みこみたい、悲しい、さびしい心からなのです」と書いて心の焦りを垣間見せ、太宰宛てに「斜陽」の女・太田静子から病気を知らせる手紙が来ると、「伊豆の方御病気／一万円電ガワにて送る（注、太宰に指示されて太田静子に電報為替で一万円送金）／子供（注、「斜陽」の子・太田治子）もだん〳〵大きくなるのに……／ゆきづまったら死ね！（中略）きっと産んでみせる。貴男と私の子供を。」（五月二十六日）と本音をさらけ出す。

太宰が『朝日新聞』から依頼された連載小説「グッド・バイ」を富栄の部屋で書き始めたあたりから、太宰に棄てられるのではないかという不安が強まり、太宰の知らないところでひそかに富栄は死出の旅路の支度に取りかかる。「グッド・バイ」は、闇屋を裏稼業にしている好男子の雑誌編集長が札束で複数の愛人たちと次々に別れて行くという筋のコメディーであり、出来上った十三回分の原稿に富栄も目を通していた。最初に別れる女は、美容師をしている三十歳前後の戦争未亡人で、まるで富栄をモデルにしているような人物である。

六月に入ると、富栄は身辺の整理を始めるようになる。最後の六月十三日の日記には、「遺書をお書きになり／御一緒につれていっていたゞく／みなさん／さやうなら／父上様／母上様／御苦労ばかりおかけしました／ごめんなさい」云々としたため、身の周りの細々《こまごま》としたことや死亡の通知先まで書き残している。

この時太宰がしたためた〈遺書〉というのは、泥酔して書いたとしか思えない乱雑な文字で、妻美知子に宛てた〈遺書〉には、「……永居するだけ皆を苦しめ　こちらもくるしく　かんにんして被下度／子供は凡人にてもお叱りなさるまじく……子供は皆　あまり出来ないやうですけど陽気に育ててやって下さい　たのみます／ずゐぶん御世話になりました　小説を書くのがいやになったから死ぬのです／みんな　いやしい　欲張りばかり／井伏さんは悪人です」とあり、最後の用紙には「美知子様／津島修治／お前を誰よりも愛してゐました」と書かれている。富栄の部屋に破り棄てられていた反古《ほご》には、先の「ずゐぶん御世話になりました」の代りに、「あなたを　きらひになつたから死ぬのでは無いのです」の一句が入っている。

安吾は新聞の報道記事や死体引き揚げに立ち合った編集者のもたらす情報などを踏まえた上で、太宰の死に対して次のような感想を述べている。

《太宰の死は情死であるか。腰をヒモで結びあい、サッちゃんの手が太宰のクビに死後もかたく巻きついていたというから、半七も銭形平次も、これは情死と判定するにきまっている。／然し、こんな筋の通らない情死はない。太宰はスタコラサッちゃんに惚れているようには見えなかったし、惚れているよりも、軽蔑しているようにすら、見えた。サッちゃん、というのは元々の女の人のよび名であるが、スタコラサッちゃんとは、太宰が命名したものであった。利口な人ではない。編輯者が、みんな呆《あき》れかえっていたような頭の悪い女であった。もっとも、頭だけで仕事をしている文士には、頭の悪い女の方が、時には息ぬきになるものである。

太宰の遺書は体をなしておらぬ。メチャメチャに泥酔していたのである。サッちゃんも大酒飲みの由であるが、これは酔っ払ってはいないようだ。尊敬する先生のお伴して死ぬのは光栄である、幸福である、というようなことが書いてある。太宰がメチャメチャに酔って、ふとその気になって、酔わない女が、それを決定的にしたものだろう。（中略）太宰のような男であったら、本当に女に惚れれば、死なずに、生きるであろう。元々、本当に女に惚れるなどということは、芸道の人には、できないものである。芸道とは、そういう鬼だけの棲むところだ。

だから、太宰が女と一しょに死んだなら、女に惚れていなかったと思えば、マチガイない。》
（「太宰治情死考」）

太宰の死に関する限り、安吾のこの見解は当を得ている。富栄の日記には、寝物語に太宰が富栄に心中噺《ばなし》を持ちかけたり、二人は〈赤い糸〉で結ばれているのだから死ぬ時は一緒だよと囁いたりして、富栄を恍惚とさせている言説が散見するが、同じようなことを一年前に太田静子にも語っているのである。安吾の言うように、芸道の人にとって恋は〈藤十郎の恋〉であり、歯の浮くような甘い言葉を囁いて女心をくすぐっているのは市井人・津島修治であって、作家・太宰治ではない。太宰には山崎富栄と心中する意思など、毛頭なかったはずである。ダンディーズムの権化のような太宰が、下駄履きの普段着姿で女と抱き合い、二人の体を〈赤い糸〉ならざる赤い腰紐で固く結んで入水するなど考えられないことである。

二人の遺体の検視に立ち合った太宰の友人の山岸外史は『人間太宰治』（昭和37、筑摩書房）所収の〈微笑する死顔〉の中で、遺体の表情を次のように伝えている。

《医師が、懐中電灯をつかって顔面や瞳孔を調べた。そのまるい輪になった白光線が、いっそう富栄さんの顔をあかるくした。みると、その膨らみきった顔は、両眼をかっとみひらいて、宙を睨んでいた。黒眼の周囲はすっかり白眼になって、瞳が大きくひらかれていた。懐中電灯のひかりでそれがよく解った。叫ぶように口をひらいていたが、その唇のなかには、青紫色になった舌が、鸚鵡《おうむ》の舌のように固くなって躍《おど》っていた。はげしく恐怖しているおそろしい相貌だった。（中略）水中で死ぬまで苦しんでいった人間の、これ以上ない驚愕と恐怖とを、あますところなくみせていた。

……富栄さんが、あれほど死への恐怖と驚愕とを示していたのに、太宰の死顔は驚いていいくらい平静なものであった。贔屓眼《ひいきめ》ではなく、ほんとに端正という言葉を使っていいほど、じつに穏やかでなごやかなものであった。（中略）唇は軽くむすばれていた。眼もしずかに、閉ざされていた。たしかに、富栄さんほど水にふやけて肥えてもいなかった。太宰が、ほとんど水を飲んでいないことも解った。死にいたる時間が計量されていたのである。薬品の使用法が巧《うま》かったのだ。》

この時、二人の屍体の引き揚げに直接関わった野原一夫（当時、新潮社出版部員）は山岸外史の一文がほぼ間違いないことを認め、『回想太宰治』（昭和55、新潮社）の最終章で、「その死に顔は、じつにおだやかだった。おどろくほど、おだやかだった。深い静かな眠りに入っているように瞼をとじ、口をこころもちあけ、その口もとには、そう、たしかに、ほのかな微笑がうかんでいた」と述べている。

この二人の証言を信ずれば、水を殆ど飲んでいなかった太宰は入水前にすでに絶命していたか、仮死状態になっていたかのいずれかであったことになる。それに反して、「富栄さんは……ほんとに無慙に肥《ふと》った豚のように水膨れしていることがわかった。（中略）富栄さんは水中におちたとき、おそらく、はてしなくごぼごぼと水を飲んだにちがいなかった。苦しくなった呼吸に驚愕し恐怖し、さらに苦しくなって、むせびながら水を飲みぬいていった富栄さんの死の瞬間が、みえるような気がした」と語る山岸外史は、「ほんとに悲惨で恐ろしい死の形相であった。それを、地獄の表情といっても言いたりないほどである。こんなに烈しい恐怖の表情をぼくは考えることもできなかった」と述懐している。

おそらく、玉川上水の土手で半ズボン姿の富栄は、何らかの作用で無意識状態にあった太宰の膝にまたがって二人の体を赤い腰紐で固く結びつけ、太宰の首を両手で抱えて自分から後ろ向きにずり落ちて行ったものと思われる。少なくとも、この行為は合意の心中などと呼べるものではない。仮に太宰が死を予感していたとしても、こういう不様な形で入水心中するなど、思ってもみなかったことであろう。山岸外史も、「太宰が『腰紐の情死』などすることは、とうてい考えられないことである。……かえって『不精な情死』と名づけた方が、真実に近いように思われる」と述べている。

このように見てくると、「太宰は口ぐせに、死ぬ死ぬ、と云い、作品の中で自殺し、自殺を暗示していても、それだからホントに死ななければならぬ、という絶体絶命のものは、どこにも在りはせぬ。……作品の中で自殺していても、現実に自殺の必要はありはせぬ」と言って、〈情死〉そのものに疑問を投げかける安吾の勘はほぼ的中していたことになる。心理的に追い詰められて死に急ぐ富栄の場合と異なり、太宰には差し迫って死なねばならぬ理由など全くなかった。当時、太宰の許に出入りしていた複数の編集者・出版関係者・新聞記者の中で、太宰の死を予感していた人は一人もいない。むしろ、太宰には女のことなどよりも、生きてやり遂げなければならぬ仕事が少なからずあった。いずれも、作家のプライドに関わる仕事ばかりである。その幾つかを挙げてみる。

①太宰は自分の初めての全集として八雲書店から『太宰治全集』全十六巻の刊行を企画し、昭和二十三年四月に第一回配本が刊行されたばかりであった。口絵の写真も自分で選ぶという熱の入れようで、第二回以降の配本についても細かい注文がつけられていたという。

②太宰の発案で筑摩書房から刊行された『井伏鱒二選集』全九巻の巻末解説の執筆を全巻太宰が引き受けていたにも拘らず、太宰はまだ第四回「後記」までしか書いていなかった。この選集も三月に第一回配本が刊行されていただけで、六月中に第二巻の刊行が予定されていた。この時期、女性問題もからんで幾分井伏を敬遠していたとは言うものの、義理堅い太宰が自分から持ちかけた仕事を中途で放棄することは考えられない。

③『新潮』に連載中のエッセー「如是我聞」は、第三回が六月号に載ったばかりで、真正面から文壇の権威・志賀直哉に挑戦した第四回の末尾を、「売り言葉に買ひ言葉、いくらでも書くつもり。」と結んでいるように、このあと相手の反応を見る気持でいたことが窺われる。ここで中絶することは、負け犬の遠吠えを自ら認めるようなものである。

④『朝日新聞』の連載小説「グッド・バイ」は、藤沢桓夫《たけお》の「私は見た」の後を承けて六月下

句から連載開始の予定で書き進めており、「三百五十万の発行部数を持つ新聞の、二千万に達する読者」の期待に応えるべく、大変な意気込みであったという。担当記者の末常卓郎にも、「まあそんなに心配しなくたって、ぼくの小説が面白くないということはないんだから」と、満々の自信を語っている。「作者の言葉」と第十回までの校正刷に太宰の手で誤植が訂正されており、更に三回分の原稿が出来ているところを見ると、とてもこの時点で太宰が契約を破棄するとは思えない。漱石や芥川の向こうを張って中央の一流紙に連載小説を発表することが、若い頃からの太宰の夢であった。

⑤筑摩書房の『展望』六月号から連載が始まったばかりの「人間失格」は、太宰にとって三十代の最後を飾る自信作であっただけに、完結した時点で当然その反響を確かめたかったはずである。とりわけ、「斜陽」にケチをつけた志賀直哉の反応を見たかったろう。それだけに、連載一回目の発表直後に死を思い立つのは不自然である。

若い頃から絶えず〈死〉の想念に取り憑かれて生きてきた太宰にとって、〈死〉は〈生〉の終着駅であるよりは、むしろ憩いと安らぎの宿であった。実人生で少しでも困難な問題に逢着すると、それを解決するための努力を放棄して、安易に太宰は〈死〉に救いを求めようとした。時には〈死〉と戯れることすらあった。おそらく、昭和二十二年から翌二十三年にかけて、文壇的には人気作家として栄光の座に在った時ですら、世俗の柵《しがらみ》にまといつかれて、幾度か〈死〉を夢見たこともあったろう。しかし、先に挙げた幾つかのやりかけの仕事を犠牲にしてまで——つまり、作家のプライドを放棄してまで――情死を決行しなければならない必然性は、どこにも見当らない。

安吾の言葉を借りれば、太宰の死はフツカヨイ的衰弱死である。つまり、「太宰がメチャメチャに酔って、（死のうと）言いだして、サッちゃんが、それを決定的にしたのであろう」（「不良少年とキリスト」）ということになる。ここには、作家・太宰治は存在しない。在るのは、一途な女の恋情にほだされて〈死〉を共にせざるを得なかった市井人・津島修治の幻影があるだけである。

注記

⑴富栄の次兄・山崎年一《としかず》は旧制弘前高校で太宰の二年先輩に当るが、二人の間には全く面識がなかった。富栄は両親を納得させるために「学生時代の友達」だと触れ込んでいたのであろう。

⑵太宰は「人間失格」を熱海の起雲閣別館で起筆し、最後は大宮市の知人の家で脱稿するが、その間、身の廻りの世話をさせるために富栄を同伴していた。

⑶太宰は昭和十五年に発表した短篇「乞食学生」の中で玉川上水に触れ、「川幅は、こんなに狭いが、ひどく深く、流れの力も強いといふ話である。この土地の人は、この川を、人喰ひ川と呼んで、恐怖してゐる」と書いている。

八、純文学作家の本格推理小説

純文学作家の安吾に、犯罪事件を扱った一連の推理小説がある。学生時代にアメリカの純文学作家Ａ・ポーの作品を愛読していた安吾のことだから、ポーの推理小説「モルグ街の殺人」「マリー・ロジェの秘密」「盗まれた手紙」などに登場する名探偵デュパンの向こうを張って安吾は探偵巨勢《こせ》博士を創出し、両者を比較しながら探偵の推理ごっこを愉しんでいたのかも知れない。しかも、安吾の「不連続殺人事件」の背景には、ポーの代表作「アッシャー家の崩壊」の影響を読み取ることができる。安吾の推理小説を発表順に挙げると次の通りである。

①「不連続殺人事件」（昭和22年8月から23年8月まで断続的に七回連載『日本小説』）
②「復員殺人事件」（昭和24年8月～25年3月『座談』、安吾の死後に遺稿が昭和32年8月～同年11月『宝石』に掲載、未完）
③「投手《ピッチャー》殺人事件」（昭和25年4月『講談倶楽部』臨時増刊号）
④「屋根裏の犯人」（昭和28年1月『キング』）
⑤「都会の中の孤島」（昭和28年3月『小説新潮』）

⑥「南京虫殺人事件」（昭和28年4月『キング』）
⑦「選挙殺人事件」（昭和28年6月『小説新潮』）
⑧「山の神殺人」（昭和28年8月『講談倶楽部』）
⑨「正午の殺人」（昭和28年8月『小説新潮』）
⑩「影のない犯人」（昭和28年9月『別冊小説新潮』）
⑪「心霊殺人事件」（昭和29年10月『別冊小説新潮』）
⑫「能面の秘密」（昭和30年2月『小説新潮』、この作品を発表した直後の二月十七日、脳出血のため安吾は四十九年の生涯を閉じた。）

以上十二篇の推理小説のうち「不連続殺人事件」と「復員殺人事件」の二作は本格長篇で、他の十作は短篇である。二作目の「復員殺人事件」は最初の掲載誌『座談』が昭和二十五年の三月号で廃刊になったので、連載五回で中絶のままになっていた。安吾の死後、推理小説の専門誌『宝石』に昭和三十二年八月から四回にわたって遺稿が掲載されたが、未完のままで終った。

ところが、その直後に『宝石』の編集長に就任した江戸川乱歩の斡旋によって、推理小説作家の高木彬光《あきみつ》が「復員殺人事件」の続篇を手がけることになった。この時点で表題も江戸川乱歩によって「樹のごときもの歩く」に改められ、しかも乱歩の発案で犯人探しの懸賞（三万円）小説となった。これについて乱歩は『宝石』（昭和32・12）誌上で次のように紹介している。

《坂口さんの未完作のあとを受けて、いよいよ高木彬光さんの出馬となった。次号は、もっと長文になると思うが、その二回でデータを出しつくし、読者への挑戦となる。詳しい規定は次号に発表する。／高木さんは、このむつかしい未完作を、いかにこなし、いかに完成するか。実に興味津々《しんしん》たるものがある。読者諸君は、眼光紙背に徹して、この難解な謎と取りくんでいただきたい。》

安吾には長篇を含めて未完小説が何篇かあるが、その未完小説が他人の手で完結されたのは後にも先にもこの一作のみである。この場合、江戸川乱歩の肩入れがなければ実現しなかったのだが、どうして乱歩は安吾の未完作品にこうもこだわったのだろうか。それを解く鍵は最初の推理小説「不連続殺人事件」の中に隠されている。そもそも、純文学作家が推理小説に筆を染めるに至った動機は何だったのか。その辺の事情を少し探ってみることにする。

安吾はエッセー「私の探偵小説」（昭和22・6『宝石』、内容の異なる同題のエッセーを翌年一月にも『宝石』に発表）の冒頭で、「私は少年時代から探偵小説の愛好家であったが、日本で発行されたほぼ全部の探偵小説を読むに至ったのは戦争のおかげであった」と述べて、探偵小説に興味を持つに至った経緯を次のように語っている。

《戦争中は酒も飲めなくなり、遊ぶ所もなくなり、雑誌もなくなって小説を書く当《あて》もなくなったから、残されたのは読書だけ。私はその頃「現代文学」という集りの同人であったが、この同人の中で探偵小説の愛好者が集って、犯人の当てっこをやりだした。／この方法は、解決のところを切りとったり、糸で縫いつけておいて、回覧して犯人の当てっこをする。平野謙が最も成績優秀で、大井広介、荒正人は怖るべき敵ではないようだったが、私は然し、犯人をピタリと当てたのは二ツぐらいしかなかった。／探偵小説作家と試合したら、とても勝てないだろうな、と平野名人も謙遜していたが、私はそうじゃないと思う。江戸川乱歩、木々高太郎氏等でも、むろん僕では太刀打はできないけれども、平野謙の方が犯人を当てる率が多いと私は思う。（中略）

この犯人の当てっこをやって私が驚いたのは、日本の作家の作品に、このゲームに適する作品が全然ないということだった。ミステリイの要素が主で、推理は従である。浜尾四郎氏の作品や「船富家の惨劇」などは推理小説だけれども無理が多い。これは日本の法律とか警察制度とか風俗習慣が全然外国と違っているのに外国流を直輸入して無理に当てはめるための破綻《はたん》で、怪しい奴は有無を言わさずみんなブタ箱へ入れておいて、証拠などは二の次に白状させるという習慣が厳存しているのだから、名探偵登場の余地がなかったのも尤もな次第でもあった。》

つまり、安吾にとって探偵小説はゲームであり、作者と読者の知恵比べなのだという。従って、「殺人の方法などは、短刀で刺す、ピストルで打つ《(ママ)》、なぐり殺す、しめ殺す、毒殺する、なるべく単純であるべきで、謎は殺し方の複雑さなどにあるのじゃなくて、アリバイにある。又、犯人でありうる多様な人物を組み合せて、そのいずれもが疑惑を晴らし得ないような条件を設定するというようなところに主として手腕を要するのじゃないかと思う。そして愈々解決となった際、特に殺人の動機が読者を納得せしめなければ、作品は落第だ。又、その動機も隠されていたのでは話の外で、あらかじめ、読者に与えられているものでなければならない」のである。これらの諸条件を充たして書き上げたのが、推理小説の第一作「不連続殺人事件」である。

長篇推理小説「不連続殺人事件」の冒頭は次のように始まる。「昭和二十二年六月の終りであった。私は歌川一馬《かずま》の呼びだしをうけて日本橋のツボ平という小料理屋で落ち合った。ツボ平の主人、坪田平吉は以前歌川家の料理人で、その内儀テルヨさんは女中をしていた。一馬の親父の歌川多門という人は、まことに我ままな好色漢で、妾はある、芸者遊びもするくせに、女中にも手をつける。テルヨさんは渋皮のむけた可愛い顔立だからむろん例外ではなく、その代りツボ平と結婚させてくれた時には小料理屋の資金も与えてくれたのである。一馬の東京の邸宅は戦災でやられたから、彼は上京のたびにツボ平へ泊る。」

語り手の〈私〉は矢代《やしろ》寸兵という四十歳の流行作家で、同年配の歌川一馬から最も信頼されている人物である。その〈私〉は一馬から、「だしぬけに突飛なお願いだが、僕のうちで一夏暮してもらいたい」と懇請される。一馬の生家は大山林地主で酒造業を営んでおり、政治家だった父多門は政界を引退して隠居し、一馬は現在そこの当主である。東京から列車で八時間近く行ったN町で下車し、そこから七里ほどの山道をバスに揺られ、バスを降りてからも一里近く歩かなければならない辺鄙な山の中のN村に歌川家の大邸宅がある。

安吾文学の愛読者なら一読して判ることだが、安吾はこの作品の背景に新潟県中頸城《なかくびき》郡松之山村の山林地主・村山家（安吾の姉セキの嫁ぎ先、造り酒屋）を想定しており、作品の中に描かれている邸宅や周りの風景も実在の村山家とその周辺に酷似している。しかし、安吾は特定の地名を出さず、「不便きわまる山中」のN村としている。そのN村の歌川家にこの夏、俗悪千万な東京の人間どもが大勢集まり、何が起こるか判らないので、是非とも〈私〉に夫妻で来てほしいというのである。このあとで一馬から〈私〉に来た手紙には次のように書かれていた。

《七月十五日にツーリストビュロオから切符を届けさせるから、その日の終列車で来てくれ。ぜひとも頼む。尚、三枚の切符のうち一枚は巨勢博士のものだから、口説き落して、ムリムタイにでも同道たのむ。三拝九拝。／怖るべき犯罪が行われようとしている。多くの人々の血が。君と巨勢博士だけが頼みだ。そして、お京さん。お京さん！　たのみます。待ってます。暗い血の海が見える。》（傍点引用者）

ところが、あとで〈私〉が一馬にこの手紙を見せると、傍点部分は書いた覚えがないし、「口説き落して」の前から「お京さんを」が抜け落ちているという。歌川家から発送する郵便物は玄関に置いてある桐の箱に入れておくと郵便配達人が持って行ってくれることになっているので、その間に他人の手紙を開封して書き替えることは充分可能なのである。一馬が〈私〉に「口説き落してムリムタイにでも同道」を頼んだのは、妻のお京であって巨勢《こせ》博士ではない。ここに、これから起こるであろう〈怖るべき犯罪〉を解くヒントが示されている。手紙を改竄《かいざん》した人物は名探偵巨勢博士を呼び寄せ、これから起こる殺人事件について知恵比べをしようとしているのである。言わば、犯人が〈私〉と巨勢博士に突きつけた挑戦状である。

昭和二十二年と言えば敗戦直後の一億総飢餓状態の折なので、酒と食べ物に有りつける歌川家で一夏を過ごすことは願ってもないことで、終戦の年まで歌川家に疎開していた東京の人間どもは一馬からの招待状をもらって早速参集したのである。但し、一馬が招待したのは〈私〉夫妻だけだから、あとは誰かが一馬の名を騙《かた》って偽りの招待状を発送したことになる。この作品は登場人物が多いので、便宜上、東京からやって来た人たち及び歌川家の関係者を紹介しておく。
○歌川一馬＝四十歳になる歌川家の当主で、主知派の中堅詩人として知られる。多情な先妻秋子と離別したあと、美人のあやかと再婚。一方、同居している腹違いの妹加代子とプラトニックな相思相愛の仲にある。
○歌川あやか＝一馬の妻。以前に画家土居光一と同棲。遊び好きで屈託のない、飛びっきりの美人。貧乏嫌いの天性の娼婦型女性。
○歌川多門＝一馬の父。我ままな好色漢で、妾を囲いながら芸者や女中と手当たり次第淫行に及ぶ。戦時中は大臣級の政治家だったが戦後公職追放となり、政界を引退して隠居生活に入る。
○お梶＝多門の後妻。一馬とは三つ年長の義母で、心臓喘息のため昨年四十二歳で死去。その死に不審が持たれている。
○歌川珠緒《たまお》＝お梶の娘で一馬の腹違いの妹。二十二歳の自由奔放な美人であるが、貞操観念が稀薄で男性遍歴もルーズ。
○望月王仁《わに》＝性粗暴、傲慢無礼、野性的な肉体派の流行作家。疎開中に一馬の先妻秋子や珠緒のほか、女中や村娘とも情交を重ねて周囲のヒンシュクを買う。
○丹後弓彦＝作家。一見イギリス型の紳士であるが、傲慢でうぬぼれが強い上に、陰険なひねくれ者。
○内海明＝気持のすっきりしたセムシの詩人。
○三宅《みやけ》木兵衛＝フランス文学者で理知聡明な学者肌。平気を装っているが、妻秋子が望月王仁に参っているのを知って嫉妬している。
○宇津木秋子＝売れッ子の女流作家。一馬の先妻であるが現在は三宅木兵衛と同棲。多情で肉感的な女。
○人見小六＝劇作家。小心臆病で付き合いにくい男だが、根は親切で人なつっこい。
○明石胡蝶＝女優。人見小六の妻。満身色気で、情慾をそそる肉感的タイプ。粗暴な野性派を嫌い、理知派の弱々しい男性を好み、一馬に好意を抱く。
○土居光一＝ピカ一の異名で通る画家。一馬の妻あやかの前夫。シュールレアリスム式の構図に官能的な色を塗り、陰鬱な詩情を湛えた絵を描くが、巧みな商人で、挿絵で荒稼ぎし、画壇では鬼才とかユニークな作風などともてはやされている。一馬にあやかを取られた身請け料として二十万円を請求したが、十五万円でケリ。自信家でうぬぼれの化身のような男。

○神山東洋・木曽乃《こその》＝東洋は弁護士で歌川多門の元秘書。がっしりした体格で腕ッ節の強そうな大男であるが、歌川家の人たちから毛嫌いされている。妻木曽乃は元新橋の芸者。多門に落籍されて妾になるが、東洋と密通して夫婦になる。
○矢代寸兵（私）＝作中の語り手。歌川一馬から信頼されている四十歳の流行作家であるが、作風は望月王仁とは逆の純文学。名探偵巨勢博士の師匠格。
○矢代京子＝矢代寸兵の妻。歌川多門に最も寵愛された妾。矢代寸兵が京子を強奪して多門の怒りを買って以来、夫妻は歌川家を敬遠していたが、一馬の懇請で止むを得ず来訪す。
○巨勢博士＝矢代寸兵の文学上の弟子。五尺そこそこの二十九歳の小男。大学で美学を専攻し、人間心理を正確に解読す。小説は下手だが探偵の才能は天才的なので〈博士〉の異名で呼ばれている。作者坂口安吾の懐刀《ふところがたな》となって活躍する。
○海老塚《えびづか》晃二＝村の内科医。小児麻痺のためビッコ。秀才だったのでお梶が学費を出して医者にした。学究肌の海老塚は我ままなお梶とソリが合わず、変人扱いされて来たが、実は歌川多門が東京での学生時代に下宿の女中に生ませた男の遺児、つまり多門の孫であることを、歌川家の一部の人しか知っていない。
○諸井《もろい》琴路《ことじ》＝三十前後の無愛想な女性であるが、五尺四寸五分の均整のとれた美形。歌川多門が東京から連れて来た住み込みの看護婦であるが、すでに多門と関係がある。
○南雲一松《なぐもいちまつ》・お由良《ゆら》＝歌川多門の実妹お由良婆さまの夫。中風で寝つき、歌川家の一室で静養す。

お由良は半病人のヒステリィーで、生前のお梶と折り合いが悪かった。
○南雲千草＝お由良の末娘で歌川家に同居。ヤブニラミ、ソバカス、意地悪、ヒガミ、豚のように太っている二十六歳の醜女《しこめ》。お梶の娘の珠緒とは犬猿の仲。
○加代子＝清楚、純潔、透きとおるように冴え澄んだ二十四歳の美人。十七歳の時から肺病に冒され、歌川家で療養す。ひそかに一馬を慕っている。多門が女中に生ませた娘で、歌川家の下男喜作と女中頭お伝夫婦の孫。加代子の母はお梶が後妻に入った直後に縊死自殺した。原因は不明。
○下枝《しずえ》＝多門専任の可愛らしい小間使。十九歳の村娘を隠居後に多門は侍女兼妾として寵愛す。
○坪田平吉・テルヨ＝東京・日本橋の小料理屋「ツボ平」の主人とオカミ。今回、歌川家の来客のコックを頼まれ、夫妻で訪れた。平吉とテルヨは以前歌川家で働いていた。
○富岡八重＝歌川家の女中で、二十六歳の田舎娘。
○片倉清次郎＝十六歳の時から歌川家に仕えてきた番頭。現在病気休養している七十六歳の老人で、歌川家の人間関係や多門の秘密を知悉《ちしつ》している重要人物。
以上が、歌川家とその周辺で起こった殺人事件に関係のある登場人物のプロフィールである。

　この作品の魅力の一つは、登場人物が実にバラエティーに富んだキャラクターの持主ばかりであることと、それぞれの人間関係が複雑に絡み合っていずれも男女の欲望で結びついていることである。しかも、安吾は個々の人物を純文学作家の視点で丁寧に描いている。一例を挙げると、女流作家宇津木秋子の場合はこうである。

《女流作家宇津木秋子は今フランス文学者の三宅木兵衛と一緒にいるが、もとは一馬の奥さんだった。もともと話合いの上で別れたことで、文学者同志のことだから、あとは綺麗なものだけれども、問題は一馬じゃなくて、望月王仁だ。疎開中、当時一馬夫人だった宇津木秋子と木兵衛と話がすすんで、終戦、東京へ引上げるという時に話合いの上で一馬が離婚を承諾した。一馬も元々秋子にてこずり、殆ど未練はなかったのである。

秋子は非常に多情な女だ。疎開中は木兵衛よりも王仁と交渉が深かったのだが、王仁の奴が全然貞節の念をもたない奴で珠緒とも関係があり、女中だの村の娘だの八方に情痴沙汰、秋子なんぞは食後の果物、オヤツ程度にしか心得ていないから、秋子もあきらめて、木兵衛と一緒になった。然し内心は相当王仁に参っている。王仁は天下の流行作家であるし、傲慢無礼、粗雑、野性的なところが肉感派の秋子に魅力なのだろう。秋子は本能の人形みたいな女で、抑制などのできなくなる痴呆的なところがあるから、山荘へ行く王仁とそのままでは済まない筈だが、木兵衛という奴、理知聡明、学者然、乙にすまして、くだらぬ女に惚れてひきずり廻されて、唯々諾々《いいだくだく》というのだが、そのくせ嫉妬で胸が破れそうなことも云っている。一馬の招きに応ずるなどとは全くバカげた奴だ。》

流行作家望月王仁は矢代寸兵（私）のライバルであり、最も軽蔑すべきタイプの人間であるが、ジャーナリストには人望がある。日本のジャーナリズムは「事物を歴史的性格で判断せず、現実の現象性で判断する」から、流行作家である王仁の「傲慢は当然とうけいれ、却って自信があるとか、あれだけ信念がなきゃ芸術はできないなどと、逆に彼の傲慢が美徳の如くに評価される始末、好色癖などはむしろそれが天才の証拠のように、さすがに一般と神経が違うなどともてはやされる有様」である。

珠緒に誘われて歌川家に第一番に乗り込んで来た王仁は、仲間のいる食堂でこれ見よがしに珠緒を抱きかかえて接吻し、強引にツーピースを脱がせる。「シュミーズ一つで王仁の腕からころがりでた珠緒はビクともしなかった。……黙って王仁を見て、平然とシミューズを」脱ぎ、ズロース一つになる。そして「もういいの？　もう、ひとつ？」と珠緒は王仁を挑発する。王仁はそのまま珠緒を抱きかかえ、「ドッコイショ、ハイ、ゴメン」と言って自分の寝室へ立ち去る。翌朝、王仁は自分の寝室で「一糸もまとわぬ裸体」のまま、心臓を短刀で一突きにされて死んでいた。第一の殺人事件の発生である。

ところで、安吾は連載第一回（一～三）の末尾に〈附記〉として、読者に対する次のような挑戦状を掲載している。

《この探偵小説には私が懸賞をだします。犯人を推定した最も優秀な答案に、この小説の解決篇（注、最終回）の原稿料を呈上します。細目はいずれ、誌上に発表しますが、だいたい、九回か十回連載の予定、大いに皆さんと知慧くらべをやりましょう。当らなければ、原稿料は差

上げませんよ。たいがい、差上げずに、すむでしょう。　坂口安吾》

安吾はこの作品のトリックに余程自信があると見えて、最初から正解者は出ないだろうと楽観している。しかし、安吾は読者にフェアに臨むことにしており、第二回（四〜六）の〈附記〉では、「読者は全てを知らされ、読者の読まれた事実の中に犯人を推定しうる明確な、ぬきさしならぬ証拠があることだけは断言致しておきます。巨勢博士も読者の知った事実以外のものから犯人を推定することは決して致しません」と約束している。

さて、殺人第一号となった望月王仁のことであるが、彼に対しては歌川家に滞在しているすべての人に殺害の動機がある。王仁が死んだことで温厚な〈私〉ですら「自業自得さ」と呟くほど、歌川家での王仁の振る舞いは目に余るものがあり、男女を問わず猥雑極まる言辞を弄して相手をからかい、誰からも憎まれていたからである。誰が犯人でもおかしくない状況にあったが、前夜、王仁に抱きかかえられて王仁の寝室に入った歌川珠緒は、「犯人はわかっています。女流作家、宇津木秋子先生。やっぱり偉いのね。人殺しぐらいできるんだから」とヒステリックに叫び、王仁の部屋に残されていた秋子愛用のダンヒルのライターと口紅のついた煙草を証拠品として提示した。珠緒が行った時にはライターも煙草の吸いさしもなかったという。ここで県警本署警察官の登場になるが、その命名がいずれも安吾周辺の友人知己から借用したもので、いかにも安吾らしいアイデアである。

○村の駐在巡査南川友一郎＝殺人事件に立ち合うのは初めての新米巡査。作家南川潤と作家井上友一郎の組み合せ。

○県警捜査部長平野雄高警部＝いかなる犯行も一目で勘ぐるので「カングリ警部」の異名がある。評論家平野謙と作家埴谷雄高《はにやゆたか》の組み合せ。

○荒広介刑事部長＝犯人を嗅ぎつける鋭敏な六感の持主で「八丁鼻」の異名がある。評論家荒正人と評論家大井広介の組み合せ。

○長畑千冬刑事＝ドイツ語を齧《かじ》って医学の心得もあるが、単純な犯罪を複雑怪奇に考えすぎるので「読ミスギ」の異名がある。東大病院の長畑一正医師と独文学者郡山千冬の組み合せ。

このほかに県警の婦人刑事飯塚文子も登場する。彼女は推理抜きで頭へピンとくる飛躍型なので「アタピン」の異名をもつ小生意気な美人刑事である。この作品には〈坂口安吾〉という通俗作家も紹介される。終戦以来、作品に変人奇人狂人を登場させる小説家が増えているが、「坂口安吾という先生の小説なぞも、ヘソ（出し）レビュウと論語（先生の御託宣）の抱き合せみたいなもの」だという。要するに、〈坂口安吾〉の作品は戦後の混乱に便乗した俗悪小説の類《たぐい》だというのである。これも読者へのサービスである。

ところで、死んだ王仁の部屋から宇津木秋子と歌川あやかの所有物が証拠品として押収され、珠緒を含めて三人の人間が出入りしたことが判ったものの、容疑者を特定できないでいるうちに第二の殺人事件が発生する。珠緒が寝室で泥酔熟睡中に、首にアイロン用のコードを巻かれて絞め殺されていたのである。ここで愈々メイ探偵巨勢博士の登場となるが、他の人たちよりも一日遅れて来たのでこの時点では発言も控え目で、まだ事件を推理する段階に至っていない。

二つの殺人事件に刑事たちが手間どっているうちに、第三、第四の殺人事件が発生する。醜女《しこめ》の千草の姿が見えなくなるが、諸井看護婦の話によると、セムシ詩人の内海明から千草に宛てて、「不美人とセムシのランデブウ仕るべく候。本日、六時半より七時ごろ、三輪神社裏。委細面談の上」と書かれた付け文があり、千草はそれを諸井看護婦に自慢そうに見せて出かけたという。この付け文は内海明から歌川あやかが頼まれて千草に手渡したことになっている。

千草が逢引に出かけている時間に、歌川家の広間では二つの非難合戦が行われていた。酒に酔った仏文学者の三宅木兵衛が海老塚医師をつかまえて、「名医先生。君子先生。その目だよ、その目だよ。みんな見なさい。あの目、ギラギラ、気違いの目。人を殺す目。血に飢え、血の海を見ても飽きたりぬ殺人鬼の目。この正体は隠すことができないぜ。さア、見たり、見たり」と囃したて、次のような演説をする。

《彼はまさしく変質者、精神分裂というのだか、妄想狂というのだか、ともかく気違いの一人ですよ。自分は純潔、正義派だと思っているのだ。加代子さんのお乳をいじり、さる御婦人とゴジッコンを重ね、下枝《しずえ》さんにそれとなくお乳をいじるチャンスをつくらせようとしながらですよ。自分の為すことに気がつかないのが、先ず変質者、気違いの所以《ゆえん》じゃないか。そして、ただ、他人の不純不潔を妄想する、彼の潔癖はつまり狂人の病症ですよ。皆さん、そうではな

いか。》

怒り心頭に発した海老塚医師は、「スタスタとビッコの尻をふり、そして腕をユラユラふりながら」広間から出がけに、満身の力を込めて「バカヤロー」と絶叫して立ち去る。

この直後に、待っていたかのようにもう一つの非難合戦が起こる。三宅木兵衛の演説を聞いていたピカ一こと画家の土居光一は、急に気違いのように笑い出し、「茶番だらけだ。なアに、殺人だって茶番じゃないか。ここのウチは、元々、ここのウチが茶番そのものなのさ。マジメなツラをしていられるかい。淫売宿と言いたいが、それどころか、まるでもう、性慾のカタマリ、色きちがいの巣じゃないか」と喚き散らす。それを聞いた歌川家の主婦あやか（実はピカ一の先妻）は怒りに震え、「ウルサイ！　ゴロツキ！　あんたは東京へお帰り！　ただ今、さっさと帰ってちょうだい」とやり返す。泥酔のピカ一は、「何だと、このヤロー。もう一度、言ってみろ」と言うや否や、突然あやかにつかみかかり、大きく一回転して振り飛ばした。二間ほども振り飛ばされて四ツン這いになったあやかの服は裂け、膝を打って起き上ることができない。この時のピカ一の形相は、「人間の相ではなしに、鬼、狂いたつ野獣」そのものであった。

周囲の人たちに助け起こされたあやかは、「ゴロツキ！　犯人！」と喚き立て、またもやピカ一にぶたれて突き飛ばされた。野獣と化したピカ一はいきなり傍らの大きな花瓶を投げつけたが、誰にも当らずに砕け散った。周囲の人たちはピカ一に武者ぶりつくが、猛牛の怪力で振り飛ばし、逃げるあやかをどこまでも追って行く。庭の暗闇に逃げたあやかは、「私たちが追いつくことができたとき、庭の松の木に押しつけられ、散々ぶたれ、突きまわされて、息も絶え絶えの所であった」という。

漸くあやかは自分の寝室に逃げ込んで内側から鍵を掛けると、追ってきたピカ一は寝室の扉を蹴りつけ、「畜生め。ズベタめ。出てくると、殺してやるぞ。しめ殺してやる。しめあげてやる」と喚き立て、扉の前へ大の字に寝ころんで扉を蹴り続ける。実は、ピカ一とあやかの非難合戦にこの作品の最大のトリックが隠されているのだが、この時点で二人の大立ち回りに疑問を抱いたのは巨勢博士のみで、他の人たちは本気であやかをピカ一の魔手から救うために行動したのである。

このドタバタ劇の翌朝、前夜逢引したはずの千草と内海明が別々の場所で死体となって発見された。第三、第四の殺人事件である。千草は三輪神社裏手の大木の根の陰に俯伏して女の腰紐のようなもので締め殺されており、セムシ詩人の内海明は、朝食に顔を出さないのであやかが彼の寝室へ行ってみると、パジャマ姿のまま短刀で五箇所も刺され、血の海に俯伏していた。凶器の短刀は洗われて化粧台の上に載せてあり、犯人の遺留品も指紋も残されていなかった。屍体解剖の結果、千草は前日の午後六時から七時の間、内海明は前夜十一時から十二時ごろの間に殺されたと推定され、カングリ警部によって一同のアリバイ立証が行われることになった。

千草殺しについては男たちにそれぞれ空白の時間があり、誰が犯人でもおかしくない状況にあるが、内海明殺しの場合は、泥酔してあやかの寝室の扉を蹴り続けて喚いていたピカ一と寝室に閉じ込められていたあやかにはアリバイがあるので、この二人は嫌疑から除外された。しかし、捜査はなかなか進捗せず、一癖も二癖もある文化人を相手に刑事たちも手こずっていた。

一週間は何事もなく過ぎた七月二十六日の夕食の時間に、またもや二件の殺人事件が発生した。一人は皆から聖処女として讃美されていた加代子であり、今一人は歌川家の大黒柱の多門老人である。加代子は、夕食後にピカ一が取り替えたコーヒーを飲んで即死し、多門老人はあやかの作ったプリンを食べて死んだ。加代子のコーヒー茶碗からは青酸加里、多門のプリンからはモルヒネが検出された。自分のコーヒー茶碗を隣に座っていた加代子の欠けた茶碗と取り替えてやったピカ一は一同に向って、「動くな。外へ出るな。テーブルの上のものを動かすな。加代子さんは毒殺されたぞ。オレの身代りに殺されたんだ。畜生！　オレに毒をもりやがったバカヤロー。みろ！　死んだのは加代子さんだ。椅子につけ。元の位置につけ」と喚き散らす。この時、「ピカ一の凶暴な目はランランと燃えて、あやかさんにそそがれていた」のである。

このあと、カングリ警部の前でピカ一は加代子とコーヒー茶碗を取り替えた理由について説明し、俺を殺すために青酸加里を入れた人物は「皆さん、お分りのこと」だと、暗にあやかを非難した。それに対してあやかは、「あなたが御自分のお茶碗に青酸加里を入れて加代子さんに差上げたのです」と、怒りに震えてピカ一を睨み、「この人は手品の名人なんです。コーヒー茶碗へ毒薬を入れるぐらい、子供だましにやれるんですのよ。……指先の魔術使いなんですわ」と応酬する。一方、多門老人のプリンについては多門専用のビート糖にモルヒネが混入されていることが確認された。

しかし、これという決め手の見つからないまま七人目の殺人事件が発生する。女流作家宇津木秋子が三輪山の奥の滝壺で溺死体となって発見され、周囲の状況から他殺と推定された。更に、海老塚医師が発狂して警察署に留置され、一同安堵している間に八人目の殺人事件が発生する。歌川家の当主一馬夫妻の部屋の床に、「胸もあらわにあやか夫人が仰向けに倒れ、その上に折重って」一馬が俯伏し、一馬はすでに絶命していた。飲み残しのコップの水から青酸加里が検出された。

意識を取り戻したあやかの語るところによると、夜遅くまで机に向って何かしている一馬を残してベッドに入ったあやかは、誰かに押しつけられて目を覚ますと、一馬に抱きかかえられていた。一馬は「やさしく私を抱きよせるようにして、僕は死ぬ、一しょに死んでおくれ、もう僕はダメなんだから」と言って、あやかに心中を持ちかけたという。「私は呆れて、何がダメ、とたずねました。答えの代りに、ウウという、唸り声がもれました。にわかに劇しい力で抱きすくめられたと思うと、クビをつきあげてきたのです。夢中に手向いました。そして、ころげ落ちて、そのあとは、覚えがないのです。」つまり、一馬は青酸加里を飲んで自殺したというのである。但し、部屋に遺書はなかった。

ここで、再び巨勢博士の登場となる。博士は証拠探しのため上京し、一馬の死の直後に帰って来た。博士の推理によると、「遺書ぐらいは用意してあるだろうと思っていました。私はこの殺人を予期していたのです。それが自殺の形で行われることも、すでに準備ができていることを知っていました。第一回目の殺人のとき、望月王仁氏殺害のとき、歌川先生が自殺の形で殺される準備ができていた」のだという。真犯人は一馬を一連の殺人事件の犯人に仕立て、追いつめられて自殺したと見せかけるために偽遺書ぐらい作成していたのではないかと思ったのである。

一馬も殺されたのだとすれば、一体八つの殺人事件の間にどんな関連があるのか。犯人は一人なのか、それとも複数なのか。犯行の目的は何なのか。その目的を果すためにどうして八人も殺さなければならないのか。この謎を解くために、一馬の身を危ぶみながらも巨勢博士は東京及びその近郊を駆けずり廻り、漸く証拠を入手して帰ってみると、一足違いで一馬は殺されていたのである。

安吾は連載第六回(十九〜二十二)の〈附記〉で読者に最後の通告をしている。歌川一馬の殺人事件(二十二)がまだ伏されている段階で、読者に犯人及び犯行の動機を推理させようというのである。

《愈々、今回をもって、皆さんの解答をいただく順となりました。/毎々申し述べました通り、皆さんの御存知ない事実から、巨勢博士が犯人を推定するということは、致しません。ただ、彼が旅行先で見つけてきた確証は皆さまの御存知ないものですが、然し、これは、皆様御存知の事実から博士が推定しましたことで、犯人の推定の根拠については、巨勢博士の知識の全てを皆様も亦、持たれているわけです。／さて答案ですが、犯人の名前だけ当てたって、ダメですよ。法廷へ持ちだして、起訴することができるだけの、推理がなければ、いけません。推理は、どんなに長くても構いませんが、出来うる限り、簡にして、要をつくして下さい。（中略）／さて、作者の演技は終りました。これより皆様の御熱演、ハイ、東西東西。／〆切は昭和二十三年四月十五日。　坂口安吾》

すでに安吾は第二回の〈附記〉の終りで「私より解答の御寄稿を挑戦いたす方々」として、「江戸川乱歩先生。木々高太郎先生。カングリ警部先生。八丁鼻先生。読ミスギ先生。アタピン先生」の名前を挙げている。探偵小説の大御所江戸川乱歩・木々高太郎でも、真犯人を探し出すのは難しいだろうという自信の程を示したものである。まして、カングリ警部以下の我が愛すべき友人知己には、先ず無理だろうと高を括って見せる。

安吾は「不連続殺人事件」において、敗戦直後の昭和二十二年七月十七日から八月九日までの一ト月足らずの間に八つの殺人事件を設定した。しかも、事件はすべて山奥の歌川家とその周辺で起こっている。こんなことは現実に在り得ないわけだから、ストーリーのみで読み進めると莫迦々々しくなって途中で投げ出したくなる。江戸川乱歩も同時代評「『不連続殺人事件』を評す」（昭和23・12『宝石』）の前半で、「坂口安吾君の最初の探偵小説『不連続殺人事件』（『日本小説』連載）が完結したので、この力作長篇について感想を記す。純文学畑の作家の探偵小説として画期的の本格作品であるばかりでなく、私の見る所によれば、内外の探偵小説を引くるめて、殆んど前例のない新手法を取入れた最も注目すべき作品だからである」と絶讃しながらも、次のような不満を披露している。

《坂口君は探偵小説について一家の見識を持ち、クリスティーの愛読者であり、探偵小説ゲーム論者であって、一昨年ある座談会で初めて会った時、長篇の筋が一つあるから書いて見たいということを漏らされ、私も大いにその発表を勧めていたのだが、これが「日本小説」誌の「不連続殺人事件」となって現われたのである。

そういう関係もあって、私はこの小説の第一回（注、一〜三章）を可なりの期待を以て読んだが、何となく肩すかしを喰ったような、予期に反するような感じを受けた。犯人探しの懸賞がつき、我々も挑戦を受けていたが、作品の世界そのものに、挑戦に応じる気持を冷却せしめるようなものがあった。先ず第一回に於て何十名という夥《おびただ》しい関係人物が紹介され、その凡てがこの事件に何らかの因縁を持っているように書かれていた。（中略）

二三回と読んで行くと、この人物過多の不満が解消しないばかりでなく、最初からその色彩が濃厚であったもう一つの不満が確実になって来た。それは、ここに描かれているのは、作者が作中人物ピカ一（注、画家土居光一）をして云わしめているように「茶番だらけだ。なァに、殺人だって茶番じゃないか。ここのウチは、元々、ここのウチが茶番そのものなのさ。マジメなツラをしていられるかい。淫売窟と云いたいが、それどころか、まるでもう、性慾のカタマり、色きちがいの巣じゃないか」というような常軌をはずれた不倫乱行の別世界であって、こういう別世界人種はあらゆる気まぐれを行い得るのだから、その心理と行動を合理的につかまえるのは殆んど不可能事ではないかという感じである。探偵小説の謎解きの面白味は、犯人が倫理乃至は法律という社会的束縛を顧慮して欺瞞を行う所から生じるもので、そういう倫理的顧慮を欠く乱行漢には常識的な欺瞞も亦必要でないという、暖簾《のれん》に腕押し的なたよりなさを一応は感ぜしめ、少くとも私に対しては謎解きの意欲をにぶらせる作用をしたのである。》

このような不満があったにも拘らず、再読した乱歩を驚かせたのは、二重トリックの仕掛けの巧《うま》さである。一つ一つのトリックを「可能ならしめる為に作者が用意した、作品全体に蔽いかぶさっている非常に大きな別のトリック」に気づいたという。その大トリックというのは、「私の犯人探しの意欲を拒否したというあの不倫乱行の別世界そのもの」であり、「犯人の数々のトリックは、よく考えて見ると、この異常世界に於てでなくてはたやすく暴露し、読者にもあっけなく悟られる虞《おそ》れ」があるので、それをカムフラージュするために「作者は作品全体の雰囲気という大きなトリックを考案した」のだという。

乱歩は「不連続殺人事件」を、「謎と推理の本格味を十二分に保持しながら、旧来の探偵小説の型を破った」作品として高く評価しながらも、この作品にサスペンスが不足していることを最大の難点としている。一応「所謂坂口思想と坂口文体の面白さで読ませることは読ませるけれども、探偵小説に於ては、私はやはりサスペンスを要求する」と述べ、その不満をあからさまにさらけ出している。

《この小説は一種のファース（注、笑劇《ファルス》）だから現実感は重視されていないのだと云えばそれまでだが、七人（注、八人の誤り）もの人間が安易にコロリコロリと殺されて行き、次に起るべき殺人への恐怖というようなものが殆んど感じられないのは、如何にしても物足りない。これは感情のサスペンスであるが、理智のサスペンスとしては、最初から殺人に異様、不可思議な感じ、所謂不可能興味が乏しい点と、誰が犯人であってもさして驚けないような雰囲気である為、犯人を知りたいという焦燥感を与えない点に大きな不満がある。

次に、犯人の悪念と孤独と恐怖とが、全篇を読み終っても余り感じられないこと。探偵小説は犯罪小説のようにこれを正面から描くことは出来ないけれども、作者の心構えによっては、読了の後ヒシヒシとそれが身にこたえ、読過の際にも紙背にこれが感じられる筈である。ポー以来、探偵小説が必ず殺人事件を描いて来た事実の裏には、単なる謎々の外に犯罪者の悪念や恐怖も亦、探偵小説の重大なる要素となっていることを証するもので、これを紙背に描くと描かぬとで、作品の評価に大きな差異が生じて来ることは争い得ない所である。

考えて見ると、これらの不満を感ぜしめる所以《ゆえん》は、作者の探偵小説観、即ちゲーム専一主義にあるように思われる。謎が難解でありその解決がフェーアであれば、ゲーム主義の能事は畢《おわ》るのであって（如何にも「不連続」はこの二つの要求を見事に充たしている）、サスペンスだとか、犯罪者の悪念や恐怖などは余計なものだということになるが、私は右にも記した通り、これらも探偵小説の重大な要素と考えるものであり、「不連続」にこれらの要素を欠くことは、作者のゲーム専一主義と共に、私の俄《にわ》かに賛し得ない所である。》

そうは言いながらも、「探偵（小説）作家以外の畑にかくまで本格味に徹した達人があったこと、しかもトリックに於ては内外を通じて前例のない新形式が考案されていたこと」の二点だけは、「充分堪能し、讃辞を惜しまないものである」と乱歩は付け加えている。

この作品は探偵小説と呼ぶよりも推理小説と呼んだ方が適切である。いわゆる探偵小説の場合は、一人の探偵が陰に陽に犯罪事件の中に出没し、その背景を綿密に調査して最後に犯人を割り出してみせるのが常道のパタンである。ところが、この作品に登場するメイ探偵・巨勢《こせ》博士は五尺そこそこの風采のあがらぬ小男で、自分の身辺で一ト月足らずの間に同宿者が八人も殺されたにも拘らず、発言も控え目で殆ど事件の前面に出ることはない。連載の最終回（二十三〜二十八章）になって—つまり八人目の歌川一馬の死を契機に—いきなり前面に躍り出て八つの殺人事件の犯人とその動機を推理し、裏付け証拠も取り揃えて見事に一連の事件を解決してみせる。懸賞小説の性格上、巨勢博士が途中で特定の人物の言動に疑問を投げかければ読者の推理の妨げになることは判るが、それにしても作者はメイ探偵の出番を少し制限しすぎたようである。

安吾は巨勢博士を抑えておくために、他の人物に犯罪の目的と動機を推理させている。第二十章で弁護士の神山東洋は滞在者全員を前にして、「この七人（注、まだ歌川一馬は存命）の殺人事件のうち、大別して二つに区分することができますな。第一が、我々のうち、誰でも犯人でありうるもの、これは、王仁《わに》殺し、珠緒殺し、多門殺しの三件で、多門先生の毒殺も砂糖壺にモルヒネを入れるというのは、誰にでもできた筈ですよ。第二が、特定の人しか出来ない場合、これは千草殺し、内海殺し、加代子殺し、宇津木殺しの四件で、ある人々は完全に犯人であり得ない。この完全に犯人で有り得ないという人物は、一人ずつ、取りすててみたら、いかがでしょう。そして、どうしても容疑者を免れ得ないという人物に不服があったら、釈明をきいて、我々全員を陪審員に、ひとつ判定を下そうじゃありませんか」と提案し、それぞれの殺人事件における宿泊者のアリバイに言及した上で、手帖に書きとめている容疑者名（アリバイの不確かな者）を読み上げる。

すでに、犯罪の動機が歌川家の莫大な遺産問題ではないかと話題になっていたが、では歌川家に直接関係のない王仁や千草や内海明や宇津木秋子は何故殺されたのかという疑問が生じてくる。この疑問に対して神山弁護士は、「この七ツの事件を、同一犯人の一貫した計画殺人と見る場合には、しからば、何故、犯人はレンラクのないバラバラ事件を構成したか、という問題になりますが、これがつまり、犯人の狙いなんですよ。真の動機をくらますためですよ。この犯行のどの一つかが、あるいは、いくつかが、犯人の真に目的とする犯罪であり、他の犯罪は、その目的をごまかすための細工にすぎない犯罪ですよ。なぜ、そのような細工が必要か。なぜならば、動機が分ると忽ち犯人が分ってしまうからですよ」と、人を軽蔑するような笑みを浮かべて解説する。

更に神山弁護士は、「最も動機の明白なるもの、必ずしも、犯人の真の動機とは限らず、最も利害の大なるもの明白なるもの、必ずしも、犯人の真の目的にあらず、ですがな。巨勢博士、いかがですか」と水を向けるが、巨勢博士は応えない。代りに丹後弓彦が、この事件は共犯者なしには成り立たないと主張すると、神山弁護士はそれを肯定して歌川一馬夫妻の共犯の可能性をほのめかす。それを聞いた一馬は憤然として、「僕が、第一級の容疑者であることは、認めますよ。……僕は然し、ケンギだの、容疑者だのと、そんなことは、身に覚えのないことだから、全然気にかけていませんよ。僕が不安、気がかりなのは、八月九日のことですよ」と言って、何者かが一馬夫妻の部屋に「八月九日、宿命の日」と書いた用箋を置いて行ったことに怯えている。

つまり、安吾は巨勢博士を最後まで控えさせておく代りに、神山弁護士の推理を披露して読者に犯人探しのヒントを提供しているのである。しかもこの後、巨勢博士は事件の裏付け調査をするために上京することになるが、その際一同に向って、「時間がきましたから、僕は失礼します。八月九日までには、必ず帰るつもりですが、皆さんお大切に。なんしろ、神山さんの大推理にウットリしちゃって、すっかり時間がおくれちゃって」と言い捨てて、歌川家を飛び出して行く。

八月九日の前夜は五人の警官が徹夜で警戒に当った。語り手の〈私〉こと矢代寸兵の部屋の前にはヨミスギ刑事、一馬夫妻の部屋の前には八丁鼻刑事が待機し、階下にはカングリ警部と南川巡査が非常用の梯子まで用意して庭を監視した。アタピン女史は遊撃手として二階の廊下をぶらついた。このように厳重な警戒にも拘らず、何者かに〈宿命の日〉と予告された八月九日の早朝、事件が発生した。一馬夫妻の部屋で歌川家の当主一馬が服毒自殺したのである。すでに見てきたように、一馬から無理心中を迫られたというあやか夫人の話を聞いていたカングリ警部は、「お気の毒ですが、これまでの惨劇はすべて御主人が犯人でした。我々には分っていたのです。ただ、物的証拠がなかったために、逮捕ができなかったのでした」と語り、一馬は追いつめられて「覚悟の自殺」をしたのだと結論づける。

約束の八月九日正午前に帰って来た巨勢博士は、カングリ警部から「歌川一馬氏は、自殺しました」と知らされて愕然とする。巨勢博士は早くから犯人の目星をつけていて、殺人計画を裏づけるための物的証拠を探すために上京したのである。予告された八月九日に最後の犯行が実施されるとしても、まさか早朝に行われるとは思っていなかった。正午までに帰って手を打てば、最後の惨劇―犯人の最終目的である歌川家の当主殺し―は防げると思ったのである。官服私服の警官十数名に囲まれた食堂で、歌川家の関係者一同を前に巨勢博士は「いささか沈痛な諦めたような顔付」で次のように語りだした。

《この犯人は相当に粋《いき》好みの茶人だから、私の戻るまで最後の犯行を延ばしてくれやしないかと空頼みしていましたよ。なぜなら、千草殺し、内海殺しのようなセッパづまった緊急を要する殺人と違って、最後の仕上げは、第一回目の王仁殺しの時にすでに準備が完了して、いつでも行える用意ができていたからです。今さら仕方ありません。私は犯人の自信を頼みにしていましたが、八月九日、宿命の日、例のポスターが現れたので、犯人はそれをチャンスに、最後の仕上げを華々しく打上げたように思われます。》

巨勢博士が一連の殺人事件を、ピカ一こと土居光一とあやか夫人の共犯ではないかと疑ったきっかけは、セムシ詩人内海明殺しの前夜に繰りひろげられたピカ一とあやか夫人の凄絶な乱闘である。表面上は犬猿ただならぬ仲を装いながら演じた泥酔（?）のピカ一の乱暴狼藉と、その魔手から逃げ廻るあやか夫人の仕種《しぐさ》に博士は不自然なものを感じた。その場に夫の一馬をはじめ数人の男性が居合わせてピカ一の暴行からあやか夫人を守ろうとしていたのに、ピカ一に追い廻されたあやか夫人は人の誰もいない庭の暗闇に逃げ、ピカ一がそれを追って二人とも闇に消えたことをおかしく思ったのである。後を追って人々が駆けつけた時には、ピカ一によって「庭の松の木に押しつけられ、あやかさんは散々ぶたれ、突きまわされ、息も絶え絶えであった」というが、これも周囲を欺くための二人の演技であった。このあと、あやか夫人は二階の自室へ逃げ込んで、内側から鍵を掛け、その扉の前でピカ一が夜通し喚きつづけるという演技が行われる。

《……つまり土居先生は自己のアリバイをつくりつつ、同時に更に重大な役割、つまり監視の役をつとめておられたのです。そして土居先生の巧妙な監視に掩護《えんご》されつつ、あやか夫人は居室を忍びでて階下へ降り、内海さんをメッタ刺しに刺し殺して帰られた。土居先生の監視の掩護がありますから、あやか夫人はきわめて落付いて、短刀を洗って処理し、血にぬれた手足を洗い、悠々と居室へ戻ってこられた。然し、もしものことを怖れて、翌朝、内海さんの寝室へ起しに行かれて、事件を発見された。つまりそのとき、どこかに指紋が残っていても言い訳のたつ、そういう便宜をつくられたわけです。事件の発見に先立って、あやか夫人は洋館の居室以外のどこへでも、血に汚れた衣服を隠すことができたでしょうし、あるいはズロース一枚で内海さんを殺しに行かれたかも知れない、あるいは全然、一糸まとわぬ裸体でおでかけであったかも知れません。一か八かの危急存亡の時であり、お二人の全智と冒険はここに賭けられていたのです。》

こうして次第に網は絞られて行くが、二人とも平気な顔で巨勢博士の話を聞いている。物的証拠がない以上、所詮〈探偵小僧〉の推測でしかないと高を括っていたのである。しかし、自信たっぷりな巨勢博士はいよいよ二人の犯行の動機に話を進めて行く。

《ヌキサシならぬ足跡は、いずれ順を追うて説明いたします。先ず、第一回の犯行から、順にしたがってお話いたすことにしますが、恐らく土居先生とあやか夫人は、歌川一馬氏があやか夫人と再会されて激しい恋慕を寄せられるや、歌川家が当代稀れな資産家であることを知り、計画的に離婚して、あやか夫人を一馬先生にめあわせた、つまり殺人計画は、結婚以前に予定せられていたものであります。土居先生はことさらあやか夫人と喧嘩別れをして、執拗に手切金まで、まきあげた。それだけアクドク不和の種をつくることも、この計画の実行に最も必要な道具立ての一つでありましたのです。(中略)

あやか夫人は昨秋一馬先生と結婚されるや、歌川家の事情について探りうる限り探りあげて報告する、お梶様変死の風聞、加代子さんのお母さんの変死のこと、珠緒さんの身持のこと、すべてが報告され、ここに資料がととのって、土居先生は変装して当地へ旅行してメンミツに地理を調べあげる、かくて手筈はととのったのです。》

ここで、巨勢博士の推理した八人の死者の直接の加害者を挙げてみる。①望月王仁（刺殺）→土居光一、②歌川珠緒（絞殺）→土居光一、③南雲千草（絞殺）→土居光一、④内海明（刺殺）→歌川あやか、⑤加代子（毒殺）→土居光一、⑥歌川多門（毒殺）→歌川あやか、⑦宇津木明子（突き落し）→歌川あやか、⑧歌川一馬（毒殺）→歌川あやか。以上のうち、①は歌川一馬の嫉妬による仕業と見せかけるためのトリックで、最後に一馬の「自責の念に駆られた自殺」を導き出す狙いである。③と④は自分たちの犯行が露顕することを惧れて急遽思い立った計画外の殺人である。②⑤⑥⑧はいずれも歌川家の遺産相続に直接関係のある人たちで、これが犯行の主目的である。⑦は周囲の目をくらますために気まぐれから思い立った犯行で、土居光一が宇津木明子に逢引を申し入れて三輪山の滝壺に誘い、あやかが滝壺に突き落したものである。

では、これだけ自信に満ちた推理を展開する巨勢博士が上京して得てきたものは何であったのか。博士が、再婚後の一馬夫妻が月に一、二度は必ず上京することを突きとめ、逗留先の小料理屋「ツボ平」の坪田平吉夫妻からの情報で、あやか夫人は滞在中いつも単独で外出し、その都度夜遅く帰って来ることを知った。そこで博士は土居光一とあやか夫人の写真を焼き増しして三十名ほどの知友に協力を依頼し、東京および近郊の空襲で焼け残っている待合・旅館・料理屋などを片っぱしから当ったところ、「都心をあまり離れていない焼け残りの待合に、御両名の巣を見出した」という。二人は月に一、二度、そこで落ち合っていたことも判明した。

その待合「セミマル」の女将《おかみ》と女中が間もなく歌川家に到着することを電報で知らされた時、突然「一方の壁際から物音が起った。数名の刑事が慌てて前へとびだした。あやか夫人の椅子が倒れ、立ち上ったあやか夫人が胸を抱くように掻きむしってフラフラと倒れるところである。刑事の抱きとめる手がおくれて、あやか夫人は下へくずれ、二三度床板をつかむように這いだして、やがて、くずれて動かなく」なった。睡眠薬と偽って夫一馬に飲ませた青酸加里で自らの命をも絶ったのである。

一方、ピカ一こと土居光一は、「うまく、やった。探偵小僧氏。汝、賞讃さるべし」と言ってあやか夫人の死骸の前にひざまずき、「バカだったたよ。死ぬ必要はなかったのだ。待合のオカミや女中ごときが現れたところで、それが何物でもないではないか。そんな証拠を吹きとばすくらい、それぐらいの智恵をオレに信じてくれてもよかったじゃないか。はやまったことをしてくれたよ。今となっては、もはや仕方がない。自殺は、これ、犯人の、また、ひとつの告白なり、か。よろしい、愛するものへの情誼により、良人《おっと》ピカ一氏も、つきあって告白致すであろう。アーメン」と呟いたあと、「あやか夫人の手をおしいただき、長く長く、くちづけ」していたが、いつの間にか服毒して、あやか夫人の手を放したまま前へ倒れた。それが、偽装離婚までして歌川家の財産を狙ったピカ一とあやかの最期であった。

さて、「不連続殺人事件」は安吾の発案による懸賞小説（賞金三万円）である。最終回〈解決篇〉の末尾の附記の形で正解者と安吾の「選後感想」が掲載されているが、その中で安吾は、「巨勢博士と全く同じように一々細部にピタリと推理された方が四人もあったということは、私がむしろ誇ってよいことではないかと思う。つまり、ピタリと当るように出来ているのだ。探偵小説の従来の公式などは問題じゃない。探偵小説は合理的でなければならぬ」とコメントしている。四人のうち一人は、「メンミツ適確をきわめ、一分の狂いもなく、他の三氏にややまさっているので」一等にし、他の三名を二等にした。その外、ピカ一・あやかの共犯を推理した人がもう四名いたので、殺人の手口や内容によって三等と四等に分けた。正解者は次の通りである。（住所省略）

一等　完全正解（九十五点）賞金一万円　片岡輝夫氏
二等　正解（九十点）賞金各五千円　秋元収作氏・庄司公彦氏・酒井淳氏
三等　正解に近し（七十点）賞金二千円　田中碩氏
四等　部分的正解（五十点）賞金各一千円　村田モトコ氏・新井完氏・大井広介氏

文学仲間の大井広介が四等で一千円をせしめたことについて安吾は「選後感想」の中で、「大井広介探偵のごときは、これだけの殺人を犯すには、動機として遺産問題だけであるという観念的な論拠から出発しており、これは探偵小説の一種の公式的解釈の利用にすぎず、一々の具体的事実から論理的に推定したものではない。だから細部の解釈もランミャクをきわめ、犯人の名が当ったという以外に取柄のあるものではなかった」と、手厳しい感想を述べている。
「不連続殺人事件」における安吾の最も重要な提言は、「探偵小説は合理的でなければならぬ」の一点である。それは、「人間性を不当に不合理に歪めて、有りうべからざる行動を実在させ、それを合理的に解けと云ったって無理」だからである。今回の解答者の中にいわゆる消去法を用いて失敗した人が多かったことを紹介して、安吾は次のようにたしなめている。
《いわば探偵小説のトリックとは、消却法《(ママ)》を相手にして、それによる限り必ず失敗するようにつくられたものである。消却法によると、まッさきに犯人でなくなってしまうような完全なアリバイをもつ人物が、実は犯人であるという、そこにトリックがあり、探偵小説の妙味があるのである。然し、従来の探偵小説の多くは、このトリックにムリをして、そこで人間性をゆがめ、不合理な行為や心理をムリヤリにデッチあげて、又、作者も読者も、探偵小説のトリックはそういうものだと鵜呑みにして疑ってないのだ。》（選後感想）
ここでもまた、「犯罪心理の合理性」が強調されている。本来は連続殺人事件であったはずの計画が、途中から千草・内海明・宇津木明子を巻き込んで不連続殺人事件へと変貌したが、当初の計画の時から周囲の目をくらますためのトリックは取り入れられていたのである。次作「復員殺人事件」の中で、同じく登場する巨勢博士が〈私〉こと矢代寸兵に向って、「たとえば甲なる人物に、本当のねらいがあったとしても、その一人だけを殺したんじゃ、自分のケンギをまぬがれないと思ったような場合には、ほんとうの目的をごまかすために、チャカスカと、ほかの乙だの内だのという人物まで殺さないともいえないんですよ。一人殺して死刑になるも、三人殺して死刑になるも同じことだし、一人殺すよりも三人殺す方が、かえって自分の安全性が高まるということだって考えられないでもないでしょう」と語っている。これは、トリックを考案する際の作者自身の発想である。

「不連続殺人事件」の最初の犠牲者望月王仁の場合がそれに該当する。犯人は歌川家の遺産相続と無関係な人物を最初に殺すことで、その後に起こる殺人事件が歌川家の財産を狙ったものではないと思わせるトリックを考えたのである。更に、途中から千草たち三人の殺人事件が加わったことで、一層周囲の目をくらますことが出来たはずである。

この作品は、珍らしく純文学作家の手に成る本格推理小説として、連載中から純文学畑からも推理小説畑からも注目されていた。昭和二十三年十二月に単行本『不連続殺人事件』（イヴニングスター社）が刊行され、翌二十四年二月に「昭和二十三年度探偵作家クラブ賞」を受賞して安吾は面目を施した。

次作の長篇推理小説「復員殺人事件」は、第十九章で中絶したまま安吾が世を去ったので、死後に中絶を惜しんだ江戸川乱歩の慫慂《しょうよう》で推理小説作家高木彬光《あきみつ》が「樹のごときもの歩く」と改題して第二十章から第三十章まで書き継いで完結させたが、前作と比べるまでもなく、これは完全な失敗作である。他の十篇の短篇推理小説も、登場人物の奇抜なキャラクターやトリックの意外性、筋立ての巧みさなどの点で「不連続殺人事件」の興趣を超える作品は見られない。

九、飛騨のタクミと魔性の美少女

安吾には長篇を後半で投げ出したような未完成の創作が少なからずあるが、何故か説話モノ系列の作品には戦中・戦後を通じて完成度の高いものが多い。ここで言う説話モノとは、作者が不特定な過去の或る時代を設定して架空の人物を登場させ、そこに〈世にも不思議な物語〉を語りの文脈で展開させる作品のことである。具体的には「紫大納言」（昭和14）や「桜の森の満開の下」（昭和22）などであるが、これの延長線上に「夜《ヨ》長《ナガ》姫《ヒメ》と耳男《ミミオ》」（昭和27・6『新潮』）がある。私はこれに、現代モノではあるが「黒谷村」（昭和6）と「木々の精、谷の精」（昭和14）も加えている。

この系列作品の特徴の一つとして、非現実的な幻想世界を背景にして男を惑わす神秘妖艶な美女の登場が挙げられる。それは「黒谷村」の龍然和尚の情婦苫屋《とまや》由良《ゆら》であり、「紫大納言」の月から舞いおりた天女であり、「桜の森の満開の下」の山賊の女房であり、「木々の精、谷の精」の弥勒《みろく》の微笑をたたえた葛子《かつらこ》である。それが「夜長姫と耳男」では飛騨の長者の一人娘・夜長姫となって現われる。

安吾の説話モノは時代に余り捉われずに漠然と「昔……」で始まる場合が多い。狸が和尚に化ける「閑山」は「昔、越後之国魚沼……」、色好みの「紫大納言」は「昔、花山院の御時……」、山賊の出没する「桜の森の満開の下」は「昔、鈴鹿峠にも旅人が……」で始まるが、遠い遠い過去の物語であるはずの「夜長姫と耳男」にはそのような時間的な配慮がなされていない。まだ大工や機織《はたお》り女などの職人が奴隷として売買されていた頃の話として語られているだけである。しかし、「夜長姫と耳男」は「桜の森の満開の下」と共に、発想の奇抜さと残忍非情な筋の展開という点では娯楽小説としても充分愉しめる作品である。安吾はこの作品を書くに先立って、作品の背景となっている飛騨地方を旅行して〈飛騨の工《たくみ》〉に関する史料を調査している。エッセー「飛騨の顔」（昭和26・9『別冊文芸春秋』）はこの時の産物である。

《大昔からヒダの大工をヒダのタクミという。大工でもあるし、仏師、仏像を造る人でもあるし、欄間などの精巧な作者でもある。玉虫の厨子《ずし》のようなものも彼らの手になるものが多かったように思われる。日本の木造文化や木造芸術の源流は彼らに発し、彼らによって完成され、それを今日に伝承していると見られるのである。

ヒダのタクミとはヒダの大工ということで、一人の名前ではない。大昔から、大和飛鳥《あすか》のミヤコや、奈良のミヤコ、京のミヤコも彼らなくては出来なかったものだ。後世に至って、左甚《ひだり》五郎があるが、これはヒダの甚五郎のナマリであろう。彼の製作年代が伝説的に長い時期にわたっているのを見ると、これも特定の個人の名ではなくて、単にヒダのタクミという場合と同じような、バクゼンとヒダの名匠をさしているもののようである。名匠は概《おおむ》ねあらゆる時代に居たようだが、いずれも単にヒダのタクミで、特定の名を残している者は一人もない。（中略）作者の名が考えられないということは、芸術を生む母胎としてはこの上もない清浄な母胎でしょう。彼らは自分の仕事に不満か満足のいずれかを味《あじわ》いつつ作り捨てていった。その出来栄えに自ら満足することが生きがいであった。こういう境地から名工が生れ育った場合、その作品は「一ツのチリすらもとどめない」ものになるでしょう。ヒダには現にそういう作品があるのです。そして作者に名がない如く、その作品の存在すらも殆ど知られておりません。作者の名が必要でない如く、その作品が世に知られて、国宝になる、というような考えを起す気風がヒダにはなかった。》（「飛騨の顔」）

安吾によると、「ヒダのタクミが奴隷として正式に徴用をうけはじめたのは、奈良朝時代から皇室の記録にでてきます。しかし彼らが帝都の建設に働いたのは、もっと古い時代からだ」という。更に、「平安京をつくる時にはヒダからとる税はヒダのタクミだけ」で、「毎年百人ずつタクミをヒダから（税として）徴用した」そうだが、強制的に徴用されたタクミはよく逃亡したという。しかし「故郷へ帰ると捕われるから、私領へ逃げる。諸国の豪族や社寺はタクミの手が欲しいからこれをかくまって厚遇して仕事を」させるが、仕事が一段落すると、やはり奴隷として売買される。こういう背景を踏まえて、安吾は乗鞍山が眺望される飛騨（当時は美濃も含まれていた）の或る地方に長者〈夜長〉を仮構し、その一人娘・夜長姫を巡ってヒダのタクミたちの無気味なドラマを展開してみせるのである。

飛驒随一の名人とうたわれた耳男《ミミオ》の師匠は夜長の長者から仕事のことで呼び出しを受けるが、すでに老病で死期が近づいていることを理由に、〈馬ノ耳〉と異名のある弟子の耳男を推薦する。ほかに飛驒のタクミとして高名な青笠《アオガサ》と古釜《フルカマ》も呼び出される。耳男の師匠は長者の使者アナマロに推挙の辞を伝える。

《これはまだ二十《はたち》の若者だが、小さいガキのころからオレの膝元に育ち、特に仕込んだわけでもないが、オレが工夫の骨法は大過なく会得《えとく》している奴です。五十年仕込んでも、ダメな奴はダメなものさ。青笠や古釜にくらべると巧者ではないかも知れぬが、力のこもった仕事をしますよ。宮を造ればツギ手や仕口にオレも気附かぬ工夫を編みだしたこともあるし、仏像を刻めば、これが小僧の作かと訝《いぶ》かしく思われるほど深いイノチを現します。オレが病気のため余儀なく此奴《こやつ》を代理に差出すわけではなくて、青笠や古釜と技を競って劣るまいとオレが見込んで差出すものと心得て下さるように。》

兄弟子《あにでし》たちを差しおいて若年の自分が推挙されたので、耳男はびっくり仰天し、多くの古い弟子たちも、「親方はモウロクして途方もないことを口走ってしまった」と言いふらした。使者のアナマロは兄弟子たちに同情して耳男を別室に呼び寄せ、「お前の師匠はモウロクしてあんなことを云ったが、まさかお前は長者の招きに進んで応じるほど向う見ずではあるまいな」と諭して辞退させようとした。

それを聞いた耳男はカァッと頭に血がのぼり、「オレの腕じゃア不足なほど、夜長の長者は尊い人ですかい。はばかりながら、オレの刻んだ仏像が不足だという寺は天下に一ツもない筈だ」と啖呵《たんか》を切る。実は、師匠から推挙された時点で自分の腕前に一抹の不安を感じていたのだが、一旦言い出した手前、アナマロから「相弟子どもと鎮守のホコラを造るのとはワケがちがうぞ。お前が腕くらべするのは、お前の師と並んでヒダの三名人とうたわれている青ガサとフル釜だぞ」と嚇《おど》されても、「青ガサもフル釜も、親方すらも怖ろしいと思うものか。オレが一心不乱にやれば、オレのイノチがオレの造る寺や仏像に宿るだけだ」と強がりを言ってアナマロを呆れさせる。

アナマロは取りあえず耳男を長者の邸へ連れて行くことにしたが、道々「キサマの造った品物がオメガネにかなう筈はないが、日本中の男という男がまだ見ぬ恋に胸をこがしている夜長姫サマの御身ちかくで暮すことができるのだからさ。キサマは仕合せ者だ」と語る。耳男は青笠や古釜と腕を競い合う名誉に陶酔しながら、「一心不乱に、オレのイノチを打ちこんだ仕事をやりとげればそれでいいのだ。目玉がフシアナ同然の奴らのメガネにかなわなくとも、それがなんだ。オレが刻んだ仏像を道のホコラに安置して、その下に穴を掘って、土に埋もれて死ぬだけのことだ」と悲痛な覚悟をするが、青笠や古釜のことを考えると「正直なところ、自信はなかった」と弱音を洩らす。

長者の邸に一番乗りした耳男は、着いた翌日、初めて夜長の長者と夜長姫とに対面する。長者は「まるまるとふとり、頬がたるんで、福の神のような恰好の人」であるが、一粒種の姫は、

「一夜ごとに一握りの黄金を百夜にかけてしぼらせ、したたる露をあつめて産湯《うぶゆ》をつかわせた」と言われるだけあって、その「ヒメの身体《からだ》は生れながらに光りかがやき、黄金の香りがする」と云われていた。まだ十三歳の姫の身体はのびのびと高く、子供の香りが立ちこめており、「威厳はあったが、怖ろしくはなかった」という。

師匠は常々、「珍しい人や物に出会ったときは目を放すな。……大蛇に足をかまれても、目を放すな」と弟子たちに言い聞かせてきた。そこで耳男は、「のしかかるように見つめ伏せてはダメだ。その人やその物とともに、ひと色の水のようにすきとおらなければならない」と自分に言い聞かせて一心不乱に姫を見つめ続けた。しかし、小心者の耳男は次第に気がゆるみ、姫を見つめていたはずなのに、いつのまにか「ヒメのうしろに広々とそびえている乗鞍山《ノリクラヤマ》」に気が移ってしまう。

アナマロは長者の前で、師匠の口上と同じ内容を披露して耳男を紹介した。長者は〈ミミオ〉という名前を聞かされて、「なるほど、大きな耳だ。大耳は下へ垂れがちなものだが、この耳は上へ立ち、頭よりも高くのびている。兎の耳のようだ。しかし、顔相《がんそう》は、馬だな」と言った途端に、耳男の頭に血がのぼった。これまでも耳の悪口を言われるとすぐに逆上し、混乱のあまり汗まみれになることが度々であったが、この日の混乱は格別で、「ヒタイも、耳のまわりも、クビ筋も、一時に滝のように汗があふれて流れ」出した。それを眺めていた夜長姫は、「本当に馬にそッくりだわ。黒い顔が赤くなって、馬の色にそッくり」と叫んだので、控えていた侍女たちも一斉に笑った。

何としても姫を見つめていなければならないという強い義務感と、熱湯の釜そのもののように溢れる混乱とが分離並行して耳男を苛《さいな》み、遂に姫の前に居たたまれなくなった耳男は、突然その場から遁走して邸外へ飛びだす。初対面で耳男は夜長姫の無邪気な悪意に敗れたのである。

耳男に五六日遅れて青笠が到着し、それからまた五六日して古釜の代理として伜の小釜《チイサガマ》がやって来た。それを見て青笠は、「馬耳《ウマノミミ》の師匠だけかと思ったら、フル釜もか。この青ガサに勝てぬと見たのは殊勝なことだが、身代り二人の小者が気の毒だ」とうそぶいて耳男を憤慨させた。古釜も病気を理由に伜の小釜を寄越したが、耳男より七つ年長の小釜はすでに父に劣らぬタクミとして評判が高かった。こうして三人のタクミが揃ったので、いよいよ長者から仕事を申し渡されることになった。三人のタクミを前にして長者は傍らの姫を見ながら言った。

《このヒメの今生後生《こんじょうごしょう》をまもりたまう尊いホトケの御姿を刻んでもらいたいものだ。持仏堂におさめて、ヒメが朝夕拝むものだが、ミホトケの御姿と、それをおさめるズシがほしい。ミホトケはミロクボサツ。その他は銘々の工夫にまかせるが、ヒメの十六の正月までに仕上げてもらいたい。》

三人のタクミが正式に仕事を受諾したあとの宴席で、長者は二人の美女を紹介する。長者が金に飽かして買い入れた機織《はたお》りの奴隷で、若い娘は江奈古《エナコ》と言い、中年の女性は月待《ツキマチ》と言った。遥か向うの高い山を越え、そのまた向うの湖を越え、大きな川の流れている森を過ぎると、何千という泉が湧き出している機織りの里がある。その里随一の美女が月待で、江奈古はその娘だという。長者は、「ヒメの気に入ったミホトケを造った者には、美しいエナコをホービに進ぜよう」と約束した。

耳男は奴隷として遠国から買われて来た二人の女に同情し、姫の気に入った仏像を造った者に江奈古を褒美にやるという長者の言葉に大きな驚愕と激しい怒りを覚えたが、自分には関わりのないことだと割り切る。何故なら、「オレはヒメの気に入るような仏像を造る気持がなかったのだ。馬の顔にそッくりだと云われて山の奥へ夢中で駆けこんでしまったとき、オレは日暮れちかくまで滝壺のそばにいたあげく、オレはヒメの気に入らない仏像を造るために、いや、仏像ではなくて怖ろしい馬の顔の化け物を造るために精魂を傾けてやると覚悟をかためていた」からである。

しかし、江奈古は自分が貰う褒美でないと気づいた途端に、耳男の憐憫の情が嘲りの気持に変った。耳男は師匠から教えられたタクミの心得に従い、江奈古を嘲りの目で見つめ続けたので、その軽蔑した視線に気づいた江奈古は顔色を変え、目に憎悪を宿して耳男を睨み返した。これが〈事件〉の発端となり、宴席の二人の間で互いに相手を誹謗する言葉が交わされる。

江奈古=「私の生国は人の数より馬の数が多いと云われておりますが、馬は人を乗せて走るために、また、畑を耕すために使われています。こちらのお国では馬が着物をきて手にノミを握り、お寺や仏像を造るのに使われていますね。」

耳男＝「オレの国では女が野良を耕すが、お前の国では馬が野良を耕すから、馬の代りに女がハタを織るようだ。オレの国の馬は手にノミを握って大工はするが、ハタは織らねえな。せいぜい、ハタを織ってもらおう。遠路のところ、はなはだ御苦労。」

この応酬のあと、憎しみを宿した目を見開いて静かに立ち上った江奈古は、長者に軽く目礼して耳男の前へ進んで上から見おろし、そのまま膳部の横を半周して背後に廻って耳男の長い耳をつまんだ。耳をつまんでからかうつもりだろうと高を括っていた次の瞬間、耳男は「耳に焼かれたような一撃をうけ」、そのまま「前へのめり、膳部の中に手を突ッこんで」しまう。

《オレはふりむいてエナコを見た。エナコの右手は懐剣のサヤを払って握っていたが、その手は静かに下方に垂れ、ミジンも殺意は見られなかった。エナコがなんとなく用ありげに、不器用に宙に浮かして垂れているのは、左手の方だ。その指につままれている物が何物であるかということにオレは突然気がついた。／オレはクビをまわしてオレの左の肩を見た。なんとなくそこが変だと思っていたが、肩一面が血でぬれていた。ウスベリの上にも血がしたたっていた。オレは何か忘れていた昔のことを思い出すように、耳の痛みに気がついた。》

江奈古は、「これが馬の耳の一ツですよ。他の一ツはあなたの斧でそぎ落して、せいぜい人の耳に似せなさい」と言って、斬り取った片耳の上半分を耳男の酒杯の中に落して立ち去る。誰ひとり予想しない、アッというまの出来事であった。

ところが、それから六日後に江奈古は処刑されることになった。アナマロによれば、「当家の女奴隷が耳男の片耳をそぎ落したときこえては、ヒダのタクミ一同にも、ヒダの国人一同にも申訳が立たない。よってエナコを死罪に処する」というのである。しかもその処刑は、「耳男が仇《あだ》をうけた当人だから、耳男の斧で首を打たせる」のだという。縁先の土の上に後手《うしろで》に縛られて座っている江奈古は、処刑人の耳男を仇《かたき》のように睨みつけている。斧を持って立ち上った耳男も江奈古を一睨みしてから後へ廻り、いきなりブッブッと斧で縄を切った。それを見てアナマロは、「エナコの死に首よりも生き首がほしいか」とからかった。耳男はあわててそれを打ち消し、「たわけたことを。虫ケラ同然のハタ織女にヒダの耳男はてんでハナもひッかけやしねえや。東国の森に棲む虫ケラに耳をかまれただけだと思えば腹も立たない道理じゃないか。虫ケラの死に首も生き首も欲しかアねえや」と喚いたが、顔が赤く染まり汗がどっと溢れ出た。馬の顔でも人並みに江奈古が欲しいので助けたのだろうとアナマロに勘繰られ、全くその気が無いわけでもなかったので、「虚をつかれて、うろたえてしまった」のである。

その時、「スダレをあげて」と言う夜長姫の声がした。縁先に出て来た姫は無邪気な明るい笑顔で、「お前、エナコに耳を斬り落されても、虫ケラにかまれたようだ」というのは本当かと訊ねた。耳男が「ほんとうにそうです」と答えると、「あとでウソだと仰有ッてはダメよ」と念を押した上で江奈古に向かい、「エナコよ。耳男の片耳もかんでおやり。虫ケラにかまれても腹が立たないそうですから、存分にかんであげるといいわ。虫ケラの歯を貸してあげます。なくなったお母様の形見の品の一ッだけど、耳男の耳をかんだあとではお前にあげます」と言って一振りの懐剣を渡した。耳男は、「斧でクビを斬る代りにイマシメの縄をきりはらってやった」のだから、江奈古が懐剣を受け取るはずはないと思い、仮に受け取ったとしても、姫の目前で「よもやそのサヤは払うまい」と安心しきっていた。

《可憐なヒメは無邪気にイタズラをたのしんでいる。その明るい笑顔を見るがよい。虫も殺さぬ笑顔とは、このことだ。イタズラをたのしむ亢奮《こうふん》もなければ、何かを企む翳りもない。童女そのものの笑顔であった。》

耳男が姫の「冴《さ》え冴えとした笑顔、澄んだツブラな目」にうっとりと見とれていた時、江奈古は懐剣のサヤを払って耳男の右耳の先端をつまんだ。それでも耳男はまだ安心していた。目前の「冴え冴えと澄んだ童女の笑顔から当然ほとばしる鶴の一声」を期待していたからである。けれども姫の口から遂に中止の言葉は吐かれなかった。それどころか、「オレの耳がそがれたとき、オレはヒメのツブラな目が生き生きとまるく大きく冴えるのを見た。ヒメの頬にやや赤みがさした。軽い満足があらわれて、すぐさま消えた。……なんだ、これで全部か、とヒメは怒っているよう」な顔をして、物も言わずに立ち去った。すべてが終ったあとで、江奈古は姫から与えられた懐剣で喉を突いて自害した。

肝心の仕事に取りかかる前に両耳の先端を斬り取られた耳男は、それからの三年間、ひたすら

「怖ろしいモノノケの像」を造ることに専念した。長者の広い邸内の片隅に各自仕事小屋を造って住んだが、耳男の「小屋のまわりはジメジメした草むらで無数の蛇の棲み家だから、小屋の中にも蛇は遠慮なくもぐりこんできたが、オレはそれをひッさいて生き血をのんだ。そして蛇の死体を天井からつるした。蛇の怨霊《おんりょう》がオレにのりうつり、また仕事にものりうつれとオレは念じ」てモノノケ像を彫り続けた。

いよいよ三年目の正月が近づいて来た時、七分通り出来上った像は、弥勒菩薩《みろくぼさつ》とは似ても似つかぬ「耳の長い何ものかの顔であるが、モノノケだか、魔神だか、死神だか、鬼だか、怨霊だか」得体の知れないものであった。耳男はその像に蛇や兎や狸や鹿の生き血をしたたらせ、「血を吸え。そして、ヒメの十六の正月にイノチが宿って生きものになれ。人を殺して生き血を吸う鬼となれ」と、呪いの言葉を投げかけながら像の仕上げに取りかかった。

秋の中頃に小釜の弥勒菩薩が完成し、秋の終りには青笠も仕事を終えたが、耳男は冬になって漸く彫り終り、像を入れる厨子《ズシ》は大晦日の夜に仕上げられた。こうして、夜長姫の十六歳の元旦の前夜にそれぞれの厨子に入った三つの像が並べられた。そのあとで耳男は自分の仕事小屋に籠って寝込んでしまう。

元日の朝、耳男は戸を叩く音で目を覚ます。食事を運んでくる女中だと思った耳男は、「うるさいな。いつものように、だまって外へ置いて行け」と怒鳴りつけると、「目がさめたら、戸をおあけ」と言う声の主は姫であった。姫とは三年振りの対面である。その間に「ヒメのカラダは見ちがえるようにオトナになっていた。顔もオトナになっていたが、無邪気な明るい笑顔だけは、三年前と同じように澄みきった童女」そのものであった。姫は小屋の中の蛇の死骸を見てもたじろがないどころか、珍らしそうに天井からぶら下っている無数の蛇の白骨に触れながら、生き生きと輝く笑顔をしている。小屋の内部を見終ると、満足した姫は侍女に命じて小屋に火を放つ。目の前で小屋が燃えあがるのを見届けた姫の口から、耳男にとって意想外な言葉が吐き出された。「珍しいミロクの像をありがとう。他の二ツにくらべて、百層倍も千層倍も、気に入りました。ゴホービをあげたいから、着物をきかえておいで」——と。

耳男は侍女に導かれて入浴し、姫から与えられた着物に着替えて奥の間へ案内された。この時耳男は、自分の彫った像が姫の気に入るはずはないと思っていたので、あの無邪気な笑顔の前で殺されるのではないかと怖れおののいた。三つの像の中から姫が耳男の作を選んだことで、さすがにアナマロも長者も姫の怖るべき異常さに気づき、耳男に逃亡を勧める。地獄の業火も人の死もママゴトのように愉しむ姫の無邪気な笑顔に比べれば、耳男の彫ったモノノケ像などはママゴトの遊び道具でしかない。この残忍非情な姫の笑顔こそ、この世で最も怖しいものだと気づいた耳男は、長者に「お姫サマのお顔、お姿を刻ませて下さい」と願い出る。これには姫も快く同意する。

長者は、「耳男よ。顔をあげよ。三年の間、御苦労だった。お前のミロクは皮肉の作だが、彫《ほ》りの気魄《きはく》、凡手《ぼんしゅ》の作ではない。ことのほかヒメが気に入ったようだから、それだけでオレは満足のほかにつけ加える言葉はない。よく、やってくれた」と耳男の労をねぎらい、数々の引出物をくれた。ただ、江奈古が死んだので当初の約束を果せないのが残念だと長者が言うと、姫はその言葉を引き取り、「エナコは耳男の耳を斬り落した懐剣でノドをついて死んでいたのよ。血にそまったエナコの着物は耳男がいま下着にして身につけているのがそれよ。身代りに着せてあげるために、男物に仕立て直しておいたのです」と言って長者を蒼《あお》ざめさせた。もはや、長者も姫の本心を量りかねて施す術《すべ》を知らないのである。

耳男は青笠の小屋を仕事場にして、姫の笑顔を映した弥勒の像を彫ることに精魂を傾けたが、姫は仕事の捗り具合を見に来たことは一度もなかった。この年、疱瘡《ほうそう》がはやって死者が続出したので、姫は「耳男の造ったバケモノ像」を魔除けに門の外へ飾らせたところ、不思議に長者の邸からは一人の死者も出なかった。姫は毎日高楼《こうろう》に登って村内を眺め、死人を発見するとニコニコと愉しそうであった。

一方、耳男の彫る弥勒の像も姫の無邪気な笑顔に近づきつつあったが、ただ一つ、どうしても姫の笑顔の秘密が判らない。日常の言動とは裏腹に「一点の翳りもなく冴えた明るい無邪気な笑顔。そこには血を好む一筋のキザシも示されていない。魔神に通じるいかなる色も、いかなる匂いも示されていない。ただあどけない童女のものが笑顔の全てで、どこにも秘密のないものだった。それがヒメの笑顔の秘密」なのである。耳男は、「ヒメの顔をつつんでいる目に見えぬ匂いを、オレのノミが刻みださなければならない」と思いながらも、しかしあのあどけない笑顔はいつか自分を殺す顔だと怖れた。

疱瘡が通り過ぎて五十日も経たないうちに別の疫病がはやり出した。今度は「耳男の造ったバケモノ像」は何の役にも立たなかった。バケモノ像を祀った祠《ほこら》を拝みに来た村人が、祠の前でキリキリ舞いして死んだからである。高楼からそれを眺めていた姫は、耳男に命じて蛇を捕えさせた。裏山から大きな袋一杯に蛇を捕えて来ると、姫は高楼で耳男に一匹ずつ蛇を裂《さ》かせて生き血をしぼり、死骸は天井へ吊させた。しぼった生き血を姫はニッコリ笑って一息に呑みほし、残った生き血は屋根や床に撒き散らした。その日から毎日、姫は耳男に蛇捕りを続けさせた。

姫は高楼から村内を見下して笑顔を輝かせながら、「私の目に見える村の人々がみんなキリキリ舞いをして死んで欲しいわ。その次には私の目に見えない人たちも。畑の人も、野の人も、山の人も、森の人も、家の中の人も、みんな死んで欲しいわ」と透きとおるような声で言った。それを聴いた耳男は、「ヒメが蛇の生き血をのみ、蛇の死体を高楼に吊るしているのは、村の人々がみんな死ぬことを祈っているのだ」と気づいて立ちすくんだ。恐怖のあまり逃亡も考えたが、いつのまにか耳男の身も心も姫の無邪気な笑顔に縛られてしまっており、どんな無理難題を押しつけられても、「ヒメの期待に添うてやりたい一念」に駆り立てられて行動するようになる。来る日も来る日も、耳男は山へ蛇狩りに出かけた。

長者の邸の外では毎日のようにキリキリ舞いの死人が出、姫はそれを高楼から眺めて御満悦であった。「耳男よ。ごらん！　あすこに、ほら！　キリキリ舞いをしはじめた人がいてよ。ほら、キリキリと舞っていてよ。お日さまがまぶしいように。お日さまに酔ったよう」と語りかける姫の無邪気な言葉に、耳男は「ヒメが村の人間をみな殺しにしてしまう」ことを怖れ、「オレが高楼の天井いっぱいに蛇の死体を吊し終えた時、この村の最後の一人が息をひきとるに相違ない」と思った。

この残忍極まる恐怖から逃れる道は、逆吊《さかさ》りにした高楼の蛇の死体を自分の手で斬り落すか、さもなければここからひそかに逃亡するしかないと耳男は考えたが、そのうちに「このヒメを殺さなければ、チャチな人間世界はもたない」と思うようになる。この時、耳男に不思議な力が湧いて来た。無心に野良を眺めて新しいキリキリ舞いを探している姫に近づいた耳男は、やにわに自分の左手で姫を抱きすくめ、右手のノミを姫の胸に打ち込んだ。

《オレの肩はハアハアと大きな波をうっていたが、ヒメは目をあけてニッコリ笑った。／「サヨナラの挨拶をして、それから殺して下さるものよ。私もサヨナラの挨拶をして、胸を突き刺していただいたのに」／ヒメのツブラな瞳はオレに絶えず、笑《え》みかけていた。》

刺される直前に、日本中の死ぬ人をみんな見おろしているお日さまが羨ましい、と言ったことが、姫の〈サヨナラの挨拶〉だったのだろうか。瀕死の姫は健気にも不覚の涙にむせぶ耳男の手をとり、「好きなものは呪《のろ》うか殺すか争うかしなければならないのよ。お前のミロクがダメなのもそのせいだし、お前のバケモノがすばらしいのもそのためなのよ。いつも天井に蛇を吊して、いま私を殺したように立派な仕事をして……」と優しく囁いたあとで、一瞬「ヒメの目が笑って、とじた。／オレはヒメを抱いたまま気を失って倒れてしまった。」という一文でこの作品は終っている。

この作品は、一人の美少女の無邪気な笑顔に翻弄されて生きる若いタクミの物語である。従って、作品のキー・ワードは〈姫の笑顔〉である。夜長姫の今生後生《こんじょうごしょう》を護る弥勒菩薩を造るために集められた三人の飛騨のタクミのうち、姫の無邪気な笑顔の秘密と対決するのは耳男《ミミオ》だけで、青《アオ》笠《ガサ》も小釜《チイサガマ》も余計なことは考えずにひたすら弥勒菩薩の彫像に専念する。そのため、競作による三年の仕上げ期間中の話題は耳男一人に限定され、あとの二人については殆ど描かれていない。

青笠と小釜は姫に気に入られる仏像造りに専念するのに対して、初対面の長者と姫から無細工な顔を嘲笑された耳男は、最初から姫に気に入られない〈馬の顔〉の化物を造ることに精魂を傾ける。三人の仕事が同時進行する以上、当然途中の進捗状況が比較されていいはずなのに、何故か安吾は青笠と小釜を作品から消し去ってしまっている。

この作品には耳男に関わる二人の美女が登場する。一人は、奴隷として買われてきた機織り娘の江奈古《エナコ》である。彼女は長者の気まぐれから姫の気に入った仏像を造った者への賞品にされるが、最初から耳男とはウマが合わず、姫の入れ知恵から耳男の両耳の先端を斬り落して自らも自害する。江奈古を奴隷と見くびって表面的には強がりを言って反目するが、内心では不運な身の上に同情し、姫の仕置を怖れて自害したことにも心を痛めている。

今一人は、仕事の依頼主の夜長姫である。初めて姫を見た時から三年間、耳男は完全に姫の笑顔の虜になってしまう。ともすれば姫の無邪気な笑顔の魔力に負けそうになるが、その時は、「十パイ二十パイと気が遠くなるほど水を浴びた。また、ゴマをたくことから思いついて、オレは松ヤニをいぶした。小屋の周りの草むらから沢山の蛇を捕らえてきてその生き血を飲み、蛇の死骸を小屋の天井から吊して「蛇の怨霊がオレにのりうつり、また仕事にものりうつれ」と念じながら、「怖ろしいモノノケの像」を造ることに没頭する。こうでもしなければ、「ヒメの笑顔を押し返すほど力のこもったモノノケの姿を造りだす自信がなかった」からである。

では、これほどまでに耳男の心を惑わす姫の無邪気な笑顔の正体は何か。天真爛漫・純情可憐とも言うべき無邪気な笑顔とはどんなものかを、耳男は身を以て体験した。「エナコがオレの（左）耳を斬り落すのを眺めていたのもこの笑顔だし、オレの小屋の天井からぶらさがった無数の蛇を眺めていたのもこの笑顔だ。オレの（右）耳を斬り落せとエナコに命じたのもこの笑顔であるが、エナコのクビをオレの斧で斬り落せと沙汰のでたのも、実はこの笑顔がそれを見たいと思ったからに相違ない。……本当に怖ろしいのは、この笑顔だ。この笑顔こそは生きた魔神も怨霊も及びがたい真に怖ろしい唯一の物だ」と悟った耳男は、やがてこの笑顔に殺されるであろうことを予感して、息の根が止まりかけるほどの戦慄を覚える。殺さなければ殺されるという恐怖である。

では、殺す側の姫と殺される側の耳男は本質的にどう違うのか。殺さなければ殺されるという論理に立てば、逆転も有り得るのではないのか。現にこの作品では、殺されるはずの耳男が逆に姫を殺している。仮に「夜長姫と耳男」を寓話に見立てた場合、姫の無邪気な笑顔にどんな寓意が託されているのか。一心不乱に命を打ち込んだ仕事をやり遂げることが飛騨のタクミとしての耳男の信条であるが、姫をひと目見た時から信条がゆらぎはじめ、とりわけ容貌に劣等感《コンプレックス》を抱いている耳男は、長者と姫に馬の顔だと嘲笑された途端に逆上混乱してしまう。

つまり、仕事を始める前から耳男は姫の美しい笑顔の虜になり、笑顔の発する抑圧から逃れられなくなっていたのである。しかも、姫の気まぐれから、機織り娘の江奈古によって耳男は両耳の先端を失う。この屈辱に耐えるためには姫を呪い、蛇の怨霊の助けを借りて「怖ろしいモノノケの像」を造ることに没頭する以外にない。

寓意があるとすればこの場面であろう。飛騨のタクミは純粋な芸術家の姿であり、姫の笑顔は無い物ねだりをする無責任な批評家の姿である。世俗の甘い幻想を振り撒く冷酷なメフィストである。本物の飛騨のタクミならば世俗の幻想に惑わされることはないが、激情家の若い耳男には雑念が多く、まだ〈ヒダのタクミ〉に成りきっておらず、江奈古や姫にからかわれると向きになって反撥し、却って彼女らの慰みものになってしまう。身辺に控える美女の誘惑から身を避けて仕事に専念するには、耳男はまだ若過ぎたのである。姫が耳男に与えた臨終の言葉から、若さの気負いだけで人を感動させる芸術作品を創り出すことは難しいものだということを果して耳男が悟ったかどうかは判らないが、耳男は自分を虜にした笑顔の姫を殺すことで漸く一人前の〈ヒダのタクミ〉と成り得たのである。短篇「夜長姫と耳男」を芸術家小説と称する所以である。しかし、この作品に余計な理屈っぽい解釈を加えず、一篇の高級なエンターテインメントとして素直に奇抜な筋の展開を愉しむ方が、案外作者の意図に適っているのかも知れない。

十、安吾史譚・柿本人麿の虚実

安吾にはいわゆる安吾史観に基づいて書かれた一連の歴史小説があり、これが滅法おもしろい。すでに安吾は、レオン・パジェス著『日本切支丹宗門史』を参照して江戸時代におけるキリスト教徒迫害の実態を作品化した「イノチガケ」（昭和15・7〜9『文学界』）を発表しており、また「天草四郎」を主人公にした島原の乱の長篇小説を企画して現地踏査（昭和16年5月）を試みるなど、早くから歴史小説に対しては並々ならぬ関心を示してきた。

檀一雄は『坂口安吾選集』第六巻（昭和31、創元社）の解説で、安吾の歴史小説を大雑把に三群に区別している。第一群は〈切支丹モノ〉で、長篇「天草四郎」は実現しなかったものの、安吾が最後までこだわっていた題材だったという。第二群は切支丹文献の延長線上に登場する戦国武将―なかんずく織田信長・豊臣秀吉・徳川家康の三人を中心にした歴史小説である。この中には「梟雄《きょうゆう》」の斎藤道三や「二流の人」の黒田如水《じょすい》なども含まれる。第三群は奈良朝に取材した歴史小説で、持統・元明・元正の「三代の女帝にうけつがれてゆく精神の、無垢で華麗で雄大で奇々怪々な物語」及び、称徳女帝と道鏡との人間関係を描いた「道鏡」などがこれに含まれる。

ここで、安吾の歴史小説における方法論の一端を覗いてみよう。安吾はエッセー「歴史探偵方法論」（昭和26・10『新潮』）の中で、「歴史というものはタンテイの作業と同じものだ」と述べている。それは「すべて証拠によって史実を判断するものだから」であり、その際「証拠に偏見は許されないし、真にヌキサシならぬものと万人に納得されるものでないと薄弱な証拠として捨て去られる。本当のタンテイ作業というものは決していい加減では済まない」ものだという。

《証拠をあげて史実を定める歴史というものはその推理の方法がタンテイと完全に同一であるのが当然であるが、史家はその方法に於て概ね狂っているし、狂った方法を疑うことを知らない。現代のタンテイ眼から見ると、日本の史家のタンテイ法はまったく神代的で、銘々が手前勝手で、幼稚というか拙劣というか、いくら書物をタクサン読んだって推理や立証の仕方に狂いがあって、推理力が劣等ならば意味をなさない。史家にとって史料を多く読むことも大切な学問であるけれども、史実を突きとめるためのタンテイ眼や推理力が狂うならばゼロで、歴史という学問にとってタンテイ眼こそは心棒であり、チミツで正確なタンテイ眼があってはじめて史料を読む仕事が生きた学問となるのである。》

この中で安吾は古代史にも触れ、「記紀（古事記・日本書紀）の記事をもって史実を定め、証拠の真偽の規準とするという方法に疑いをもたないタンテイは信ずるに足らない。……神話によって史実を立証する不当を知り、記紀の規準を疑うことを知る人にしてはじめて史家でありタンテイであるが、全くそうでない人が、また全くそうでない人に限って古代史をいたずらに弄ぶことに耽溺するのだから、タンテイの方法がトンチンカンで目も当てられないのは当然の話だ」と語って、戦時下の狂信的な皇国史観を批判している。

また、安吾は中国の史書「魏志倭人伝《ぎしわじんでん》」にも言及し、「たとえば『魏志倭人伝』というものに照し合せて日本の古代史を解明しようという大志をかためた学者があって大長篇の大論文をあらわした人もいますが、それほどではなくても中論文や小論文はザラで、邪馬台国やそこの女親分(卑弥呼《ひみこ》)というものは日本古代史家をなやますよほどの怨霊的存在であるらしい。(中略)しかし『魏志倭人伝』を証拠物件として現代の法廷へ提出したなら、こんなものが証拠になるか、とタンテイの無能は忽ちバクロされるにきまっている」と述べ、当時は抜群の大文化国の史書であっても、たまたま日本を訪れた中国人の旅行記にすぎないのだから、仮にその中国人が当時の日本の地理・風俗・官名などについて克明に記録していたとしても、その見聞録の正確さを立証する事実がなければ信ずることはできないというのである。最近では別に珍しい意見ではないが、まだ皇国史観の呪縛から抜け切れていなかった昭和二十年代の発想としては注目すべき主張であった。安吾の歴史探訪の旅はここから始まるのである。

安吾は「歴史探偵方法論」を発表した直後から、『オール読物』誌上に「安吾史譚」と題する短篇群の連載を始める。発表順に挙げると次の通りである。

「天草四郎」(昭和27年1月号)

「道鏡童子」(昭和27年2月号)
「柿本人麿」(昭和27年3月号)
「直江山城守《なおえやましろのかみ》」(昭和27年4月号)
「勝夢酔《かつむすい》」(昭和27年5月号)
「小西行長」(昭和27年6月号)
「源頼朝」(昭和27年7月号)

以上七名の歴史上の人物譚であるが、作家の島田雅彦が〈ちくま文庫〉の『坂口安吾全集』第17巻解説で述べているように、「安吾の手にかかると、天草四郎も柿本人麿も源頼朝も史実の迷路から飛び出し、活々とその人となりをさらけ出し」、まるで「歴史の現場に行って見てきたような調子で」書いている。とりわけ「柿本人麿」(人麿は人麻呂とも表す)は圧巻である。そこで、安吾の史譚の奇抜な発想―けれども史実を踏まえた上での独創―の見本として、「柿本人麿」を取り上げてみることにする。

柿本人麿は「万葉集」第一の歌人として定評があり、後年紀貫之から万葉歌人中ただ一人〈哥《うた》のひじり〉(『古今和歌集』仮名序)の称を与えられたにもかかわらず、その出生から死に至るまで殆ど伝説の中でしか語られていない不思議な人物である。梅原猛氏も『水底の歌―柿本人麿論』(昭和48、新潮社)の中で、「彼の歌は『万葉集』に数多く残されて多くの人の心をとらえるが、その人生は明確ではない。また特に日本では一人の芸術家を聖たらしめるものは、その芸術においてと共に、その生活においてのはずであるが、彼の生活については一向に分からない」と述べ、紀貫之から〈歌聖〉と讃えられながらも、その人間像が今なお不透明なままであることを不思議がっている。

安吾はこれまで美化され聖化されてきた宮廷歌人〈柿本朝臣人麻呂《カキノモトノアソンヒトマロ》〉像をあっさり放棄して、人麿を百済《クダラ》から渡来した物部《もののべ》氏の後裔につながる〈門付《カドツケ》〉歌人と見る。門づけとは人家の門口に立って音曲を奏し、または舞いを舞って金品を貰って歩く人のことで、一種の賤民である。安吾のこの人物設定は、江戸の寛文年間に書かれた奇書『人丸秘密抄』の中の次のような伝説からヒントを得たものであろう。

《石見ノ国美濃ノ郡戸田ノ郷小野ト云所ニ語家命《カタラヒ》トイフ民アリ。アル時後園柿樹ノ下ニ神童マシマス。立ヨリトヘバ、荅《コタヘ》テ曰《イハク》。ワレ父モナク母モナシ、風月ノ主トシテ敷島《シキシマ》ノ道ヲシルト。夫婦悦《ヨロコビ》テコレヲ撫育シ、後ニ人丸トナリテ出仕シ和歌ニテ才徳ヲアラハシ玉ヘリ。》

語家命《カタラヒ》（語部《カタリベ》。古代においては昼夜を別たず歌などを詠み交わす人、または一族）の系譜は明らかでないが、古代において漢字（いわゆる万葉仮名）を自在に操るところを見ると百済からの渡来人ではないかと推測されている。安吾は石見《いわみ》の国を、人麿の生誕地ではないが百済から渡来して最初に住みついた祖先の地と規定し、中央（大和・大津）に進出して活躍した百済渡来の物部氏が高句麗《コウクリ》から渡来してきた集団と争って破れ、諸国へ散った時、物部氏発祥の地である石見へ戻った一群があり、人麿はその中の一人ではないかと推定している。

天智帝の御代、藤原鎌足の招請に応じて天皇守護の任に当ったのは物部氏の一族であったが、天智帝の死後、大津新都は高句麗族を背景として天智帝の第一皇子・弘文天皇を擁し、大和古都は新羅《シラギ》族を背景として天智帝の実弟・天武天皇を擁して皇位継承権をめぐる争い（壬申《じんしん》の乱）となり、その際物部氏の兵力も分裂して争いに巻き込まれたので、戦争の嫌いな人麿は大津新都から脱出して石見へ身を避けたというのである。

《彼は戦争がはじまる前にさッさと都を逃げだした。藤原氏は代々祖先のお祭を司る神官道士のような家柄であるが、その支族の柿本家はつまり神官道士の配下であり、よそのお祭によばれると、そこの祖先の徳をたたえる歌をよみあげてオフセにあずかるような代々の商売であった。戦争があれば戦勝を祈る儀式に列して神霊の助力を乞う歌をよみあげ、全軍をはげます歌をよみあげるなどラッパ卒のような商売でもあった。

「アイツの歌は大ゲサだなア。しかし、調子は天下一品だなア」／と、子供のころから詩才をほめられたものであった。彼は日本のどこへ行っても、そこに物部氏族の聚落があれば、その日の生活に困ることはなかったのである。村々を門《かど》づけし、村長の家へのりこみ、一家一門や、村の祖先の霊を慰め、また徳をたたえ、行末ながい村の繁栄を寿《ことほ》いだりの大ゲサな歌をよみあげて、／「大ゲサな歌をよみよるなア。しかし、いい調子だ。とにかくオメデタイ歌だなア」と云って、よろこばれ、大いにもてなしをうけ、そこに意味ありげな娘の視線を見出せば、たちまち大ゲサな悲しい歌をよみそえてホロリとさせ、やがて彼女の熱い血潮を全身に感じる夜

をむかえる。行く先々で困ることがなかったのである。》
安吾によると、人麿という人物は門づけをしながら行く先々で大袈裟な、けれども調子のいい歌を詠み、そのお布施で生活をしているシガナイ放浪歌人だというのである。ところが持統女帝の御代になって、「ミヤコではこの大ゲサな歌ヨミが必要になったのである。つまりミヤコでは、新しい主権者の威風を民衆の魂に力強く訴えるために日本一の歌ヨミが必要に」なり、全国に探し求めた。それを聞いた石見の国の人たちは誰も彼も異口同音に、「それはお前、日本一の歌ヨミは門づけの人麿の野郎だな。あの野郎の歌は大ゲサだが、調子の良さ。一句千両だなア」と宣伝したので、その情報を得た持統帝は人麿を宮廷歌人として召し抱えるために使者を遣わした。その頃、人麿は門づけの長い遍歴にピリオドを打ち、「石見の国で可愛い娘と家を持って暮していた」のである。
ところで、「日本一の歌ヨミ」とおだてられて悦に入っていた人麿の前に意外な批判者が現われた。夜ごと枕を交わしている若い恋女房である。誰にでも追従《ついしょう》して大袈裟な歌を詠む人麿を、女房は〈大ボラフキ〉とこきおろしたのである。
《女房というものは怖いものだと人麿は思った。……女房というものは怖しいもので、男を観察するにかけて、こんなに夢のない賢い鬼はないものだ。人々は「大ゲサだが……」と含みをのこしてくれるのに、女房は「大ボラフキだ」と断定しただけで、全然感動がなかった。その断定には、実生活のヌキサシならぬ裏づけがあった。彼は実生活では、まったく怠け者で、弱虫で、無能力者であった。門づけというロクでなしの仕業《しわざ》のほかには、子供の半分も実生活上の仕事の能力がなかった。その無能さは「ホラフキ」という性格以外の何物でもない。それは本人と女房にだけ身にしみて分ることだ。》

人を感動させるために大袈裟な歌を調子よく歌い上げる以外は生活人として全く無能であるという認識は、人麿という天性の〈詩人〉の姿を如実に捉えている。と同時に、この人麿像は当時の安吾自身とも重なっている。

いつも腹の中で「このホラフキめが」と軽蔑している女房にそろそろ嫌気《いやけ》がさして来た矢先に都から使者がやって来たので、人麿は「二ツ返事で承諾」した。けれども、いざ女房と別れるとなると、妙に「胸の底をしめつけるような別れがたいフルサトのキズナ」が感じられ、取り残される女房の怒りの目が、「どこへ行っても（大ボラフキは）泣きベソをかくだけだ」と語っているのも判る気がした。何もかも見抜いている女房に、「都に落ちついたら、きっと迎えをよこすからな」と苦しい言い訳をして早朝に出発した人麿は、高角山《たかつのやま》にさしかかって急に別離の悲しみやいとおしさがこみ上げて来た。

柿本朝臣《あそん》人麿、石見国より妻に別れて上り来る時の歌

131 石見《いはみ》の海　角《つの》の浦廻《うらみ》を　浦なしと　人こそ見らめ　潟《かた》なしと　人こそ見らめ　よしゑやし　浦は無くとも　よしゑやし　潟は無くとも　鯨魚《いさな》取り　海辺を指して　和多津《にぎたづ》の　荒磯《ありそ》の上に

か青なる　玉藻《たまも》沖つ藻　朝羽振る　風こそ寄せめ　夕羽振る　浪こそ来寄せ　浪の共《むた》　か寄りかく寄る　玉藻なす　寄り寝し妹《いも》を　露霜の　置きてし来れば　この道の　八十《やそ》隈毎《くまごと》に　万《よろづ》たび　かへりみすれど　いや遠に　里は放《さか》りぬ　いや高に　山も越え来ぬ　夏草の　思ひ萎《しな》えて　偲《しの》ぶらむ　妹が門《かど》見む　靡《なび》けこの山

反歌二首

132 石見のや高角山《たかつのやま》の木の際《ま》よりわが振る袖を妹《いも》見つらむか

133 小竹《ささ》の葉はみ山もさやに乱るともわれは妹《いも》思ふ別れ来ぬれば

玉藻のように寄り添って寝たいとしい妻を、角《つの》の里に残して来たことがとても辛いと嘆いてみせても、取り残された女房がこの歌を見たら、心にもないことを平気で歌に詠む大ボラフキ奴《め》、と思ったことであろう。上京後の人麿が行く先々で土地の娘と懇ろになり、それぞれ〈妹《いも》＝妻〉として歌に詠んでいることを考えると、石見の角の里の恋女房を詠んだ歌も額面どおりには受けとれない気がする。案外、安吾が造形する人麿像は実像に近いのかも知れない。

《天皇家の御用詩人の生活がはじめられた。彼は門づけの大ゲサな調子をとりもどしていた。門づけの詩人は元々職業詩人である。そして、本来の御用詩人でもあった。（中略）彼の調子は天皇家の御用をつとめるに至って大いに精彩を放った。なぜなら、彼がどんなに大ゲサなことを歌っても、日本一を信じ、神を称する天皇家に大ゲサすぎることはなかったからである。

それにしても、現実的にどうしても割りきれないような大ゲサなところは残っていた。／「オオギミは神にしませば天雲のイカヅチの上に盧《イオリ》せるかも」「オオギミは神にしませば雲かくるイカヅチ山に宮敷《ミヤシ》きいます」／天皇がイカズチの丘に遊んだとき人麿が歌ったものである。飛鳥《アスカ》の雷《イカズチ》の丘というと、いかにも壮大な山のようである。私も実物を見ないうちはそう思っていた。……ところが実物のイカズチの丘は高さ十米も怪しいような小さな丘で、近方の古墳の方にどれぐらい壮大なのがあるか分らぬようなチッポケなもの。特に何々の丘と名づけて呼ぶのが面映《おもは》ゆいようなものである。（中略）

しかし、当時の神経には全然ひっかからなかったと見なければならない。なぜなら天皇が人麿のイカズチの歌をきいて怒ったという話がないからである。そして、それもムリではない。記紀の諸方にみる大ゲサな表現を見れば、イカズチの丘が長屋の防空壕ぐらいの一山の土塊《つちくれ》にすぎなくとも大ゲサすぎることはなかろう。皇室を美化するためにはどんな大ゲサな表現も大きすぎることがないという、なんでもかんでも大ゲサな表現がむさぼるように要求されていたという、文章の表現上における奇怪な一時代であった。記紀の作者に比べれば、人麿の表現は大そう控え目かも知れない。（中略）

彼は十四五年ミヤコづとめをして、皇子や皇女が死ぬたびに死を悲しむ長歌をささげ、行幸《みゆき》や遊びのお供をしては歌をささげた。……ひとたび彼の門づけの詩魂が溢れたてば、いかなる現実もそれをふせぎ止めることはできなかった。霊感と感動と表現の陶酔と調子の高まりがあ

るだけだ。己れを虚《むな》しうす、というのは彼の詩魂が溢れた場合、まさしくそれであった。》
一方、「人麿は仕事のヒマヒマに飛鳥《あすか》の里の娘とネンゴロになって通ったり、天皇のお供をして旅にでれば土地の娘とアイビキし、その毎日は概ねノドカで風流なものであった。彼はミヤコで結婚し、その女が死んだりした。すると彼は門づけの詩魂によって女房の死を悲しむ長い歌もよんだ。すこしも渋滞のないものであった。自分の女房の死でも、皇子様や皇女様の死でも、高らかに感動して、感きわまって高らかに歌いあげるのは彼の天性の仕事」であり、妻の死を悲しむ現実的な気持は取るに足らぬものであっても、その哀傷を大袈裟に詠みあげる感動と自己陶酔こそ、門づけ歌人〈柿本人麿〉の真骨頂であった。
例えば、「万葉集」巻二所収の二〇七番〜二一六番の和歌には、「柿本朝臣人麿、妻死《みまか》りし後、泣血哀慟して作る歌二首并《ならび》に短歌」の詞書がついていて、軽《かる》の路（現、橿原市大軽付近）に住んでいた吾妹子《わぎもこ》（愛する妻）の死を悼んでいるが、ここでも現地妻の死を文字どおり「泣血哀慟」して大袈裟な哀傷歌を詠んでいる。
しかし安吾によれば、このように格調の高い挽歌や相聞歌を数多く詠んで都の人々を感動させたにもかかわらず、人麿は時々「石見で別れてきた女房を思いだした。全然甘いところのないイヤな目玉を思いだすのだ。百姓がふむ里の畑の土のように味もウルオイもなくて、そのくせ変に自分の体温を感じさせるような、そのナレナレしさが不快でもあるし懐しくもあるような切実な目玉であった。その目玉は彼が一首よんで深く陶酔するたびに、『ホラフキ』と呟くのであった。

ふと気がつくと、その呟きが彼の胸を深くさし、くいこんでいるのに気がつく」のである。

そこで人麿は石見の国へ帰る決心をする。別に石見の女房が恋しくなったわけではないが、最近門づけの詩魂を湧きたたせて感動と陶酔の歌を詠もうとすると、どこからともなく〈ホラフキ〉という女房の呟きが胸に食い込んできて、感動と陶酔に打ち込む根気が崩れてしまうのである。

《彼は石見へ旅立った。今度は瀬戸内海の海路を下った。石見からくる時と同じように、今度も妙な、なんとなく悲しくて仕様がない旅であった。道で時々死人を見た。それが無性に悲しいのだ。門づけの詩魂の悲しみでなく、じかな悲しさであった。／彼は溺死体を見て、感動のあまり長い歌をよんだ。感動はじかなものであったのに、歌いあげてみればやっぱり門づけの歌であった。変にいつまでも感動がのこっていたが、ちッとも面白くなかった。（中略）「とにかく、石見へかえろうや。そうすれば……」／石見にどういう当てがあるのか自分の心を捉えがたい思いでもあったが、とにかく帰心矢の如しであり、泣きたいような傷心でもあった。／とうとう石見の国へ戻ってきた。しかし女は死んでいた。》

人麿の生没年については今もって詳らかでないが、詠んだ歌の詞書や宮廷行事の背景などから推測して、二十代の半ば頃に上京出仕し、四十代後半（一説に五十代後半）に宮廷歌人を辞して石見の国へ帰ったという説が今では有力である。仮にそうだとすれば、妻と別れて石見を留守にしていた期間が二十年以上に及ぶことになる。この間、人麿は一度も石見に帰省することもなく、行く先々で現地妻を作り、中には子供まで産ませた女もいるが、石見の妻は二十数年の間、どんな思いで暮していたのであろうか。その間の消息を物語る歌が「万葉集」に遺されている。石見の妻の住む里を目前にして病に倒れた人麿の臨終の歌一首と、夫の訃報に接して詠んだという妻の歌二首である。

柿本朝臣人麿、石見国に在りて臨死《みまか》らむとする時、自ら傷《いた》みて作る歌一首

223 鴨山の岩根し枕《ま》けるわれをかも知らにと妹《いも》が待ちつつあらむ

（大意＝この鴨山の岩根を枕にして死のうとしている自分を、そうとは知らずに、妻がひたすら待ち焦れていることとであろうか。）

柿本朝臣人麿の死《みまか》りし時、妻依羅娘子《よさみのをとめ》の作る歌二首

224 今日《けふ》今日《けふ》とわが待つ君は石川の貝に交《まじ》りてありといはずやも

（大意＝今日は来るか今日は来るかと、私の待っているあなたは、亡くなられて石川の貝に混じってしまったというではありませんか。）

225 直《ただ》の逢ひは逢ひかつましじ石川に雲立ち渡れ見つつ偲ばむ

（大意＝直接あなたにお逢いすることはとうてい出来ますまい。亡くなられた石川のあたりに一面に雲が湧きあがってほしいものだ。その雲を見てあなたをお偲びしよう。）

歌聖・柿本人麿の臨終の地ということで、〈鴨山〉と〈石川〉の所在については古くから諸説が多い。とりわけ人麿に心酔していたアララギ派の斎藤茂吉は、数回にわたる現地踏査の結果を「鴨山考」と題して『柿本人麿』その他の著書に収めている。近年では梅原猛氏が『水底の歌』

上巻で茂吉説を批判しながら、長々と二つの地名の実在性について言及している。

しかし安吾は、曖昧な古代の地名の地理的な詮索などを一切無視して、先の臨終の歌及び妻の挽歌を人麿自身の門づけ歌の虚構として捉えている。人麿は石見の国に辿り着き、女房がすでにこの世にいないことを知って、自分もこの地で死のうと考える。すると急に門づけ歌人の本性が目を覚まし、人麿は「いまにも死ぬような感動にとらわれた。無性に悲しく切ない現実的な感動であった。そして彼は（いつのまにか）自分が死に臨んでよんだ歌をつくるのに没入していた」のである。

《彼の帰るのを待っている女房などはいないのだ。けれども、そんなことは、どうでもよかった。この歌の中に実在する生活や生命の問題だ。けれども、自分自身が死に臨んで、という切実な歌も、要するに門づけの歌であった。つまり門づけをしていた自分も、よそのウチの神ダナの中の紙に書いた名にすぎなかったようなものだ。（中略）

しかし、現実的な感動は涯しなく切ないのに、できた歌は感動を塡《う》め充してくれなかった。そこで彼は彼の死目《しにめ》に会えなかった女房の歌というのを二首つくって、つけくわえた。（二首省略）／物足りない気持は残った。しかし、もう歌の出来栄えも問題ではない。すべてが慟哭《どうこく》したいのだ。一生の全てが。／ミヤコから人が訪ねてきたとき、彼は死に臨んでよめる歌と女房が彼の死に際してよめる歌をミヤコの人々に託した。ミヤコではそれを読んだ丹比真《たじひのま》人《ひと》が、死んだ人麿の代りに女房に答える歌をつくって、つけたした。》（傍点引用者）

人麿の妻依羅娘子《よさみのおとめ》の詠んだ挽歌に続いて「万葉集」には次のような二首の歌が掲載されている。

丹比真人、柿本朝臣人麿の意《こころ》に擬《なずら》へて報《こた》ふる歌一首

226 荒波に寄りくる玉を枕《まくら》に置きわれここにありと誰か告げなむ

（大意＝荒波に打ち寄せられてくる玉藻《たまも》を枕辺に置いて自分が今海の中にいると、誰が妻に告げてくれるであろうか。）

或る本の歌に曰く

227 天離《あまざか》る夷《ひな》の荒野に君を置きて思ひつつあれば生《い》けるともなし

（大意＝都を遠く離れた荒れ野にそなたを残し置いていつも恋しく思っていると、まるで生きた心地もしない。）

二二七番の歌の後に、「右の一首の歌、作者いまだ詳《つまび》らかならず。但し、古本、この歌をもちてこの次に載す」と註記されているが、安吾流に解釈すれば、これもかつて人麿が都で詠んだと思われる〈嬬恋歌《つまこいうた》〉の一つかも知れない。梅原猛氏が前掲著書の中で、二二三番から二二七番までの臨終にまつわる五首の歌を中心に厖大な資料を駆使して「柿本人麿の死の真相」に迫っているのに比べれば、五首の歌を門づけ歌人の虚構として捉える安吾の発想は幾分安易な感じがしないでもないが、万葉秀歌として定評のある次の二首、

48 東《ひむかし》の野に炎《かぎろひ》の立つ見えてかへり見すれば月傾《かたぶ》きぬ

255 天離《あまざか》る夷《ひな》の長道《ながぢ》ゆ恋ひ来れば明石《あかし》の門《と》より大和島見ゆ

を見ても、やはり「アイツの歌は大ゲサだなア。しかし、調子は天下一品だなア」と噂する同時

代人の素朴な批評が当てはまるような気がする。まして、天皇を神格化した皇室讃歌や、死者を悼む慟哭の挽歌や、娘の恋心をかき立てて切ない胸のうちを打ち明ける相聞歌《そうもんか》などに接すると、そこに天才的なコトバの魔術師を発見すると共に、幇間的な〈大ボラフキ〉の手練手管も見え隠れするから不思議である。

いずれにせよ、「生没年不詳。持統―文武朝（六八七―七〇七）ころの宮廷歌人。事績については不明の点が多いが、低い官位で過ごしたらしく、石見で死んだ。短歌・長歌・旋頭歌《せどうか》など、各種類の歌に秀で、古代国家上昇期にあって皇室を権威づける歌を多くよんだが、挽歌にすぐれ、相聞歌に最も面目を発揮、『万葉集』最高の歌人と称され、和歌の祖と仰がれた」（角川版『日本史辞典』一九七四）とか、「人麿は枕詞・序詞・対句・繰返し等の従来から存在した技法を縦横に駆使し、絢爛たる修辞を以て歌を飾っているが、それが軽く流れず、地底から響いて来るような重厚な響を以て万人の胸を打つ。また彼は自然であれ人事であれ、対象と自分との間の境界を撤して、対象と我と渾然《こんぜん》合一の境地にあるような歌を詠んでいる。この心情の在り方は、原始の人の心から糸を引いて来ているものの如くである。原始の心と開化の技法との微妙な調和に、彼の歌の万人を打って、しかも及びがたい所以《ゆえん》があるのである」（日本古典文学大系『万葉集』解説）など、すでに歌聖・柿本人麿像が定着している現在、人麿を門づけの即興歌人として位置づけることは人麿像をいかにも矮小化しているように思われもするが、殊更に美化され聖化されている偶像を人間世界に引きずりおろし、渡来人の末裔が漢字を駆使して得意な和歌を詠み、その報酬で生計を立てていたという発想には充分リアリティーがあり、古典学者や歴史家の描く人麿像よりも安吾の描く人麿像の方が、むしろ実像に近いのではないかと思えてくる。

人麿が仕官を辞して二十余年ぶりに石見の国へ帰って来た時、生きておれば四十歳を過ぎていたはずの妻がすでに黄泉の人になっていたという安吾の発想には、人麿の死を悼んで妻が詠んだという二首の挽歌に対する疑問が潜んでいる。かつて人麿が「石見国より妻に別れて上り来る時」に詠んだ長歌と短歌の後に、「柿本朝臣人麿の妻依羅娘子《よさみのおとめ》、人麿と相別るる歌一首」が添えられている。

140 勿念跡　君者雖言　相時　何時跡知而加　吾不恋有牟
な思ひと　君は言へども　逢はむとき　何時《いつ》と知りてか　わが恋ひざらむ
（大意＝心配するなとあなたはおっしゃいますけれど、またお逢いする時が何時と分っていれば、私は恋しく思わないでしょうに。）

当時、二十《はたち》前だったはずの僻村の一女性が、漢字を自在に操って惜別の想いを和歌に託すということはやはり不自然で、この歌も人麿が若い妻の身になって詠んだものと思われる。それ以来二十余年の間、都に住む人麿は一度も石見に残してきた妻を歌に詠んでいないし、妻の依羅娘子も人麿を想う歌を詠んでいない。

二十余年もの間、音沙汰のなかった夫が突然帰って来たかと思うと、目と鼻の先で急病死したという。その時妻は、恨み言《ごと》一つも言わず即座に、「今日今日とわが待つ君は……」と歌に詠むであろうか。これは明らかに人麿の臨終歌「鴨山の……妹が待ちつつあらむ」に照応させたもので、妻が生きていたらこのような挽歌を詠んでほしかったという想定のもとに創作したものであろう。その点でも、安吾の人麿解釈は当を得たものだと言えるのである。生没年不詳と言われながらも人麿の晩年については、彼が遺したという臨終の歌から〈鴨山〉や〈石川〉の実地を巡って今なお諸説紛々としているが、それらとは無関係に安吾探偵による人麿後日譚は次のように締めくくられている。

《門づけの詩魂溢るる一生は、実はつまらない一生だった。思えば悲しい一生でもあった。／土をふむ百姓の一生は、ただ一日のようなものだ。しかし門づけの一生は、とうてい土をふむ一日には及ばない。／無能な人麿は小さな畑を不器用に耕しながら、いつとはなく息をひきとった。村の邪魔物のような風来坊の老いぼれが死んだので、村の人々はどこかの片隅へ葬った。本当の死にのぞんで、彼はすでに歌わない人麿であった。そして片隅へ葬られた名無しの老いぼれが、歌を忘れた代りに、虫のようにシミジミと一生を一日のように生きおわせたのを、勿論、誰も問題にしなかった。》

自らの虚構の死には臨終歌を詠んだ人麿も、「本当の死」に臨んだ時は歌と無縁の俄か百姓でしかなかったという。石見の国の二十余年の歳月は、都で華々しく活躍した宮廷歌人を「名無しの老いぼれ」として葬ってしまったのである。

十一、サスペンス・ドラマ「信長」

柿本人麿をはじめ七人の歴史上の人物を手玉にとった「安吾史譚」に続いて、いよいよ安吾は永年温めて来た織田信長に挑戦することになる。合理主義者・坂口安吾が、戦国乱世を生きた合理主義者・織田信長の人柄にどれくらい惚れ込んでいたかは、戦時下に発表した短篇「鉄砲」（昭和19・2『文芸』）の次の一文がよく物語っている。

《鉄砲の威力的な使用法を理解した最初の人は信長であった。／信長は理知そのものの化身であった。彼は一切の宗教が眼中にない男であったが、切支丹が同時に新式の文物を輸入するので之を最大限に利用した。……鉄砲だの、時計だの、新式の航海術、天文、医学、万事に博学多識の南蛮の白坊主（注、白人の宣教師）共が、神様というと目の色を変えて霊魂不滅だの最後の審判などと埒《らち》もないことを吹聴する。利口な奴らであるから然るべき魂胆あっての策略だと信長は見込んでいたが、ある日、オルガンチノというバテレンを別室に呼び入れ、侍臣全部遠ざけておいて、さて、お前も商売だから本当のことを打開け《ママ》ては障りがあろうが、然し、今日は家来一同遠ざけたから腹蔵なく語るがよい。天主だのアニマ（注、霊魂）の不滅などという

のは俗人共をたぶらかす方便だろうな、ときりだした。信長は腑《ふ》に落ちぬことはトコトンまで究める性分であった。》

信長の問いに対してオルガンチノは地球儀の伊太利を指し、「之は自分の生れた故国であるが、はらからを棄て、万里の海を越えて知るべもない絶東の異域へ来るからには、元より生命はすてている」と答えて、神の存在を信じなければこんなことは出来るはずがないと見得を切る。それを聞いて信長は、「白坊主の表裏ない言葉を諒《りょう》としたが、彼らは馬鹿だと判断」する。信長という人物は、「利用価値のあるものは毒であろうと利用する。松永弾正《だんじょう》でも切支丹でも何でも構わぬという冷血な意向であり、その意志と理知の冷たさには、利用される者共が、狎《な》れるどころか、ふるえあがり、憎み、呪った」ものだという。

更に安吾は三段構《がま》え鉄砲隊を逸早く組織した信長の戦略に触れ、「信長はその精神に於て内容に於てまさしく近代の鼻祖であったが、直弟子秀吉を経《へ》、家康の代に至って近代は終りを告げてしまった」と見る。その訳は、「信長は戦争に於て速力を重視した。進軍と共に輸送路の確保に重点をおき、縦横に道を通じることによって、その戦勝の因をなした」のに対して、家康は法令で領内の鉄砲私有を厳禁し、更に「鉄砲の製造を禁じ、橋を毀《こわ》し関所を設け、鎖国した」からだという。

安吾は短篇「鉄砲」で、敗色の深まる戦時下日本の政府を、君臣仁義の形骸化した武士道の上に胡座《あぐら》をかいている徳川幕府に擬し、形式的な精神主義を重視する徳川流の兵法では鉄砲を所持する島原の農民一揆にも手こずるとした上で、「今我々に必要なのは信長の精神である。飛行機をつくれ。それのみが勝つ道だ」と結んでいる。

同じ頃、『毎日新聞』(昭和19・2・23)が「竹槍では間に合はぬ、飛行機だ」の記事を掲載して東条英機首相の逆鱗《げきりん》に触れ、即日新聞が差し押えられるという出来事があった。東条首相が内務大臣・文部大臣・商工大臣・陸軍大臣・軍需大臣・参謀総長を兼務するという異常事態の中で、国外での日本軍の玉砕(全滅)のニュースが相次ぎ、アメリカ空軍の本土空襲が取り沙汰され、敵が上陸したら国民は竹槍で本土決戦に備えよと特訓されていた時期のことである。

ドイツのヒットラーを真似て独裁色を強めていた東条首相が最も惧れていたことは、内閣情報局や大本営によって操作されている偏向ニュースのからくりが言論界やマス・コミによって暴露されることである。とりわけ新聞・雑誌には監視の目を光らせた。当然のことながら安吾も当局の狂気じみた言論・思想の取り締りには気を遣ったとは思うが、合理主義者信長の発想に立つ安吾は何よりも権力による見え透いた情報操作を嫌った。すでに、開戦直後に発表した短篇「真珠」(昭和17・6『文芸』)の中で安吾は、「必ず空襲があると思った。敵は世界に誇る大型飛行機の生産国である。四方に基地を持っている。ハワイをやられて、引込んでいる筈はない。多分、敵機の編隊は、今、太平洋上を飛んでいる……」と書いている。それを受けて、日本最初の近代戦術の実践者・織田信長が弓や刀や槍の敵に対して三段構えの鉄砲隊で勝利を収めたように、敵の物量戦術に対抗できるだけの「飛行機をつくれ。それのみが勝つ道だ」と言い切るのである。しかしこの裏を返せば、大量の飛行機を造れなければ敗北だ、ということになる。東条英機がいくら軍人精神を叫び大和魂を鼓吹しても、竹槍では飛行機に太刀打ちできるはずもなく、すでにこの時点で安吾には日本の敗北が見えていたのである。

続いて安吾は、戦後になって短篇「織田信長」（昭和23・8『季刊作品』）を発表する。もともと長篇の構想で発表したもので、目次には「織田信長（第一回）」とあり、末尾は（未完）となっている。しかし、これは一回きりで終りとなった。冒頭に信長が好んだという小唄、「死のうは一《いち》定《じょう》、しのぶ草には何をしよぞ、一定かたりをこすよの」が掲げられている。

この作品は清洲城主織田信長が三十四歳の時に朝廷から綸旨《りんじ》と女房奉書を賜るところから始まり、信長が足利義昭を将軍の位に就けてやったところで終っている。綸旨と女房奉書は共に天皇の勅旨であって、朝廷が最も頼りにしている大名や豪族に賜る場合が多く、受け取る者にとっては名誉この上ないことであった。戦乱の時世ということもあって、内密の勅使は清洲城へ直接信長を訪ねることを避け、鷹狩好きの信長がその都度休息することになっている目附役・道家尾張守の邸を訪ね、道家に綸旨と女房奉書に添えて天皇からの手土産の道服（道中着、今の羽織）を渡す。道家はひそかに、「これで天下は信長公のものとなった」と喜ぶ。鷹狩から戻って来た信長は一風呂浴びたあと、賜った道服を着て勅使立入左京亮《たていりさきょうのすけ》と案内役磯貝《いそがい》新右衛門に馳走してその労をねぎらったが、綸旨の内容は「日本国の支配を命じる」というようなものではなく、経済援助の要請であった。
《お前も近頃武運のほまれ高く、天下の名将だとその名も隠れなく諸人の崇拝をうけているそうであるから、ついては朝廷に忠義をつくし、皇太子の元服の費用を上納し、御所を修理し、御料所を恢復してくれ、こういう意味の綸旨であった。
皇室の暮しむきの窮状をなんとかしてくれ、というだけのことだ。まア、借金の依頼を一とまわり大きくしたゞけのようなものだが、これだけのことでも、朝廷から、頼みをうける、頼まれるだけの実力貫禄というものが具わったからのことで、いわば実力の判定を得たようなものだ。》
これによって、「信長も始めて多少の自信を発見したが、然し、さしたる自信ではあり得ない。朝廷とは何ものであるか。足利将軍家といえども朝廷によって征夷大将軍に任ぜられておるところの、しかして彼（将軍）の父も朝廷によって、ようやく弾正（全国の治安維持を司る役）に任ぜられたところの、日本の第一の宗家である。とはいえ、現実に於て朝廷は虚器であり、足利将軍は老蝮《まむし》の松永弾正の一存によって生かしも殺しもされ、天下の政務は老蝮の掌中にある。綸旨といえば名はよいが、その真に意味するところは、たゞもう寒々と没落の名家の悲しさ、みじめさの漂う借金状ではないか」と思うと、信長は感奮勇躍するどころか、却って哀れさを催さずにいられない。けれども信長は、「虚器の疎《うとん》ずべからざる、その利用価値を見抜き」、利用できるものは徹底して利用しようと考える。

安吾は短篇「織田信長」で信長の実証精神を高く評価し、しかも常にイノチガケでそれを貫いたところに彼の天分を見出している。清洲城から一歩でも出ると、そこには絶えず刺客の目が光っていることを信長はよく承知している。それを承知の上で勝手に城を抜け出し、若者たちと遊び惚《ほう》けている。だから、家臣の目には少年時代の餓鬼大将をそのまま大きくしたような常軌を逸した大ウツケモノと映るが、食うか食われるかの戦国乱世を生き抜くためには、従来の兵法も常識も一族の信義も役立たないことを信長の慧眼は疾《と》うに見抜いている。だからこそ一見奇矯とも思える危険な戦術に出て家臣どもをうろたえさせるのだが、その結果勝利を得ても、信長の実証精神に気づかない家臣たちは、「まぐれ当りで、何となく勝った」という程度の認識しか持てなかった。

《信長とは何者であるか。家来にも分らない。彼を育てた忠義一徹の老臣は、餓鬼大将のタワケぶりに絶望して、自殺した。／餓鬼大将はケンカだけは強かった。ケンカの稽古は大好きだ。そして、当時流行の短槍よりも、長槍の方が有利であると見ぬいて、自分の家来に三間半の長槍をもたせたほど、幼少にしてケンカの心得にレンタツしていた。四月から十月まで河に入りびたって水練は河童の域に達し、朝夕は馬の稽古、弓を市川大介に、鉄砲を橋本一巴に、兵法を平田三位に、これが日課で、外に角力《すもう》と鷹狩は餓鬼大将の時から死に至るまでの大好物、天下統一の後もハダカになって小者と角力をとっていた男であった。

ケンカ達者の餓鬼大将は、その要領で戦争して、まア、なんとなく、勝っていた。家来たちには、そうとしか思われなかった。／信長は今川義元を破って、バカ大将、一躍して天下疑問の名将に出世したが、家来たちには、偶然の奇蹟、まぐれ当りという疑惑が、知らない他人たちよりも強く残って頭から放れなかった。》（「織田信長」）

信長にとって人間というものは、「一皮めくれば、死のうは一定《いちじょう》、それが彼の全部であり、天下の如きは何物でもなかった。彼はいつ死んでもよかったし、いつまで生きていてもよかったのである。そして、いつ死んでもよかった信長は、その故に生とは何ものであるか、最もよく知っていた。生きるとは、全的なる遊びである。すべての苦心経営を、すべての勘考を、すべての魂を、イノチをかけた遊びである。あらゆる時間が、それだけである」と達観している。

安吾は、斎藤道三や松永弾正が悪魔であったように、信長もまた悪魔であったと見る。なぜなら「最後の哲理（死のうは一定）に完ペキに即した人であったから。然し、この悪魔は、殆ど好色なところがなかった。さのみ珍味佳肴も欲せず、金殿玉楼の慾もなかった。モラルによって、そうなのではない。その必要を感じていなかっただけのことだ。老蝮（松永弾正）は、悪逆無道であると共に、好色だった。彼は数名の美女と寝床でたわむれながら、侍臣をよんで天下の政務を執っていた。これもモラルのせいではない。その必要のせいである。悪魔にとっては、それだけだった。信長の謹厳も、老蝮の助平も、全然同じことにすぎなかった」というのである。

すでに人間の実相を見据えていた信長は、それ故にイノチを賭けた遊びに徹しきることができたのである。信長が生涯で最も好んだと言われている幸若舞《こうわかまい》「敦盛《あつもり》」の一節、「人間五十年、下《げ》天《てん》のうちをくらぶれば、夢幻《ゆめまぼろし》の如くなり。一度《ひとたび》生を得て、滅せぬもののあるべきか。」が、彼の人生観のすべてを語り尽している。

長篇「信長」は昭和二十七年十月七日から翌年三月八日まで、日刊紙『新大阪』に連載された新聞小説である。すでに見てきたところだが、「不連続殺人事件」連載の時に安吾は犯人探しの懸賞を出して読者の関心を煽ったが、この「信長」では覆面作家として登場し、作者名を当てる懸賞小説にした。連載に先立って発表された「予告」(昭和27・10・1『新大阪』)には、「……無縫の偉才織田信長は謎の作者独特の無縫の文体と、青龍社の名匠安西啓明画伯の筆勢に乗りうつり、必ずや絶妙の境地を展開することと信じます。作者名は読者懸賞で当てて頂く次第、詳細は追て発表いたします」とあって、次のような無署名の「作者のことば」が続いている。

《少年時代の信長は天下のタワケモノとよばれた。子守りの老臣はバカさに呆れて切腹した。三十すぎて、海道随一と武名の高い今川を易々と打ち亡ぼしても、ウチのバカ大将がなぜ勝ったかと家来どもが狐につままれた気持であった。／天下を平定して事実が証明したから、ウチの大将は本当に偉いらしいやと納得せざるを得なかったが、内心は半信半疑なのだ。

つまり信長の偉さはその時代には理解しがたいものであった。こんなのは珍しい。／信長とは骨の髄からの合理主義者で単に理攻めに功をなした人であるが、時代にとっては彼ぐらい不合理に見える存在はなかったのだ。／時代と全然かけ離れた独創的な個性は珍しくないかも知れぬが、それが時代に圧しつぶされずに、時代の方を圧しつぶした例は珍しいようだ。理解せられざるままに時代を征服した。

信長には良い家来は少くないが、良い友達は一人もいない。多少ともカンタン相てらしたらしい友人的存在は斎藤道三と松永弾正という老いたる二匹のマムシであろう。／歴史には類のない悪逆無道の悪党とよばれた二人が揃って彼のともかく親友的存在の全部。むろんマムシの友情だから、だましたり裏切ったり、奇々怪々な友情だが、ともかく友情の血は通っていた。その友情も時代は理解することができなかったし、彼が光秀に殺されたのも時代にとって不可解であった。彼をめぐる全てが不可解のようなものだ。

かれの強烈な個性は一見超人的であるが、実はマトモにすぎた凡人なのかも知れない。彼の一生にふくまれた人間史の綾や幅は比類なく雄大で正常である。／私の狙いつつあるものが描けるかどうかは目下は雲をつかむようだ。ともかくタワケモノの少年と老いたる美濃のマムシとの交渉からポツポツ物語をはじめることに致します。》

作者名を伏せて始まった「信長」の第一回目に、「本紙小説『信長』の作者は　懸賞募集」と題して、「フスマが開いて、半身起して——いよいよきょうから新連載小説『信長』の登場です。さてこの『信長』を描き上げようとしている作家は誰か、かねて社告のとおり作者名を読者懸賞で当てていただきます。／作者は文壇の鬼才、とりわけ戦後の創作、エッセイなどに縦横の活躍を示し盛名を呼んでいます。云々」とあり、懸賞金は「▽当選者一名に一万円と作者署名本一冊

▽選外十名に作者揮毫色紙一葉（正解者多数の場合は抽選）」ということであった。

前掲の「作者のことば」からも予想されるように、当初安吾は〈信長一代記〉の構想で連載するつもりでいたようである。しかし書き始めてみると、意外にも若い頃の信長にこだわり続け、なかなかそこから脱出できなかった。結局、連載最終の第一四八回は桶狭間の合戦までで、馬前に今川義元の首を持たせて信長一行が意気揚々と清洲城へ引き揚げる所で終っている。ところで連載小説「信長」には全部で十五項目の小見出しがついている。（カッコ内の数字は連載回数を示す。）

1、美濃の古蝮《ふるまむし》（1〜10）
2、大馬鹿少年（1〜14）
3、珍童独立（1〜12）
4、蝮の愛情（1〜12）
5、喧嘩と戦争（1〜9）
6、味方は蝮一匹（1〜7）
7、火の林（1〜12）
8、マムシ老残（1〜5）
9、マムシ敗れたり（1〜10）
10、マムシの死後（1〜9）
11、最悪の時（1〜11）
12、星の誕生（1〜8）
13、見損じた人々（1〜12）
14、ニセ手紙（1〜6）
15、桶狭間（1〜11）

主人公が歴史上の著名人であり、その生涯については読者も先刻承知なので、史実をただ辿るだけでは面白味がない。そこで安吾は、信長の前半生をサスペンス・ドラマに仕立て、その中で若き日の信長を徹頭徹尾〈タワケモノ〉として振る舞わせている。当時、小なりと言えども那古《なご》野《や》城の城主であった少年信長の風体を、安吾は次のように描いている。

《茶筅《ちゃせん》マゲと云って、マゲをヒモでまいただけのクワイのような頭。以前からこの頭だが、ちかごろはヒモに趣味がでた。真紅か、モエギに限るのである。／半袴《はんばかま》をつけて外出するが、満足に着物を着ていることがない。片袖を外してるか、モロ肌ぬぎか、いずれかである。彼の美意識による寒暑をいとわぬ風俗であった。腰のまわりに火うち袋を七ツ八ツもぶら下げている。これの用途は分らない。また、腰の刀には荒ナワか苧《お》のナワで作った腕貫《うでぬき》（注、抜いた刀が手から滑り落ちないように腕に巻きつける紐で、柄《つか》または鍔《つば》に取りつけてある）をぶらつかせている。すべて彼の美意識によるアクセサリーであった。》

それでいながら、信長は武芸の嗜みを忘れていない。「朝夕二度の馬の稽古。鉄砲、弓、槍、兵法の道場通いも毎日欠かしたことがない。夏は水練。規格外なのが、鷹狩と相撲と、ケンカ。稽古がすむと、町や村をのし歩く。彼はコブンと肩をくんで、町の本通りを通って行く。コブンの肩に吊りさがるほど寄りかかり、餅や栗や瓜を食いながら」歩く。これが十五、六歳の若い城主の日常である。

尾張を中心とする織田一族が最も怖れる敵は隣国美濃の斎藤道三である。信長の父織田信秀はこれまで何度か美濃攻めをしているが、その都度大敗北を喫している。坊主あがりの道三は油売りの行商人から身を起こし、「やがて美濃の守護職土岐《とき》氏の家老長井の家来となったが、長井を殺して代って土岐の家老となり、さらに土岐氏を追い出し愛人をうばい、美濃一国を手中に収め」た悪逆無道な権謀術数家として知られていた。その残忍な遣り口は、「微罪の者を牛裂きにかけ、親兄弟に火を焚《た》かせて釜煎《かまい》りするような暴君であったから、前代未聞の悪名は鳴りとどろいていたが、会ってみれば、油壺から出て来たような美顔であった。年老いても、端麗な顔は絵の中から抜けたように色白く、一見柔和な微笑すら絶やしたことがない」男前だったという。

しかも、道三の悪智恵は「兵法によく生かされていた。彼は刀よりも槍を選んだ。その槍は敵の槍よりも長いものでなければならない。鉄砲の伝来を知ると、忽ちそれを主戦兵器に採用した。当時の誰よりも先んじた独創的な兵法」を考案した。大ウツケモノと言われながらも、信長は逸早く道三の兵法を採り入れ、それを改良して後に彼独自の兵法を編み出すことになるのである。

那古野《なごや》城には信長の教育係を務める平手政秀という忠義一徹の老臣がいた。平手は、このまま対立が続けば今に斎藤道三の美濃勢に尾張一国が蹂躙されてしまうことを懸念して、一世一代の大博打《ばくち》を打つことを考えた。ウツケモノの若大将として尾張の国内はおろか、周辺諸国にまで浮き名を流している信長に、宿敵斎藤道三の愛娘《まなむすめ》・濃姫《のひめ》を嫁に貰って姻戚関係を結ぼうというのである。何とも大胆不敵な企みである。

平手政秀が敢えて無謀を承知で信長と濃姫の縁組を持ち出したのには訳があった。信長の父織田信秀が美濃に攻め入り、「当るを幸い火を放ち、美濃の村々を魔風のように荒れ狂って」いた間に、斎藤道三側に通じていた清洲衆（織田一族の本家の郎党）に信秀の居城である古渡《ふるわたり》城が占拠された。その報に接して急遽信秀が戻ってみると、清洲衆は古渡城下を焼き払って退散したあとであった。信秀の信頼篤く、信長の教育を一任されていた平手は、清洲衆の反逆に激怒する信秀を説得して清洲衆と和解するために、信秀の使者として単身清洲城に乗り込む。ところが、「敵の弱身を握れば骨までシャブる高利貸のような陰鬱な実行力」の持主である清洲城の筆頭家老坂井大膳にさんざん嫌味を言われて閉口する。

《「清洲の織田が古渡の町に火をかけたのを謝罪せよと仰有るのか。織田信秀とは何者だね。当家の奉行の一人にすぎないではないか。下《しも》四郡は当家支配の土地だ。誰に許しをうけて古渡に城を築いたのか。当家は尾張の守護代だよ。領内のことは焼いても毀《こわ》しても意のままであろう。それとも、信秀が当家に代って、尾張の守護職をうけたと仰有るのか」

昨秋の敗北以来、信秀の威令が織田諸家を動かす力は失われている。／信秀が手勢を率いて美濃に働き、多少の戦果をあげてきたと言っても、敵の本拠を遠く離れた村々に火をかけてきただけのことではないか。その手にだまされて信秀を見直す織田一族が今ごろある筈はない。美濃の本拠に肉薄して真に決戦を挑む力がないことは、去年の例で分りすぎている。

「美濃の畑を荒してきて威勢を見せるのも子供だましには利くかも知れぬが、山城入道《やましろにゅうどう》（斎藤道三）を怒らせただけ損ではないかね。山城が尾張へ攻めこめば、当家が道案内に立たぬでもない。一足先きにと信秀が清洲へ押し寄せれば、大方山城入道を早めに呼びこむことになろう」

大膳はシワの深い陰気な顔に露骨に不キゲンを見せつけて、細い声で脅迫した。まんざらオドカシだけではなかろう。その不安が有りうると気付いただけでも、平手の肝《きも》は消えるように

おののいた。》

円満和解のつもりで出掛けた平手は、虎の威を借る狐に脅かされ、逆に己れの無礼を詫びて清洲城を辞去した。ここに至って平手は、織田一族の和解よりも美濃との和解の方が急務だと悟り、信秀に奇想天外な企てを打ち明ける。自分を「ただ今この場から正式の使者として美濃に差向けていただきたいのです。山城どのには三名の令息の下に濃姫《のひめ》という女子がおられると承っておりますが、この姫と信長公の縁組を命じていただきたいのです。失礼ながら、当家安泰のためには、これが第一の良策と存じます。これによって両家の厚誼が生じますならば、尾張一国はおのずから平和です」——と。

信秀が焼き打ちをかけてきた美濃一国の当主と手を結べという平手の申し出に対して、さすがに信秀は、「虫のよすぎる話のようだが、キサマの思うように運ぶ見込があるのか」とその成果を危ぶんだものの、駄目で元々、当って見るだけだという平手の決意に信秀も同意した。そこで、「火急のうちに多くの珍宝を取り揃え」、大任を果すべく死を覚悟で平手は急遽美濃へ発った。もちろん、信長には内緒である。

ここから先の、古《ふる》マムシと平手の取り引きが面白い。美濃城下の道三の館《やかた》で信長と濃姫の縁組を切り出した平手に対して道三は即答を避け、返事があるまで滞在せよと言って館の外に一室を与える。すでに平手の前で、「オレのような悪党には、自分の子のオモチャのようなところだけが、何よりも可愛くてたまらないな。大人ぶったところは、つまらなくて仕様がない。とりわけ濃姫は可愛いなア。地上の姫とは思われぬほど、たぐいなく美しいな。だが、オレの娘のことだから、イヤらしいような、怖しいような、角も、牙も、爪もある女になるかも知れないよ」と嘯《うそぶ》いていた道三は、四日目に平手を館に呼んだ。

《「清洲から坂井大膳の使者が来たぜ。貴公が来ていることは、まだ知らないな。お前さんの勝だよ」／間をおいて、軽くつけ加えた。「濃姫を信長にやろう。五日のうちに仕度を調えさせるから、迎えにくるがよい」／それだけであった。取引は終ったのだ。》

信秀に報告したあと那古野城へ帰って来た平手政秀から、突然「山城入道どのの姫君が若殿のお嫁にきまった。五日の後には、もうお輿《こし》入れだ」と聞かされた信長はさすがに呆れ返り、「道三の娘がオレの嫁にきてくれると、本当に美濃はタノミになると信じられるのか」と訊ねる。平手は威儀を正し、「私はフシギなことを見たのです。あの悪名高い入道どのは、美濃一国を捨てても、一人の濃姫をまもりたいほどの御愛着です」と言って、これまでの顚末を逐一信長に語って聞かせた。

祝言の当日、信長は礼服を着せられて婚姻の杯を取り交わしたが、それが済むと濃姫をその場に残してさっさと外へ飛び出してしまう。「カミシモを着せられたり、長袴をはかされたり、坐ったりさせられると、たちまち全身が空腹のようにカラになる」のだという。十五歳の信長と十四歳の濃姫の婚礼であったが、道三は顔を見せなかった。けれども、この縁組の成立以来「尾張はにわかに泰平であった。道三が肩を入れたと分っては、小さな虫どものうごめく余地がなくなった」からである。それに引き替え、信長の日常生活はこれまで以上に自由気ままな大タワケ振りで、家臣はもちろんのこと新婚の濃姫にまで呆れられた。

信長の家臣たちは、「信長が大タワケだから道三が濃姫を与えたのだ」と考えていた。尾張は二つの強敵、今川義元と斎藤道三に挟まれている。織田家と縁組を結んでおけば、織田信秀が何者かに倒された場合、その跡を弔うのは義兄弟の道三でなければならない。そうなれば、無能な後継者である「タワケモノの手中のものは、水が手からこぼれるように自然に道三のフトコロへ移る」ことになるから、「利口な悪党は何もせず、ただ待つだけでよい。清洲なども道三の意中をこう考えて、その機会にオコボレにあずかるつもりで、今は鳴りをしずめている」というのである。

そんな噂を耳にした信長は、ますます大タワケ振りを発揮して人々の顰蹙《ひんしゅく》を買うようになる。けれども、この大タワケが只者でないことを見抜いていた人がいた。濃姫である。どういうわけか、信長はこれまで濃姫の部屋で不作法に寛ぐことはあっても、寝所で一夜を共にすることはなかった。濃姫は今だに生娘《きむすめ》だったのである。

《濃姫もとって十八だった。お城の中で侍女たちにとりまかれているだけの生活であったが、我ながらウンザリするほど、人のウソがすぐ分るようになってしまった。／濃姫がウソを見破ることができないのは、信長だけだ。もっとも、ウソをつくことがまずないせいだ。たいがい正真正銘なのである。人々が彼をバカだという通り、たしかにバカのニセモノではない。正真正銘のバカなのだ。

バカではあるが、ただのバカではない。するとこの悪太郎の正体はなんだろう。それを見破って、こづきまわしてやりたかった。特に濃姫がこの悪太郎に頭があがらないことは、日本中に悪名高い濃姫の父を、彼だけがシンから敬していることだ。彼女は父に手紙を書くとき、特に父にはこのバカをほめてやりたくなかったが、いくらかずつほめて書いてしまうのが例だった。》

信長が十九歳の時、父信秀は四十二歳で病死する。父の葬儀の喪主であるはずの信長は、焼香の間際に漸く姿を現わし、内外の並み居る会葬者の間を普段着に茶筌マゲのままで仏前へ進み、抹香を鷲づかみにして亡父に投げつけた話は余りにも有名であるが、そのために彼のタワケ振りは一層喧伝され、「タダのバカならまだよいけれども、家来を眼中におかないバカだ。思いのままの行動を起して何をやるか予測のつかないキカンボーだから、家来にとってはバクダンをだいているように始末のわるいバカ」だということになってしまった。

やがてその馬鹿さ加減が嵩《こう》じて、つまらないことから無二の忠臣平手政秀を諫死に追いやることになる。平手を信頼していた濃姫は信長を呼びつけ、「あなたが今まで安泰だったのは、平手がついていたからです。平手なきあとのあなたの周囲は一変します。すでに今、変りつつあるでしょう。そして明日の朝には、あなたの家老も、兄弟も、叔父も、一人をのぞいて全ての者が、あなたの敵です」と言い聞かせ、その一人とは父道三だという。

濃姫のこの判断は当っていた。亡父の葬儀の時以来、織田一族の重臣たちの間で、信秀の後継者にタワケの信長を廃して弟の勘十郎を擁立しようとする動きが始まっていたからである。そのことは信長にも判っていた。だから濃姫に向って、「オレの考えでは、すでに今から、一人のこらず、全部が敵さ。アンタのオヤジサンも、敵のうちにいれておく方が分りやすい」と言い、珍しく「今のところ、残念ながら、アンタのほかに信用できる味方はいないらしいね」と水を向けると、濃姫は「私も当にはなりません。今は、あなたの仰有るようかも知れないけど、私はバカな人と一しょに、バカにひきずられて、身を亡ぼすのはキライです」と切り返し、「バカでない証拠を見せて。平手は切腹してあなたがバカモノであることを宣伝してくれたようね。(平手の諫死は) 馬より早く、津々浦々へ行き届くでしょう。そして、一夜あければ、お城の内外、見渡すかぎり、敵ばかり」と、信長の身を案じる。

この時信長は、「オレもそこまでは知っている。だが、その先は、分らない。そして、その先は、運命というのだろうな。オレの為《な》すべきことは、その時に至るまで分りッこないよ。そして、その時は、オレがバカか利巧か、オレ自身が、知る時さ」と笑って、濃姫の前で習い覚えたばかりの幸若舞「敦盛」を朗々と謡いながら舞いはじめる。

《人間五十年、下天《げてん》のうちをくらぶれば、夢幻《ゆめまぼろし》の如く也。一度《ひとたび》生を得て、滅せぬもののあるべきか。》

舞い終って二言三言《ふたことみこと》互いに冗談を言い合った後、信長は大きな笑い声を残して立ち去る。「全てが敵ばかりと思い知った日に、あんな笑い声をたてる動物は、やっぱり大バカ」なんだと思いながらも、その大バカの正室であることに濃姫は何故か満足し、懐しささえ込み上げて来るのである。その日、濃姫は父に重大な手紙を書いた。「平手の死と、その次に起るであろう情勢の報告であった。考えては、書き直した。そして、末尾に、父の援助を乞う代りに、偉大なバカは刃向うて全ての敵を踏みくだくだろうと誇らかに書き終った」。この日から青年信長の、文字どおりイノチを賭けた綱渡りの人生が始まるのである。

濃姫《のひめ》の父斎藤道三は、信長に対する世間の風評と娘の手紙に書かれている信長評とが異なるので、「信長という小僧の先生がオレにはタワケに見えないのだが、オレのほかの天下万人が口をそろえてタワケだと言いきっているのが妙だ」と思い、事実を確かめるために信長と会ってみることにした。舅《しゅうと》と聟《むこ》との初めての対面である。

《そこで道三から信長のもとへ使者がきて会見を申しいれた。／ところが、この使者が仰々しい。百人にあまる供廻りをしたがえ、進物の品々を先頭に、いかめしく行列をねって（那古野《なごや》城へ）乗りこんできた。さながら日の没する国の老王から日の出ずる国の若王へというような威儀である。

信長が使者の口上をきいてみると、別にさしたることじゃない。ただ会いたいというだけのことだ。／「せっかく聟舅の縁を結びながらまだ会ったことがないのは残念だ。ついては近日、富田の正徳寺の院内でお待ちするから、足労ねがいたい」／こういう話である。別に考える必要もないことだから、信長は承知したとアッサリ答えて使者を返した。》

会見場所に指定された富田ノ庄の正徳寺は美濃と尾張の国境《くにざかい》にあり、一向宗の寺領なのでどちらの国にも属さない寺域である。道三の稲葉城（のちの岐阜城）からも信長の那古野城からも似た距離にある。それにしても、正徳寺を会見場所に選んだのは腑に落ちない。「老獪《ろうかい》な大旦那と茶筌《せん》マゲのアンチャンの会う場所じゃない」と考えた信長は、側近の丹羽万千代と市橋千九郎を呼びつけ、「美濃へ潜入して、道三の企みをさぐってこい。何か企みがなくて、こんなことをするはずはない」と言って二人を美濃へ差し向けた。万千代と千九郎は変装して、別々に稲葉城下へ潜入した。

可愛い濃姫の聟ではあっても、残酷無道の老蝮《まむし》のことだから何を企んでいるか判らない。まかり間違えば命取りにもなりかねない。万千代も千九郎もその危惧をよく心得ていた。そこで千九郎は「陽気のカゲンで出奔中のバカ」に化けて城下町の餅屋に現われ、餅搗きの手伝いをしながら店の者から道三と信長との会見の噂を聴き取ることに成功した。

《「この信長てえ阿呆は、ここの殿様の聟殿だが、天下に珍しい大阿呆だという評判が高いから、憂《う》さばらしに阿呆を見てやろうじゃないかと、舅の殿様も物好きな人だな。明後日《あさって》だ。富田の正徳寺というところへ聟殿をよびだして、なぶッてやろうじゃないかという寸法だ。それ、店の者がテンテコマイをしているのは、当日の供廻りのお揃いを急いでいるのだ。信長が礼儀知らずの阿呆だから、当日はわざと甲羅《こうら》をへた老臣だけ七八百人のガンクビをそろえて、これに折目高のハカマ、肩衣《かたぎぬ》という古風の礼装を着せて、ズラリと居並んで敬々《うやうや》しく信長を出迎えさせて、阿呆の度肝《どぎも》をぬいてやる趣向だそうだな」》

万千代の報告は、信長を迎えるに当って別段戦備を整えてはいないということであった。二人の報告から凡その見当がついた信長は、当日「先頭が鉄砲五百挺、次に三間半の長柄の手槍が五百本、それにつづいて徒歩《かち》の若者が百余人」という堂々の武者行列を整えて富田の正徳寺へ向った。しかし、行列の最後尾に親衛隊を従えて進む馬上の大将を見て沿道の観衆は胆をつぶした。

「この大将だけは具足もカミシモも身につけていない。フンドシカツギのようなクワイの頭を押したてて、浴衣染《ゆかたぞめ》の着物の袖をはずして、浴衣地のチャンチャンコを着ているような様子」だったからである。しかも、「腰に差しこんだ大小二本は荒ナワでグルグルまきつけ、ふとい苧《お》ナワの腕貫《うでぬき》がついてる。また腰の周囲には火うち袋とヒョウタンが七ツ八ツぶら下っている。……半袴をはいていたが、これは虎の皮と豹の皮を半分ずつ縫い合せた勇ましい品物。……萌《も》え黄《ぎ》の平打の糸で高々と巻きあげたクワイ頭が馬の歩みとともにゆれ、初夏の風の中をトンボのように舞」っている。

何のことはない、行列は威風堂々と仕立てているが、馬上の信長一人は普段の腕白装束のままなので、沿道の老若男女は一様にその珍装束に見とれて呆れはてている。正徳寺のお堂の縁に、折目高の袴に肩衣という古風な第一種礼装の老臣七百五十名を居並ばせた道三は、二三の側近を従えてひそかに町外れまで出かけ、一軒の町家に入って戸の陰から那古野の若僧の通るのを眺めることにした。

やがて、鉄砲隊・槍組などの行列が道三の目の前を通過し、その後にクワイ頭に浴衣姿の御本尊が現われたのを見て、さすがの道三も「たまりかねて、口と脇腹を押えてかがみこんで笑いくずれて」しまった。聞きしにまさる大タワケの姿である。それを確かめた道三は先廻りして正徳寺に入り、そ知らぬ顔で信長を待った。正式の会見の場で礼儀知らずの那古野の若僧に大恥をかかせてやろうとの悪戯心《いたずら》である。

正徳寺へ到着した信長は、控えの間に入ると直ちに側近の万千代と千九郎を呼んで屏風と道具箱を用意させ、家来の者にも見えないように屏風の中に姿を消した。やがて織田方の家来の前に千九郎が現われ、「信長、出御《しゅつぎょ》。本堂へ成らせられるから家来の者一同、御見送りいたせ」と大音声で叫んだ。

《現れいでたる信長は、これぞまさしく信長公。織田上総介《かずさのすけ》信長公であった。／生れてはじめて結いあげたミズミズしい折マゲ。いつのまに染めておいたか、人に知らせず用意したカチン（注、濃い紺色）の長袴。これも人に知らせず用意した礼式用の小刀。一点のスキもない公式礼装。幻の如くに現れいでたる一人の公達《きんだち》の姿であった。そして尾張のバカ殿はこの一瞬を境にそれもまた幻の如くに消え失せてしまったのである。

並居る臣下の者どもには、物《もの》の怪《け》に憑《つ》かれたような一瞬であった。あまりの怖しさに、ぶるぶるとふるえた者があった。各々肝を消して、ただ呆然と見送るばかり。／信長はスルスルと御堂へ通る。縁を上る。そこには七百五十のガンクビがギッシリ居並んでいる。》

正装して居並ぶ道三の老臣どもを平然と無視して通り過ぎた信長は、道三の家老堀田道空から、「ここに居られますのが、山城どのでござります」と紹介され、立ったままで挨拶を述べた。座敷へ入った信長は道三と対座して対等に盃を取り交すが、その間「道三は何も喋らない。黙って信長のすることを見ている。また、黙って自分のする事をする。黙って、盃を返す。信長の挙止、すべて尋常。目の一ツの動きすらも堂々として、いささかの崩れも見られなかった」という。

信長に一杯食わされて不機嫌になった道三は、やがて一言「また、会おう」と言い捨てて自分の控えの間へ戻ってしまう。満座の中で世間知らずの若僧にひと泡吹かせてやろうとの目論見が見事に外れ、逆に「小僧にまんまとからかわれてしまった」ことが何とも不愉快でならなかったのである。

この日から、信長を見る道三の目が変ってしまった。信長、怖るべし、と看破した道三は、「いまにオレの子供がバカの馬の口をとるようになるよ。道三一生の苦心と自慢が、あのバカに、赤子の手をひねるように、ひねりつぶされてしまったよ」と言って悔しがった。

稲葉城へ帰った道三は家臣に向って、「今日から信長を阿呆という者があるとカンベンしないからそう思え。お前らが阿呆阿呆と言うのを真にうけて、ひどい目にあった。小僧めに思いのままになぶられたのも、お前らが阿呆のせいだ」と叱言《こごと》を言い続けたという。一方、信長もこの日以来、これまでの茶筌マゲを止めて大名にふさわしい折マゲに改め、衣服にも気を遣うようになった。濃姫は信長の新しい姿に満足した。

蝮の道三との会見を無事に果して那古野城へ帰って来た信長を、一つの事件が待ち受けていた。今川義元の西上（京都入り）を防ぐ目的で父信秀の築いた鳴海城を預かる山口左馬助が、今川勢を城内に引き入れて謀叛を起こしたというのである。左馬助は生前の信秀が最も信頼していた尾張切っての豪傑である。しかし、信長は慌てなかった。四面楚歌の身にとって、それは予期していたことだからである。たまたま最初の謀叛が、今川方に通じた山口左馬助から始まったというだけのことである。領地も兵力も織田一族の十倍に余る今川義元の西上に備えた要害なので、鳴海城の左馬助は織田家中でも最大の兵団を持っていた。

翌朝、信長は僅か八百の手勢を率いて鳴海城へ向った。尾張に放っておいた間者の報告で左馬助の謀叛を知った斎藤道三は、信長出陣後の那古野城の防備が手薄になったことを心配して、家老の堀田道空の手勢千二百名を那古野城付近に待機させ、信長の失脚を狙っている者たちを牽制した。

信長の放った物見によると、鳴海城には左馬助の息子九郎二郎が千五百余の兵力で留守を預かり、左馬助は「中村の出城《でじろ》に本陣をかまえ、また笠寺《かさでら》の要害に砦《とりで》を築いて、ここに五名の家老が強力な陣をしいている」という。信長が僅か八百の手勢で押しかけて来たことを知った九郎二郎は、「せっかくタワケの入来に、城にこもっていては面白くない。城外へ出て一ちょう揉《も》んでやろう」と、千五百の兵を率いて城を出た。

《それは、はじめから戦争ではなかった。敵の若大将も昔の遊び仲間、その家来もみんなこッちの家来とは顔見知りの間柄だ。相撲の勝負を槍と弓矢でやるようなものだ。九郎二郎がオイデオイデをしたから、出て行っただけのことだ。／信長は敵の手前一町ほどのところで馬をとめ、一同に命じた。

「敵と同じことをやれ。九郎二郎なぞという小僧を相手に大人の戦争をやるのは初陣《ういじん》に傷をつけるようなものだ。敵は鉄砲を持たないから、味方の鉄砲は後へひッこめ。敵の援軍が現れたときぶッ放すのはよろしいが、小僧の軍へ射《う》ってはならんぞ。敵は弓を構えているから、こッちも弓を前へだせ」

カチ（徒士）の弓組が最前面に並び、弓に矢をつがえてジワジワと敵に寄りすすむ。その後にやや間隔をおいて、馬上の武者が一列横隊にすすんでくる。》

双方入り乱れて弓の射ち合いをするが、一勝負すむとさっと引いて味方の陣地で待機する。小休止のあと再び合戦し、一勝負すむとさっと引く。これの繰り返しを続けているうちに信長は退屈してきた。敵方の若大将九郎二郎は信長と同年の二十歳で、「自ら槍をふりたてて渡り合い、敵の槍を下に押えて、大威張であった」が、信長は目指す相手の山口左馬助が留守だと知った時から、喧嘩か遊びのつもりで高見の見物をしていた。

一段落ついたところで、信長は側近の千九郎と万千代に命じて、「このへんで遊びはやめた」と伝えさせ、双方生捕りと死者を交換した上で引き揚げることになった。信長配下の武将たちは、「こんな戦争ぶりでは、甚だ心もとないな。左馬助や笠寺からの援軍がなかったから命拾いをしたが、軽率でもあり、無謀でもある。敵ながら槍をふるう九郎二郎の若武者ぶりは水際立っていたが、信長公ときては、騎上の武者を（敵方に）射させて、（こちらは）雑兵の弓組に一の矢を向けるとは情けない」と不満をぶちまけ、むざむざと味方の武将を失ったことで信長に対する不信感を募らせた。

山口左馬助は「その後（尾張領の）大高と沓掛《くつかけ》両城を攻め落し、笠寺と中村の陣を強化し、鳴海城には今川から城代として岡部五郎兵衛」を迎えたので、今川勢の主力が到着すれば尾張は一たまりもなく今川の支配下に入ってしまう。誰の目にも、織田家の滅亡は時間の問題と映った。しかし、尾張を見くびっている今川義元は西上を急がなかった。

その間に、策を弄して清洲城を手に入れた信長は、住み馴れた那古野城と城代家老林佐渡守を父方の叔父・織田孫三郎に譲り、難攻不落の名城と謳われた清洲城の城主に収まった。これ以後、四面楚歌の只中に在りながらも、常に奇抜な戦術で危機を脱して開運に漕ぎつけることができたのは、斎藤道三という後ろ楯と清洲城という堅固な要塞があったからである。

ところが、信長が清洲城主に収まって間もなく、斎藤道三が長男の義龍に稲葉城を取り上げられた上、長良川の河原で討ち殺されるという一大事が起こった。斎藤義龍は、もともと道三が叛逆して追放した美濃の主家・土岐頼芸《ときよりのり》の側室の子である。道三が懐妊中の側室を取り上げたので、生れた子供は名目上道三の長男となったのである。長ずるに及んで義龍は出生の秘密を知り、道三を憎むようになり、遂に策を弄して道三の実の息子二人を暗殺し、道三の留守中に天下の牙城に立て籠って叛逆した。戦力を長男に奪われてしまった道三は戦う術《すべ》もなく、稲葉城の真下を流れる長良川の河原で討死した。時に道三、六十二歳。

蝮の道三という後ろ楯を怖れてしぶしぶ信長に味方していた者たちは、道三亡きあとは公然と信長に叛旗を翻し、次々と信長討伐の包囲網に加わっていった。そこで信長は、清洲城を守るために二十三歳で隠居し、信長を頼って清洲城内に居候している斯波義銀《しばよしかね》に城主の座を譲り渡す。これも、信長の一か八かの賭である。今は没落しているが、斯波家はもともと尾張の国守の家柄なので、名目上は織田一族の主人筋に当る。信長は斯波義銀を尾張の国守に復活させ、自ら隠居することで、外敵の襲来から清洲城を守ろうと考えた。と言うのは、清洲城主に斯波義銀が収まった以上、信長討伐のために清洲城を攻めることは尾張の旧国守に弓を引くことになるからである。このようなお膳立てをした上で、信長は自由気ままに清洲城を抜け出して同族間の合戦を勝ち抜き、何事もなかったかのように濃姫の待つ清洲城内の隠居所へ戻って来るのである。

この間の、無勢で多勢を撃ち破る信長の捨て身の戦法はすべてサスペンス仕立で描かれ、歴史的事実として信長が討ち死しないことを知ってはいても、独自の合理的な戦法で危機を切り抜けるスリリングな場面描写が、安吾のダイナミックな文体で読者を惹きつける。当時、尾張の国に信長の失脚を企てる二つの勢力があった。一つは那古野城を預かる家老の林佐渡守と林美作守《みまさか》の兄弟で、とりわけ弟美作は信長暗殺の急先鋒である。今一つは信長の弟勘十郎を擁立する末盛城の一派で、一番家老の柴田権六（勝家）が信長排除の急先鋒である。

弘治二年（一五五六）八月二十四日早朝、一千余名の兵を率いる柴田権六と七百名の兵を率いる林美作の連合軍が出撃した。これを迎え撃つ信長の手勢は僅かに六百五十名。信長二十三歳の運命の日である。唯一の後ろ楯を失った今、信長は全く孤立無援の中に在った。信長は、「人が最後の崖に立ったとき、他に助けを求め、奇蹟を求める時は、必ず滅びる時である。自分の全てをつくすことだけが奇蹟をも生みうるのだ。……溺れてワラをつかむ人は助からない。息の絶ゆるまで、手足の動く限り、陸に向って泳ぐことに投入することだけが助かる道だ」との信念に立って、自らの運命を決する戦場へ出陣した。

水量の多い川向うに陣取った信長勢を攻めるために、柴田権六は川上から、林美作は川下から挟み撃ちにする作戦を立て、二手に別れてひそかに移動した。ところが、下流の渡河地点まではかなりの距離があり、林美作勢はその分柴田勢よりも時間を要することになる。その点、地元の信長は川の流れも深さも、川岸の藪《やぶ》の窪地も土手の松の枝ぶりまで、手に取るようによく判る。

《信長は権六が上流から迂回の道をとったという知らせを得ると、美作の方はうっちゃらかして、全兵力で権六と戦う備えをたてた。全員七百に足らない兵力を二分する愚はない。敵が二手にわかれて上下別々に進んでくるのは天の与えであった。／「バカは自然にバカの道を選んでくれる」／信長はほくそえんだ。信長は鉄砲組や弓組の者にも飛道具をすてて刀槍を握らせ、／「全員一丸となって突ッこむのだ。敵が崩れたら深追いせずに集れ。まだ南からくる美作がいる。敵はすでに疲れているから、息をつかせず攻め立てよ」／伏兵も置かなければ、前進もしない。ここと定めた藪際に居陣して悠々と権六の迫るのを待っている。

権六は上流へまわって河を渡ると、もう気が気ではない。諸方に物見をだしては馬をすすめる。信長という血気のバカ者が元の場所に悠々と待っているとは思わないからだ。ここぞと思う丘や藪の繁みにも敵の姿を見ることができない。伏兵どころか物見の者の気配すらもないから、さすがの権六も半信半疑。／「さては信長め、美作の兵力を少しと見て、そッちへ廻ったらしいな。美作に功をとられては一大事」／あせる気持になった。せっかく過半の道を大事をとって進みながら、信長の居陣する近くへきてから、かえってソワソワと道を急ぎはじめたのである。

それでも一応要心して、丘について曲った道をでてくると、その向うが信長の藪だ。／先頭がアッと思ったときには、縦列をつくった信長軍がまッしぐらに突っこんでくる。先頭は忽ちくずれた。そして、それからはもう、あッちも、コッちも、ただ思い思いの叩き合い、斬り合いだ。》

この日、信長は馬を躍らせて崩れかけた味方の中へ飛び込み、「押し返せ。突き返せ。突き破れ。一歩も退《ひ》くな」と敵を蹴散らし、「刀をふるって敵味方を睨んで大音声。赤鬼のように、たけりたつ。怒りは全身にみなぎり、彼をつつむ空気ははりさけるばかりのすさまじさ」だった。一方、柴田権六も味方の真ン中に仁王立ちになり、「退《さが》るな。戻せ。突ッこめ！」と、返り血を浴びて悪鬼の形相で叫んだ。

双方、入り乱れての大合戦になったが、権六は信長方の武将山田次郎左衛門と馬上で渡り合って手傷を負ったので、一旦後退を命じて陣容を立て直すことにした。ところが、いつの間にか信長勢は忽然と姿を消して一人も見当らなくなった。権六は、美作の援兵を恐れて信長が遁げたものと思い、物見を出して兵には休息を与えた。

間もなく帰って来た物見から権六は意外な報告を受けて驚いた。「信長公は美作殿と合戦して大勝。美作殿の首は信長公直々《じきじき》討ちとられました。その他角田新五殿はじめ大将の討死、数知れません」――と。権六は信長の意表をついた戦術を見せつけられて、急に不安になった。果せるかな、信長は美作を討ちとった勢いで末盛城下と那古野城下に乗り込み、夜陰に乗じて火を放ち、双方の城下町を焼け野原にして引き揚げた。

那古野城の叛逆者・林美作が討ち死し、末盛城の一番家老・柴田権六が敗北したことで、信長の軍門に降る武将が次第に増えて来た。しかし、尾張の態勢が信長に傾いて来たとは言うものの、早くから謀叛して今川方の手先になっている鳴海城の山口左馬助父子を見過ごすわけにはいかない。今川義元が西上の行動を起こせば、尾張の東口に当る鳴海城は信長攻略の一大拠点になるからである。
《今の名古屋市の南端を流れる川を天白《てんぱく》川という。当時は熱田川とよんでいた。／鳴海城の山口左馬助はその後大高、沓掛《くつかけ》の両城を手におさめ、その中間の丸根、鷲津等々の小城はいずれもおのずから左馬助に服して、天白川以南の地はまったく今川の勢力下に入ってしまった。
天白川をはさんで、鳴海の対岸を笠寺という。この城主は戸部新左衛門であった。／対岸一円の地が全然今川の勢力に服してしまったから、今や笠寺が信長の最前線、戦術上の最要点でもあったが、そこを守る戸部新左衛門の身になると、駿河から三河を越えて尾張まで、小さな川の対岸までヒタヒタと押しつめている今川勢を一身に受けてはやりきれない。／自分のうしろの尾張ときては内紛つづきで、おそかれ早かれ今川が尾張一帯を手に入れるに相違ないと考えたから、彼もひそかに今川にヨシミを通じ、信長方の最前線笠寺はクルリと一回転して、今川方の最前線となってしまった。》
今の信長には、まともに今川勢と戦う兵力がないばかりか、信長を裏切って今川方についた尾張の出城を奪回する力もない。そこで信長は考えた。偽筆の書状を利用して山口左馬助や戸部新左衛門に天誅を加えることである。それは、「今川に頼ると見せて信長と通謀している手紙を偽作し、これを隠密に運ばせ、わざと捕えられてニセ手紙が今川の手に渡る」ようにする計略である。

信長は清洲城内北矢蔵《やぐら》の内密の部屋に根阿弥一斎という老人を住まわせていた。一斎は偽筆のプロである。信長は自分を裏切った武将たちの筆蹟を集めて一斎に与えていたので、一斎はそれぞれの文字の癖を細かく分析して模写を手がけていた。信長は、笠寺城主戸部新左衛門から信長に宛てた書状の文案を一斎に示して、戸部の偽筆をさせた。その内容は、「昨今、今川義元は内政多事でにわかに西上の大軍を起すとも思われないが、なるべく早期に西上をうながすように努力する。それまでは尾張も内政多事を装い、敵の出城を攻めて小競合《こぜりあい》を起すようなことは慎まれたい。今川義元が全軍をあげて西上の折は、鳴海、笠寺まで黙って引き入れ、山口左馬助と呼応して大軍を袋の鼠とし一時に全滅せしめるの計、すでに山口とも着々打合せ御諚《ごじょう》の如く進捗《しんちょく》しつつあり、云々」というものである。信長はこの贋手紙を機転のきく側近の千九郎に託した。千九郎は商人に変装して清洲城を出発した。

笠寺城下から天白川上流へ抜ける間道で巡回中の敵方に捕まって訊問された千九郎は、大芝居を演じて遁げ出す時にさりげなく荷物を取り落すと、その中から着替えの六尺フンドシに包んでおいた書状が現われる。「織田上総介殿、戸部新左衛門」と上書された密書である。書状はひそかに鳴海城の城代家老岡部五郎兵衛（今川方）に届けられ、岡部から今川義元に送られた。

これまで義元へ度々情報を提供して来た戸部新左衛門の手紙の筆跡と比べてみると、信長へ宛てた密書はまぎれもなく戸部の直筆である。烈火の如く激怒した義元は早速笠寺城へ使者を立て、今川義元が対面したいから来てくれと要請した。お褒めにあずかると思って喜び勇んで出掛けた笠寺城主の戸部新左衛門は、義元の指示により駿河に入る手前で首を刎《は》ねられた。

一方、鳴海城の山口左馬助・九郎二郎父子に対しても今川から公式の使者が立てられた。使者の口上は、「……貴殿は数年にわたって変らぬ忠義の数々、織田の攻撃をよく守るのみならず、大高、沓掛等を打ちふせて味方につけた勲功、屋形《やかた》様のお喜びは一入《ひとしお》でござる。貴殿父子を駿河に招じて労をねぎらいたいと申せられる」というものであった。左馬助は、「これは千万かたじけない。なんとも身にあまる御諚でござる」と喜び、父子は美々しい行列を仕立てて駿府《すんぷ》城入りした。しかし、義元は姿を見せず、山口父子はその場で搦め捕られて切腹させられた。信長の計略はまんまと図に当ったが、笠寺城も鳴海城も今川方の陣地であることに変りはなかった。

永禄三年（一五六〇）五月一日、今川義元は駿河・遠江・三河の諸将に出陣の布令《ふれ》を出し、十二日に総勢四万五千の本隊が京都へ向って出発した。その通過点にある尾張は、今や風前の灯火《ともしび》である。時に今川義元四十五歳、対する織田信長は二十八歳であった。

当時、義元は足利将軍家の衰微を眺めながら、公然と〈天下第一人者〉を自任していた。「世は麻の如く乱れ、諸国にウジ虫が発生して草木を枯らす。ただ東海に一輪の花が咲きのこり、やがて諸国の花の根となろう。それが余、今川義元である」——と。さし当って尾張の織田信長などは、北条や武田などのうるさいウジ虫に比べれば、指先で潰せる小粒のウジ虫でしかなかった。

五月十八日に尾張に辿り着いた義元は、明日敵地を通過するに当って三つのコースのうち、最大迂回路を選んだ。「桶狭間《おけはざま》から大高をまわり半円をえがいて鳴海に至る大廻りの道だが、この方が山地が少く、大軍が敵地を通るに適している」と考えたからである。すでに五千の先鋒は本隊の露払いをして先へ進んでいる。途中の尾張の出城《でじろ》など物の数ではない。義元は京都入りを夢見ながら、大船に乗ったつもりで翌日の出発を待った。

一方、清洲城では籠城か野戦か二者択一を迫られていたが、重臣の大多数の意見は籠城に傾いていた。四万五千の今川勢に対して僅か五千の信長勢では、勝敗は火を見るよりも明らかだからである。国境《くにざかい》の出城からは、今川の本隊を防ぎ難いので砦を引き払って清洲の籠城軍に加わりたいとの注進が来るが、信長は受けつけなかった。ひっきりなしに入って来る急報で、出城への攻撃が始まったことを知るが、信長は結論を留保したまま引き延ばしてきた夜の軍議を御開きにした。重臣たちは、「運の末には智恵の鏡も曇るというが、いよいよ清洲城落城、織田滅亡か」と囁き合って退散した。

重臣たちを帰宅させたあと、信長は一睡もしないで考えた。四万五千の大軍に勝つ作戦など、あるはずがない。籠城してみたところで、どこからも援軍が来るわけでないから、落城は時間の問題である。とすれば、信長自身が「敵の本隊に突入し、一《いち》か八《ばち》かの体当りに全てを賭ける以外に道がない。そして、その体当りに最善の時と場所を期するためには、敵の全軍の動きを把握してシサイに観察することが必要だ」と考えた。

敵の本隊はすでに尾張領に入っている。幸いなことに、「領内の地理については藪の中の木の根のことまで知りつくしている信長」である。しかも、今川義元を迎え討つために、信長は早くから予想される通過点附近に組織的な諜報網をめぐらしていた。従って、今川勢の動きは数日前から手に取るように判っていたので、信長は慌てなかった。

《夜が明けた。／信長は静かに侍臣に言った。／「出陣の用意にかかれ」／そして、立って、侍女たちに、／「夜明の舞いを見せてとらそう」／二十《はたち》すぎまでクワイ頭をふりたてて育ったこの腕白坊主は、大人のマネをはじめてから、今度は怖しくオシャレであった。日頃タシナミに意を用い、日常の服装なぞは飾り窓の紳士人形も音《ね》をあげるぐらいキチンとしたものであった。

肩衣《かたぎぬ》に長袴、痩身《そうしん》の信長がすっくと立つ。惚れ惚れする男ぶり。虚空を睨んで、静かにきまると、朗々とうたい、舞いはじめた。／「人生五十年(ママ)、下天《げてん》の内をくらぶれば、夢幻《ゆめまぼろし》の如く也。一度《ひとたび》生を得て、滅せぬ者のあるべきか」／信長十八番の敦盛《あつもり》の舞。先生について修業を重ね、謡も舞もたしかなものだ。また痩身にかかわらず、甚だ声量があって、よく通る声であった。》

おそらく、病床に就いている濃姫への訣別の辞であったのかも知れない。舞い終って平服を具足に着替え、立ったままで朝食を摂った信長は、兜の緒《お》をしっかと結び、珍しく濃姫に顔も見せず、僅か小姓五名を従え、主従六騎で出発した。ここから、敵の目を眩ます信長の神出鬼没の作戦が開始される。

行く先々で合流し、いつの間にか信長勢の総数は三千余名になっていた。諜者からの情報で、今川義元の本隊が尾張の沓掛を出発して桶狭間への道を進んだことを知った信長は、三千余名の手勢を三つに分け、三百の兵で鳴海城を攻略させている間に、一千の兵に信長の大将旗及び旗指物《さしもの》を全部持たせて善照寺の砦に入城させて気勢をあげ、信長の本陣を装って敵を欺くことにした。信長は残り二千の将兵に、「途中は無言。全員声をだしてはならぬぞ。常に木の陰、草の陰に身を隠すようにし、音を殺して前進せよ」と言い含めて、地形に詳しい山の中を桶狭間に向って急いだ。

丁度その頃、今川義元の本隊は桶狭間（通称田楽《でんがく》狭間）で休息し、全員昼食を摂っていた。義元は鳴海城からの報告で、信長の本隊が善照寺の砦に立て籠っていると聞いて安心しきっていた。信長勢が山を降って桶狭間に近づいた頃、突然稲妻が走って大雷雨となった。義元はじめ将兵たちは慌てて山麓の林の中へ逃げて雨宿りしたが、山腹から信長勢が近づいていることには誰も気づかなかった。

間もなく雷鳴が止み、雨も上がり、今川の将兵が山麓の林からぞろぞろ出て来て出発の用意に取りかかっていた時、信長勢が大喊声《かんせい》を上げて攻め込んだ。塗輿《ぬりごし》に乗ろうとしていた義元は、何事が起こったのかと騒ぐ方を振り返って見た。

《「敵だ！」／「ナニ？」／「敵襲！」／「バカな」／しかし、そのとき、新たに山を降りて、まッしぐらに義元めがけて寄せてくる一団があった。／信長が叫んでいた。／「あの輿《こし》だ！

義元は、あすこにいるぞ。義元を討て！　義元を逃がすな！」

二三間先で、誰かが斬られた。味方はワッとくずれ、敵のために道をあけた。／「やっぱり、敵か」／義元は刀をぬいた。／貴人の怒りがこみあげた。服部《はっとり》小平太が槍をふるって貴人の前へ現れた。小平太が胴が長くて足の短い貴人にヒョイと気がついたとき、／「狼藉者！」／貴人が刀をふりまわした。槍が手元からスッポリ斬られ、ついでに小平太の膝頭が斬りさかれた。

毛利新助がいきなり義元に組みついた。義元は一たまりもなく、ひっくりかえった。新助は馬乗りになり義元の右手を膝で押え、片手で顔をグッと押しつけた。／「ウム」／義元の右手はいくらうめいても自由にならぬ。胸の上の敵をはね返す力は全然わき起らない。新助の指が一本（義元の）口にふれた。／「ム」／いきなり指をかんだ。かみきった。その瞬間に、新助の片手が刀をつかんで義元の首を刺したのである。刺して刀をぬくと、庖丁のように横に当てて、義元の首を切り落してしまった。／「大将だ。ありがたい」／新助は幸福感にボウとしながら、義元の首をつかんで立上った。思わずフラフラよろめいた。そのついでに、義元の手にした刀と腰の小刀を分捕った。》

いつのまにか今川勢は四方八方に逃げ散り、桶狭間には信長勢だけが残った。敵の死者は侍が五八三名、雑兵が二五〇〇名、合計三千余名であるのに、味方の死者は僅少であった。一か八かの命を賭けた、けれども緻密に計算された奇襲によって、無勢の信長が天下一の大名・今川義元の大軍に勝ったのである。信長は馬前に義元の首を持たせて濃姫の待つ清洲城への道を急いだが、途中熱田の町の沿道では、先払いから朗報を知らされた町人たちが泣きながら小踊りし、「信長公万歳」を叫んで歓迎したという。安吾は長篇「信長」のフィナーレを次のように結んでいる。

《神の社《やしろ》の沿道に期せずして万歳が起った。／さすがの信長も目がぬれてきた。杜《もり》の上にかかった夕日が正面から顔をてらす。明るいうちに清洲へ。信長の心は無邪気に帰りをいそいだ。》

奇襲に成功し、宿敵今川義元の首級を挙げた信長は、決死の出陣に当って濃姫と言葉を交わさずに来てしまったことに思い到り、清洲城北矢蔵《やぐら》の薄暗い一室でひたすら夫の武運を祈っているであろう愛妻の許へと急ぐのである。

覆面作家の手に成る懸賞小説「信長」は、昭和二十八年三月七日付の第一四八回〈桶狭間11〉で終ったが、これに先立って前年の十月二十一日付『新大阪』紙面に「覆面ぬいだ信長の作者」と題して〈坂口安吾〉の名が明かされた。応募回答ハガキの約半分に当る一二九九名が「坂口安吾」と正解、次いで「檀一雄」の七一一名、以下吉川英治・村上元三・大佛次郎・井上靖の四名がそれぞれ百票前後あったという。抽選の結果、一等一名＝一万円と著者署名本『安吾巷談』一冊、二等十名＝安吾揮毫の色紙各一枚、として当選者の氏名が公表された。これと並行して「信長」は、昭和二十七年十一月十日から翌年四月七日まで『北海日日新聞』にも転載された。

ところで、長篇「信長」は地方紙に連載されたこともあって、同時代評に取り上げられるのは単行本『信長』（昭和28・5、筑摩書房）が上梓されてからである。これが上梓された時、表紙カバーの帯文に井伏鱒二は次のような一文を寄せた。

《織田信長は元亀天正といふ時代の申し子のやうな人ではなかつたのだらうか。坂口君の「信長」には、少年のころから桶狭間の合戦までの信長を書いてあるが、信長の精緻で大胆、着想の斬新、判断の正確、行動は電光石火の特長が躍如として現はれてゐる。特に信長の反俗的な一面が鮮やかに書いてある。ひたむきな信長が書いてある。戦国乱世の青年公子の苦闘が書いてある。無論、坂口君のことだから、めそめそした信長など書きつこない。ちやうど坂口君は、信長を書くのに誂へむきな作家ではないだらうか。》

また、井上靖は「坂口安吾著『信長』」（昭和28・6・22『日本読書新聞』）の一文で濃姫の取り扱いに着目し、「これまた信長の風貌を側面から映し出すことに大きい役割を勤めている。平手清秋《ママ》（政秀）の死の当夜の信長と濃姫を描いた一章は圧巻である。／美濃の古蝮斎藤道三は恐らく作者の好きな人物であらう。道三と濃姫と信長の関係に於て、少年時代の信長の映像は正確に捉《とら》まえられている」と評した上で、歴史小説としての「信長」にも言及している。

《史実には頗る忠実である。歴史小説に於ては作者というものは史実と史実との間にしか座れない。史実からはみだすことは許されないが、と言って、遠慮することはない。史実からはみ出すと出たらめな読物になり、史実と史実との間にかしこまってしまうと、窮屈な貧寒なものになる。／この点、史実と史実との間を縫って氏一流の史観を展開して行く坂口氏の取扱いは頗る見事である。この、信長を取り巻く小野心家たちの権謀術策の戦国地図は、誰が読んでも面白いものである。信長はいろんな人に依って書かれているが、私はこの作品で、初めて少年信長が信長らしい映像で摑まれることができたと思う。》

安吾と同世代の歴史小説家・高木卓は「坂口安吾・歴史小説の戯画的手法―『信長』」（昭和29・4『文芸日本』）の中で、「さきごろ私はたまたま織田信長のことを若干しらべる機会をもったが、自分で史実をあさってみて、いかに坂口が『信長』の資料をよく調べあげているかを知った。そうして、いわば作家の根本的態度として大いに敬服した」と述べながらも、歴史小説「信長」の真骨頂は史実の扱い方にあるのではなく、安吾の文体にあると言い切っている。つまり、戦国的英雄としての織田信長について「歴史的あるいは歴史小説的属性を絶えず作品に添えていく態度」は他の作家にでも出来ることであって、「信長」を書いた安吾の面目はそんなところにあるのではないと言う。

《それは何か。／文体だ。もうすこしひろく、スタイルといってもよかろう。さらに、作品中にときどきひらめく作者の感覚、作家的な、とくに歴史小説家的な直感だ。またそれらを用いた人間創造だ。

文体は、れいの坂口流の、なんの気どりもかざりけもない、そうして言いたいことは大いにいう、しかも饒舌に陥らずイヤ味などもない独特のスタイルだ。これを一言ではいいにくいが、少なくとも「信長」の場合、戯画的な手法といえば、やや近かろうか。そういう要素、ふざけたようなおもむきが、たしかにあり、これは坂口の稟質《ひんしつ》でもあり好みでもあろう。ほかの作者がまねのできないスタイルで、およそ端正などという感じをはずれた或いははずした、戯画的な手法である。(中略)肌ぬぎの、ざっくばらんの、一見ふざけたような書きかたのなかに、作者の歴史的、ことに歴史小説家的な感覚、(しかもそれはしばしば人間心理の浮彫り、いわば心理的直感性をも兼ねているのだが)そういう鋭い感覚を働かせているのである。(中略)

信長の妻、斎藤道三の娘は、私などの見るところでは、戦国時代にありふれた政略結婚の犠牲者で、当時の女性らしく諦念的なあわれむべき娘だったろうとおもうが、それが坂口の手にかかると、信長あいての幾たびかの漫才のうちに、近代的でさえある独特な性格をおびるのである。そうして信長への愛情、またこれにこたえる信長の愛情、同時に信長の柄《がら》の大きさ、そういったものが夫婦愛の交流のうちにあざやかに浮彫りされるのである。(中略)主人公信長もさることながら、妻の濃姫やその父斎藤道三の形象化には、私はまったく感心した。作者の人間創りがおもしろいのである。》

最後に高木卓は、「この作者独特の戯画的な手法は、とくに人間創りという点で大いに評価されるべきである。この手法は作者の感覚や直感の鋭さ、また歴史に対する芯のまじめさによって、作品的形象化に大きな役割を演じている」と述べ、安吾の作品としては〈中ノ上〉ぐらいだとしながらも、「私は続篇を大いに期待してやまない」と結んでいる。

当時『新大阪』で安吾の担当記者だった西ケ谷終吉氏の回想記「『信長』の頃」(創芸社版『坂口

安吾選集』第六巻月報、昭和31・7）によると、「……『信長』は最初の予定では本能寺までいくはずであったが、都合で途中で一まず終了ということになった」とあり、当初の構想では信長一代記を企図していたことが窺われる。そのための伏線として安吾は「マムシ敗れたり」の最後に、斎藤道三に仕えて鉄砲戦術を学んだ野心家・土岐十兵衛光秀（のちの明智光秀）を登場させているのである。

しかし、桶狭間の合戦で中絶したとしても、長篇「信長」は決して未完の作品ではない。戦国乱世を生き抜く若き信長の緻密に計算された奇策を通して、歴史小説の面白さを充分堪能させてくれるサスペンス・ドラマの傑作である。長男義龍に裏切られた斎藤道三が腹心の家老堀田道空に、「殺しコボレがあるようでは、オレも案外ダメな奴だったということだ。……信長に会った節は伝えておけ。バカッぷりにコボレがあってはもうダメだとな。一生涯大人になるなと云え」と語って、義龍を殺しコボしたことを後悔したというが、道三が義龍勢に討たれたあとで信長は堀田道空から道三の遺言を聞き、バカを装うのではなく、世間を無視してバカに徹しきることを心掛けたというあたり、生涯無頼を貫いて〈反俗〉を生きた安吾と一派通じるものがある。

十二、巨漢・安吾の褌を洗う女

安吾に「安吾愛妻物語」（昭和26・12『オール読物』）と題するエッセーがあり、その冒頭に安吾の正面の顔写真が載っていて、その顔写真だけから安吾の性格その他を推断する易者・桜井大路の観相結果が紹介されている。桜井大路は安吾と一面識もない人物で、安吾の職業についても知らされていないという。つまり、桜井大路は安吾が流行作家であることを全く知らずに、名前を伏せて与えられた一枚の写真のみから判断したものである。大変興味深い結果なので、その全文を挙げてみる。

《この写真から観た処では、額、眉、耳の何《いず》れにも非常に強く反家庭的な相が感じられる。特に顔全体の大きな特徴を成している鼻によくない相がある。この種の鼻を持つ人は、金を稼ぎ出す力は持っていても、常に散じてしまう人である。又、大変に短気であり、若くして家を捨ててしまう生え際《ぎわ》をしている。／尚、一番強く出ているのは常識的な人間ではない、という点で他人とは絶対に相容れない人であり、誰れにでも好かれる、という人ではないが、少数の目上の人には大変に愛される人ではある。

この人は孤独な人であるから、一人で出来る仕事を撰べば、四十台にして一応の名を成すが、四十五、六、七という時期は仕事と金の両面で内面的に悩むときである。五十台の初めは多少伸び悩むが、五十六、七にして大を成す人である。若い時から苦労とか経験とかいう点には遺憾がないから、それが仕事の上に生きてくるのである。額を観ても苦労が身についた人と云える。／この人の四十台までを災いしたものは、その大部分が家庭的問題である。尤も家庭的に種々煩雑な点は一生涯を通じてのものではあるが、四十台以後は非常に勢い盛んな時であるから、それを押し隠してしまうのである。しかし、年と共に環境の寂しさが増すという点は、特に附言しておく。

性格としては他人には大いに良く、義気もあるが、又一面、非常に細かく穿鑿《せんさく》する癖もある。所謂、外面《そとづら》がよく内面《うちづら》の悪い人である。言動は派手で勇ましいが、内心では常に細心の注意を怠らない人でもある。／人を大勢使うという人相ではないが、賑やかなことが大好きな人である。／長生きをする吉相もあるが、恋愛をすれば必ず苦労する相をも併せ持っている。

最後に総括すれば、善悪二相が極端に現れ、二十四五、三十二三、三十七八には手痛い苦しみをし、これからも紆余曲折の生涯を辿る人ではあるが、仕事は立派に成しとげ、世間のためになる人物である。しかし孤独であるが故に家庭的ではない。是非一度実物に会ってみたい興味を覚える。》

文芸春秋社の『オール読物』の企画にうまく乗せられたわけであるが、未見未知の人物を写真一枚からここまで言い当てたのは流石《さすが》である。安吾は掲載された自分の顔写真を一ト目見て、「この写真には、おどろいたな。死刑囚だね。死刑囚の閑日月《かんじつげつ》としか見えない写真に、良いような、悪いような、良いような、その物ズバリ的なところもある目の肥えた判断を下した桜井さんは相当な手腕家だな」と感心している。この写真は、「私が徹夜の仕事をしてフラフラしている朝方にオール讀物の廻し者の写真師が来て」、顔も洗わないうちに撮っていったものだという。

安吾は、「人相、骨相からだけの純粋な判断に先立って一応職業、身分、現在の社会的地位というようなものに当りが必要に相違なく、そのような当りの必要があるということの方が易断の合理性や科学性をも証しているのであろう。……現在の依頼者の職業身分に当りがつけば、あとは人相骨相等ににらみ合せて公約数的に身の上、性格等の判断をわりだすのは不可能ではなく、公約数の算定法は相当に合理的でもありうる筈のものであろう」とした上で、「私は易断には不案内だが、人間を性格的に観察することは文学をする者にとっても甚だ重大なことであるから、観察ぶりも似たようなものだろう」と関心を示している。

但し、両者を比較すると、「文士は易断する必要はない。結論をだす必要はないし、ここに二者の相違があるのだが、易者とちがって、文士は結論がだせない」のだという。

《文学は可能性の探求である、と一言にして云いうるかも知れないが、文学にもいろいろ流儀があって、性格の可能性を探す人もあろうが、むしろ人間の可能性ということの方が大事であり主流と申すべきであろう。／性格の可能性ということならば、それが環境や偶然の諸条件に支配されるにしても、性格に内在する可能性の多少が、諸条件に積極的に作用する力もあって、そのような必然的なもの、既知的なものは、文学上の探求と関係しないものである。医学や法律なぞが、それに応ずる薬とか、療法とか、罪の裁定とか、をもとめる土台となるかも知れぬが、文学は探求でもあるが試みでもあり、薬の量を定《き》める土台にもならないし、それ自体に解決を持たないのが普通である。（中略）

文学の方は平凡人、つまり、普通の健康体がむしばまれて行く可能性、いかなる条件があって、かかる病人となるか、その社会悪というものが考えられ、病人の対策や病気の治療が問題ではなくて、諸条件とか社会悪というものへの反撥や、正義感が、文学の主たる軸をなすもののようだ。したがって、人間自体に関する限り、文学には解決や結論がない。いつまでたっても、常にあらゆる可能性が残っているだけの話なのである。／だから文士は、人間の性格についての心得は当然必要だけれども、性格に主点を定めて人生を見ることが少ないし、その文学活動に於て易断を行うことはないものである。／易断は性格判断でもある。文学と易断はその点ではまるで違ったものなのである。》（「安吾愛妻物語」）

戦後に流行したイデオロギー露出の観念的小説が、得てして易断同様に解決や結論を求めたがっていることへの批判とも受けとれる一文であるが、当時四十五歳の男盛りを迎えていた安吾は、桜井大路の観相結果にどんな反応を示したのであろうか。安吾は観相結果の一つ一つについて感想を述べているが、全体としては公約数的算定法で推断している以上、当たらずと言えども遠からず、の結果が出るのは当然であると受け止めており、中でも「四十まではウダツがあがらず、四十台でともかく名をなす、という点は、その通り」だと、見事に的中していることを認めている。その上で、「そのようにして推断し、誤りがなかったということは、彼の易断が相当健全な常識の上に立っていると見ることができ、私はその方を信用する」と評価している。

その一方で、「所謂、外面《そとづら》がよく内面《うちづら》の悪い人」については、「当っているが、しかし、これは当るのが当然だろう。まァ人間の九割ぐらいは、外によく内に悪いのが当然だし、特に頭を使う商売や人間関係の複雑な世界に政策商略的な生き方をしなければならない人間は、外によく、内に悪いのが自然で、内に悪いのが一種の休息と目《もく》してよかろう。気を使わずにワガママにふるまえるのは自宅だけで、内に悪いというのは、自分のウチだけは安心して自分のもの自分の世界だという気持の現れで、内に悪い方が親しさのアカシと見た方がよい」と述べ、とりわけ夫婦間の問題については次のような安吾流の見解を披歴している。

《女子が経済的に（男子に）従属するという意味を押しつめると、女房というのは良人にサービスする商売だという一面もあることは確かであろう。亭主の気質をのみこんで、ほかの女ではできない行き届いたサービスをする。それだけのサービスしても、亭主は外によく、内にわるくて、よろこんだ風がなく、いつもブッチョウ面《づら》をしていると（女房が）怒るのも自然だけれども、実は亭主というものはそんな無礼なブッチョウ面をさせてくれる女房に甚だ深く感謝しているものだ。

私はオメカケというものを持たないが、日本の家庭の在り方ではどうしてもオメカケの方が敗北し易いのではないかと思っている。日本婦人のやや己れを空《むな》しうして亭主に仕えるという献身性は、女が男に従属するという限りでは最高のサービスで、従属的な夫婦関係では、この上のものもない。／オメカケも経済的に男に従属する点では女房と同じことで、コッチはハッキリ商売であるが、容姿が美しかったり、性愛の技巧にたけていたり、天性のコケットで話術にたけ、男の気をひきたたせ、酒席のとりもちが陽気で、男の鬱《うさ》を散ずる長所がある、と云っても、これだけの長所美点全部綜合しても、献身的ということ一つ欠ければ、女が男に経済的に従属するという関係にある限りは、結局献身が最後にかつ。

問題は、女房の方に献身が不足で、オメカケに献身がそなわる場合で、これでは女房が負けるのは仕方がない。ところが日本の女大学的女房は、形式上の女房学者が多くて、忠義と献身とをまちがえているのである。／忠義という修身上の言葉、女大学的に説明の行きとどきうる言葉は形式的で、本当に充実した内容がないのが普通であるが、献身というのは情愛の自然に高まり発した内容があって、経済的に女を従属せしめている男にとって、男をハラワタからゆりうごかし、男をみたしうる力は、女の献身にこす何物もあり得ないものである。(中略)

女房に献身のある限り、オメカケの容姿の美しさ、若さ、天性の娼婦性、性愛の技巧等が敵に兼ね具わっても怖るるに足らぬが、オメカケに献身があっては、女房もダメである。特に、忠義と献身をとりちがえている女大学の優等生は、理論的にいかにオメカケを撃破する力があっても、実質的にオメカケを撃破することは不可能なのである。／経済的に女房を従属せしめている亭主は、女房の献身に対しては人生唯一の己れの棲家《すみか》をそこに見出しているもので、本当に己れの城であるという安心が、ワガママ放題のブッチョウ面となって女房に対するのだ。女房の献身が骨身にこたえて安心できるほど、ワガママでブッチョウ面になり易いものだと云うことすらできよう。》

要するに〈忠義〉が主従の関係で結ばれた良妻賢母型の建前《たてまえ》であるのに対して、〈献身〉は一人の男を無償の愛で包み込む無欲の奉仕だというのである。したがって、この〈献身〉を貫いた女性のみが、男に安息のための〈魂のふるさと〉を提供することになるのである。男尊女卑の習慣からまだ抜け切っていない敗戦直後の発言であることを考慮に入れても、男の身勝手さに対して女性の側から抗議の出そうな言い分である。

安吾はまた、易断の「反家庭的な相」に対して、「家庭的であるか、ないかは、女房との相対的なもので、孤独であるが故に家庭的でないというのは、正しい云い方ではない。人間は孤独なものだ。孤独な人間ほど、常に『家』に回帰したがる郷愁に身を切られるのが自然で、それに対して骨身にこたえるのは女房の献身だということができよう。母にもまさる献身が女房にあるなら、何をか云わんや。私の女房はそのような献身をもっているから、私が家庭的でないことは有り得ません」と見得を切っている。

だから、「浮気っぽい私のことで、浮気は人並以上にやるだろうが、私が私の家へ回帰する道を見失うことは決してあり得ない。私は概ねブッチョウ面で女房に辛く対することはシキリであるし、茶ノミ友だち的な対座で満足し、女房と一しょに家にいて時々声をかけて用を命じる程度の交渉が主で、肉体的な交渉などは忘れがちになっているが、それは私の女房に対する特殊な親愛感や愛情が、すでに女というものを超えたところまで高まっているせいだろうと私は考えている。私はとッくに女房に遺言状すらも渡しているのだ。どの女のためよりも、ただ女房の身を思うのが私の偽らぬ心なのである」と、臆面もなく惚気《のろけ》ることができるのである。これもまた、安吾の一方的な思い込みである。

安吾夫人・坂口三千代の回想記『クラクラ日記』（昭和42、文芸春秋社）には、昭和二十二年春の安吾との出会いから昭和三十年二月の安吾の死に至るまでの波瀾万丈の生活が回想の形で綴られている。本書の〈あとがき〉によれば、「クラクラというのは野雀のことで、フランス語です。そばかすだらけで、いくらでもその辺にいるような平凡なありふれた少女のことをいう綽名《あだな》」だという。しかし、本書を読んでみると、昭和二十四年以降は毎日クラクラと目まいがするほど慌しい日常だったようである。

敗戦直後の昭和二十二年の初春、三千代が友人F子夫妻の経営する新宿のバー・チトセで常連客の安吾に引き合わされた時の印象は、「彼は黒いビロードが襟にちょっとついている黒いオーバーを着ていた。巨きな感じ。白いふけとほこりが肩にたまっていた。手入れが悪くてという感じではない。着物を一切ぬがなくていつもいつもそのまま坐っているものだから、だんだんほこりが積って行ったという感じを受けた」という。この時、巨漢安吾は四十一歳、痩せて小柄な三千代は大正十二年二月生れの二十四歳であった。

三千代は十九歳の時、母の反対を押し切って同年の学生と結婚し、一児の母となる。終戦後離婚して待合を経営する向島の実家に帰り、母に娘を託してF子の店の手伝いをすることになったのである。バー・チトセの店主・谷丹三は安吾とは旧知の間柄なので、安吾はよくこの店を利用した。F子（やはり向島の料亭の娘で、三千代の幼馴染み）は、離婚して実家に居候している三千代を安吾に引き合わせるために手伝いを頼んだのだという。

《これが見合のような結果になるとはさらさら思い及ばなかった。二度目は二十二年の三月十日。この日のことは不思議によく覚えている。二科展だったか上野へ絵を見に行く約束をして別れた。三度目は単独で夜私の家の玄関を開けて、「坂口安吾です」と云う声が聞えた。全く何の約束もなかった私はすっかりおどろいて飛び出して行ったけれど、人力車であったような気がする。お酒も相当入っているようであった。随分探したそうで、「君の家は分りにくいね、君の書いた番地は間違いではないかと思ったよ」と云っていた。

大変突飛な訪問のようであるが、私の母の家は待合で、突然の訪問にはなれているからいいようなものの、私は少なからず慌ててしまった。この日私にラブレターをくれる約束をしたのだけれど、その後余りひんぱんに逢ったものだから、とうとうもらいそこねてしまった。私は秘書になる約束をして出勤は水曜日ごとにする。つまり週一遍、彼はその日だけ人に逢う約束にするという。それで私は水曜日に出かけて行った。地図をたよりに割合簡単に探しあてた。坂口氏はすぐに、まるで耳をすまして足おとでも聞いていたように、素早くどあをあけるとカンハツを入れず、そこに立っていて迎えてくれた。けれども私はまた、そのいでたちにびっくりした。丹前とか、どてらとか、いうようなものではない。夜具だ。大きな体に綿の一ぱい入ったものをきて上からひもをしめていた。／「巨きいなあ」と私は思った。》（「クラクラ日記」）

こうして水曜秘書となって通いはじめた三千代に、安吾は格別用事を言いつけなかった。編集者たちと外出する時は一緒に連れ出し、バーや小料理屋などで知人に紹介する時は、「この人は私の愛人です」とか、「この人はパンパンです」とか、「僕の女房です」などと言って三千代を驚ろかした。安吾の書斎は人跡未踏ならぬ訪客未踏で、三千代が最初の訪問者だという。それは、「紙くずとほこりとタバコの空箱のジャングルの中に夜具があり、仕事のための小机が置いてあった。わずか一年掃除しないだけでこうなったという」だけあって、とても客を招じ入れる場所ではない。かといって、散らかっている部屋を片づけることを安吾は許さなかった。

しかも、敷かれっぱなしの夜具は一面に白い粉で覆われているが、それはＤＤＴ（戦後、進駐軍のもたらした無色無臭の強力殺虫剤）だという。「掃除はしないからＤＤＴを一ぱいまくのだよ。だから虫はいないよ」と安吾は説明する。三千代の座る場所は、ＤＤＴの振り撒かれた夜具布団の上しかないのである。

《こういうちらかり方は初めて見た。私が部屋の中をちらかしてあとかたづけもしないでいると、母が女のくせにと言って叱るけれど、これを母に見せたらキモをつぶして卒倒するなと思うと可笑しくなってニコニコしてしまう。(中略)家具と云うものは小さな机が一つしかない。火鉢もない。洋服が一着、外套が一着、着物が一枚、セーターが一枚、替えズボンが一枚、これで全財産であった。焼け出されれば何もない、けれども彼は焼け出されなくてこれだけしかなかった。(中略)お酒を飲んでもお料理を食べても大ていお友達の分まで彼が払い、莫大にチップをはずみ、ハデにふるまっているのだから、普段お金が無いワケじゃない。他の一切は不必要だと言うワケかしらと思った。

オレはこれから仕事をするからお前さんはそこで寝なさいと言うので、私はDDTだらけのおふとんにもぐり込んだ。ぷうんとDDTとほこりと彼の匂いがしたけれど、意外にねごこちがいいような気がした。うつらうつらして彼の仕事をしている背中をみつめているうちに本格的にねむった。/どの位ねむったか見当がつかないけれど、目を覚ますたびに彼が同じ姿勢で仕事をしているのを見た。時々耳をすますような様子をする。そしてまたリズミカルにペンが動く。(中略)

彼は疲れると私の隣に身を横たえた。暫らくおしゃべりする。「お前は私を何者だと思っているのだろうね」私は黙っていた。そうして彼の方が先きにねむってしまう。私は散々ねむったあとだから彼の寝顔を眺めたりさわってみたりした。二時間位ねむると自然に彼は目を覚ます。そしてまた仕事をする。》（同前）

秘書らしいことは何一つさせず、人形のように傍らに控えているだけの〈仕事〉だったが、三千代にはこれまで味わったことのない珍しい体験であった。自宅にいる時は安吾の貸してくれた本を読み、いつの間にか安吾からの電話を心待ちにするようになった。

そんなある日、安吾に呼ばれて東銀座裏の小料理屋に出かけた三千代は、到着早々、急に腹痛を訴え、蒲田の安吾の家に着いた時は目もくらむような激痛に襲われたが、その晩は必死に我慢したという。翌朝、連絡を受けて来診した医者は、「盲腸が切れてお腹《なか》にウミが充満し腹膜炎を起こしている」ので一刻も早く手術しなければならないと言った。当時蒲田にはタクシーがなかったので、人力車で砂利道を病院に運ばれた三千代は、二時間近い手術をして五十日ほど入院することになったが、その間、安吾は入院室で付き添い看護をしながら執筆したという。

《終始一貫彼は細心な看護人だった。彼の枕元にある原稿用紙には私がペニシリン注射を受ける時間を書きしるし、四日間位も三時間毎に受ける注射の時間にはぱっと目を覚まし、看護婦さんが遅れると呼びに行ってくれたりした。天理教信者の家政婦さんを雇ったけれど、お洗濯をさせるだけで私には近づけなかった。彼が一切の世話をしてくれた。ＤＤＴだらけのふとんを運ばせて最初から最後まで側に泊っていてくれた。私はリンゴのジュースとかカステラだけしか食べなかったから、それを探す為に東京中を高木青年（注、安吾の実質的な秘書役）が飛びま

わってくれた。みな彼の指示で、入院の為の費用は出版社に前借を申込み、「銀座出版」からは選集を出すことにした。（中略）
　彼は小さな机を買わせ仕事を始めた。「美と愛」と云う週刊朝日の二十五周年記念に出版する本に載せるためだ。／仕事中にじっと私の顔を何遍もみつめた。そして立上って来て私を上から見おろしながら、「お前はバカだねえ！　どうして一晩中ガマンしていたのだ。大丈夫か、と聞くとニッコリ笑って見せるからオレは大したこともないのかと思ったのだ。おどろいた人だよ、お前はバカだよ」
　私が黙っているとまた机の前へもどって書きつづけた。三日位で書きあげただろうか。「美と愛」と云う本は私の入院中に出来上って彼はそれを自分で読んでから私に渡し、「これはお前のことだ」とそう云った。題名は「青鬼の褌《ふんどし》を洗う女」であった。》（同前）
　この時の入院体験で安吾の献身的な看護に感激した三千代は、安吾を命の恩人として尊敬し、「私のこれからの生涯はもう彼のもので、私は彼につかえ、彼の云いなりになりたい。彼が私を嫌いになるまで彼の側にいたい」と思うようになる。しかし、小説家というものは「大変浮気で身勝手で貧乏でメチャクチャな生活をして……浮き沈みもはげしい」人種だと決めつけている母を説得するのは容易なことではない。しかも、四歳になる娘を母に託していることを考えると心を鬼にするしかない。「私はつぶらな黒々とした子供の目を見るのが恐しかった。彼女を思い出すのが恐しかった。当分、何年か知らないが彼女には逢わない決心をした」三千代は、母の反対を押し切り、風呂敷包み一つの身軽さで蒲田の安吾の許へ転がり込んだ。昭和二十二年十月のことである。

すでに安吾の「悪妻論」（昭和22・7『婦人文庫』）を読んでいた三千代は、安吾の望まぬ〈結婚〉などということは考えていなかった。独身の安吾ではあったが、三千代は〈オメカケ〉のような存在で満足するつもりでいたのである。

三千代のことを書いたという短篇「青鬼の褌を洗う女」は、安吾の創作としては数少ない女性一人称小説である。ヒロインのサチ子は女学校出の二十二歳になる容姿端麗な美女であるが、徴用の勤務先では貞操観念と同じくらいに時間の観念がルーズで、同僚から疎まれている。しかし本人は一向に平気で、いつの間にか会社の中で彼女に言い寄る数人の男性の中から、一番上役の五十六歳になる久須美《くすみ》専務を選び、彼の愛人に収まっているチャッカリ屋である。

サチ子はこれまでにも、親しくしていた六人の若者に出征の直前に次々と体を許したことがある。それは出征の前夜に契って征途を励ますというような健気なものではなく、「私はただクサレ縁とか俺の女だなどとウヌボレられて後々までうるさく附きまとわれるのが厭だから」体を許しただけの話で、「その男たちの姓名や年齢、どこでどうして知りあったか、そんなことは私は言いたくもないし、全然問題にしてもいないのだ。ただ好きであればいい、どこの誰でも、一日見た男でも、私がそれを思い出さねばならぬ必要があるなら、私は思い出す代りに、別な男に逢うだけだ。私は過去よりも未来、いや、現実があるだけなのだ」と言い切る天性の娼婦型女性である。

《私は遊ぶことが好きで、貧乏がきらいであった。これだけは母と私は同じ思想であった。母自身がオメカケであるが、旦那の外にも男が二三人おり、役者だの、何かのお師匠さんなどと遊ぶこともあるようだった。私にすすめてお金持の、気分の鷹揚《おうよう》な、そしてなるべく年寄のオメカケがよかろうという。お前のようなゼイタクな遊び好きは窮屈な女房などになれないよと言うのだが、たって女房になりたきゃ、華族の長男か、千万円以上の財産家の長男の奥方になれと言う。特に長男でなければならぬと言うのである。名誉かお金か、どっちか自由にならなけりゃ、窮屈な女房づとめの意味がないと言うのだ。浮草稼業の政治家だの芸術家はいくら有名でもいつ没落するかも知れないし貧乏で浮気性で高慢で手に負えないシロモノだと言う。会社員などは軽蔑しきっており、要するに私がお金のない青年と恋するのは母の最大の心痛事であり恐怖であった。》(「青鬼の褌を洗う女」)

しかし、その母も昭和二十年三月十日の東京大空襲の際に、逃げる途中でサチ子とはぐれ、隅田公園で煙に巻かれて死ぬ。東京は一面の焼け野原となり、サチ子も焼け出されて無一物となったが、「私にとっては私の無一物も私の新生のふりだしの姿であるにすぎず、そして人々の無一物は私のふりだしにつきあってくれる味方のようなたのもしさにしか思われず、……私のような娘にとっては、日本だの祖国だの民族だのという考えは大きすぎて、そんな言葉は空々しいばかりで始末がつかない。新聞やラジオは祖国の危機を叫び、巷の流言は日本の滅亡を囁いていたが、私は私の生存を信じることができたので、そして私には困った時には自然にどうにかなるものだという心の瘤《こぶ》があるものだから、私は日本なんかどうなっても構わないのだと思っていた」のである。

敗戦後、サチ子は徴用で勤務していた会社の久須美専務（五十六歳）に引きとられ、婆やと女中付の一軒家を与えられてオメカケになった。六尺豊かな長身の久須美は、「獅子鼻で、ドングリ眼《まなこ》で、醜男《ぶおとこ》そのもの」ではあるが、「まじりけのない白髪が私にはむしろ可愛く見え、ドングリ眼も獅子鼻も愛嬌があって私はほんとに嘘や虚勢ではなく可愛く見える」のだという。

久須美はサチ子の多情な本性を見抜いていて、その本性を受け入れながらも、「浮気だけはなるべくしてくれるな、浮気するなら私には分らぬようにしてくれ」と忠告する。更に、「君は今後何人の恋人にめぐりあうか知れないが、私ぐらい君を可愛がる男にめぐりあうことはないだろうな」とも言う。親子ほども年の離れた男女のことだから、久須美の溺愛ぶりは尋常一様のものではなかった。

久須美が訪れて来ると、「私はただニッコリし、彼をむかえ、彼の愛撫をもとめ、彼を愛撫するために、二本の腕をさしだして、彼をまつ」が、この天然自然の媚態も、実は久須美から教わったものである。それまでの彼女は「こんな媚態を知らなかったのに、久須美にだけ天然自然にこうするようになったので、つまり彼が一人の私を創造し、一つの媚態を創作した」のだと思っている。

この媚態は、病気の時ですらごく自然に現われる。腹痛を起こしているにも拘らず、「私は激痛のさなかに彼を迎え、私は笑顔と愛撫、あらゆる媚態を失うことはなかった。長い愛撫の時間がすぎて久須美が眠りについたとき、私は再び激痛をとりもどした。それはもはや堪えがたいものであったが、私は然し愛撫の時間は一言の苦痛も訴えず、最もかすかな苦悶の翳《かげり》によって私の笑顔をくもらせるようなこともなかった。それは私の精神力というものではなく、盲目的な媚態がその激痛をすら薄めているという性質のもの」だったのである。

しかしその直後、「すでに盲腸はうみただれて、腹の中は膿だらけであり、その手術には三時間、私の腹部のあらゆる臓器をいじり廻される」羽目に立ち至る。ここには三千代の盲腸手術の体験がそのまま活かされている。

《この天然自然の育ち創られてきた媚態を鑑賞している人は久須美だけが一人であった。（中略）然し私が久須美をめがけてウットリと笑い両手を差しのべてにじりより、やがて胸に白髪をだきしめて指でなでたりいじってやったり愛撫に我を忘れるとき、私の笑顔も私の腕も指も、私のまごころの優しさが仮に形をなした精、妖精、やさしい精、感謝の精で、もはや私の腕でも笑顔でもなく、私自身の意志によって動くものではないようだった。

つまり私は本性オメカケ性というのだろう。私の愛情は感謝であり、私は浮気のときは男に遊ばせてもらってウットリさせられたりするけれども、私自身が自然の媚態と化してただもう全的に男のために私自身をささげるときは、感謝によるのであった。要するに私は天性の職業婦人で、欲しいものを買っていただき、好きな生活をさせてもらう返礼におのずから媚態に化してしまう。そのかわりお洗濯をしてあげたいとか、お料理をこしらえて食べさせてあげたいとか、考えたこともない。そんなものはクリーニング屋とレストランで間に合わせればよいと思っており、私は文化とか文明というものはそういうものだと考えていた。》

やがて久須美は本宅の妻子の許を離れて、サチ子と「海岸の街道筋の高台の旅館」で暮すようになる。秘書の田代とサチ子の同居人だったノブ子（二十歳）も一緒に旅館住まいをし、久須美と田代はこの旅館から東京の会社へ通った。その間、サチ子とノブ子は海水浴を楽しみ、読書し、よく眠った。敗戦直後の物資・食糧欠乏の時期だというのに、久須美の配慮で衣食住全般にわたって充たされた生活をしていたので、サチ子は少々退屈していた。

しかしサチ子は、退屈もまた楽しいものであることに気づくようになる。いつのまにか、「ねころびながら小さな鏡に私の顔をうつして眺めて、歯や舌や喉や、肩やお乳などを眺めていても、一日を暮すことができる。私は退屈というものが、いわば一つのなつかしい景色に見える。箱根の山、芦の湖、乙女峠、いったい景色は美しいものだろうか。もし景色が美しければ、私には、それは退屈が美しいのだ、と思われる。私の心の中には景色をうつす美しい湖、退屈という湖があり、退屈という山があり、退屈という森林があり、乙女峠に立つときには乙女峠という景色で、芦の湖を見るときは芦の湖の姿で、私は私の心の退屈を仮の景色にうつしだして見つめている」

のである。

一方、久須美はサチ子がひそかに幼馴染の関取・墨田川と浮気していることを知って、本当に好きで付き合っているのなら相当のお金をつけて結婚させてあげると言い出すが、サチ子は断わる。墨田川との関係は相撲に勝たせるための同情的な浮気であって、心底惚れた相手ではなかったからである。

《久須美は私のために妻も娘も息子もすてたようなものだった。……人々はそのような私たちをどんな風に言うだろう？　私が久須美をだましたと言うだろうか。恋に盲《めし》いた年寄のあさましい執念狂気を思い描くことだろう。（中略）……私は知っている。彼は恋に盲いる先に孤独に盲いている。だから恋に盲いることなど、できやしない。彼は年老い涙腺までネジがゆるんで、よく涙をこぼす。笑っても涙をこぼす。然し彼がある感動によって涙をこぼすとき、彼は私のためでなしに、人間の定めのために涙をこぼす。彼のような魂の孤独な人は人生を観念の上で見ており、自分の今いる現実すらも、観念的にしか把握できず、私を愛しながらも、私をでなく、何か最愛の女、そういう観念を立てて、それから私を、現実をとらえているようなものであった。

私はだから知っている。彼の魂は孤独だから、彼の魂は冷酷なのだ。彼はもし私よりも可愛い愛人ができれば、私を冷めたく忘れるだろう。そういう魂は、然し、人を冷めたく見放す先に、自分が見放されているもので、彼は地獄の罰を受けている。ただ彼は地獄を憎まず、地獄を愛しているから、彼は私の幸福のために、私を人と結婚させ、自分が孤独に立去ることをそれもよかろう、元々人間はそんなものだというぐらいに考えられる鬼であった。》

要するに鬼の久須美は、「私が他日、私の意志で逃げることを怖れるあまり、それぐらいなら自分の意志で私を逃がした方が満足していられると考える。鬼は自分勝手、わがまま千万、途方もない甘ちゃんだった。そしてそんなことができるのも、彼は私を、現実をほんとに愛しているのじゃなくて、彼の観念の生活の中の私はていのよいオモチャの一つであるにすぎない」のだということに思い到る。

やがてサチ子は、久須美のお蔭で毎日を自由気儘に過ごし、「人々が米もたべられずオカユもたべられず、豆だの雑穀を細々たべているとき、私は鶏もチーズもカステラも食べあきて、二万円三万円の夜服をつくってもらって」も、最期はおそらく野たれ死であろうと考えるようになる。しかし、「人の誰もいないところ、曠野、くらやみの焼跡みたいなところ、人ッ子一人いない深夜に細々と死ぬのだったら、いったい、どうしたらいいだろうか、私はとてもその寂寥には耐えられないのだ。私は青鬼赤鬼とでも一緒にいたい、どんな時にでも鬼でも化け物でも男でさえあれば誰でも私は精いっぱい媚《こ》びながら死にたい」と願ってみる。

傍らの久須美の寝顔を眺めながら、彼女はふと考える。「このまま、どこへでも、行くがいい。私は知らない。地獄へでも。私の男がやがて赤鬼青鬼でも、私はやっぱり媚《こび》をふくめていつもニッコリその顔を見つめているだけだろう」――と。やがて、久須美の横でサチ子もまどろむ。夢の中の私は「谷川で青鬼の虎の皮のフンドシを洗っている。私はフンドシを干すのを忘れて、谷川のふちで眠ってしまう。青鬼が私をゆさぶる。私は目をさましてニッコリする。カッコウだのホトトギスだの山鳩がないている。私はそんなものよりも青鬼の調子外れの胴間声《どうまごえ》が好きだ。私はニッコリして彼に腕をさしだすだろう。すべてが、なんて退屈だろう。然し、なぜ、こんなに、なつかしいのだろう。」——短篇「青鬼の褌を洗う女」のこれがフィナーレである。

この作品で安吾は、いわゆる良妻賢母型の女性とは対極のアモラルな（けれども男にとって魅力的な）若い女人像を造形し、彼女の目を通して男と女の愚かしくもそれ故に愛すべき人間関係の実態を炙《あぶ》り出して見せる。しかも、生きることの退屈さと孤独感の果てにこの世の〈地獄〉を設定し、それと知らずに突き進む男と女の行く末を凝視する。現実の安吾夫妻の場合、行く手にどんな〈地獄〉が待ちうけているのであろうか。

十三、安吾、全裸の仁王立ち

安吾独自の恋愛観や結婚観を承知の上で押しかけ女房となった三千代ではあったが、同居生活をしてみて、安吾が大変怒りっぽい人間であることを発見して驚いた。とりわけ、結婚して間もない頃、夕食時に過って安吾の手に熱湯をかけて怒鳴られたことは忘れられないという。

《おじやだったか、おつゆだったか忘れたが、ナベの柄の取手の木の部分がゆるんでいて、彼の前までソロソロ運んで来てテーブルに置く寸前に一回転し、中味を全部その辺にぶちまけてしまった。その時彼の手にもかかったのだった。／彼は烈火の如く憤《おこ》り、ケチな根性を出すものではない。柄のゆるんでいるのは最初から分っていたのであろうに、何故そんなナベを後生大切につかうのだ、なぜ捨ててしまわないのだと云うのだった。

私は彼がこんなにカンカンになって怒るとは思わなかった。ヤケドと云っても少しあかくなっているだけで、ごめんなさいと云って何遍もあやまったではないか。／「あやまちは誰にもあることだわ。それに何遍もあやまっているのに、どうしてそんなにおこるの、何もワザとしたのではないのに、普通だったらいい加げんにカンベンしてくれるわ」と云うと、なお一そうカンカンになって眉毛を逆だて目玉をむいて、「あやまちだと云えば許されると思っているのか、コノバカヤロー」

「殺人をして法廷であやまちでした。マチガイでしたと云ってゆるしてくれるものかどうか考えてみろ。たとえマチガイでも人のいのちを取った以上、生きかえせと云われて生きかえせるのか、バカヤロー！　マチガイやあやまちはあってはならないのだ。マチガイやあやまちに責任をとらなければならないのだ。何故最初から柄のグルリと廻る危険なナベを使ったのだ。テメエのような甘い人間がいるから世の中は物騒なのだ。殺人を犯してごめんなさい、あやまちでしたすみません、ですむと思うのか。大人の世界はそんなものじゃないよ。バカも休み休み云え、コノバカヤロー」

私はコノバカヤローを何回も聞いているうちに、ほんとうに恐しくなった。私はいままであやまちや間違いと云うものは、人間である以上あるのが当然であろうと思っていたのだ。あやまちや間違いは神さまだけがしないのだと思っていたのだ。》（『クラクラ日記』）

それ以来、「私は大変に恐しくなり、今まで何げなく生きてきたことが根底からくつがえされる思いをし、長い間、このあやまちと間違いは頭にこびりついて離れなかった」という。しかも、「彼はカンカンになって憤《おこ》り始めると抑制がきかなくなり、気分を転換し、自らを宥《なだ》めると言うことが出来なくなる。眉間《みけん》に深いたてじわが出来、太い眉毛が逆立ち、にがい薬を飲み込んだような口もとをし、高い鼻はますます高く見える。そして疾風のように家を飛び出して行く」というのである。同居前の安吾からは想像も出来ないような恐しい言動に接して、三千代は戸惑い、動転してしまう。しかし、男女の恋愛関係や結婚という型に閉じ込められて生きる夫婦関係について、安吾がすでに「悪妻論」（昭和22・7『婦人文庫』）に書いているのを三千代は結婚前に読んでいたはずである。

《人間性の省察は、夫婦の関係に於ては、いわば鬼の目の如きもので、夫婦はいわば、弱点、欠点を知りあい、むしろ欠点に於て関係や対立を深めるようなものでもある。その対立はぬきさしならぬものとなり、憎しみは深まり、安き心もない。知性あるところ、夫婦のつながりは、むしろ苦痛が多く、平和は少いものである。然し、かかる苦痛こそ、まことの人生なのである。苦痛をさけるべきではなく、むしろ、苦痛のより大いなる、より鋭くより深いものを求める方が正しい。夫婦は愛し合うと共に憎み合うのが当然であり、かかる憎しみを怖れてはならぬ。正しく憎み合うがよく、鋭く対立するがよい。

いわゆる良妻の如く、知性なく、眠れる魂の、良犬の如くに訓練されたドレイのような従順な女が、真実の意味に於て良妻である筈はない。そしてかかる良妻の附属品たる平和な家庭が、尊まるべきものでないのは言うまでもない。男女の関係に平和はない。人間関係には平和は少い。平和をもとめるなら孤独をもとめるに限る。そして坊主になるがよい。出家遁世という奴は平安への唯一の道だ。》

独身時代の安吾が家庭生活や夫婦関係について論じているのも面白いが、建前《たてまえ》の人間関係を偽善として退ける立場に立てば、このことに関する安吾の言説は正論だということになる。その上で安吾は恋愛にも言及し、「だいたい恋愛などというものは、偶然なもので、たまたま知り合ったがために恋し合うにすぎず、知らなければそれまで、又、あらゆる人間を知っての上での選択ではなく、少数の周囲の人からの選択であるから、絶対などというものとは違う。その心情の基盤はきわめて薄弱なものだ。年月がすぎれば退屈もするし、欠点が分れば、いやにもなり、外に心を惹かれる人があれば、顔を見るのもイヤになる」ものだという。

そのような事情のもとに成立した恋愛結婚は、「それを押しての夫妻であり、矛盾をはらんでの人間関係であるから、平安よりも、苦痛が多く、愛情よりも憎しみや呪いが多くなり、関係の深まるにつれて、むしろ、対立がはげしくなり、ぬきさしならぬものとなるのが当然」なのだから、慰め労《いた》わり合うよりも互いに苦しめ合うのが夫婦の実相だと言うのである。

従って、いわゆる家庭の平安とか知性なき良妻などというのは「ニセモノ、安物にすぎない」のであって、「知性あるところ、女は必ず悪妻となる」と言いきる。知性は人間性への省察であるから、このような省察を試みる悪妻（実は本物の良妻）は、「思いやり、いたわりも大きく又深くなるかも知れぬが、同時に衝突の深度が人間性の底に於て行われる」ので、夫婦関係が抜き差しならぬものになるのである。では、本物の悪妻とはどんな女を指すのか。

《然し、しからば悪妻は良妻なりやといえば、必ずしもそうではない。知性なき悪妻は、これはほんとの悪妻だ。多情淫奔、ただ動物の本能だけの悪妻は始末におえない。然し、それですら、その多情淫奔の性によって魅力でもありうるので、そしてその故にミレンにひかれる人もあり、つまり悪妻というものには一般的な型はない。もしも魅力によって人の心をひくうちは、悪妻ではなく、良妻だ。いかに亭主を苦しめても、魅力によって亭主の心を惹くうちは、良妻なのだろう。

魅力のない女は、これはもう、決定的に悪妻なのである。男女という性の別が存在し、異性への思慕が人生の根幹をなしているのに、異性に与える魅力というものを考えること、創案することを知らない女は、もしもそれが頭の悪さのせいとすれば、この頭の悪さは問題の外だ。

才媛というタイプがある。数学ができるのだか、語学ができるのだか、物理ができるのだか知らないが、人間性というものへの省察に就てはゼロなのだ。つまり学問はあるかも知れぬが、知性がゼロだ。人間性の省察こそ、真実の教養のもとであり、この知性をもたぬ才媛は野蛮人、原始人、非文化人と異ならぬ。／まことの知性あるものに悪妻はない。そして、知性ある女は、悪妻ではないが、常に亭主を苦しめ悩まし憎ませ、めったに平安などは与えることがないだろう。》（「悪妻論」）

昭和七年に知り合って以来、長年月にわたって女流作家矢田津世子への恋情を断ち切れず、昭和十九年に津世子が独身のまま病死してから後も津世子への未練を書き続けて来た安吾にとって、津世子はやはり泥中の蓮華でなければならなかった。すでに聖化され、心中深く宿されている理想の女人像に比べれば、その後に安吾の前に現われた女たちは何れも〈知性なき悪女〉に過ぎなかった。その点では三千代も例外ではなかったと思う。

安吾との出会いについて三千代が『クラクラ日記』に書いていることと、当時バー・チトセの女主人だったF子こと野平ふさ子(注1)の語ることとはかなり食い違っているが、その詮索は別にしても、安吾がチトセで働く三千代に特別魅力を感じて〈秘書〉に雇ったわけでないことだけは確かなようである。三千代は『クラクラ日記』の中で安吾と識り合った当時のことに触れ、「バカですと云われてもパンパンですと云われても、余りおどろきもしなかったけれど、時々『僕の女房です』とつけ加えることがあってびっくりした」と述べているが、野平ふさ子の語るところによると、当時三千代はアメリカの兵隊をよく店に連れて来たので、客からパンパンと間違われたものだという。当初、安吾もそのように思っていたのであろう。

四十一歳の安吾と二十四歳の三千代が同棲を始めるのは昭和二十二年の十月からであるが、『クラクラ日記』には、「私は風呂敷づつみ一つ持って出かけて行った花嫁さんなのだから結婚式とは縁がない。二度とも（注、一度目は学生との結婚）誰も賛成してくれないのだもの仕方がない。尤も誰にも相談しはしなかった。（注、前夫との間に出来た四歳の娘を母に託しているので）直接被害を受ける母にだけ無理やり納得させると云う方式で、いざその場に及ぶと一切がどうでもよくなってしまって、唯、一緒に暮すことが出来ればそれでいいと思う。大変に動物的で、結婚式も入籍も、他人さまの思わくも全然気にならない。世間並みの考えを失ってしまうようだ」とあるが、ここに書かれている三千代の自画像は安吾が同棲直後に発表した短篇「青鬼の褌を洗う女」のヒロイン・サチ子と心情的にはほぼ重なり合う。

その三千代のことを、安吾はこれから四年後に発表した「安吾愛妻物語」の中の、母にもまさる献身を尽くす女性を讃美する所で、「私の女房に対する特殊な親愛感や愛情が、すでに女というものを超えたところまで高まっている」とか、「私はとッくに女房に遺言状すらも渡しているのだ。どの女のためよりも、ただ女房の身を思うのが私の偽らぬ心なのである」などと惚気《のろけ》て、凡そ安吾らしからぬ愛妻ぶりを披露しているが、現実の結婚生活はそんな甘いものではなかった。

安吾の「小さな山羊の記録」（昭和24・10『作品』）は、思考力を集中し持続させるために覚醒剤と睡眠薬を多量に服用した結果、精神に異常を来して幻覚妄想に苦しみ、遂に東大病院神経科の「鉄格子のはまった病室」に入院するまでの経緯を、私小説風に描いた作品である。その冒頭の一節を挙げてみる。

《私は若い頃から、衰頽の期間にいつも洟汁《はなじる》が流れて悩む習慣があった。青洟ではなく、透明な粘液的なものであった。だから蓄膿症だと思ったことはない。然し、ねていると胃に流れこみ、起きていると、むやみに洟をかみつづけなければならない。胃へ流れこむままにすると、忽ち吐き気を催し、終日吐き気に苦しんで、思考する時間もなく、仕事に注意を集中し持続するということが全く不可能となるのであった。（中略）

去年の八月からの私は、吐き気と闘うためのひどい労苦がつづいた。先ず思考力を集中し持続するために、多量に覚醒剤を服用する必要があり、しかも、その効果は少く、ただ目が冴えて眠られないという結果をもたらすばかりである。たださえ吐き気に苦しみつづけているのだから、眠るためにアルコールを用いることが難儀となり、いきおい催眠薬の使用が多くなった。その頃から、アドルムを十錠ずつ用いるようになったのである。

このような肉体的な条件で、各社から殺到する切り売り的な注文に応じることは不可能であり、馬鹿々々しいと思ったから、それらの全部を拒絶することにして、かねての腹案の長篇小説(注、書き下ろし長篇「火」、未完)に没頭することにした。表面の状況はそうであるが、今にして思えば、精神病的徴候が、すでにハッキリ現れていたのである。つまり、厭人癖である。そして、一種の被害妄想である。ちょッとした思考力の集中持続にすら苦心サンタンしつつある自分に対して、営利的なつまらぬ仕事を持ちかけてくる人間への反感、病的な反感であった。私はその時以来注文を拒絶したのみでなく、一切の面会も拒絶した。そして、軽い幻聴が現れはじめたのは、その頃からであった。それは極めて軽い幻聴で、あるリズミカルな音、単調な、ただ遠近のある音の反復、それだけであった。又、いちじるしく視力が衰えはじめたが、これは今もそうであり、多分病気に関係なく、これは老眼のせいだろうと思われる。それにしても、視力が日によって乱れ方が異なり、ある時は眼鏡をはずすことによって、ある時は眼鏡をかけることによって、文字を読むことができるという乱脈さには、日々不快な思いを重ねた。》

文中の「去年の八月」とあるのは、結婚一年後の昭和二十三年八月のことである。三千代は安吾の吐き気とアドルムについて、「今から考えれば、この吐気は、もっと別種のものだと思う。神経系統がおかしくなれば胃も悪くなるし、土台アドルムと云う薬が、シロウトには飲めない薬だ。その苦《にが》みは言語道断で、センブリのように唯にがいと云うのとはワケが違う。モウレツに嫌らしいにがみだ。それを十粒も一遍に飲みくだす。当りまえの人なら二十錠が致死量、薬に弱い人なら十錠でも完全にオカシクなって、現に十錠で死んでしまった人もいる」（『クラクラ日記』）と述べている。

一方、覚醒剤については、「当時もうヒロポンが手に入りにくくなっていて、代りに用いていたものは、ぜんそくの薬でゼドリンと云う覚醒剤であった。朝から少量ずつ飲んで昼も少量飲み、それがチクセキされてやっと夕刻頃効いてくると云う薬」だという。やがてアドルムの一日の量も十五錠二十錠と増えて行くのであるが、一人の人間が交互にアドルムとゼドリンを多量に嚥下するとどうなるのか。三千代は妻の視点から客観的にその中毒症状を観察している。

《アドルムを相当量飲んでも眠れなくなっている状態にある病的な神経を、また覚醒剤でたたき起す。絶対にねむくならない。ヒリヒリするような尖鋭な神経になる薬と、普通の人ならばたちまち一切の時間が停止してコトンと眠りに入ってしまうような薬を、もう長い間交互に常用して、その性能が全く本来の姿とは異り、まるでアベコベに作用するようになっていた。すなわち、睡眠剤を飲めば狂気に近くなり、覚醒剤を飲んでモーローとするようになっていた。彼自身、イラだちの塊りのようであり、彼の体の中にイラだちが群がり集ってそれを懸命に一つの肉体の中へ抑えつけ、外側に発散するのを防いでいるというふうだった。
彼はじっと机の前に坐り、原稿用紙をみつめているようになった。唯の一行も書くことはなくなっても、そんな姿でじっと坐っている。／私はそういう姿にある恐れを抱き始めたが、彼は眠りさえすればいい、よく眠れさえすれば書けるのだと私に云った。「私の体は私が一番よく知っているよ。私はなにも長生きしたいとは思っていないよ」それは彼の口ぐせだ。／必死に心身のコンディションを整えようと焦って、そして失敗におわった。》（『クラクラ日記』）
やがて、「アドルムの服用の一日量が三十錠、四十錠、五十錠を越すようになって、夜となく、昼となく、夢うつつ薬を飲んで三十分ほどウトウトしているかと思うとパッと目を覚まし、『オーイ、アドルムをもう十錠持って来い』と大声でどなりたてる」ようになる。こうしてアドルムの中毒症が進み、三千代は否応なしに安吾の〈狂気〉と付き合うことになる。被害妄想、幻視、幻聴にも立ち合わされ、三千代が安吾の思い違いを訂正しようものなら「悪魔の如く、いかりたけって」罵倒し、要求したことを即座に処理しないと忽ち機嫌を損ね、日に六回も食事しながら時間の観念を喪失しているので食べたことを忘れて三十分置きに呼びたてる。その都度、三千代と女中の志津子（愛称しいちゃん）は安吾の〈狂気〉に振り廻され、夜もオチオチ眠ることが出来なかったという。
安吾は「小さな山羊の記録」の中で、「私は昏酔《ママ》しながら、昏酔を自覚することが出来なかった。いつも、夢を見ていたが、それを夢として自覚できずに、行為としてしか自覚することが出来なかった。私は、小説の用件で、雑誌社の人と用談したり、酒屋の借金を払いに行ったり、すべて、日常のことのみを夢に見、然し、それを夢と自覚することが出来ず、実際自分が行なった行為としてしか理解することができなかった」と回想している。このため、安吾の夢の中の〈行為〉を三千代や志津子が訂正したり否定したりすると、安吾は「人々が心を合わして、私を惑わしている奸計だ」と思ってしまうのである。

《すべて、それらが、夢であることを、私はどうしても、信じられなかった。私は、私をたぶらかす女房や女中の奸計を怒り、木刀をふるって、追い廻した。然し、私の歩行は、もはや不自由で、便所へ行くにも、這うようにしか行動ができない。／気違いは、裸になるというが、妙なもので、私も、女房や女中の奸計を怒って狂いたつと、一糸まとわぬ裸体になっていた。いつ、なぜ、そうなったか、記憶がなく、それを羞しいとも思わなかった。》

これを三千代の側から捉えると、こうなる。「彼はいかり狂ってあばれまわり始めると、必ずマッパダカになった。寒中の寒、二月の寒空にけっして寒いとも思わぬらしいのだが、私は恥しかった。皮膚も知覚を失ってしまうものらしい。それで恥しいとも思わぬらしいのだが、私は恥しかった。女中さんの手前もあるし、私は褌《ふんどし》を持って追いかけて行く。重心のとれないフラフラと揺れる体に褌をつけさせるのは容易ではなかった。身につける一切のものはまぎらわしく汚《けが》らわしくうるさいと思うらしかった。折角骨をおってつけさせてもすぐにまた取りさって一糸纏《まと》わぬ全裸で仁王さまのように突っ立ち、何かわめきながら階段の上から家財道具をたたきおとす。階段の半分位、家財道具でうずまる。私や女中をせきとめるつもりなのだ。二階に上ってこさせないつもりなのだ。」
(『クラクラ日記』)

ところが、そのすぐ後で「オーイ、みちよ」と呼びつけるので、慌てて階段の道具類を片づけて二階へ駆け上ると、家財道具を投げつけたことを忘れてしまい、「何ですぐ来ない」と言って怒り出す。安吾の狂態が極限に達した頃、寝不足で疲労困憊の三千代が、「そんなに私をいじめては死んでしまう。死んでしまいたい」と叫び声をあげると、安吾は大変な形相をして、「ヨウシ、たった今、オレの目の前で死ね。死んで見ろ。オレは眉一つ動かさずにお前の死ぬのを見とどけよう。早く死んで見ろ。早く、早く」とせき立てたという。怖しくなった三千代は、遂にこの地獄から逃げ出すことを決意する。

《そういう冷酷なところが彼にはあるのに相違ない。だから彼は小説が書けるのだろう。小説なんて普通の人が書けるもんじゃない。小説家なんて、そんなに冷酷で激しくて、私を殺人罪にしてしまうか、自分が殺人を犯してしまいかねないのだ。私が小説家の女房だなんて、私は何と云う甘チャンだろう。そんな大それたことを何故考えたのだろう。私にはとても不向きだ。まごまごしていると、自殺幇助とか、殺人罪とかになってしまうのではないか、もしかしたら殺されてしまう。絶対に逃げ出そう。私がどんなに努めても所詮向かないものは、向かないのだと思った。》

身に危険を感じて脱出を決意した三千代が、一年前に押しかけて来た時と同じく「風呂敷包み一つ持って玄関へ走り出た」ところを、階下に住む借家人の大野璋五氏（安吾の親戚の裁判官）に見咎められ、「三千代さん、早まっては不可ませんよ、炳五《へいご》（注、安吾の戸籍名）さまをどうなさるつもりです。炳五さまはあとどうなりますか。貴女が居なくなれば、誰がお世話をするのです。ましてあんなになっていらっしゃるのに、貴女出て行けますか」と諭されて急に安吾が可哀想になり、家出を思いとどまったという。実は大野一家も安吾の狂態には手を焼いていたのだが、空襲で焼け出されて住宅難の折から、じっと我慢して同居を続けていたのである。

親しい友人でもあった東大病院柿沼内科医局長の長畑一正氏の紹介で、安吾が東大病院神経科に入院するのは、昭和二十四年二月二十二日の午後である。安吾は二十三日（実は二十二日）の日記に次のようにしたためている。

《四時半ニ目ガサメル、女房ノ笑顔ガスグ隣リニアル、隣室カラ立上ツテ階下へ去ル音、階下カラ立ツテ階上へ来ル音、交錯シテ起ル。／女房ノ笑顔ハイツマデモ消エナイガ、幻視ダト分ツタ。ソレカラ十秒ホドシテ、サウダ、私ハ今第二回目ノ睡眠カラ目ザメタノダト気ガツイタ、睡眠ハ一時間二十分位。

タイコノ幻聴ガヒキツヅイテ長イ。第一回ノ目覚メノヤウナ狂暴ナ亢奮ハナイガ、然シ睡眠ヲ得タ快感モ余リ感ジラレヌ。／バクハツノ最中、フト頭ヲ上ゲタヤウナ、何ガ何カワケノ分ラヌ不快ナ狂暴ナ一瞬デアツタ。何カデ殴リツケラレタヤウデアツタ。／コレガ第三回目ノ覚醒（六時三十五分）デアツタ。睡眠時間ハ二十分カ三十分ダラウ、全身ボリボリカキナガラネテシマツタ。セツカチニボリボリカキナガラ睡眠ニ通ジル溶解感ヘ昏酔《ママ》シハジメタ。／コノ日午後神経科入院。》

退院の翌日に書いたという安吾のエッセー「精神病覚え書」（昭和24・6『文芸春秋』）によれば、「大体、分裂病が潜在意識によるかどうかは疑わしいが、僕の場合は、鬱病であり、それにアドルム（催眠薬）中毒の加ったものである。分裂病に比べれば、鬱病には、まだしも、潜在意識の作用はたしかにある。何かが抑圧されていることが、病状を悪化させる一つの理由となっていることは確かである。東大で鬱病を治療するには、主として持続睡眠療法であり、ほかに電気療法なども用いるらしい」とあって、次のような治療体験を披露している。

《僕のうけた治療は持続睡眠療法であった。これはある種の催眠薬によって、人工的に一ケ月ほど昏睡させるものである。この昏睡の期間に、患者は食事をとり、用便をし、時に医者と話を交し、僕の場合は本や新聞を片目をつぶりながら読んでいたりした由であるが、それらのことは全く覚醒後は記憶に残っていない。一ケ月睡って目覚めた時、一晩睡ったとしか思われない。はじめは、一ケ月の時日のすぎていることがどうしても信じられないものである。この傾向は、治療としての持続睡眠にのみ有るものではなく、催眠薬の中毒症状がすべてそうで、入院直前、僕がアドルムを多量に用いて（四五十錠ずつ二十四五日間用いた）昏睡をもとめた時にも、ふと覚醒して、一夜ちょッと眠った自覚しかないのに、一週間がすぎており、どうしても信じられないことが三度ほどあった。
持続睡眠療法も、アドルム中毒の場合もそうであるが、半覚醒時に、甚しくエロになった。全ての患者が、そうか、どうか、僕は知らない。然し、概してそうなるのが自然だろうと思われるのは、何人《なんぴと》も性慾については抑圧しつつあるものであり、又、催眠薬が、これらの抑圧を解放するというよりも、性慾の神経に何らかの刺戟を及ぼすものだと思われる。フロイド的な抑圧の解放を意味するものではなく、薬物に、それらの悪作用が付随しているだけのことで、なければ、ない方がよろしいであろう。この悪作用を伴わない催眠薬が発明出来れば、大変よろしいように僕は思った。》
安吾が友人達の勧めに従って東大病院神経科に入院したことは、三千代にとっても一つの救いであった。入院と同時に〈安吾発狂〉の噂が飛び交い、「新聞記者が写真班同伴で十何組も乗りつけて、千谷さん（注、主治医千谷七郎氏）は、撃退するに手こずられた由であった。すると、僕が麻薬中毒だという説がとび、警視庁の三人の麻薬係が現れ、千谷さんはカルテを見せて説得するのに二時間もかかったとこぼしておられた。すると今度は、僕が精神病院の三階から飛び降り自殺をしたというデマで、又、十何組という写真班同伴の新聞記者に病院が大迷惑をかけられた」という。
当時の東大病院神経科の病棟は半地下の一階建てで、しかも窓にはすべて鉄格子がはまっていたというから、新聞記事の「三階から飛び降り自殺」はデマであるが、こんなデマが飛び交うほど安吾の狂態は評判になっていたのである。尤も、入院前に自宅の二階から外に飛び降りるという一ト騒動があり、この時は安吾の体を支えていた三千代の指示で女中の志津子が素早く窓下に夜具布団を二枚重ねて敷いたので事無きを得たが、あるいはこのことがデマの源泉になったのかも知れない。

　安吾は東大病院に二箇月ほど入院して四月十五日に退院したが、退院の際に主治医から、「躁鬱症と云うものには週期《(ママ)》があって、これで全快と云うワケではなく、一種の波があって、精神状態が波の頂点に来た時に発作が起るのであるから、何遍かまた発作を起すものである。退院後の注意として、当分仕事はせずに心の平静を保つのを心掛けて、コントロールするように」と注意を受けたという。

　しかし、執筆拒否を続けていたので家計はすでに底を突き、入院費用として新潮社から長篇執筆の前借があった上に、入院中に税金の滞納による差し押えなどもあって、主治医の注意にも拘らず退院と同時に再び「ガムシャラに書き始めた」という。その結果、二度目の発作は意外に早くやって来た。退院して三箇月目あたりから不眠を訴えて催眠薬を飲みはじめると、いきなり発狂状態になってあばれ出し、三千代や志津子を怯えさせた。三千代が主治医から聞いたところによると、「中毒症状には二乗作用と云うものがあって、二回目は、一回目の発作より薬量も少くて、はげしくあらわれる」とのことであった。

《よくはわからないが、とにかく呆れるほど早く発狂状態になり、暴れ始めた。薬の量もそれほど多くないし、まだ大丈夫と油断していた。前回同様、褌《ふんどし》一つで往来へ飛び出し、まもなく褌はどこかへ行ってしまい、全裸で往来に立ちはだかった。誰かが彼をはやしたか、笑ったかしたのだろう、往来のはじからはじまで届きそうな長い丸太ん棒を持って、駆け出していた。アッと云うまの出来ごとだった。女中さんのしいちゃんと私が駆けつけた時には、往来のマン中に長い丸太ん棒を銃剣のように構えて持ち、遠まきにして見ている付近の人を、全裸で充血した目でねめつけていた。》(『クラクラ日記』)

家の中でならまだしも、「真夏の太陽がギラギラ光って、白いアスファルトの往来に、マッパダカで仁王立ちになって周囲をにらみすえている大男が、私の尊敬してやまない夫」であることを思い知り、どうして「私ばかりがこんなにとりみだして、ハダシで往来に飛び出して、狂った夫のあとを追いかけ追いまわさなければならないのか」と、三千代は自己嫌悪に陥ってしまう。

しかも、今回は借家人の大野氏も強硬態度に出て、「狂人をこのまま危険な状態で、家においておくというのは何事であるか。われわれは不安で寝ていられない。他を傷つける狂暴性のある狂人は、家人の許しを受ける必要なく訴えて出ることが出来るのである。……あなた方がそのままにしていられるならば、私の方で手を打ちます」と言って、いかにも裁判官らしい口調で暗に警察への連絡をほのめかす。千谷主治医にもう一度頼みたいのだが、精神病院には二度と入院しないと宣言している安吾を抱えて、三千代は途方に暮れる。

安吾も「精神病覚え書」に書いているが、東大病院の神経科で手に余る重症患者は主治医の判断で八幡山の松沢病院へ送るのだという。思い余った三千代は安吾に内緒で松沢病院の下見に出掛けたが、一直線の長い廊下を歩いているうちに、当時「気狂い病院で名の通った」(『クラクラ日記』)松沢病院で安吾が〈廃人〉の刻印を押されることが怖しく、再度入院させることを諦める。しかし、このままでいると何時発作を起こすか判らないので、入れ代り立ち代り安吾の友人や担当の編集者に来てもらって「碁や花札や雑談」で時を稼ぐが、それも長くは続かない。

ある日、再び安吾の雲行きが怪しくなったので三千代は東大病院の長畑一正氏と蒲田の南雲《なぐも》診療所長の南雲今朝雄氏に連絡して来てもらった。相談の結果、南雲氏の提案で伊豆の伊東温泉へ気晴らしに皆で出かけようということになり、長畑・南雲夫妻・秘書役の高橋正二青年・安吾夫妻の都合六名で東京を発った。静養のための転地は主治医の千谷氏からも勧められていたので、安吾は逆らわなかった。途中、列車内で一度だけ安吾は見知らぬ男と喧嘩しかけたそうだが、何とか伊東まで辿りつき、一同は古屋旅館に落ち着いた。しかし、このことについての安吾の記憶は必ずしも定かではない。退院後の回想記「わが精神の周囲」(昭和24・10『群像』)の中で安吾は次のように語っている。

《私は伊東へ来るようになったソモソモのことを明確には心得ていないのである。数日のことが、明確には、思いだせないのである。私は又、催眠薬をのむようになっていたのかも知れない。/覚えているのは、伊東行きのきまった前夜、蒲田の南雲さん(井伏鱒二の「本日休診」の主人公三雲博士）この人は産婦人科医で警察医だが、何の病気に拘らず、私の家の全員がお世話になるお医者さんなのである。それから、長畑さん（柿沼内科医局長。私とは年来の知友である）この御二人のお医者さんが見えていられたこと、これが第一の不思議である。偶然だとは思われない。

私に伊東行きをすすめたのは南雲さんであった。南雲さんは伊東に親戚の旅館もあり、二人の坊ちゃんが間借りの避暑にきていた。この間借りをたたんで帰るために伊東へ行くから、一しょに行かないか、しばらく転地して保養した方がよい、という南雲さんの考えだったようである。長畑さんも私の家に一泊して、翌日一しょに伊東まで来てくれた。（中略）

私の家には、高橋正二と渡辺彰が毎晩泊って、私の発作に備えていてくれたが、翌朝になると、講談社の原田君も泊っていたことが分った。何かがあったのではないかと私は思う。私の記憶に明かではないが、作品社の八木岡君も泊っていたような気がする。伊東へ同行したのは、南雲、長畑両医師に、高橋正二と女房。渡辺、八木岡両君は後日やってきた。》

安吾に発作の兆候が感じられたので三千代が内密に手配して長畑・南雲両医師や安吾担当の編集者に集ってもらったのだが、そのことを知らされていない安吾はこの回想記の中で、「今もって私に分らないのは、伊東へ出発の前夜、南雲さんと長畑さんがなぜ来合わせていたか、八木岡君と原田君が、なぜ泊っていたか、いったい私は何をしたか、ということであった」と述べて不思議がっている。

そして、「こういうことは、いまだに例のないことで、それから伊東へ出発する日の前夜まで、私の記憶が失われているのである。家族のものも語らない。私は酔っ払ったあげく、多量の粉末催眠薬をのんだのかも知れない。しかし私に自殺の意志など毛頭ある筈はないのである。……このようなことが、なぜ起るか、ということについて、人はあるいはこれを鬱病というかも知れない。私は単純に不眠のせいだ、と考える以外に法がない」と弁明している。

安吾は、伊東での「第一日目と第二日目の記憶がモウロウとしている。第二日目は、早朝に長畑さんが手術のために東京へ戻り、私たちは南雲さんの案内で、一碧湖《いっぺきこ》へ遊びに行った」そうだが、三千代の記憶では長畑氏も南雲夫妻も翌日帰京したことになっている。ともあれ、盟友尾崎士郎の住むこの地に長期滞在することで安吾は精神の安定を得、健康を恢復することが出来るようになるのである。

注　記

(1)野平ふさ子＝日本橋の料亭「千歳楼」の娘。空襲で家を焼失し、戦後新宿で安吾とは同郷の谷丹三と共にバー・チトセを開業。三千代が安吾と結婚した直後にふさ子は谷丹三と別れ、昭和二十二年の暮れに新潮社の太宰治担当記者・野平健一と結婚す。平成十一年十月十六日に私は東京で野平夫妻と会い、当時の話を伺った。

十四、未完の長篇「火」の破綻

安吾が東大病院神経科に入院する前から書き始め、入院中も書き続けていた作品に、長篇「にっぽん物語」がある。この作品は後に未完のまま『火』と改題して刊行されるが、昭和三年を時代背景にして書き始めたこの作品の当初の構想について安吾は、「この小説はたぶん五章にわかれ、作中の時代は、終戦までつづく筈である。半年か一年に一章ずつ、まア三年ぐらいのうちに、書き終るつもりである。作中の人物は一切架空であり、戦時内閣の総理大臣は、東条でも近衛でもない。戦争に至る道程、謀略も内乱も一切架空で、私自身が到達しうる人間の限界を示しているにすぎないだろう」（『火』巻末附録「作者の言葉」）と述べている。まことに気宇壮大な構想ではあったが、諸種の事情から総理大臣は田中義一が登場する第一章（『火』第一部）のみでこの作品は中絶する。

安吾はこの作品で、自分の体験した戦争を通して人間の本性を描きたかったと語っている。「私は人間を書きたいのだ。私のあとう《（ママ）》限りの能力によって。そのために、戦争を見たかった。他人の録した戦争ではなく、私自身の目で戦争を見て、私自身の知りうる人間の限界まで究めたかった。……私の念願は達せられた。私は戦禍の中を逃げまどいもし、私の目で見うる限りの戦争を見つめつづけることができた。その結論として書きだしたのが、この小説であり、いわば二十年来の念願であり、狙いでもあった」という。その意味込みで書き始めた作品であったので、東大病院に入院中の安吾は主治医の千谷七郎氏に宛てて、入院一ヶ月後に次のような歎願書をしたためている。

千谷先生へ　（三月二十一日未明）

一、長々の御親切な御配慮深謝してゐます。

二、小生が、かく病気になつた原因の最大の一つは、今書きつゝある長篇小説のためで、これについては升金に、スイミン治療前、「この問題」が解決せぬ限り、一ケ月のスイミン治療が終つたところで病気の治ることはない意味をしたゝめて解決を依頼して居りました。

三、未だに、その解決の返答がありませぬ。小生は本日の午後三時までにこの最後の返答をもとめて居ります。

四、したがつて、升金からこの解決の返答が得られぬ場合、小生は本日退院し、小生自身がこの解決に当りたい所存でおり（ママ）ます。

五、千谷先生、この我まゝを是非おゆるし下さい。この解決なくしては、何年い（ママ）てもこの僕の苛々は治りませぬ。先生方は人間の精神病を体係（ママ）的に御存知かも知れませぬが多分、人間についての独創的な着想については、或は僕もそれ以下とは思はれませぬし、少くとも自分の省察といふ点で、先生方が何人かゝつて、どう知恵をめぐらされても、小生以上に小生の心理が理解せられるとは思ひませぬ。

午後三時、升金の返答次第、小生が行動を起しますから（退院のこと）それまでは、今日は会はないで頂きたく願ひます。

六、この小説の完成なくしては、小生の生命もありませぬ。ぜひ退院ゆるして下さい。

坂口安吾

文中の「升金」とは、すでに『堕落論』や『坂口安吾選集』全九巻を刊行している銀座出版社の升金種史編集長のことである。安吾は銀座出版社の首藤恒社長にも顔が利いていたので、升金編集長を通じて当面の生活費の前借を申し入れていたのである。新潮社と約束した長篇の執筆に作家人生を賭けて打ち込んでいた安吾は、「営利的なつまらぬ仕事を持ちかけてくる人間への反感」から、ほとんどの原稿依頼を断わって来たので収入が激減し、妻の三千代は生活費の工面に四苦八苦していた。すでに新潮社からは長篇連載を口実に前借しているので、安吾は『堕落論』で儲けさせた銀座出版社に働きかけていたのである。しかし、升金氏からは色よい返事を貰えなかった。当時『新潮』の安吾担当記者だった菅原国隆氏は、長篇の執筆を約束した当時の安吾について、「安吾先生と編集者」（昭和32・5）の中で次のように回想している。

《昭和二十三年十月、坂口さんは突然、新潮に三千枚の畢生の野心作を書こうと仰有った。駆出し記者の私はそれだけで度肝をぬかれたが、先生は直ちに実行に着手された。これは桁外れの野心的な仕事であったが、それだけ苦労も激しく、不眠症と行詰りで断続する日が多かった。昭和二十四年の二月八日、先生は過労のなかでついに発狂されたのである。当時、先生は殆ど面会を絶たれて、私一人が蒲田のお宅に出入りする身であったので、私にとってはまことに悲壮なものであった。凄絶を極めた状態のなかで、三千代夫人の苦労だけでも筆舌に尽くせない。先生は起居も不自由のため常に長い棒を持っておられたが、俺はまだ人一倍の体力がある、俺はスポーツマンだぞということを誇示するために、時々この棍棒を活用されたので、周囲は全く危険状態だった。（中略）

二月二十二日、ついに大井広介さんらの尽力で、先生を説得し、安吾さんは東大病院へ入院した。この時は非常に平静で、ゆっくり寝るよ、と笑っておられた。四月十五日に退院するまで睡眠療法を受けられたのであった。／入院中に問題の小説「スキヤキから一つの歴史がはじまる」は未完のまま新潮に連載した。さまざまの事情で私はしばらくご無沙汰したが、退院して伊東に移られた先生に手紙を差上げたら、「迷惑をかけた。海の幸山の幸を食いに来てくれ」という明るい爽かな返事を戴いた。再び先生の手伝いをする栄に浴したわけである。今思えば、まことに安吾さんらしいスケールの大きい痛快な事件ではあったが、じつに戦慄を覚える話の連続だった。》（創元社版『坂口安吾選集』第八巻月報）

菅原氏が安吾の担当記者であるにも拘らず、「さまざまの事情でしばらくご無沙汰した」のは、後述するような事情で出入りを差し止められたからである。三千枚にものぼる「畢生の野心作」の第一章〈その一〉が『新潮』に発表された時の題名が、何んと「スキヤキから一つの歴史がはじまる」という風変りなものであるが、これは安吾の命名ではない。安吾は『新潮』編集部と、長篇が完結するまで発表しないという約束で書き進めていたが、執筆が一向に進捗しない上に安吾が〈発狂〉して東大病院神経科に入院したというので、稿料の一部前払いのこともあって編集部では預かっていた原稿（第一章その一）を、安吾に無断で「にっぽん物語　第一部／スキヤキから一つの歴史がはじまる」と題し、四回に亘って『新潮』に発表してしまったのである。これについては、退院後に発表した「わが精神の周囲」の冒頭で、安吾は次のような抗議の一文をしたためている。

《昨年夏から、この春の入院まで、私が精神の衰弱と闘いながら書きつづけたのは「にっぽん物語」又は「スキヤキから一つの歴史がはじまる」という妙な題で新潮に発表されたもの、並びに未発表の続稿、合せて千枚ちかいものがあるだけ。この未発表の部分は未定稿で、よほど手を入れなければ発表のできないものであった。しかし、未定稿の部分を加えても、私の意図している小説の三分の一にも達していない。

この小説の妙な題名は、私の入院中に無断発表されたため起ったもので、この小説の主たる題名は今もって私の念頭に定まるものがない。私は題名などのことで考える意志がないからであった。／つまり「にっぽん物語」というのは、この小説に主たる題名がないところから雑誌社が無断掲載に際して自ら作ったものであるが、それならばそれで押してくれれば宜しいものを、気が咎めたのか、主たる題名を小さく、「スキヤキから一つの歴史がはじまる」という題を大きくつけた。

私が雑誌社へ渡した部分は、この小説の第一章の「その一」だけで、せめて雑誌社としては、第一章の題をもって主たる題名に代えたかったであろうが、これまた不都合なことに「一九二八―」という未定の題名が第一章につけられており、使いものにならなかったのである。そこで、仕方なしに、第一章中の「その一」をもってきて、主たる題名の如くに大きく扱った。それが「スキヤキから一つの歴史がはじまる」という妙なものなのである。第一章中の「その一」だけの題だから、こんな奇妙な題名もありうるが、さもなければ、こんな題をつけるバカがいる筈のものではない。この部分は、新潮の三、五、六、七月号に分載された。

私にとっては、題名は「にっぽん物語」でもよかったのである。それは雑誌社も承知しており、私は常々、よい題名がありさえすれば、なんとつけても宜しい、と云い云いしていたことであった。だから妙に遠慮せず、ハッキリと「にっぽん物語」と題をつけてくれた方がよかったのである。新潮社が遠慮すべき点は、ほかに在った。それは、私の承諾を得ずに、発表してはいけない、という一事であった。

私は今まで、全部の完成を見ぬうちに発表した長篇は、すべて中絶という運命にあった。これは作者の個性的な性癖の一つで、仕方がないものであろうと思う。その反面、全部の完成を見るまで発表を控えたものは、二年三年の難航はあっても、それぞれ完成しているのである。私はその運命を怖れた。そして、新潮の社員（注、菅原国隆氏）に、題名などは何でもいいが、全部の完成を見るまで発表を控えて欲しいという一事だけ、特別に言いつづけていたのであった。借金のことなど、雑誌社にも言い分はあることだし、発表された今となっては、もう仕方がない。女々しく取乱すよりも、私として最も大切な一事は、従来の運命をくつがえして、すでに発表されたこの小説をあくまで完成しなければならない、ということであった。》

この時の『新潮』編集部のやり方が余程肚に据えかねたと見えて、安吾はこのあとの続篇（第一章その二）を、新潮社には無断で「火」の総題のもとに講談社の『群像』に四回分載した。第一回の小題は〈その一〉とのバランスを考えて、「その二　法海の狂恋と片市最後の闘争」とし、以下三回をこの小題で通した。〈その二〉の分載が終ったところで、講談社から昭和二十五年五月に『火　第一部』と題して出版した。当初の約束ではすべて『新潮』に連載し、完結した時点で新潮社から刊行する手筈になっていただけに、担当の菅原氏にしてみれば何ともやり切れない思いであったろう。すべては、安吾の〈発狂・入院〉を再起不能と速断したことから生じた手違いであった。

安吾自身が、「この小説は、私が鬱病（精神病の一種であるが）と闘い、消耗する精神や体力の火を掻き起しつつ、争い、そして、書きつづけた小説で、すでに歩行も、喋ることも不可能な時に至っても、尚、精神病院の鉄格子の中でふるえる手で、時には自分にも得体の知れない文字によって書き綴りつづけた小説なのだ。幻視と幻聴の中で書き綴った小説なのである」(「わが精神の周囲」)と手の内を明かしている「にっぽん物語」改め「火」とは、一体どんな性格の作品であるのか。

安吾は更に、無断で『新潮』に連載された「にっぽん物語」について、「これ以上に健康な小説が、有ろうとも思われぬほど、健全ではないか。私の精神や肉体は異常であったかも知れないが、私の仕事は健全そのものであり、いささかも異常なところは見られない。私はただ、消耗する肉体と闘いながら、一途に人間を追及しただけで、その人間像に異常なところが在るとすれば、それは私が異常なためではなくて、あらゆる人間が本来異常なものであるためだ。私の精神が異常であるのは、私の作品が健全のせいだ、と言いきれないこともない。私の健康さの全部のものを作品に捧げつくして、その残りカスが私というグウタラな現身《うつしみ》なのだよ、と誇示し得ないこともないのである。諸氏よ、精神異常者の文学だの、意志薄弱の文学などという前に、私の『にっぽん物語』を読んでみたまえ。そして、それから、君の言いたいことを言ってくれたまえ」(同前)と、自信をもって時評家や読者に呼びかけている。

この長篇の当初の構想は、三・一五事件のあった「一九二八年から一九四五年の敗戦にいたる日本の歴史を政治家の俗悪さと政治に翻弄される人間の茶番をとおして描く壮大なスケール」

（関井光男、ちくま文庫『坂口安吾全集』解題）のもので、完成しておれば当然安吾の代表作になっていたはずであるが、先に挙げた安吾の不安な予感どおり、三千枚に及ぶ大長篇の構想も僅か第一章（その一・その二）五二六枚のみで中絶してしまった。そのこともあってか、安吾文学を論ずる作品論の中で本格的に「にっぽん物語」もしくは「火」を取り上げたものは殆んど見当らない。果して、未完の長篇「火」は論ずるに足らない駄作なのであろうか。それとも「スキヤキから一つの歴史がはじまる」というタイトルから、この作品を頭から悪ふざけの戯作と決めつけて相手にしなかったのであろうか。いずれにせよ、この作品が一般読者はもちろんのこと、安吾文学の研究者からも軽視されていることは間違いない。「火」第一章〈一九二八―三二年〉その一〈スキヤキから一つの歴史がはじまる〉の冒頭は次のように始まる。（原稿には「その一」に〈耕す人〉の小見出しがついている。）

《今は東京都O区であるが、そのころは、まだY村。そこを郊外電車が走りはじめたが、沿線の農夫たちが舌なめずりして待ちかまえた都会人士の移住は一向に起らず、まっさきに出来たのが、花山大学の野球グラウンドと、その合宿所であった。／夏休みも終りに近づき、秋のシーズンの合宿練習がはじまったばかり、軽い打撃練習とシートノックを終り、ノックの終った選手から一人ずつひきあげて、最後に残った捕手と鷲村監督が、バットをかつぎミットをぶらさげてグラウンドを出ようとすると、白いワイシャツに、ノーネクタイ、大きなボストンバッグと学生服をブラ下げた一人の男が監督の前へやって来て、ペコンと頭を下げた。この男はさっ

きから、練習を見物していたのである。》

この男――A県のN高商在籍の、「肩幅の図抜けて発達した胸の厚い見事な体格ではあるが、身長は、五尺三寸五分か、せいぜい四寸ぐらい」の青年が、鷲村監督に「僕は、ピッチャーをやってみたいんですが、使い物になれそうか、ためしてくれませんか」と申し出る。しかも青年は、これまで野球部に所属した経験はなく、本式の野球をやったことは一度もないという。これには鷲村監督もあきれた。花山大学の野球部は大学野球日本一のチームだからである。

監督に断られながらも、青年は食い下った。「僕の生れは雪国のA県で、野球の弱いところなんです。弱い部にはいっても仕様がないから、僕は中学時代には、柔道に、相撲に、撃剣をやりました。柔道は全国中等大会で決勝に残り、相撲は全国優勝、撃剣は二回戦ぐらいでやられましたが、ともかく、みんな全国大会であばれることができる程度にやってました。野球だけ、やってみたいと思っていましたが、どうもダメのタチで、気がむかなかったんです。僕は、舶来のスポーツは、どうもダメのタチで、気がむかなかったんです。然し、学校のチームがヘタだから、つい、やる機会がなかったんですけど、友達と、キャッチボールだけやって、ウップンを晴らしていました」と語り、去りかけた鷲村監督をうまく話の中に引きずり込むことに成功する。

雪玉でコントロールの練習をしたこと、野球ボールを三ダースずつ買い込んで、案山子《かかし》相手に雨の日も休まず、六年間速球の練習をしたこと、その甲斐あって野球部のエースよりも遥かに速い球を投げられるようになったこと、六大学の強打者を三振に打ちとってみたいことなどを語り、

「すみません、ためしてくれませんか。井の中の蛙《かわず》。心得ていますが、正式にコーチをうければ、なんとかなるとウヌボレています。まったく、トンマなウヌボレだけど、どうしても、やってみたくて、仕方がないから、覚悟をきめて、来たのです。ひとつ、たのみます」と熱心に食い下がる。根負けした鷲村監督は、テストということの外に遊び心も動いて捕手からミットを受けとり、自ら捕手を引き受けることになった。

《マウンドに立った青年は、素手で無造作に十五六回手ならしをしてから、ちょいと本腰をいれて、然し無造作に、十ばかり速球を投げた。いずれもベース中央の、ほぼ正確なストライクであった。初心の豪球投手にありがちな、大きなモーションがない。踏みだす足もせまく、キュッと腰からひねり出すように投球すると、すぐ直立して球の行方を睨《にら》んでいる。コントロールというものを極度に意識して練習した結果であるかも知れないが、案山子相手の独習投手には、出来すぎた不思議さであった。当時花山大学には六大学随一の豪球投手穂高がいたが、それには劣るにしても、大学級の球速ではあった。ところが彼は、まだ本式の猛球を投げてはいなかったのである。》

これから本式に投げるのでコーナーを指定して下さいと呼びかける青年に対して、「鷲村監督は、フキゲンな顔付をした。仏頂ズラでグッと睨みつけて、すぐ構えた。インコーナーの低目をサインした。青年の顔は、サッと紅潮して、ひきしまった。まるで、二人は、ケンカ腰に睨みあったように見えた。青年の上体がファイトの気魄で突然もりあがったと思うと、全身が鋭い角度をきって豪快な運動を起した。青年の手をはなれた球は、一瞬の唸《うな》りと同時に指定のところへ、とびこんだ。鷲村にケンカ腰の構えがなければ、フラついたかも知れなかった」ほどの豪速球であった。

投げ終った青年が、「いくらか安心した色をうかべて鷲村監督の顔を見たとき、仏頂ヅラの鷲村は、クルリとふりむいて、歩き出した。それはパスを意味していた」のだが、無視されたと思った青年はテストに落ちたと判断した。監督から直接褒められれば、来春花山大学を受験するつもりでいた青年は、黙って去って行く監督の後姿を眺めながら、「ダメですか。アッハッハ、案山子相手の素人だからな」と明るく呟いて、未練げもなく立ち去りかけた。その時、鷲村監督はちょっと振り向き、「来年、ウチの学校へ入学できたら、野球部へ相談にこい」と言ったが、青年にはよく聴き取れなかったので、「すみません。どうも、失礼しました」と挨拶して球場から出て行った。この時の思い違いが、この青年——人丸玄吉の運命の岐路となるのである。

以上が、作品全体のプロローグである。本篇は、「この一部始終を、ネット裏のスタンドで、見ていた男があった」所から始まる。彼は「帝国新聞の社会部記者の峰村一馬という男」で、母校の鷲村監督にインタヴューするつもりで立ち寄ったところが先の一件に出くわし、しかも監督を相手に投球している青年が同郷の級友・人丸勝人の弟だったので驚いた。峰村は合宿所に去って行く鷲村監督を追わないで球場から出て来た人丸玄吉に近づき、「オイ、玄坊。オイ、人丸玄吉」と呼んだ。「なんだ。峰村さんか。これは、いけねえ。あんた、見ていたの?」と玄吉は照れた。この峰村一馬との出会いが、その後の玄吉の人生を大きく変える契機となるのである。

峰村一馬について安吾は、「五尺八寸という大男である。彼も肩幅が、ひろい。そのへんまでは、彼も亦スポーツマンらしくもあるが、いかつい肩の上に、びっくりするほど長いクビがのび上って、四角アゴの大きな顔をささえている。クビから上は不健康で、ひねくれた、意地の悪そうな顔であった」と書いて、このあとに展開される野心家峰村一馬の軽薄な俗物ぶりを暗示している。

玄吉の四ツ年長の兄勝人は、「中学時代は勉強もでき、スポーツにもすぐれ、末たのもしい長男ぶりであったが、花山大学へ入学してから、ぐれてしまった。柔道とラグビーをやっているが、弟の玄吉ほどにスポーツの天分がなく、どっちも正選手までに至らない手のうちである。すでに満八年余の花山大学生活を送って、いまだに卒業もできなければ、正選手にもなれず、茶屋酒のツケの厚さが、年々増加し、その方の手があがるばかり」の放蕩息子である。

大地主の父は長男の堕落に愛想を尽かし、二の舞いを警戒して玄吉の上京を許さなかったので、止むを得ず地元のN高商に進学した。しかし、中学時代に勉強を放棄して三度落第したので、高商の一年生だが、もう二十三歳になっていた。無断で上京すれば勘当して送金しないと父から申し渡されていたので、送金が無くてもやって行ける役柄として花山大学野球部のピッチャーを志したのである。何故なら、その頃の「六大学野球は職業野球じみており、選手争奪、優秀中等選手には、高価を払って買収したり、月謝は無論のこと、合宿費から小遣まで与え、時には茶屋酒の尻ぬぐいまでやるというような話があり、花山大学ではそれが特別ひどいという噂があった。鷲村監督の認定をうれば、官費で酒ものんで、六大学のイキのいい選手どもに三度振りも食わせてやれるのである。オヤジの勘当恐るるに足らず、そういう当《あて》があった」からである。

花山大学のピッチャーに認定されない場合は満洲へ渡って一旗挙げるつもりで家出した玄吉は、手土産に父の金庫の中から有り金八千五百円余の大金を持ち出し、代りに勘当志願をしたためた手紙を入れて来た。しかし、投球テストの結果不合格だと思い込み、満洲行を思案しながら球場を出た所で峰村一馬に出くわしたのである。峰村は花山大学を定期に卒業して三年前から帝国新聞の記者をしていたが、政治家志望の野心家で、「ひところ共産主義にかぶれていた。然し、今では、複雑な陰謀かぶれのシャレ者で、蝮《まむし》の卵のような男であった」が、そんな峰村の変貌を玄吉は知る由もなかった。

スキヤキが大好物の玄吉は、峰村にオヤジの金を盗み出して来たことを打ち明け、日本を去るに当ってスキヤキをたらふく食べたいと言い出したので、峰村は玄吉を高級待合「紅月」に案内した。「紅月」は民友党の陰謀政治家で次期総理を噂されている待鳥文也の妾宅で、峰村は待鳥に取り入ろうとして早くからここに出入りしていたのである。このあたりから場面は複雑にからみ合い、政界進出の足場を作ろうとする峰村の策謀に乗せられる待鳥文也・紅露《こうろ》信行・山川法海《ほうかい》ら怪物の登場と、玄吉が一貫目の牛肉と十本以上の徳利を空にしたあと、更に牛肉一貫目と酒三升を二時間で呑み干す賭けを「紅月」の女将《おかみ》二三江《ふみえ》（三十半ばの美形、実は侍島の妾）とする場面が、同時進行する展開になる。

この作品の見どころの一つは、作品の随所に多くの時事的なエピソードを取り入れていることである。作品の背景は一九二八（昭和三）年当時の世相や政治状況であるはずなのに、まるで二十世紀末の現実を予告しているような箇所が随所に見られる。いつの時代でも、欲望渦巻く私権力を巡って無能な政治屋や似非《えせ》宗教家が暗躍する姿は似ているのかもしれない。

《そのころは、共産主義者の地下運動が活潑なころであった。それに対して、これもいわば地下的に、右翼的な結成が横の連絡なく諸方に散在しつつあった。軍部の内部は云うまでもなく、学内に、武道会に、農村に、又、宗教界に。そしてこの年の六月四日に、満洲では、汽車で奉天へ向う張作霖《ちょうさくりん》が爆死をとげた。終戦後の今日に至って、関東軍の一将校の一人ぎめの陰謀にすぎないことが判明したが、当時は総理大臣田中（義一）陸軍大将の密令による日本政府の陰謀だという流言が一般には信ぜられていた。これが右翼攻勢の皮切りであった。》

《……現総理大臣ニコポン陸軍大将だって、キジルシだかウスバカだか分らないようなものではないか。ニコポンというのは、新聞記者がこの新米の総理大臣大将にたてまつったアダ名であった。ひとたび政治について、口をひらけば、きいている方が赤面するような無智無能をバクロする。赤面せず、慌てず、常に春風タイトウとしているのは、御当人の総理大臣大将ただ一人である。そして誰彼の見さかいなく、近づくものがあれば、どこの何兵衛とも知らないくせ、ニコニコして、ポンと肩をたたいてくれる。即ちニコポンの由来である。》

《「紅月」は、新参ながら、待鳥の台頭期に際会したのと、二三江の手腕で、今売りだしの土地の一流であったが、そこには、ずいぶん、ムリもしていた。だいたいが、政界財界のお歴々の四畳半的会談やお忍び的清遊用をめざした待合だから、秘密をまもるためもあるが、一流の美妓を専属的に独占して、殆ど他の座敷へださないように手を廻していた。そのためには、費用もかかり、多くの敵もつくらなければならなかった。

その専属の美妓の中でも、小萬《こまん》は、土地を代表する美妓であった。オシャクの頃は、某財閥の当主を旦那にして売りだしたが、一本になると、宗教家の山川法海に譲渡された。山川法海は、むかしは一山をひきいた著名な宗教家であったが、還俗《げんぞく》して、鉱山に手をだしたり、大陸開発をもくろんだり、貿易に手をそめたり、投機もやる、政治外交の意見も発表すれば、史学人種学美学も論ずるという万能的なコスモポリタンであった。小萬は法海の懇望により、待鳥が間に立って、財閥の当主から譲渡されたものであるが、まだ十八であった。》

政財界にも睨みを利かせる似非《えせ》宗教家の山川法海という怪物は漁色家としても有名で、旅行にはその都度違う女を同行し、「還俗して、大風呂敷の魔法使いになってから、彼は金銭や情事方面については、全然世評を恐れなく」なった鉄面皮であるが、陰謀政治家の待鳥文也は法海の見せかけの大風呂敷を承知の上で、彼の名声を利用して文化的な研究機関を作ることを目論んでいた。二人とも金と権力の亡者であり、その言動は狐と狸の化かし合いに似ていた。

一方、人丸玄吉と「紅月」の女将との賭け事はどうなっているのであろうか。東京の高級待合「紅月」にいきなり田舎の書生がやって来て、パンツ一つの裸姿で大言壮語しながら大盤振舞いをしている光景を目の前にして、女将の二三江は無性に癇が昂ぶって来た。「音にきこえたこの土地のその又チャキチャキの紅月で、高位高官長者でも気に入らなければ挨拶にでたこともない姐さんを前に、礼儀知らずの書生ッポの思いあがった振舞い」が我慢できなかったのである。

そこで女将は、床の間の直径二尺・深さ三寸の金属製の水盤から花と水を除き、小萬に言いつけてその中に熱燗《あつかん》の一升と冷酒二升を一緒に入れさせ、水盤の酒を「にいさんに、のんでいただこうじゃありませんか。東京じゃァ、めったに見られることじゃァないやね」と笑いながら挑発した。すでに牛肉一貫目のスキヤキを肴に一升以上呑んでいる玄吉が、更に三升も呑み干せるわけがないと、高を括ってからかってみたのである。

《玄吉は、不思議な見世物を眺めていた。荒くれ者の一座が、車座に、こんなバカなこともしたことがあった。玄吉は無用な衒気《げんき》を好まないから、自分から、こんなバカげた酒盛をしようと言いだしたことはない。……然し、彼には、生れついての負けぎらいの意地があった。不撓不屈の意地が彼をスポーツへ打ちこませて、負けるたびに省察と研究と猛練習をたゆみなくつづけて今日に辿りついてきたのである。彼の負けぎらいは対人的な復讐慾とは関係なかった。勝負として負けないことが全部であり、スポーツ的にしか解決し得ない性質のものであった。

（中略）

うむ、よかろうと、ひと勝負の負けじ魂がムクムクと頭をもたげた。そこまで意地わるく仕掛けてくるなら、目に物見せてやろう。彼は、肚をきめた。すると、応戦の闘志によって、彼の顔には、生気のあふれた力づよい笑いが輝いた。》

ここで玄吉は女将の二三江に賭けを申し入れる。女将は望むところと、賭けに応じた。三升の酒を二時間ジャストで呑み干す賭けである。玄吉が勝てば「フィルモの八ミリ撮影機」を入手、女将が勝てば玄吉は「紅月」での一ヶ月の下男奉公、と決まった。立ち合い人は峰村一馬をはじめ、数名の若い芸妓たちである。

愈々始めようという時になって、突然小萬が口を開いた。「私も賭けるわ」と。これには玄吉が驚いた。小萬は一体何を賭けるというのか。ところが小萬は、女将を向うに廻して玄吉の方に張るというのである。小萬は真剣な顔で、「おにいさんが勝ったら、オカミサン、私、芸者をやめさせて下さい。私が負けましたら、私、一生、オカミサンの言いつけは、どんなことでも、ききます」と歎願した。

所詮は蟷螂《とうろう》の斧と見くびっていた女将は、小萬に向って「おや、マア、それで、おにいさんと一緒になりたいというわけ。これは、また、オノロケだわね。それにしても、速成すぎるわね」と嫌味を言ったが、小萬は弁解しなかった。小萬は「紅月」のオーナー待鳥文也の斡旋で好色漢の山川法海に譲渡された芸妓である。内気な小萬が生れて初めて自分の生き方について意思表示したのは、先ほどからの玄吉の青年らしい生一本な性格に心打たれたからである。何としても、「長年彼女を苦しめてきた芸者の残忍酷薄な世界」から解放されたかったのである。

しかし、万に一つも玄吉が勝つはずはないと高を括っている女将は小萬の申し入れも軽く受け入れ、「ええ、ええ、山川先生へも私からキッパリ話をつけてあげます。あなたが負けたら、私の思いのまま――へえ、なんとなく悪役じみて、イヤな賭だわね。こちらが下男、あなたがオサンドン、あら、ちょいと、憎らしいほど筋がととのっているじゃないの。私はいよいよ憎まれ者の鬼婆アだ」と憎まれ口を叩く。

腕時計とストップウォッチをテーブルに置いた玄吉は、小萬と女将の「そんなヤリトリに頓着なく、すでに水盤を胸高々ともちあげて吸いこみ、（新しく用意した）スキヤキをつついて」いる。夜の八時四十五分に試合開始だから、二時間後の十時四十五分までに三升の酒を呑み干さなければ、玄吉と小萬は女将の言いなりにならなければならないのである。

牛肉一貫目のスキヤキをお菜《かず》に清酒一升を呑み干した後、更に一貫目のスキヤキをお菜に二時間で三升を呑み干すという賭は、いくら玄吉が若いスポーツマンであっても、最初から無謀な話であることは誰の目にも明らかであった。だからこそ、女将の二三江は安心して玄吉と小萬の賭に応じたのである。しかし、玄吉が勝てば芸者の世界から自由の身になれると思った小萬は、雇い主の女将を向うに廻し、「断乎として一歩もひかぬ気魄」で事の成り行きを見守っていた。

《玄吉の額から、頭から、全身にわたって、汗の玉がわきたち流れた。全身がマッカに染まり、酒気と汗とで輝いた。汗が目に流れこむので、玄吉は時々目をつぶってニヤニヤした。困った時にニヤニヤするのは彼の癖であった。それをふいてやる小萬は、白いタオルが赤く染まるのではないかと思われるほどであった。然し、彼の動作はシッカリしており、酔ったようには見えなかったし、苦心して飲んでいるとも見えなかった。あと三十分という時には、もう一升とは残っていなかった。つまり三升を二時間にわれば、一升が四十分ずつ、見た目には、規則正しいペースによって、一向に劇的なこともなく、平々凡々に飲みほされつつあったのである。「あと五分だな」／玄吉が時計をのぞいて、そう云ったときは、もはや一息でのみほすことのできる程度の小量が底に残っているだけであった。然し、彼はそれを一息でのみほすことができなかった。ゆっくりと、三息に、わけてのみほした。／十時四十四分。あと一分だけ残っていた。玄吉は、ストップウォッチをとりあげて、ジッとのぞいて、勝利を確認した。それが精一パイであった。喋ることもできないほど、喉がつまっていたのである。》

周りの人たちには、「玄吉が、わざと時間一ぱいに、三息にわけてのんだように思われ、余裕を示しているのだと思ったほどである。そして、この先どれほど飲めるか、底が知れない落着きが感じられた」が、当の玄吉はスキヤキのネギ一切れを飲み込む余地もないほどに参ってしまっていたのである。

風呂へ行くために部屋を出た玄吉は、「目がかすんで、意識がモーローとなり、思わず階段の降り口に坐り込んでしまう。心配して後から付いて来た小萬が、「おにいさん。大丈夫？」と声を掛けると、「アッハッハ。参った。ホウホウのていとは、このことだよ」と玄吉は本音を洩らす。「まだ二三升のめるように見えるわ」と話す小萬に、玄吉は「そんな怪力があれば、牛肉なんか、残さないさ。あんた、ガマにイタズラしたことがあるかい。目の前へ棒を見せて鼻を突くんだよ。全力をつくして、とびかかってくるよ。一時間でも、二時間でも、とびかかってくるよ。棒をひっこめると、ホウホウのていで逃げのびて、片隅へ身を隠して、翌日は死んでいるよ。全力をだしきるのだろう。オレは目下、ガマの状態さ」と自嘲する。

《熱湯に、我慢を重ねてつかる。湯槽《ゆぶね》のフチをシッカリつかんで、肉体の喪失感をくいとめている。脳天から、汗がほとばしる。煮られて死ぬ寸前のところで、たまりかねて、湯からでる。タタキの上へゴロリとひっくりかえって、汗がひっこむ代りに知覚のもどるのを待つのであるが、まさしく瀕死のガマのようにダラシがない。汗がひっこむと、又、熱湯につかる。同じことを、四五回くりかえすうちに、どうやらガマから人間へ戻って、意識が、少しずつ、すんでくるのである。同時に、喉までつかえていたものも次第にさがって、胃袋も、軽くなってくる。行きずりの愚行であるが、ともかく、それを為《な》し終えた快感は、このへんに至って、頭にうかんでくる。快適とは、まア、このへんのことを云うのだろう。それ以上を望む気持はなかった。すべては、行きずりの埒《らち》もない冒険愚行、自分の人生はそんなものが手頃だろうと彼は諦めていたからであった。オヤジの金をぬすみ、故郷を逃げだし、祖国を遁走し、満洲へもぐりこみ、それから先はわからない。どうせバカのやることだから、そのような愚か者の魂にさしたる希望をもたせる方が怪《け》しからぬと彼は自戒していた。行きずりの愚行と、この小さな快適、まさしく手頃であり、それは満洲落ちの幸先《さいさき》よいカドデのように思われた。》

一時間ほどもお湯につかって風呂から出て来ると、廊下の角に小萬が佇んでいた。「東京の芸者は、礼儀正しいときいていたが、こんなに辛抱づよいものかね」と玄吉は感心したが、小萬はお座敷に居たくなかっただけで、別に玄吉が風呂から上がるのを待っていたわけではなかった。女将との賭に勝って芸者から脚を洗えることになった小萬は、廊下で独り、物思いに耽っていたのである。

《賭に勝ったが、この賭が、もし本当に果されたら、自分はこの先、どうすればいいのだろうか、と考えていた。小萬は、結婚などということを、考えてはいなかった。小萬は芸者が嫌いであった。権勢ある老人たちに愛玩される身の味気なさが、胸元につかえていた。然し、恋人があるわけでもなく、理想の生き方があるわけでもなかった。もとより、玄吉に恋情をいだいたというわけでもない。小萬はまだ男性の魅力を知らなかったし、それが欲しいとも思わなかった。

そして、今、小萬の胸に痛切な悩みとなっていることは、自分には教育がない、ということであった。教育とは、どのようなものであるか、小萬は知らない。然し、芸者などという賤業をやらずに、正業について生きぬいている女の人は教育のせいであるに相違ないし、理想の良人《おっと》だの、理想の家庭などとハッキリした考えをもつことのできる人も教育のせいだろうと小萬は思っていた。
小萬は下町の職人の娘であったが、継母がきて、子供ができ、そして、小学校を卒業すると、芸者になることすらも知らされずに、仕込みにだされた。彼女がオシャクにでたころに、父は死に、継母はどこかへ縁づいて帰る家もなくなってしまった。家庭的な不幸は、仕方のないことであるが、教育のない不幸だけは、身にしみて心細さを増すのであった。それさえあれば、父母もなく恋人もなくとも、決して心細くはない筈なのだと思われるのであった。／それを然し、今更どうすることができるものでもない。この賭が実行されて、明日から芸者をやめるとなったら、自分はどうすればいいのか、小萬は見当がつかなかった。》
賭に勝って芸者を廃業したとしても、小萬はまだ自由の身ではなかった。高名な宗教家山川法海を旦那に持つお妾の立場はどうなるのか、小萬には皆目見当がつかなかった。廊下に立ち尽くして、「人間は何のために生きているのだろう。自分はなぜ、何のために、生れてきたのだろう。何をしたらいいのだろうか。それらのことを思うと、心細さが身にしみて、小萬はすべてを忘れ、ただ茫然と立ちすくんで」いた時に、玄吉が風呂から出て来たのである。
一方、女将の二三江は賭の際に小萬に向って、自分が負ければ「山川先生へも私からキッパリ話をつけてあげます」と言った手前、好色漢の山川法海への対応に苦慮した。そこで思いついたのが、玄吉と小萬を強引に結びつけて既成事実を作り、それを口実にして山川法海を諦めさせるという姑息な手段であった。風呂から上がって小萬に給仕させながら食事をしている玄吉の前で、敗北の自暴酒《やけ》に酔った二三江は、「小萬ちゃんは約束にしたがって、ただ今から芸者は廃業なんですから、ほかに身寄りがあるじゃなし、行き先がなければ、このおにいさんのお世話になるのが、さしあたり、唯一の手段というものでしょう。ですから、今夜は、このお部屋に泊めていただくのですよ」と小萬に言い渡した。

これを聞いた玄吉は二三江の陰湿な奸計に腹を立て、「あんたは、この世ではじめて見参した一番ヒステリーのウルサイ女だ。腐った女、というのは、アンタのことを云うのだろう。あんまりウルサイから、賭の撮影機は、もらいたくない、と云ってやりたいところだが、ドッコイ、オレは、もらうことにするよ。そして、ハッキリしようじゃないか。オレは撮影機を貰う。この人は芸者をやめる。この二つの賭は約束にしたがって実現しましょう。そして、そのほかの余計なオセッカイは、やめることにしましょう。試合はすんだのだから、あんたは姿を消して、サンタクロースみたいに夜中に約束を果しておけばいいのだよ。さア、わかったでしょう。あんたは、お帰り下さい」と二三江を追いたてる。

高級待合「紅月」の女将を気取る三十五歳の大姐《おおねえ》さんが、二十三歳の田舎書生に子供扱いされるのだから、酔っているとはいうものの二三江の屈辱感は極点に達するが、玄吉には太刀打ち出来そうもないことを自覚する。そこで二三江は、「ええ、ええ、どうせ私は、腐った女ですよ。熊や猪の目から見て、人間なんて、どうせ神経やみの腐ったヒステリーなんでしょう」と悪態をつき、小萬の身を案じて同席していた芸妓八重菊を促して部屋から退散する。

《玄吉は七八杯飯を平らげて、ようやく満腹、ウチの茶碗なら三杯ですむものを、万事お上品の土地だから、いらざる恥もかかなければならない。小萬は二人だけ取り残されると、却って、落着きが戻って来た。元々彼女の心は他の介在を絶して、ひとすじに思い決していたからである。隣室に白いカヤが吊られて、一つの寝床に男女の枕が並んでいた。それも小萬の意とするに足らないことであった。ただ、侘びしい思いがする。人間はなんてミジメなものだろうと思われた。

「おにいさん、ごめんなさいね」／「今夜は、もう、喋るのは、よそう。ウルサイ話をきくと、オレは頭が痛くなって眠たくなるタチなんだ。今日は酔って満腹したから、もう、ねむくなった。お先に失敬します」

玄吉はカヤへとびこむと、男枕をかかえて、タタミの上へひっくりかえり、頭の下へ枕を当てて、大の字にのびた。／「オレは、夏の間は、タタミの上へねむる習慣だからね。カヤを吊らずにすむなら、板の間の上でねたいよ。フトンの上では五分とねむることができないクセがついてしまってね。フトンは、あなたに、あげますから、一人で占領して下さい」／彼は「オヤスミ」と云うと、同時にマブタがあかないような状態になっていた。そしてたちまち、イビキをかいて、熟睡してしまった。》

小萬は一晩眠らずにいようと思ったが、「何物も怖れることもない。怖れることは、自分の心が悪く曲っていることだ。心さえ正しければ、神様は助けて下さる筈である」と思い直して、長襦袢一つになり、脱いだ着物を玄吉へ掛けてやった。横になった小萬は目を閉じて、「運命がどのようになるにしても、運命をまつ心を定《き》めた。目がさめると、その運命が訪れているのだろうか。自分にできることは、それだけだ。運命の訪れを待つことと、正しい心を持つことだけである。正しい心を忘れなければ、必ず神様が助けて下さる」と念じながら眠りに就いた。

このあと、物語はどのように展開するのか興味深いところである。玄吉に小萬を添わせてメロドラマにするか、山川法海の怒りに触れて小萬は再び籠の鳥となるか、玄吉は小萬を振り捨てて独り放浪の旅に出るか、人生に希望を失った小萬は自殺もしくは行方不明となるか、等々。長篇小説の〈第一章・その一〉を締め括るに当って、安吾も当然迷ったはずである。安易なメロドラマに落としたくはないが、かと言って、意図していた社会派の作品に仕立てるには余りにも芸妓小萬にこだわり過ぎた嫌いがある。社会的弱者である小萬をここで切り捨てて、風雲児・人丸玄吉の一代記へと筆を進めるのはいかにも不自然である。

玄吉は小萬の可憐な美しさと不遇な身の上に心惹かれないわけではないが、小萬と女将との賭は自分とは無関係であると決めつけ、小萬の身の振り方には関わるまいとする。そこで安吾は小萬にも同じように玄吉批判を試みさせ、双方が共に救いようのない運命に翻弄されて生きていると思い込ませることによって、二人を対等の位置に立たせようとしたのである。

《……あの人は、どうして、あんなに明るくノンキなのだろう。みんなあの人のおかげで、この一日が思いがけなく愉しいものになったようだが、張本人のあの人は、実は明日の日もわからない気の毒な風来坊にすぎないのである。ほかの人々は、家へ帰って、夕餉《ゆうげ》にあの人の噂をして打ち興ずるに相違ない。その人々には家も父母も兄弟もあるが、あの人には何もないのだ。人々の夕餉に自分の噂がでているというのに、あの人自身は、帰る家も、語らう肉親もいない。あの人は多くの人々に自分の影を与え、噂話のタネになりながら、あの人自身の居る場所すらもないのだ。人々に影を与えて、本人は消滅し、無であるにすぎない。そのくせ、あんなに明るく、ノンキでいられるというのは、わけがわからない、というよりも、小萬には、気の毒なことに思われた。あんなに明るく、ノンキにいられる筈はなく、あの人は道をまちがえ、悪道へ落ちているのに相違ないのだ。それに気がつかないほど、無鉄砲な、気の毒な人であった。》

無教養な小娘が一夜にして批判精神の旺盛な〈カシコイ女〉に変身したのであろうか。それとも、天真爛漫な玄吉の言動に感化されて俄《にわか》に自我に目覚めたのであろうか。社会の底辺に生きていると思っていた自分よりも、もっと不幸な人間がいることを発見した小萬は、余裕を持って自分を顧みるようになる。小萬の目から見れば、「玄吉の行末が思いやられて、哀れであった。自分も哀れな女であるが、玄吉に比べては、まだしもと思われ、まちがっても、あの人のように道を踏み外してはいけない、もっとマトモな、そして、ささやかでも、正しいものでなければならない」と思うのである。

つまり、安吾は玄吉と小萬の双方に恋心を抱かせないことによって、メロドラマの芽を摘み取ってしまったのである。しかし、だからと言ってこのままで済ませるわけにもいかないので、女将の二三江と新聞記者の峰村一馬を動かして搦手から玄吉と小萬を結びつける策を考える。女将は峰村を使者に立てて、箱根の山荘で避暑をしていた山川法海に賭の一部始終を報告させて上京を促す。その一方で、女将は旦那の待鳥文也にも連絡をとって賭の経緯を告げる。こうして、小萬の処置をめぐり関係者が「紅月」の広間に参集したところで女将は、「山川先生には、まことに、申訳もないことを致しました。どのようなお叱りも、身から出た錆でございますが、どう致しましたら、よろしいやら」と切り出す。

ところが、切り出した途端に待鳥から、人の持ち物で賭をするようなバカな話はやめろ、とたしなめられる。しかし、女将も期するところがあって、今度ばかりは旦那の言いなりになるわけにはいかなかった。居直った女将は、「小萬ちゃんには抱え主がありますけれど、半分は私の持ち物、私の口ひとつで抱え主との話合いはつくでしょう。小萬ちゃんもそれを承知ですから、芸者の廃業を賭けたのです。私にしてみれば、バカな話の類いじゃありませんね。私のような女にも、意地があります。芸者衆との賭に負けて約束を果さなければ、大きな顔でこの商売ができるものじゃァありません。私は、この待合を売り払っても、小萬ちゃんの賭は果してみせます」と啖呵を切る。

呆れた待鳥は、「お前の思うようにやるがよい。お前の始末はお前がつけよ」と女将に言い渡す。さっきから黙って様子を見ていた山川法海は、小萬一人ぐらいどうということもなかったが、女将に向って「とにかく、小萬をつれてくるがよい。それから、ほかの芸者も、たくさん、よぶがよい。ついでに、その書生もつれてきてごらん。このような話は、万事、酒興というものだ」と言い出して、事を穏便に収めて帰ろうとしていた待鳥を苛立たせる。

《芸者たちにつづいて、小萬もきた。二三江にみちびかれて玄吉が、怖れる風もなく座敷の入口へ現われて、立ち止った。一座を見廻して、それから、立ち止っていた入口の場所へ静かに坐った。柔道や剣道の試合の時には、こういうグアイに道場へ現われて、設けの席へ坐ったのだが、道場へ現われた時の落着き方、腹のきめ方の度合によって勝負の心理が最後まで支配されるものであった。するとそのうしろから峰村が現われたので、待鳥の目は険しく光った。》

賭の一件に峰村が一役買っていたことを知らされていない待鳥は、日頃から嫌悪していた新聞記者の出現に不快感を現わし、「君のくるべきところではないから、ひきさがりたまえ」と一喝する。しかし、自信のある峰村は相手を呑んでかかり、「この一件は、全部僕に関係のあることでしてね。この人丸玄吉君は僕の友人の舎弟でして、この待合へこの人物をつれてきたのは僕です。それから本日、女将の依頼によって、箱根山荘へ山川先生をお迎えに参ったのも僕です。つまり事の起りは僕に責任がありますから、僕はこの場に立会わねばならぬ筋合の者です」と居直ってみせる。

一方、玄吉は何のために自分が広間に呼び出されたのか訳が判らず、待鳥と法海に向って「なぜ、僕をよんだんですか、きかせて下さい。僕は、こんなところに居たくないです。早く、用をすませて帰りたいと思います」と申し入れる。玄吉は野心家の峰村が一計を企んでいることを知らなかった。待鳥に一喝された峰村は、「まさか、天下の御歴々が、かかるタワイもない問題で、正面きって若僧に太刀打ちを挑む筈はない。分が悪いのは先方なのである。こっちは遊んでやればよい。自分が一座の主役を買って、カキ廻してやるか、キテレツな結末をデッチあげて笑い物にしてやるか、図太く主導力を握って、シッカと放さなければ、自然に勝利が訪れる」と内心高を括っていたのである。

だから、玄吉が待鳥と法海を前にして、賭に至った経緯と勝負のついた後の処理について「既に結果がハッキリしている」と語り終るや否や、峰村は透《す》かさず「もう一つ、ハッキリしなければ、ならんことがある。玄坊はカンジンのところを忘れているな。お前はゆうべ、小萬嬢と一夜の契《ちぎり》を結んだろう。これについて、ハッキリしなければならん」と切り出して玄吉を呆れさせる。これが峰村の企んでいた〈キテレツな結果のデッチあげ〉である。

峰村はこれ見よがしに、「小萬嬢は、芸者をやめる賭をした。然しだな、芸者をやめることは、オメカケをやめることとは意味が違うな。そうだろう。小萬嬢には旦那がある。してみれば、貞操が必要だな。これはオメカケの旦那たる御方にとっては、重大なる関心事だな。まだ、わからんかな」と喚くが、既に待鳥も法海も峰村の存在を無視している。玄吉は当夜の事実を話して二人の間に不都合なことは何一つ無かったことを明言したが、一波瀾を狙っていた峰村は、第三者が潔白を証明しない限り当事者の言い分は信用できないと突っぱね、返す刀で今度は小萬に同様の訊問を始める。峰村は何としても玄吉と小萬が互いに惚れ合って一夜を共にしたことを二人の口から引き出したかったのである。「身の潔白を主張する必要はないのですか」と詰め寄る峰村に、悲痛な声で小萬は応える。

《芸者をやめて、行くところもなければ、働くところもありません。芸者のほかに、身を立てる業《わざ》もありません。途方にくれてしまいます。死ぬよりほかに仕方がないかも知れないと心細くなります。それでも、芸者がやめたいのです。こんなに心細いのに、私は意地をはっているのでしょうか。意地をはるのは、いけないことでしょうか？　これは、意地でしょうか。それでも芸者がやめたいのです。私には、なにも、わかりません。》

このあと、峰村はあの手この手で小萬を誘導訊問するが、遂に小萬の口から玄吉への恋心を引き出すことができずに終る。最後に小萬は旦那の法海に向かい、「私はバカな女です。私はどうせ利巧になれない女ですから、どんな悲しい目をみても、野たれ死んでも、それを運命と諦めています。私には、運命がわかっていますし、それでいいと思っています。山川先生が、利巧にして下さることができぬものを、私がどうなることができましょう。私は決心しましたから、どんな悲しい思いにも我慢します」と訴える。

漁色家の法海が愛玩した小萬は、「感情のともなわない人形のような小娘であった。そのくせ、痴呆的に明るいところがあるのは、なるほどバカのせいもあろうし、運命を盲目的にうけいれている素直なせいもあるだろう。小萬は法海にとって、たったそれだけの小娘」に過ぎなかったのである。小萬の言い分を聞いた法海は、「よし、よし、もう分った。ほかの方には、ひきとってもらいなさい。豪傑も、そこの裁判官も」と言って小萬のことは眼中にも置かなかったので、賭の一件はこれで決着がついたかに思われた。

玄吉に小萬を添わせようと画策した女将と峰村の狙いは見事に外れ、別室で二人は互いに相手を詰《なじ》り合う始末である。いつのまにか女将の二三江は、お偉方の前でも物怖じせずに泰然自若と振る舞った玄吉の心意気に惚れ込み、同じ部屋で玄吉と一夜を過ごした小萬に嫉妬すら覚えるようになる。峰村の手引きで「紅月」から身を避け、近くの待合「モミジ」に移っていた玄吉の許へ、突然二三江がやって来て玄吉を驚かす。二三江は衣服を改め、二三日旅行するつもりで「紅月」を出て来たのである。

玄吉の前に現われた二三江は、「私という女は、ウヌボレ屋で、見栄坊で、いつも威張っていたいバカモノなんです。そんなバカな見栄坊ですから、私は今まで、何一つ、自分の本当の心の思いをとげることがなかったのですよ。素直に本心を打明けることも、できなかったのです。こんなに素直に自分の心をお話しできるのは、一生に、はじめてのことなんです。そして、素直な心にかえることを教えて下さったのは、玄吉さん、あなたなんです」と告白して、玄吉を口説きはじめる。

《御存知ないことかも知れませんが、先程、広間で威張っていたのは、ヒゲのあるのが待鳥文也という政治家で、私の旦那です。ヒゲのないのが、山川法海という名高い御方です。小萬ちゃんが山川さんのオメカケだったということは、もう、お分りでしょう。好きこのんで、そうなるわけじゃないのですが、芸者は、みんな、そんなもの。私だって、小萬ちゃんと同じように、自分というもののない生き方にならされてきたのです。ウヌボレ屋の見栄坊ですから、なおさら、好んで、心にもないことに、意地をはり、カラダをはって生きてきたようなものでした。私は自分の好きなものを、今まで、知ることができなかったほど、根性マガリに育ち上がっていたのです。私は、昨夜、玄吉さんを見たときに、ふるさと、というものを見ているような、なつかしい思いになったのです。それはね、私たちの商売柄、私たちは、人間というものを見ずに、お金とか、権勢とか、家柄とか、そんなものばかり、見るように馴らされて、人間はそれだけのものだと思いこんでいたせいなんですよ。ですから、お金とか、権勢とか、家柄とか、よけいなものを差引いて、人間だけを見たのは、私にとっては、玄吉さんが、生れてはじめてのようなものでした。それほど、又となかったことでしたから、私は、とりのぼせて、あんな風に、あべこべの意地わるを働くような始末になったのでしょう。》

父親の金を持ち出して満洲へ落ちのびるという玄吉を、何とかして思い留まらせようと考えた二三江は、その前に是非会ってほしい人がいるので、その人に会ってみた上で身の振り方を決めてくれと玄吉に懇願する。その人物は陰謀政治家の待鳥文也がひそかに惚れ込んでいる在野の自由人・紅露《こうろ》信行というヤブ医者である。紅露は待鳥の要請を受けてB県の山奥から上京し、世田谷の寺院の一室に滞在していた。二三江は、玄吉に匹敵する人物は紅露信行を措いて外にいないと思い定め、あわよくば玄吉が紅露の人柄に惹かれて満洲行を思い留まってくれればいいと願っていたのである。

二三江は玄吉のために一揃いの背広を新調し、玄吉を若紳士に仕立てて紅露の滞在している寺へ案内したが、玄吉は着付けない正装が窮屈なので、待っている間に背広を脱ぎネクタイを外して正座していた。そこへパンツ一つの裸姿で紅露が現われ、玄吉を安堵させる。話しているうちに紅露の日本人離れした豪放磊落《らいらく》な気性に魅力を覚えた玄吉は、当分この寺の一室に腰を据えることに決めて二三江を喜ばせた。

これと前後して、二三江が峰村に頼んで待合「金鶴」にかくまってもらっていた小萬が行方をくらまして騒ぎになった。峰村も「金鶴」の女将も気づかないまま、小萬はいずこへともなく消えてしまったという。二三江は小萬に惚れ込んでいた峰村の仕業ではないかと疑ったが、どうも峰村の策謀でもなさそうである。しかし、今の二三江には小萬の安否よりも玄吉の将来の方が案じられた。二三江は、「神仏にすがってでも、必ず玄吉を日本一の男にしてみせるのだと、一人で力んだ。二三江は心に叫んだ。これは私の一生の恋愛なんだ。日本一の恋愛なのだ。あの人を日本一にすることで、私の恋を果すのだ。……私は必ず、日本一の恋愛をとげてみせる」と心に誓う。もはや二三江にとって、小萬のことなどはどうでもよかったのである。ここで〈第一章・その一〉は終りとなる。

ところで、未完の長篇「火」で多少とも創作として読みごたえのあるのはここまでで、後半の〈その二・法海の狂恋と片市最後の闘争〉は筋の面でも構成の面でも支離滅裂な失敗作である。ここには〈その一〉で主人公人丸玄吉と深く関わった新聞記者峰村一馬も芸妓小萬も、待合「紅月」の女将二三江も登場しない。主役であるはずの玄吉ですら、共産党員の一味に疑われて京都警察署の留置場《ブタバコ》に放り込まれ、一時作品から消されてしまう。

京都を舞台にした〈その二〉では、妄狂いの山川法海と高利貸の片桐市蔵（通称片市）の二人を軸に、雑多な人物たちを無造作に配置してドタバタ劇を演じさせているだけである。おそらく〈その二〉は安吾自身が語るように、鬱病と闘いながら「幻視と幻聴の中で書き綴った小説」なのであろう。関西方面の昭和初年代における政党・財閥・社会問題などを題材にしてはいるが、京コトバを巧みに取り入れていることを除けば、観念的な時局問題の羅列に終始して、とても筋の通った創作とは呼べない俄か仕込みの代物《しろもの》である。しかし、文中には時折読者を立ち止まらせる箇所があり、独断的ではあるがいかにも安吾らしい発想が見られる。

《無学とはいえ独力で財界の一隅に地歩を築いた片桐市蔵は、今の政党がどのような基盤の上に成り立っているかを知っていた。むかしは薩長閥であった。今では三井三菱という金権の上に成り立っている。財閥の献金によって党費が賄われるばかりでなく、内閣が成立すると、恒例によって総理大臣は何百万かの献金をうけとる。その代り、どう内閣が変っても、財閥の御

用政党にすぎない。（中略）
日本に於ける政治家の主要な任務は、銀行の救済とか、財閥の欠損を保障するための施策であって、民衆はその要求をうめ合わせるために、クビをきられたりするけれども、民衆の福祉のために財閥が犠牲になったということはない。巷には失職して食に飢えた何百万の人々がゴロゴロしているのに、それが政治家の無能のせいだというような考え方は〝赤〟であり、危険であるということになるだけであった。貧乏人は賤民という特殊なヤッカイ者にすぎなかった。》
日本の政治は昭和初年当時から、敗戦を経て平成の今日に至るまで何一つ変っていないことを、安吾は今から五十数年も前に鋭く見透していたのである。いわゆる政商（財閥の裏稼業）と政治権力との癒着の構造が保守政党の金権腐敗政治を成り立たせていることは、何もこの時に始まったことではない。明治以来、薩長藩閥政府の手厚い保護によって膨脹を続けてきた公私の金融機関は、その見返りに献金することで、政府もしくは保守政党と持ちつ持たれつの取り引き関係を維持してきたのである。安吾によれば、日本の保守政党は「裏も表も財閥の御用政党で、国民の生活水準を高める目的のほかに、より以上に重大な政治の目的があろうとは思われないのに、民衆のために、などと言ったタメシがなく」、専ら財閥の機嫌取りを政治家の主要任務と心得ているというのである。これもまた、平成の政権党にそのまま通じる苦言である。
安吾は〈その二〉で場所を東京から京都へ移し、待鳥文也が片桐市蔵の出資で設立した日本能率研究所（略称ＮＮＫ、汚職の隠れ蓑）の関西支所を舞台にして物語を展開させている。ＮＮＫの総裁は山川法海、東京本部の所長は紅露信行、玄吉は紅露の指示で京都に滞在し、本部と支所との連絡係（支所の監視役）を務めている。

このＮＮＫ関西支所に金を目当ての有象無象が出入りし、彼等の暗躍によって訳の判らない乱痴気騒ぎが繰り広げられる。この支離滅裂な乱痴気騒ぎは一見ファルスに似ているが、ファルス特有の矛盾した不合理と不合理との衝突もなく、世俗的な現象面での底の浅いドタバタ劇に終始しているだけである。やたらに登場人物が多く錯綜し、それでいながら筋に統一性がなく、構成上の破綻は覆うべくもない。〈その一〉で辛うじて読者を惹きつけてきた筋の意外性も、対立する男女の緊張感も〈その二〉では完全に姿を消しており、そこに見られるのは創作上の動機の無いまま作者が無理をして原稿用紙のマス目を埋めている苦渋の姿のみである。少なくともここには、安吾特有の奇抜な発想も詩的レトリックも見られない。長篇「火」が話題にのぼらない理由はこの辺にあるのかも知れない。

先の〈その一〉で読者を魅了した主役の玄吉も、ここでは精彩を欠いた脇役に押しやられている。挙句の果に、玄吉は山川法海と一蓮托生の妖怪絵師・熊沢巨赤を賀茂川へ墜落させて傷害の罪に問われ、殺人未遂にデッチ上げられて懲役四年の実刑判決を言い渡され、再び作品から姿を消してしまう。そして〈その二〉のフィナーレは次のように結ばれている。

《玄吉が刑に服している四年間に、京都支所は悲惨な末路をとげ、彼が刑期をおえて出てきた時には、峰村は代議士となり、待鳥、紅露、法海は大臣となっていた。そして待鳥は兇弾に倒

れてしまうが、それらのテンマツは章を改めて語ることにしよう。》

いかにもお粗末で短絡的な結末である。ここまでを未完のまま長篇『火』と改題して刊行しては見たものの、当初の「作者の言葉」とは裏腹に自ら失敗作と認めざるを得なかった安吾は、以後この作品を書き継ぐ意欲を全く喪ってしまうのである。

十五、負ケラレマセン勝ツマデハ

ここで未完の長篇「火」について少し付け足しておく。実は新しく編集された初出稿『坂口安吾全集』第十五巻（平成11年10月、筑摩書房）に「火」の第一章と第二章の下書稿が収録されている。これまで第一章〈その一・その二〉で中絶したと思われていた「火」の第二章の下書稿が、未発表のまま残されていたのである。ノート十四冊に書かれた第一章の下書稿には初稿と手入れ稿の二種類があり、いずれも鉛筆書きである。ノート〈1〉は昭和二十三年十月十日に書き起こされ、ノート〈14〉は同年十二月十一日に脱稿されている。第二章の下書稿はノート六冊分で、〈15〉から〈19〉までである。昭和二十三年十二月十三日から書き始められ、ノート〈18〉の冒頭には「一九四九年一月元旦　於京都河原町今出川清洲（十二時四十四分）」と記されている。最後のノート〈19〉には執筆・脱稿のいずれの期日も書かれていないので不明であるが、遅くとも二月中旬頃には脱稿していたものと推定される。

つまり、第一章と第二章の下書稿は東大病院神経科に入院する昭和二十四年二月二十二日以前に出来上がっていたのである。安吾のメモによれば、ノート〈17〉と〈18〉は京都の河原町今出川にある旅館・清洲（旧東久邇宮家の別邸）で書かれたことになっている。

《私の長篇小説の舞台の三分の一ほどが京都になっていた。私は以前、一年半ほど京都に住んでいたが、十何年も昔のことで、もう、京都の言葉が思いだせない。一度は京都へ行く必要があったので、その旅行に希望をかけた。私は大晦日の朝の急行で、東京を出発した。これが致命的な失敗となった。

東海道線も、その翌日、つまり一月からは汽車にスチームが通じたのだが、大晦日の朝の急行はスチームがなかった。寒気のために、全身の顫《ふる》えがとどまらず、鼻から、口から、まったく寸秒の暇なく洟汁《はなじる》が流れ、こみあげ、私は吐き気のために、そして、それを抑えるために、胃がねじくれ、意識が、苦痛以外には、すべて、失われるようであった。

その夕方の六時、京都へ辿りついた時、私はまったく病人であり、発熱して、旅館に病臥してしまった。京都へ着いたら、と、色々と思い描いていた希望は、すべて虚しく、約二時間、京都の街をうろついたほかは、旅館にとじこもって、炬燵《こたつ》に寝倒れ、その肉体的な苦痛よりも、仕事と闘うために最後の希望を托していた、その打撃が、まさしく私を打ちふせてしまったのである。（中略）

ただ失意のみをいだいて、京都から戻ってきた。それでも一月中は、まだ覚醒剤を用い、衰えはてた注意力をなんとかしてかきたて、仕事をしようと努力した。虚しかった。一行も、書けなかった。／闘い破れたと悟ったのは、一月の二十五日頃であったかも知れない。このままの肉体的な条件では、一行といえども書きがたいことを悟ったのである。洟汁は、もう普通ではない。私は、ようやく、これは蓄膿症だと思った。私の全身は、象皮病のように荒れて、堪えられぬかゆさであった。》（「小さな山羊の記録」）

もちろん、これは安吾の実録的な小説である。安吾は洟汁を蓄膿症のせいにしているが、すでに覚醒剤と睡眠剤の多用による〈狂気〉が始まっていたのである。三千代の『クラクラ日記』によれば、新婚旅行気分で訪れた京都で到着早々に期待を裏切られてがっかりしたが、「彼はまた彼で、京都で一週間も床の中にいながら、一睡もしなかったのと同じ状態でイライラしていたのだ。アドルム十錠ではもうねむれなくなっていた」という。しかし、安吾に勧められて三千代は独りで市内見物をしているので、その間に安吾は第二章の〈17〉と〈18〉の前半を執筆していたのかも知れない。三千代の記憶では一週間ほどで京都を引き揚げたというが、滞在中にどの程度書けたのか判っきりしない。おそらく〈18〉の後半と〈19〉は帰京後に書き上げたものであろう。

第二章の下書稿はかなりの分量であるが、前半は相変わらず観念的な時局論に費され、後半は第一章〈その二〉末尾に書かれている人丸玄吉の傷害罪をめぐる問題の蒸し返しで、作品としての進展は見られない。僅かに、ノート〈18〉と〈19〉で玄吉の補佐役として東京の本部から派遣されたインテリ女性・三原龍子が表面に躍り出て〈男と女の関係〉を繰りひろげ、通俗的な読み物に仕立て上げているところが創作らしい体裁を保っているだけである。

政界に返り咲き、右翼の軍人内閣から入閣を要請される待鳥文也が、実は所属している保守政党とは裏腹に「ほぼ完全な社会主義者」であり、満洲事変以降に流行した「国家社会主義の如き、低俗迷信的な不合理を拒否した本来の合理的（社会主義の）理論家でもあった」という。

軍人が総理大臣を務めるようになってから、「職業軍人と右翼団体は肩で風を切り、軍人右翼という人種と、日本国民という人種と、二つの人種ができあがり、一つは特権階級であり、一つは、ほゞ奴隷的、自由なき被圧迫人種であった」ので、待鳥は軍人内閣というものを好まなかった。しかし、軍人の総理から直接口説かれて待鳥は農林大臣を引き受けたが、組閣の蓋を開けてみたら、好色漢の山川法海が文部大臣に任命されていた。また、第一章で主人公の玄吉を引きずり廻した新聞記者上がりの峰村一馬は、内務大臣兼副総理・南雲《なぐも》耕治郎（帝国新聞主筆）の特別秘書に収まっている。

このように大袈裟なお膳立てをしておきながら、このあとに展開される政財界の人間関係はまことにお粗末で、アッという間に政治問題は立ち消えになり、いつの間にかストーリーは人丸玄吉の傷害事件に対する検事の調査事項へと移ってしまう。これとからめた形で日本能率研究所（NNK）京都支所長代理の三原龍子とその助手の小槌琴子を巡って、小心な好色漢どもの暗躍が展開される。

東山の禅寺の庵室で生臭坊主の曽空に力ずくで犯された龍子が、世の男どもに愛想を尽かしながらも、立身出世慾・金銭慾・色慾を男の甲斐性だと思っている者たちと対等に渡り合おうと決意するところでノート〈19〉は終わっている。

（なお、第一章初出稿で龍子の亭主木曽多平が第二章下書稿で阿曽多平になっているのは、第一章下書稿に阿曽多平とあるからである。手入れ稿の段階で木曽多平に改めたのであろう。また、第一章下書稿ノートに頻出する策士家の尾形徹は初出稿で尾形東馬に変えられている。）

安吾に戦時下の「欲シガリマセン勝ツマデハ」の標語をもじった「負ケラレマセン勝ツマデハ」（昭和26・6『中央公論・文芸特集』）と題するエッセーがある。国税庁と熱海税務署を相手どって論戦した、いわゆる税金闘争に関する抗議文であるが、副題に《負カリマセント敵ハ言ウデアロウ／戦端開始ニ関スル白書》とあり、国税庁の指示によって安吾の留守中に伊東の逗留先の物品を差し押えた熱海税務署員との対応記録である。

すでに見て来たように、東大病院神経科を中途退院した安吾が再発を惧れる周囲の勧めに従って伊豆の伊東温泉地で転地療養を始めるのは昭和二十四年七月であるが、二年数ヶ月の逗留期間中に、少なからぬ訪問客の接待費、旅館への支払い、安吾の遊興費、過去の借金の返済、編集者たちとの飲食費などが嵩《かさ》んで三千代は四苦八苦し、原稿料の前借などで更に借金を重ねる生活を続けるようになる。

安吾は度々の督促にもかかわらず、昭和二十二年度以降は一度も所得申告をしていないので、所得税は昭和二十二年度分五十六万円、二十三年度分七十万円、二十四年度分百十三万円が滞納されたままになっていた。これから算出すると、流行作家坂口安吾の当時の収入は庶民の想像を遥かに絶する金額であったことが判る。大学出の国家公務員上級職の初任給が手取り二千円弱の時期である。ところが、安吾は借金や訪問者の飲み食いを理由に、「昭和二十二、三、四年度の税額」はゼロでなければならないと主張して税務署員を呆れさせる。

《私は二十年間ひどい貧乏してきたから、昔から無一物に馴れていて、差押えをうけて困るようなことはない。／しかし、差押えをうける前に言いたいことがあった。また差押えをうけるに当って、女房は、私がすぐ戻ってくるから待っていてくれと頼んだそうだが、きかなかったそうだ。彼らは私の帰宅を待たず、私の蔵書を差押えて行った。私は無一物にはなれているが、本がなくてはこまる。無一物の時でも本だけは読んでいた。（中略）

私の蔵書というものは、別にさしたるものもないが、主として日本の歴史の資料だね。私が半生、狙いをつけていた問題があって、私はいよいよ今後これを書くことに覚悟をきめたのである。そのためには更に多くの本を集めて読む必要もあるが、とにかく私の狙ってきた私の歴史の体系というものは、蔵書の中にアンダラインや書きこみや註となってシルシがついている。ほかの人が読んでもワケが分らないが、私にとってはカケガエのないもの、私の頭脳の一部のようなものである。そういうものが差押えられて然るべきものであるかどうか、これは考えてもらいたい。近ごろは仕事の合い間にそッちの読書にもかかりきッているから、本が一日なくても困るのさ。いつ死ぬか分らないから、あんまりノンビリしているわけにいきません。》

（「負ケラレマセン勝ツマデハ」）

歴史小説を書くために東京の自宅から取り寄せていた資料を含め、蔵書や家具一切を外出中に持って行かれた安吾は、怒り心頭に発したものの、昂奮の余り熱海税務署員と大喧嘩になることを避けるために自分の主張をノートに書いて相手に読ませ、相手の発言もノートに記録して後日の証拠文書にするという方法を採ることにした。

今回の差し押えは二度目だというが、この間の事情について三千代は『クラクラ日記』の中で、「二度差しおさえを喰って、そのうちの一度は、蔵書一切をトラックが来て持ち去った。(中略)二度の差しおさえは家具や、本に対してだったが、そのうちに原稿や、出版物の印税に対しても、魔の手じゃなくて、差しおさえの手が延びた。私たちは文字通り、これが執行されると、飢えるほかない。原稿料は原稿とひきかえにもらったり、書くまえにもらったりしなければならなかった。隠れて出来る仕事ではないから、新聞に広告が出ると同時に税務署の方は、出版社に人が行くようだった。(中略)単行本の出版の話が来ると、殆んどことわっていた。単行本の場合は市場に出るまでに時間がかかって、売り出されてからまた、二、三カ月たってからでないとお金が入ってこない。その間に税務署に差しおさえられてしまうのだった」と語っている。

この一件は安吾の存命中に決着がつかず、死後にまで持ち越されることになるが、安吾の死後に税務署から出頭命令が来たので三千代が出かけて行くと、「税務署では、『負ケラレマセン、勝ツマデハ』も一緒に、坂口が書いて出した文章などが全部もれなくとじこんである、分厚い帳簿がとってあった。ムロン税務署側の文書も一緒にとじてあり、お互いの戦歴というものだった」

という。

収入はあったかも知れないが、借金の返済などで右から左へすぐに消えてしまうのだから所得はゼロである、したがって所得税を納める必要はない、というのが安吾の言い分である。当時の税務署は廃墟からの経済復興という大義名分のもとに絶大な権限を有し、権力を笠に着て威ばり散らす税務署員は鬼よりも怖れられていたが、安吾はそんな税務署員を相手に「負ケラレマセン勝ツマデハ」の論陣を張って一歩も譲ろうとしないのである。エッセー自体は安吾の一方的な独断に基づくものであるが、小役人を扱《こ》きおろす論争とは別に、このエッセーには次のような気になる文脈も散見される。

《私は昭和二十三年の正月ごろから非常に疲れが出はじめまして、その夏、七月ごろからだんだん神経衰弱気味、執筆が不可能なようになったんです。二十三年の今ごろの季節から歯が痛くなって、それが前ブレのようでしてね。で、まア、そのころ太宰が死にまして、その前には織田作が死んどりますすし、坂口もそろそろクタバル番だなどと人がそう言ってるように思われたりしまして、で、まア、ここで倒れると人の思うツボであるから、それはゼッタイにいかん、こう覚悟するところがあったんです。ですが、大体において、頭の廻転がきかなくなって来たわけですね。で、死にもの狂いの情熱をだしまして、頭をハッキリさせ、注意力を増強しようというので、長篇小説の「火」というのがあるんです。非常に長いもので、五部で終わる構想のうち、まだ第一部だけしか書いてませんが、その第一部をノートに書きはじめたんです。なぜノートブックに書いたかというと、これは自分の眼が原稿用紙のマス目に対して抵抗力を失いまして、マス目にさえぎられて思考力や注意力をチョン切られる、それに紙面がひろすぎて疲れた頭がついて行かれません。そういうわけで私がノートブックに書いて新潮の記者がこれを原稿用紙に清書し、それを私が手を加え書き直し、また誰かが清書する、それに又もや私が手を加えて完成する、というヤヤこしい順序で仕事をはじめましたが、当時のノートも最初に手を加えた原稿もいまも保存してありますが、文脈はデタラメで、文字は遂には平ガナや片カナまで忘れてしまうという有様でメチャメチャな状態で、それをとにかく勇気をふるい起し、一生ケンメイに頭の注意力をしぼって、一応三百何十枚か完成した原稿を年の暮までに仕上げたのは、今から思えばフシギなことで、その半年はただその仕事に全力をつくしていました。ほかの仕事は一ツもしていません。その翌年からは、もう、ダメで、頭もダメであるし、ひどいのは足腰も動かなくなり、幻視幻聴にも苦しみ、ロレツがまわらなくなって喋ることもできなくなり、二十四年の二月二十二日、あるいは十七日、よく記憶はありませんが帝大の神経科へ入院しまして、四月二十日ごろ退院しました。しかし、これも正規の退院ではありません。》

このあとも綿々と退院後の状況が語られているが、要するに仕事が出来ないので収入がないこと、入退院及び転地療養で費用がかさみ借金に頼ったこと、したがって「私には借金が残っただけで一文のモウケもなく金に追われて悪戦苦闘していた時の税金」は一文も払えないという言いわけを税務署員に伝えるために、直接関係のない日本古代史の話やいわゆる無頼派作家の太宰治と織田作之助の死や「火」の執筆事情などを、思いつくままに縷々《るる》述べているのである。対応した税務署員はさぞかし面喰ったことと思うが、安吾の方は大真面目であったことを考えると、伊東での転地療養中も躁と鬱の〈狂気〉からまだ解放されていなかったものと思われる。退院の際に医師から禁じられていた睡眠薬を安吾は伊東で再び服用しており、「薬を飲んだかと思うと間もなく、二、三日暴れるようになった」（『クラクラ日記』）という。

この税金闘争の延長線上に、伊東市営競輪場でのいわゆる〈競輪不正事件〉が発生する。安吾のエッセー「光を覆うものなし―競輪不正事件―」（昭和26・11『新潮』）によると、事件の発端は以下のようである。

《私の告発したレースは九月十六日の伊東競輪で行われた。第一節第一日の第十二レースA級予選で、実力第一の武田選手が消えるという噂がとんでいた。一番強い選手がアッサリ消える（着外になるの意）のは伊東競輪では特に再々あることで、この日のB級の本命選手が次々と敗れているから、こういう噂がとべば、素人は武田の頭や二着の券にはふりむかなくなる。

レースは最終回の三コーナーから中川選手が先頭にでて、かなり他をはなして第四コーナーから最後の直線にかかった。／第三コーナーまで後方にいた武田が外ワクからグングン他をぬいて最後の直線で中川にせまり、前車輪一ッの差まで追いつめた。そこからゴールまでまだ五六十米は充分にあったから、中川は抜かれるだろうと思ったところ、意外にもその後の中川のネバリは物凄いものがあった。前車輪一ッの差がどうしてもちぢまらない。同じ差を五六十米もちこたえてゴールインした。

ゴール前三四十米のところで二人の車輪が接触してインコーナーの中川が内側へ倒れそうになったほど二人の車輪は接近していた。ピッタリ接近して前車輪一ッの差がどうにもちぢまらぬゴールインだから、肉眼でも狂いのないレースであった。／こういうハッキリしたレースにも拘らず、武田一着、中川二着と発表があった。》

この時、「写真判定の結果などと云えば、見物人が写真を見せろと要求するから、そうは云わない。何コーナーだかで内線を突破した選手があるから審議中だとアナウンスして、長い審議の時間をかけた後に、この内線突破は審議の結果余儀ない事情と認める、と報告し、したがって一着武田、二着中川と何の事もないようにアッサリ発表を了えたものだ。武田、中川以外の別の選手の内線突破に焦点をずらしてゴタゴタと長い審議の時間をかけた後にサッとスリ代えの着順を事もなく報じるという、微妙な心理の盲点をついた方法を用いた」と安吾は断じている。

この日から安吾は伊東競輪の〈不正事件〉にのめり込み、静岡県自転車振興会と伊東市競輪係に宛てて「競輪事件写真提出願」を出し、当日の判定写真を入手した。ところが、入手した判定写真では背番号3の武田が背番号7の中川を僅差で抜いていたので、安吾は写真の背番号が加工されていると息巻き、遂に告発に踏みきった。

安吾によれば、「かかるインチキをやる者は自転車振興会の役員であります。役員以外の者はインチキがやれません。もっとも役員の黙認をうればやれるでしょう。選手個人がやることはできません。強い選手がわざと負ければ見物人にも分るし、それを罰する力は振興会の役員にある筈です。主催者の市役所吏員もレースにタッチすることは不可能で、レースをあやつりうる立場にいるのは振興会の役員のみ」(「告発状添付の写真説明」)であるという理由から、弁護士二名を代理人に立てて振興会理事長の小池孝正氏を静岡地方検察庁沼津支部に告発したのである。

この〈事件〉は振興会が提出した判定写真のネガをめぐって、加工修整されたものか無修整のオリジナルなものであるかが争われ、最終的には静岡国警本部鑑識課の鑑定の結果、写真及びネガには「修整箇所は認めえず」と報告され、安吾に不利な決着となった。安吾は地検沼津支部に出頭を求められ、検事から修整の事実のないことを申し渡された。

これが朝日新聞や毎日新聞に報道されたので、世間の人たちは「九月の伊東競輪を告発したのは坂口の誤解であった。彼の如くに観察力を商売にする奴でも判定を誤るほど競輪は肉眼によって判じがたいものであるし、奴めの社会的地位をもってしても競輪に一指も加えることはできない」(「光を覆うものなし」)と嘲笑しているに違いないと安吾は僻《ひが》んでみる。このあたりから安吾は脅迫的な被害妄想に取り憑かれ、振興会に雇われたチンピラ共が自分を監視していると思い込んで警戒しはじめる。それが高じて恐怖に怯え、やがて転々と居所を変えるようになる。その恐怖から逃れるために再び睡眠薬を多量に服用し、目覚めると周囲に無理難題を吹っかけて傍若無人に振る舞うことが多くなる。安吾は自分の〈狂気〉を自覚していながら、薬物によって制御できなくなってしまっているのである。

《どうにも、仕方がありません。私はなんの罪もない編輯者某君にインネンを吹ッかけ、恩あっても恨みのない檀（一雄）君にもインネンを吹ッかけ、さらに心あたたかき檀君の弟や家族たちにもインネンを吹ッかけ、さらに私の半分の存在たる女房にも最大級に残酷なインネンを吹ッかけて泣かせましたね。そうするのはワケはない。私はアドルムを多量に服用すると、全然本当に逆上狂乱するのですよ。他人がこの程度にのむと、大概死んでしまうらしいが、余《よ》ハイがこれを飲むと、死ぬ代わりに鬼もヘキエキするほど闘魂あふれる結果となる。》（「安吾行状日記(一)」）

静岡県自転車振興会の報復（?）を怖れて、安吾が三年間住み馴れた伊東から姿をくらますのは、昭和二十六年九月下旬のことである。友人の大井広介宅、檀一雄宅、向島の三千代の実家（料亭）などを転々し、やがて群馬県桐生市在住の作家・南川潤の斡旋で、桐生の旧家・書上《かきあげ》門左衛門邸の母屋に住むことになる。

ここが終《つい》の棲処《すみか》となる家であるが、借りた二階建の母屋の「家の中の柱は大きく四角く、真っくろで、大きな寺のようだった。……二階の階段ののぼり切ったところにくぐり戸がついていた。そしてどの部屋もトニカク大きかった。一番狭い部屋で六畳、これは三畳ぐらいの次の間がついていた。一番広い部屋は十八畳、それに板の間が五畳ぶんぐらいついていて、大きな部屋が四ツ、これは戸ぶすまなどをはずすと大広間になる仕組みだったらしく、昔はここに絹織物の問屋さんが集ったのではないだろうか。台所は十畳ぶんぐらい。廊下にしかつかわないところにも畳が横に並べて敷きつめてあって、五畳ぐらいのところが二カ所、広々とした間取り」(『クラクラ日記』)であったという。この書上邸の母屋に安吾夫妻と愛犬ラモー(コリー種)が引っ越して来たのは昭和二十七年二月二十九日で、これから丸三年間、ここが安吾の拠点となるのである。

桐生に移り住んでからの安吾は上京の機会も少なくなり、伊東の温泉地と違って訪れる友人知己も稀で、原稿の依頼も減り、「身辺はひどくサッパリとしてしまったが、淋しくもあるらしかった」という。しかも、この時期の安吾が「原稿を書くのは、競輪事件のための資金かせぎになってしまって」いた。一度思い込んだら後へ引くことを知らない安吾は、判定写真とネガの鑑識結果が出たにもかかわらず〈競輪不正事件〉の告発をまだ取り下げていなかったのである。弁護士に払う金や生活費は何とか原稿料で賄えたが、貯えは全く無かった。

周囲から見ると安吾の競輪闘争は偏執狂の妄想としか思えないのだが、――現に盟友の石川淳が、「競輪なんかそんなつまらないことにこだわって精力をムダにしないで、仕事をするように」と忠告しているのに――当の安吾は桐生移住後も、「私は判定写真の謎をとき、私が正しい、という確証をつきとめるまでは、善意ある科学者をさがして日本の諸方を旅行しなければならなかったのだ。ふとした行きがかりであるが、やむにやまれぬ男の意地であった。野たれ死んでも、確証を突きとめるまでは退《ひ》かないツモリ」(「安吾行状記(四)」)という意気込みであった。それでいながら、相変わらず振興会に雇われた（と思い込んでいる）ヤクザの報復を怖れ、通行人や家の周辺には異常と思えるほど気を配ったものだという。

一方、資金調達のための無理な執筆が重なり、覚醒剤と睡眠薬の服用にウイスキーが加わって幻覚症状に陥り、突然暴れ出して三千代や女中を怯えさせることが屡々《しばしば》あった。

《彼が暴れる原因が何なのか、私にはわからなかった。人間の心理としてはごく卑近なところのつまらないことに何か原因があったとしても不思議ではないから、あるいは私の故《せい》だろうかと思わずにいられない。だが仕事をするために覚醒剤を飲み、眠るためにお酒を飲む。お酒で間に合わないと睡眠剤を飲む。睡眠剤を飲み始めるともう不可《いけ》なかった。けれども当人はよくそれを知っていたはずだった。》（『クラクラ日記』）

ある日、薬物による被害妄想から錯乱状態に陥って暴れ廻り、身の危険を感じた三千代が川向こうの南川潤の家に駆け込んで助けを求めた時、安吾は南川家まで押しかけて雨戸を叩きながら聞くに堪えない罵詈《ばり》雑言《ぞうごん》を南川に浴びせかけ、桐生でただ独りの文学仲間で、しかも借家を世話してくれた恩人の南川を激怒させて遂に絶交するということに立ち至った。酒も飲まず心臓弁膜症を患っていた南川にしてみれば、酒乱と妄想の権化となって暴れ廻る安吾には手の施しようもなかったのである。ところが、何故か安吾はどんな場合でも女中には手を出さなかったので、三千代は暴れる原因が自分にあると思い込み、この時は本気で離別を考えたという。

南川潤と絶交状態になって間もなく、三千代は自分の妊娠に気づいた。伊東滞在中にも安吾の子を身籠ったのだが、この時は安吾から「本当にオレの子か」と疑われて産むことが億劫になり、心ならずも中絶してしまった。安吾には早くから、「オレには子種はないハズだ」との思い込みがあったので、女房が妊娠するのはおかしいと疑ったのである。

《私の女房は前夫との間に二人の子供（注、娘一人の誤り）がある。又、前夫と私の中間には、幾人かの男と交渉があった。それを女房はある程度までは（と私は思うが）打ち開《ママ》けていたが、私もそれを気にしなかったし、女房も前夫と結婚中は浮気をしなかった、私と一緒のうちも浮気をしない、浮気をする時は、別れる時だ、ということを、かなりハッキリ覚悟している女であった。（中略）

　私は女房の貞操を信じていたし、過去は忘れるというのが私の心構えの一つでもあったが、この考えが、女房のニンシンで、ちょッとばかしグラついたのも事実であった。／どうしても私の子供のようには思われない。なぜなら、私に子供が生れるなら、とッくに生まれていなければならないはずだ。女房の場合だけでなく、ほかの女の場合にも。その機会は過去に幾度かあったが、女がニンシンしたということがなかった。

　淋病を患ったり、腰を冷やしたりすると、精子を失って、ニンシンに無能力になるという。二つながら、私には思い当るところがある。／私は戦争中から一昨年まで、七ケ年にわたって、冷水浴の習慣があった。真冬はやれないが、春から秋まで、時には初冬まで、やる。（中略）去年から伊東の温泉地へ住みついたので、旅館はとにかく、家庭風呂は、湯はあれども、水なし。かくて水風呂は終わりである。／水風呂が終わりをつげたので、女房がニンシンするという事態を生ずるに至ったのかな、とも考えた。しかし、いったん失われたものが、再び生じうるであろうか。疑問。／こういう年来の事情があるところへ、疑えば疑うこともできるようなイキサツなどもあったから、私の子供ではないような気がした。》（「生れなかった子供」）

文中の「疑えば疑うこともできるようなイキサツ」とは、三千代がクリスマス・イブに東京の実家へ一泊の里帰りをした際、妹や妹の男友達と一緒に一晩中キャバレーやダンスホールを遊び廻り、帰りにその男友達から高価な緞子《どんす》の生地をお土産に貰って来たことを言ったものである。三千代からそのことを打ち明けられた安吾は、薬物による妄想も手伝って嫉妬に駆られ、激しく三千代を責め立てるので、三千代は再度上京して母と妹と男友達に事情を話して伊東まで来てもらい、安吾の前で何事も無かったことを弁明したが、逆に「お前は妹の分際で姉に男を取り持つのか」と安吾に妹がやり込められ、却ってこじれる結果に成り終った。

もともと安吾には、女と所帯を持つ気も、まして女に子供を産ませる気など、毛頭なかった。三千代との同棲は成り行きでそうなったままでで、別に安吾が望んだわけではなかった。だから、まだ入籍手続はとっていなかったのである。その三千代から再び妊娠したことを打ち明けられた安吾は、「ちょっとオドロイた顔をして、私を見た。トタンにうれしそうな顔をすると私はキタイしたのだが、けっしてうれしそうな顔とはいえない。少しあわてた、ろうばいした顔だった」（『クラクラ日記』）という。この時も、「ホントウにオレの子供なら……うれしいかも知れない。ホントウにオレの子供だろうか」と呟いたそうだが、今回は安吾に何んと言われても三千代は産む決心をしていた。

昭和二十八年七月、文芸春秋新社の依頼で安吾と檀一雄は越後から信州にかけて取材旅行をした。安吾を上杉謙信に、檀を武田信玄に見立て、二人に〈川中島の決戦〉を演じさせようというの企画である。安吾の「決戦川中島・上杉謙信の巻」（昭和28・8『別冊文芸春秋』）と檀一雄の「安吾・川中島決戦録」（昭和30・4『文芸春秋』）はこの時の経緯を書いたものである。

それによると、旅行中の安吾は連日のようにウイスキーのガブ飲みを続け、眠れなくなるとアドルムを服用し、その言動はすでに〈狂気〉そのものであったという。年下の檀は面と向って忠告することもできず、「いやはや、大変な旅であった。折からの炎暑のせいでもあったろう。安吾の鬱気が爆発して全く酸鼻と言いたい程の荒れ模様を呈し、殆ど収拾がつかなかった。私は都合前後三回、安吾の鬱病のおつき合いをしたが、この時ばかりは、場所が旅先でもあったし、事情を知っているものが私だけという心細い有様であった上に、折悪しく私は新聞小説を書いていて、どう処理してよいかホトホト弱りぬいた」と述懐している。

越後の春日山城から出発して信濃の善光寺平に入り、松代・川中島・姥捨を経て松本市郊外の浅間温泉に辿り着いたまではよかったが、取材が終っても安吾は帰宅しようとしなかった。新聞の連載小説をかかえている檀は気が気でなかったが、安吾は旅館に連日芸者を上げてドンチャン騒ぎを続け、最後には正体もなく酔いつぶれて寝てしまう。その後始末はすべて檀と文芸春秋新社から派遣された池田氏の仕事である。取材旅行の日程は疾《と》うに終わり、予算もオーバーしてしまっているのに、何故か安吾は帰宅することを拒み続けた。顔に狂乱の相を帯びている安吾に檀はすっかり手を焼き、「ひょっとしたら子供の出産に対する漠然とした不安が昂じているのかもわからない」と思ってみる。

そんな矢先、檀一雄がちょっと外出していた間に酔った安吾が旅館で暴れ出し、部屋の鏡台を二階から投げ落とすという騒ぎを起こした。番頭の連絡を受けて松本警察署から二人の私服刑事が急行したが、その時安吾は刑事の一人に錫《すず》の煙草ケースを投げつけたという。帰って来た檀の目の前で安吾は警察のジープに乗せられ、そのまま松本警察署に連行された。翌朝、檀は留置場へ安吾を引き取りに行き、別な旅館に移ったが、そこへ桐生から電話がかかって来た。檀はその時の情景を次のように回想している。昭和二十八年八月六日の朝のことである。

《ウイスキーを飲みはじめた時に、桐生から電話があり、安吾はノシノシと電話口に立っていった。おそらく前の宿からここの電話を聞きだして、掛け直したものだろう。／安吾はまたノシノシと微笑を含んで戻ってきた。／「いや、今朝がたね、息子が生まれたそうだ。赤ん坊は親父がブタ箱に入ったことをチャーンと知ってやがる。それで、親父がブタ箱から出たところを見はからって、オギャーと生まれてきたらしいや」／安吾のあのホッと一息ついたような……辺りを見廻してみるような……淋しい、しかし毅然とした微笑を忘れることが出来ぬ。》

出産から五日目に安吾はタクシーで桐生に帰ったが、三千代の入院先へは顔を出さなかった。

安吾の帰宅を知った三千代は翌日急遽退院し、「私は子供を抱いて玄関に入った。彼は玄関に立っていた。私は手を延ばして子供を彼の前につき出した。受けとってもらおうと思ったのだが、彼は受けとろうとはせずに黙って子供を見つめていた」という。

しかも、翌日の晩にアドルムを服用してまた暴れ出したので、三千代は子供を抱いて屋外に逃げ、近くの病院の一室にかくまってもらった。安吾にしてみれば、「五十ちかい年になってはじめて子ができるというのは戸惑うものである。できるべくしてできたというのと感じがちがって、ありうべからざることが起ったような気持の方が強いものだ。大そうてれくさい。お子さんは近ごろ、なぞと人に云われると、それだけでてれたりしてしまう」(「砂をかむ」)ということなのであろう。生涯〈無一物〉を身上に生きて来た安吾にとって、ある日突然の吾が子の出現を、「ありうべからざることが起った」と考えるのは偽らざる心情なのかも知れない。

子供の命名については、当初浅間温泉の宿で安吾は古代日本の強者である〈熊襲《くまそ》〉を発案し、檀一雄は千曲川に因んで〈千久馬〉を提案したが、桐生に帰って来てからいずれも三千代に反対されたので、改めて命名書をしたため、「チャック世に現れアトムまた世に現るとも綱の用の絶ゆることなかるべし／汝一本の綱たらば足らむ／綱たるはまた巨力を要す」ということで〈坂口綱男〉と命名した。

出生届は締め切りぎりぎりの生後十四日目に手続きされたが、出生届に数時間先立って安吾と三千代の婚姻届も提出された。安吾が入籍という形式に縛られるのを嫌っていたので自分から言い出すのを遠慮して来た三千代も、綱男を〈私生児〉にしてはならないという親心から安吾を説得し、同棲六年目にして漸く正妻の座に収まることができたのである。

綱男が生れたのを契機に、三千代は安吾に一つの提案をした。子供の将来のためにも長生きしてほしいので、「薬を飲まないこと、お酒を浴びるほど飲まないこと」の二つである。三千代は編集者から聞いた話として、「獅子文六さんは、お子さんのために長生きすることにお決めになって、良く摂生をなさっているそうよ。大変な子ぼんのうですって」と語ると、安吾は「オレだって子ぼんのうだよ」と呟いて、あとは馬耳東風の様子である。

頑健な体に自信のある安吾は、薬物中毒を除くと「長いあいだ病気になって寝つくなどということは考えたこともなく、第一たたみの上で自分が死ぬということは計算に入っていないようだった」ので、三千代も「彼の体に対する絶大な自信を、私も信じるようになっていた。私の目の前で彼が死ぬということはあり得ない」（「クラクラ日記」）と思うようになる。

安吾はまた、「体は医者に預けてある。悪くなれば直してもらえばいい。オレが外出先で死んだら他殺と思え。そして犯人でも探せ」と言って、暗に競輪事件以来の被害妄想の恐怖を洩らしていたという。この時点でも、安吾はまだ伊東の競輪問題にこだわり続けていたのである。

十六、無頼派作家の変貌と凋落

安吾は長男綱男が生れる二年前に、伊東温泉の借家で妻三千代のために「遺言状」をしたためている。医者から高血圧を注意されながらも酒を止められない安吾は、「やられるとすれば、脳出血だ」と決めこんでいた。三千代が深酒を注意すると、「オレは長生きしようとは思っていない」とうそぶいて、ウイスキーをガブ飲みすることが多かった。しかし安吾の心の片隅には、薬物と酒に頼って生きている以上、いつ発狂しても、いつ急死してもおかしくないという、一種の諦めにも似た捨て鉢な気持があった。何も税務署相手の税金闘争の最中に書かなくてもよさそうなものだが、やはり東大病院神経科への入院とその後の転地療養が、安吾に「遺言状」を書かせる契機になったのかも知れない。

遺言状

女房三千代の籍はまだはいっておらぬが、これはそういう手続きが面倒くさくてそうなっているだけのこと、死後のわが家の始末は全部三千代にまかせる。結婚も自由。その後もひきつづいて出版のことなど管理するもよし、抛棄するもよし。抛棄するときは版権は公共事業に寄附するがよい。尚、私が人に貸した金は取り立ててはならぬ。／遺言状の正式な書式など知らぬが、私の遺言状はこれ以外にないからこれを正式のものとする。尾崎士郎氏に立会ってもらって、これを二通作り、一通は尾崎さんに保管してもらう。なお、養子は貰うな。家名断絶せよ。以上。

昭和二十六年六月十二日　　坂口安吾㊞

右証人　尾崎士郎㊞

四百字詰原稿用紙一枚に書かれたこの「遺言状」と同じ日付で、尾崎士郎に宛てた安吾の私信（と言っても、安吾が同じ町内に住む尾崎宅に直接持参したもの）も残されている。これは「遺言状」に添えて、証人の依頼と印鑑を貰うためにしたためたものである。

《尾崎士郎さま／突然遺言状なんて妙ですが、別に何でもないのです。ただ女房の籍がまだはいっておらぬので、女房に気の毒ですから、戸籍を入れるいろいろの手続きよりも、こっちの方がカンタンだと思ってこういうことにしました。先日の殺人事件のように、人生はいつどうなるか分らんから、死後のことはハッキリしておく方がよいと思っただけです。よろしく証人の署名とハンコをお願いします。そして一通保管して下さるよう願います。

六月十二日　　坂口安吾》

自分には子種がないのだと思い込んでいる安吾にしてみれば、三千代に自分の子供が生れるはずはなく、養子を貰わなければ当然家名は断絶することになる。すでに見て来たように、伊東に転居した翌年（昭和二十五年）の春、三千代は安吾にお腹の子を疑われて心ならずも中絶したが、そのことを書いた安吾のエッセー「生れなかった子供」（昭和25・5『新潮』）の中に、次のような一節がある。

《子供が生れなくて良かった、ということの方が、ほとんど私の気持の全部を占めていた。／私は元々、女房と一しょに住むつもりではなかったのである。私はどのような女とでも、同じ家に住みたいと思っていなかった。（中略）／女房はまだ知らないが、私は子供を生まなかったことによって、女房を祝福しているのである。変な賭はしない方がいいのだ。私のような人間の場合は。私は女や犬の仔を選ぶことはできるが、生れてくる子供を選ぶことはできない。うまく私の気に入る子供が生れてくれればよいが、さもないと、女房も子供も不幸になるだけだ。こんな因果物的な賭は、私自身も好んでしたくはないのだ。》

随分身勝手な一文だが、安吾はこの中で、三千代は「子宮後屈ということで、生むことができなかった。……即日、ダタイ手術したそうだが、胎児はすでに死んでいたそうである」と書いている。しかし三千代の『クラクラ日記』には、安吾から「オレの子供ではないだろう」とさんざん厭味を言われたので子供を生む気がなくなり、止むを得ず中絶してもらったとあって、子宮後屈とか胎児死亡のことには全く触れていない。安吾の先の一文は、おそらく自分で言い出した中絶を正当化するための作為であったとも受けとれる。「生れなかった子供」を発表した時点で、まさか三年後に男児が誕生するなどとは思いも寄らなかったであろう。だからこそ、あのような

「遺言状」を書く気にもなったのである。
　これも安吾の持論であるが、このエッセーの中で、「恋愛などというものは、タカの知れたものである。夢であり、さめる性質のものでもある。私は元来物質主義者だ。精神などというものも、物質に換算できる限り、換算して精算した方が、各人に便利でもあり、清潔でもあるし、幸福でもあると考えている。……男女関係は別してそうだ。夫婦でも、子供でも、義理人情クサレ縁よりは物質に換算した方が清潔で各人に幸福なのだと思っている。私は女房と離別することに躊躇はしない。このことは、女房に子供が生れたところで変りはない。私は子供の養育費と、女房の生活費に換算して支払う。税務署の支払いには応じなくとも、女房や子供への支払いは、必ずまもるであろう」と述べている。合理主義者・坂口安吾の面目躍如たる一文であるが、要するに安吾は家庭的な温床や世俗的な義理人情の柵《しがらみ》に対しては、きっぱりと拒絶の態度を示して来たのである。

　しかし、そのような安吾の処世術に対して痛烈な批判を加えている人がいる。桐生時代に安吾の知遇を得たという、地元出身の医師・浅田晃彦氏である。浅田氏は『坂口安吾桐生日記』（昭和44・11、上毛新聞社）の中で、「私が接した限りでは、安吾は無頼派というイメージとは遠い人だった。短い言葉では表現できない。とにかく振幅の大きい、男性的魅力に富んだ人だった」としながらも、桐生時代の安吾を一医学者の立場から次のように捉えている。（文中の「北川」は桐生在住の作家南川潤の変名である。）

《北川には安吾の文学が世にもてはやされる理由が納得できなかった。親しく付き合ってみて、いよいよ疑わしくなった。反俗の作家といわれているが、なるほどそのポーズはとっているにせよ、よく見ると常識の裏返しにすぎないのである。求道の作家といわれているが、実生活は破戒と淪落の連続なのである。純潔無垢な詩精神を持つというが、どうやらお坊っちゃん精神の延長らしい。豪放磊落《らいらく》な風格というが、ある日のサロンで誰かが安吾を「男性的」と評したら、「俺より北川さんの方が男性的だよ」といったことがあった。安吾自身が自分を豪放磊落とは思っていないのだ。実際酒を飲まない時の安吾は女性的といえるほど臆病であり、気を遣う男である。あの八方破れの構えは、天衣無縫に見えるが、実はヒステリーなのである。無頼派とか破滅型とか称される作家は皆ヒステリーである。現実を低俗視して、抽象的な無限や絶対を追う人間の陥る病気である。（中略）

安吾は巨大な肉体を持っているが、案外もろく倒れるのではあるまいか。あのように乱暴な生活を続けていては、いくら頑健の生まれつきでもたまったものではない。肉体は持ちこたえたとしても、精神の破滅がきっと来る。自殺か脳溢血、安吾の生命はそんなところで急に終止符を打たれるものと想像された。》

一人の医師が南川潤の視点に立って書いた評伝であるが、安吾批判の当否は別として、南川潤を囲む桐生在住の文学サークルの人たちから見れば、桐生時代の安吾の乱行ぶりはまさに〈狂気〉

そのものであった。まして酒の上とは言え、深夜に病弱の南川潤の家に押しかけ、「お前のようなやつは文学者ではない。お前とはもう絶交だ」と罵ったという話が伝わると、桐生における安吾の評判は悪くなる一方であった。

やがて長男が生れ、幾分落ち着いてきたと思われていた矢先、今度は明け方に酔った勢いで市内の行きつけのバーを襲撃して店内で暴れ廻り、桐生警察署の留置場に入れられる事件を惹き起こした。この時も新聞種になって土地の人々の顰蹙《ひんしゅく》を買い、安吾の乱行は留まるところを知らぬかに思われた。

ところが三千代の目から見ると、「子供が出来てから、明らかに彼は今までと変わって来ていた」という。これまでは旅先から電話をかけることのなかった安吾が、綱男が生れてからは取材旅行の宿泊先から綱男の安否を問う電話をかけてくるようになる。そのため、これまでは一旦家を出るといつ帰るか判らなかったが、「彼が電話を掛けてよこすようになって、彼の帰宅の日がわかるようになった」という。

もう一つ変ったことは、安吾が「綱男のために貯金をしてやろうか」と言い出したことである。安吾は家財道具を増やすことを極度に嫌ったが、同じ論法で貯金することも認めようとしなかった。女房子供のために貯蓄をしておくという発想は、芸術に命を懸けた者の採るべき道ではない、というのが安吾の処世訓であった。そのことを文章にも書き、人に語っても来たのである。

その安吾が、長男綱男のために貯金しようと言い出したというのである。三千代にとって、それは大きな驚きであった。このあたりから、「私は坂口というひとを、やっとわかって来たように思っていたのと、綱男が生れて来て、坂口はそれをどんなに喜んでくれているかわからないので、私は世界一幸せであり、私の人生がこれから始まるように思っていた」という。しかし裏を返せば、長男の誕生を契機に、これまで反俗を貫いて来た無頼派作家・坂口安吾の変容と凋落の季節が始まることになるのである。エッセー「人の子の親となりて」（昭和29・4『キング』）の中で、安吾は子煩悩な父親ぶりを臆面もなく次のように披露している。

《女房がニンシンしたとき、私は女の子が生れて欲しいと考えた。男の子が生れて、それが私に似ていたりすると薄気味がわるいし、世間では私を半キチガイ扱いしているような次第で、その悪い方によけい似ていられてはオヤジも降参せざるを得ない。幸い女にはヒステリーという万人共通の症状があって目立たないから、子どもは女に限ると考え、ウブ着なども女の子の物ばかり買い調えていたのであった。

意外にも男の子が生れたので、その瞬間からいかなる怪物に育つかとそれが不安でこまったのである。とにかく鄭重に扱わなくちゃアいけないと、まるで後難をおそれるような気持で、ウバよ子守よ科学よと糸目をつけずに金をかけ手をかけてやった。その代り、オヤジの私にとっては全然面白くなかったのである。さわったこともなかった。（中略）

私には財産が全くないので、今頃になって子供が生れると、何よりもその行末を案じることが先に立つ。女の子が生れるとよいと思ったのも、一つには女の子なら早く一人前になってオヨメに行ってくれるからという考えでもあったような次第で、男の子が生れたについては、その点でも暗い気持になった。否応なく生きて働かなければならないのかということが甚だ負担に思われて、ややステバチのような気持にもならざるを得なかった。／しかし、わが子が犬（注、コリー種の愛犬ラモー）よりも可愛いと思うようになると、その不安も暗さも、だんだん薄れるようになった。別に、生きぬいて働く自信ができたわけではないが、なんとなくただ漫然と自信がついてきたのである。

何よりも、子供が生まれつき非常に健康で病的なところがないのが、私には奇蹟的に思われて、それが自信をつけてくれたのかも知れない。とにかく私は、自分が梅毒ではないかとか、カタワの子供が生れやしないかとか、生れた時からのキチガイで母親を蹴殺してオヤジにいきなり襲いかかるような妖怪が生れやしないかなぞと、最悪のことばかり考えていた。したがって、よい子が生れ、それをどう育ててどんなにするなぞという世間なみのことは全然考えていなかったのである。そんな子は生れる見込みがないとやや絶望的にきめこんでいた傾きがあった。したがって、当り前の子供が生れたということだけですでに私には奇蹟的に思われ、それだけで自信がついたのかも知れないのだ。》

このエッセーには「愛児綱男ちゃんを抱く坂口安吾氏の近影」が掲載されており、最後に「この写真は生後五ヵ月半であるが、発育は順調で、多くの点で私よりも健全のようだ。私はしかしまだこの子供に何も期待していない。どんな風に育てようという考えも浮かばない。ただマットウに育ってくれと願うだけで、そして子供の生れたことを何かに感謝したいような気持が深くなるようである」と結んでいる。

文中の「ウバよ子守よ……」はちと大袈裟で、実際には赤ん坊をタライで湯浴みさせる時に近所の小母さんを頼んだだけで、あとは女中に手伝ってもらいながら三千代が自分の手で育てたという。


自分の死期を予感していたわけでもないだろうが、安吾の最晩年を飾る創作に「狂人遺書」(昭和30・1『中央公論』)がある。豊臣秀吉が己れの後半生を独白する一人称形式の「狂人遺書」は、満一歳の誕生日を迎えた長男綱男が、やがて「パパママ」の片言を言いはじめるようになった頃に書かれた作品である。『中央公論』編集部の笹原金次郎氏の「桐生の一夜」(『坂口安吾選集』第二巻月報)によると、昭和二十九年十月中旬に原稿依頼のため桐生の安吾宅を訪れて一泊した際、酔った安吾は、「秀吉だ。秀吉を書くよ。誰にも解って貰えなかった秀吉の哀しさと、バカバカしいほどの野心とを書くんだよ」と語ったという。あとで触れるが、実はこの時期に安吾は長編歴史小説「真書太閤記」(昭和29・8〜30・4『知性』)を連載していたのだから、改めて「秀吉を書くよ」と言わなくても、毎月秀吉を書いていたのである。そのことを笹原氏が知らぬはずはないので、おそらく原稿を入手するまでは半信半疑だったのではないかと思う。

すでに見て来たように、安吾は桐生に移って早々に新聞の連載小説「信長」を発表している。

安吾にとって戦国武将の第一人者は、何と言っても織田信長であった。近代的合理主義者の信長に較べれば、秀吉も家康も二番煎じの亜流に過ぎない。その秀吉を〈狂人〉に仕立て、自らの狂気を自己分析する秀吉の気まぐれな虚栄と野心を独白形式で綴ったのが「狂人遺書」である。安吾は作品の冒頭で、秀吉の「遺書」執筆の動機を次のように述べている。

《水を得た魚という言葉がある。オレが信長公に仕えて後はずッとそういう感じで進退に不自由を覚えることがなかったものだ。だが近年はまるで水のない魚だ。朝鮮へ兵を送る前後から、巷《ちまた》ではオレを狂人と噂していることも知っている。子が死んだので発狂して出兵したと大名どもまで心に思うていることも察している。それも事実かも知れぬ。オレにはオレのことが何より分らなくなってしまった。だがただ一ツ、何よりも分りすぎて苦しんでいることがある。この一ツのために疲れきってしまったのかも知れぬ。巷ではオレが腹に物をためておかれぬ男だと云うそうだが、この一ツだけはまだ誰にも云うたことがなく、この遺書のほかでは死ぬまで誰にも云うまい。オレにはそれが怖しくてたまらなくなった。そこでそれを書きのこしてオレがミセシメになる日の恥をいまわの恃《たの》みにしたいと思う気持になった。》

これまで誰にも明かしたことのない〈一ツ〉のこととは何なのか、またこの〈遺書〉は誰に宛てて書かれたのか。冒頭で投げかけられたこれらのキー・ワードを手繰り寄せることが、この作品の絵解きとなる仕組みになっている。

話題の中心は秀吉の朝鮮出兵であるが、それに先立って九州征伐（九州支配を目論む島津氏制圧）

のことが語られる。九州に赴いた秀吉は、堺の豪商の子で後にキリシタン大名となる小西行長の手引きで明《ミン》国の商人たちと会う。早くから秀吉は明や朝鮮との貿易を望んでおり、それによってもたらされる富を独り占めにして豊臣家の権力を磐石にしたいという夢を抱いていた。そんなわけで「もともとオレは貿易には甚だ心をひかれていた。貿易の商人だけで町をつくって諸大名も遠く及ばぬ繁栄をみせている堺の町ほどオレの羨んだものはない。この町は小者に至るまで富み栄え、詩歌や茶道をたしなんでいる。オレは堺の町の繁栄をオレの領地、日本全体のものにしたいと思った。日本全土を平定の後はそれがオレの仕事で、さすが秀吉よ太閤よ天下者よとうたいはやされたいと思った」のである。

ところが九州へ来てみると、「ここでは唐《カラ》朝鮮との密貿易が諸国の港で公然と行われており、また品目の優秀なのにもキモをぬかれたのだ。南蛮の商品は日本の一般家庭にはなじみが薄く受け入れにくいが、唐の品々は小間物織物陶器等すべて美術品でもあれば同時に極めて一般的な実用品でもある。九州諸国の港町ではその実証をアリアリと見ることができ」、秀吉を驚かせる。

日本国の支配者として明との貿易を独占できれば、「日本全土の民を裕福にしてやり、そしてオレの一人占めの貿易品を全ての家庭に行きわたらせ、オレは一人で日本全土の富の何割かをまきあげることができようというものだ。オレの美名は末代にとどろき、豊臣家の繁栄もつきる時がなかろう」と思うと、もうじっとしておられなかった。このあたりから成り上がりの権力者・太閤秀吉の〈狂気〉が顕れるようになる。

秀吉は明との貿易再開を己れの運命と位置づけ、対等の交易関係を結ぶことで国内における自身の地位を権威づけようと企てた。そのことについて宿舎に小西行長と石田三成を呼んで密談したところ、二人は秀吉の意に反して悲観的な意見を述べた。

《明は老大国で甚だしく先例を尊ぶ国であります。しかるに足利義満の先例なぞがありまして、彼は明王の名において日本国王に封ぜられ、明の属国のような立場において貿易の許可をうけております。あるいは平清盛、奥州藤原氏等の先例もそうであったのかも知れません。先例がそうであってみまするると、対等の貿易ということはあの老国の気風が許しますまい。殿下の威光によりましても、老国の気風を変えるわけには参りません。名をすてて実をとれ、と申しますから、先例にしたがえば事は容易と存じますが。》

つまり貿易再開の前提として、日本は明の属国であり、日本国王は明王から任命された地位であることを認めなければ成功しないというのである。天下者を以て自任する秀吉にとって、日本が明の属領であることを認めることは屈辱以外の何物でもなかった。諸大名の手前もあって、貿易をする以上は、最悪の場合でも対等か、出来ることならば明が日本の属国であるかのように取り繕う必要があった。そこで秀吉は交渉を小西に一任することにしたが、「表向きはなるべく威張りかえってオレが属国に命じるようにやってくれ」と注文をつけた。律義者の小西は対等の貿易が不可能であることを承知しながらも、秀吉の前では「ともかく有利な名目で貿易できるよう、努力してみましょう」と請け合ってみせる。

ところが、九州征伐のあと小田原征伐を成し遂げて一応日本国の平定を果たした秀吉は、怖いもの知らずの余勢を駆って、今度は朝鮮征伐・大明征伐だと放言しはじめる。というのも、「単に唐との貿易ならば平清盛もやったし足利義満もやった。別段兵をうごかすこともなく貿易をやって巨億の富をえているのだ。単なる貿易のために海外に兵をうごかすなどということは日本の常識にはなかったのだ。そのために、オレは貿易のために、ということがどうしても言うことができない。自然、朝鮮征伐、大明征伐と威勢のよい文句で言ってしまう。平清盛、足利義満の如きですらさりげなく為しとげた貿易を太閤秀吉ともあろうものが兵を海外にうごかしてようやく為しとげたと言われては我慢できなかったのだ。こうして大明征伐を酔余の大言壮語としているうちに、事の次第によっては海外へ兵をうごかしてもよいではないかというような気持が日に日に安易に形づくられてしまっていた」のである。

本当の目的は貿易で巨億の富を獲得することにあったはずなのに、そのことは秘しておき、取り巻きのおだてに乗せられて、国内平定の次の仕事は武力による隣国征服だと高言しはじめる。この時点で、長い間の戦乱によって大名も家臣も庶民も疲弊の極に在り、何よりも各大名の領地経営が急務であることを秀吉は充分承知していた。それを押して朝鮮征伐・大明征伐を言い出したのは、時流に便乗して権力を手にした成り上がり者の虚栄に外ならない。貿易再開の交渉は小西に一任しておきながら(――小西はすでに人を介して明との交渉を始めていた)、「オレは世間には威勢のよいところを見せたいものだから、朝鮮の帰順入貢と言いたててやったばかりでなく、次は大明征伐、その道案内を朝鮮にさせるのだ」と放言して憚らないのである。

　無謀な朝鮮出兵を案じる余り、石田三成は秀吉に直言し、「小西が内々の打診によりますと貿易再開の見込みはあるとのことですが、武力をひけらかしては事をぶちこわすばかりですし、いかなる場合でも海外へ出兵するなぞとは考えるべきでありません。海外におきましては全土が敵地でありますから糧食を徴発するにも困難で、それを輸送するだけの能力すらもわが国では不足かと思われるほどです。日本は疲弊のドン底に落ち、国民の怨嗟《えんさ》は殿下の一身にあつまるばかりでしょう」と諫めるが、自惚《うぬぼ》れ狂気に取り憑かれている秀吉は一旦言い出した朝鮮出兵を今更引っ込めるわけにはいかなかった。

　しかしその一方で、「三成はオレの海外出兵熱をことのほか怖れておったが、実のところはオレ自身がオレの海外出兵熱を魔物のように怖れておったのだ。あまりにトントン行きすぎるぞ。いまに踏み外すぞ、という怖れの声もきこえておった。とまることができないような不安に怯えておったのだ」と本音を洩らす。

　この作品に登場する秀吉は、自らの〈狂気〉を承知しておりながら、権力の亡者としての虚勢と見栄のために、誰の目にも無謀としか思えない気違いじみたことを、まるで遊びを愉しむかのように安易な気持で実行してしまうのである。こうして安吾は秀吉を自意識過剰な〈狂人〉に仕立て、成り上がりの権力の亡者が疑心暗鬼の孤独地獄の中で明日のわが身の運命を模索する姿を戯画化しているが、その〈狂気〉が顕在化する契機となったのが、五十歳を過ぎてから生れた長男鶴松の出生と死であり、更に次男秀頼の誕生である。

数えの三歳で夭折した鶴松の葬儀のあと、秀吉は有馬温泉へ保養に出かけるが、そこで考えたことは、「諸侯が着々領内を経営して蓄財しているのに、オレだけは唐《から》との貿易も再開できない。どうすればよいか。諸侯に金を使わせるのだ。その金をオレの唐貿易再開のために使わせるのだ。諸国の畑からは人夫と食糧を徴発し、諸国の海では船と水夫を徴用し、男という男には船と車をつくらせ、日本全土を疲弊のドン底へ落し、諸侯のフトコロをはたかせてしまえ。そのあげくにオレの唐貿易だけを達成してみんなをひどい目にあわせてやるのだ。徳川家康をひどい目にあわせてやるのだ」という独裁者の思い上がりである。とりわけ、秀吉の目の届かない関八州で国造りと蓄財に励んでいる江戸大納言徳川家康の存在が気がかりであった。常々「オレに代るとすれば、あの男しかいない」と思い込んでいるだけに、家康をいかにして懐柔するかで頭を悩ました。

有馬温泉から大坂城へ帰って来た秀吉は、直ちに朝鮮出兵の号令を発し、自らも九州の名護屋城に出向いた。家康も五千の兵を率いて参陣し、二人だけの場所で各大名の領土経営の困難な事情を訴えて朝鮮出兵の中止を申し入れたが、秀吉は聞く耳を持たなかった。かくして加藤清正、小西行長、宗義智ら九州勢を先陣に朝鮮征伐を開始するが、緒戦はともかく、結果は惨憺たるものであった。これまでの小西の地道な貿易再開交渉の努力も水泡に帰し、日本軍は飢えと寒さに苦しみ、「清正ほどの豪の者まで日本へ帰りたいと洩らした」と伝えられた。次々ともたらされる不利な情報に、さすがの秀吉も妥協せざるを得なくなり、「全軍釜山《ふざん》へ戻れ。面子《メンツ》などどうでもよいから直ちに退いて和議にかかれ」と訓令を発した。

そんな最中《さなか》に次男秀頼が生れた。この秀頼の出生が契機になって、関白職を巡り甥の豊臣秀次と秀吉との間に軋轢が生じ、遂にわが子可愛さから関白秀次を自害に追い込み、秀次の妻妾および子供ら全員を「悪虚無道の謀反人の一族」として処刑した。すべては〈関白秀頼〉を作り上げるための演出であった。

一方、朝鮮とその後ろ楯の明に対して申し入れた和議もはかばかしく進まず、明との交渉も決裂したために再び戦争が開始された。日本から次々に送り込まれる大名たちも、輸送の不備から寒気と食糧難の苦戦を強いられ、「栄養失調、ヨロイの下にシラミだけわかした兵隊乞食。草の根をさがして食《くら》い、泥水をのみ、骨と皮ばかりになって悲しい死に方をする者も少なからず」という有様であった。

日本軍の大苦戦を見るに忍びず、ひそかに名護屋から京都へ帰って来た秀吉は、連日のように「茶会、能興行、そして花見。できるだけ豪奢に、明るく、闊達に。みんな忘れて、この世はいつも春だ」と言わんばかりに振る舞い、朝鮮出兵どこ吹く風とうそぶくのである。しかし、花見に浮かれた醍醐の桜も散って青葉になった頃、朝鮮から戻って来た宇喜多秀家の報告を聞いた秀吉は、「人に戦争をさせ自分では戦争をなげて忘れよう忘れようとのいい気なオレ。脳天から唐竹割りに斬りのめされた」と呻く。秀家は次のように語った。

《「骨と皮ばかりにやつれはて、それでも生きる気だけはたしかな兵士が具足の重さを支えて歩く姿。ふと見ると、それは人間や動物には似ておりませぬ。白昼何千何万とうごめいている幽霊の姿をそこに見ました。朝鮮ではその幽霊がいまも歯だけはくいしばって必死に戦っているのです」

帰りたい、帰りたい、帰りたい。みんなが来る日も来る日もその一念でともかく生きているそうな。もはやオレをたのもうとせず、天をたのんでいるそうな。清正ほどの豪の者まで一口日本の清水がのみたい、帰りたいぞと言うたげな。鬼をもひしぐ清正が頰は落ち、目はくぼみヒゲがボオボオ、戦わぬ日は槍にすがって歩いているげな。》

失敗だらけの朝鮮出兵に決着がつかないうちに、秀吉は伏見城で病床に伏す身となる。病床でフト狂気から醒めてみると、「もう起きられぬ。死も近かろう。オレが死ねば秀頼はどうなるのだ。由なき戦争を起して無益にあたら将兵を殺し多額の戦費を浪費したオレが死後に蒙るのは汚名だけであろう。それにひきかえ、はじめからこの外征に反対だった江戸大納言に人々の期待があつまるのは当然だ。否、オレがまだ生きている今ですら、これからの日本を収拾する人はこの人をおいてないというおのずからの世のうごき、心のうごきを感じとる」ようになる。

そこで秀吉は五大老と五奉行を枕頭に呼んで、自分の死後は「秀頼をまもり秀頼の天下を助けて違背あるまじき旨、天地神明に誓って誓紙に書かせ血判を捺《お》してもらった」が、とりわけ江戸の徳川家康と加賀の前田利家の二人に対しては、手を握って「頼みまするぞ、秀頼を頼みまするぞ」と懇願した。

考えてみると、小西行長と石田三成の進言を採り上げず、「オレはおろかにも気がふれてバカな戦争を起してしまった。……鶴松の死でヤケクソを起し朝鮮へ攻めこんで、ために秀頼の関白位もやがてはダメにしてしまうのだろう。虚勢、見栄。オレの至らぬためである。むやみに威勢をみせたがるようなオレの虚勢と見栄が、知らず知らずオレをかりたててこの破滅を生んだのだ」と、今になって位《くらい》人臣を極めたにもかかわらず、人間としていかに卑小な存在であったかに思い到るのである。

病床で見る夢は、「秀頼が泣いている夢と、朝鮮の兵隊の幽霊の夢だ」という。息を引き取る時、秀頼の名は呼ばないつもりだが、朝鮮で戦っている兵士のことは頼んで死ぬつもりでいる。「無事に日本へ帰すようにしてやってくれ、たのむ、たのむ」――と。そして「狂人遺書」のエピローグは次のように結ばれている。

《皆々はオレをタワケと思うだろう。それほど兵隊のことが心配なら、なぜ今すぐに命令をだしてひきあげるようにさせないのか、と。そこがオレの恥さらしのところだ。虚勢と見栄。むやみに威勢を見せたいバカ。そのためにこの無慙《むざん》なことになったのだが、せめてオレの息のあるうちはこのバカを続けさせてくれ。オレの一生の見栄と虚勢を通させてくれ。身動きもめんどうな死病の床では、なおさら虚勢と見栄が通したい。その代り、いまわの時にはクワッと目をひらいて必ず云うぞ。朝鮮の兵隊たちをたのむぞと。一兵も殺すことなく日本へ帰るように

してやってくれと。そして神々も照覧あれ、秀頼の名は決して云わぬぞ。》

安吾は「狂人遺書」の執筆に先立って、同じく秀吉を主人公にした長篇「真書太閤記」を発表している。これはすでに発表済みの長篇「信長」の姉妹篇として書かれたもので、内容面でも青年時代の信長の行状については双方とも重複しており、「真書太閤記」が安吾の急死によって中絶したとは言え、申し合わせたように双方とも桶狭間の合戦で終っている。短篇「狂人遺書」は連載中の「真書太閤記」の中間に発表されたもので、本来ならば秀吉一代記を意図した「真書太閤記」の後半に書かれるはずの秀吉の晩年を先取りして、不様《ぶざま》な老醜を〈遺書〉の名目で告白させたのである。

従来、「狂人遺書」が安吾の代表作として取り上げられることは稀で、秀吉を主人公にした本格的な歴史小説の連載中に、なぜ「狂人遺書」が挿入されたのかについても、これまで話題にされることは少なかった。僅かに奥野健男が冬樹社版『定本坂口安吾全集』第六巻解説（昭和45・8）で言及している位のものである。

《……太閤秀吉については、彼の晩年の心境を坂口安吾が最後の小説「狂人遺書」として書き遺している。「真書太閤記」最終章と言ってもよいが、そんな次元にとどまらず、巨大な天才文学者坂口安吾の最後の小説として、すさまじい迫力を持った傑作である。これは秀吉の遺書というかたちで一人称形式をとっているが、遺書というより内心の血を吐くような告白、歴史に向っての怒りにみちた反撥、告訴、血迷い、惑乱する狂人の妄想、たわごとであり、世界に向っての呪訴《ママ》であり、死に面しての懸命な決意の表明であるのだ。（中略）

しかしそれだけではない。今更らしくここで解説するのも、さかしらめいていやになるのだが、坂口安吾はこの齢になり思いがけず息子が産まれ、しかも父になってみるとまことに口惜しいことに息子が可愛くて仕方ない。「近況報告」などに書いたように、体を大切にし、長生きし、貯金までしようとまで思えてくる。われながらだらしがないと思うが、どうにもならず幼い子供を愛し、迷う自分を知る。その新しい思いがけぬ体験、心境が、晩年に秀頼を得て、この子のためなら何でもしてやろう、この子のために豊臣家の権力と支配をどんなことをしても維持させようと思ってしまった、つまり子供故に狂い、親バカになり、バカな戦争までしでかしてしまった秀吉の心理が、他人事ならず、伝わって来たのだ。》

つまり、安吾は秀吉を借りて徹底的に自己批判を試みた、というのが奥野の見解である。文学する者の志の根本として、「自分にとっては子供より、文学が大事なのだ。思い定めた破戒の生き方が真なのだ。……せめて死ぬときは子供のことではなく、文学のこと、切ない虚無のことを思いたい。そのために死にたい、と血を吐くように書いた」のだという。そして、「坂口安吾は『狂人遺書』を書くことにより、文学者としての最大の危機を乗り超え、克服し、勝利を得た。ここから、新しい飛躍への場へ歩をすすめた」と見るのである。

誇張癖のある奥野の文章だから多少割り引いたとしても、最晩年の「狂人遺書」を安吾の傑作の一つとして評価し、ここまで丁寧に分析した作品論は外に見当たらない。しかし、ここでもやはり疑問は残る。『知性』誌に連載中の「真書太閤記」をあのまま続けておれば、いずれ秀吉の朝鮮出兵、関白秀次一族の処刑、秀頼の後事を託す家康との掛引き等に筆が及ぶはずなのに、なぜその途中で他誌に「狂人遺書」を発表したのか。桐生に安吾を訪れた笹原金次郎氏に語ったという、「誰にも解って貰えなかった秀吉の哀しさ、バカバカしいほどの野心」とは、当時の安吾自身の心境だったのではないのか。桐生に移住してからの安吾は、原稿の依頼もめっきり減り、訪れる友人も少なく、しかも桐生在住の文化人や知識人からは狂人扱いを受けて敬遠され、かなり落ち込んでいたはずである。この時点で別に〈死〉を意識していたわけでもないだろうが、思いがけず子供が生れたことで新しい〈遺言状〉を書く必要に迫られていたのかも知れない。

戦後の上げ潮に乗って流行作家となり、多くの編集者に取り巻かれ、天才とおだてられて傍若無人に振る舞うことが〈坂口安吾〉のトレード・マークでもあった。そのような疾風怒濤の十年の歳月を顧みた時、もともと虚勢と見栄の小心者が、裏返しの豪放磊落を装って世間の目を欺いて来た己れの醜さに思い至り、内心忸怩《じくじ》たるものがあったのではないかと思う。

四年前に三千代に宛てた「遺言状」の場合は、実子が無いことを前提にしたから、「養子は貰うな。家名断絶せよ」と勇ましいことを書いたが、長男綱男が生れてみると事情は一変した。すでに見て来たように、綱男を抱いている自分の写真を添えて「人の子の親となりて」の一文を発表するなど、これまでの安吾からは考えられないような親バカ振りが目立つようになる。中央公論社の嶋中鵬二社長に大学卒業後の綱男の後事を託したという話も、そんな安吾の変貌を物語る話柄《わへい》の一つである。

　安吾が「狂人遺書」の冒頭に提起した〈一ツ〉のこととは、作品の上では、自分の気まぐれな虚栄から多くの将兵に塗炭の苦しみを味わわせ、彼等が幽霊となって夢にまで現われてくることの恐怖と罪の意識であるが、それは表向きで、本音はやはり「秀頼を頼みまするぞ」ということなのであろう。

　三千代は『クラクラ日記』の最後に、「……『狂人遺書』は彼の死の一月前に『中央公論』に載ったものだが、秀吉のことを書いているのだが、まるで自分の遺書でも書いているように激しいものだった」と記している。おそらく安吾は、虚勢と見栄の独善主義者・太閤秀吉に託して己れを語り、無謀な朝鮮出兵に薬物とアルコールに頼って書きなぐって来た流行作家時代を重ね、豊臣家の安泰と永続を冀《ねが》って徳川家康や前田利家に秀頼の後事を託したように一粒種の綱男の将来を案じていたのである。その意味では、結末の「神々も照覧あれ、秀頼の名は決して云わぬぞ」の一句は、安吾がこの作品に仕掛けた精一杯の反語《イロニー》だったのである。

　ここで少し穿った見方をすれば、秀吉が朝鮮出兵の際に執った政策は、太平洋戦争末期の日本軍閥の政策に酷似している。前線基地への補給・支援を断ちながらも撤退を許さず、現地での玉砕（全滅）を強いた戦争指導者たちの、内地における私生活の何と優雅だったことか。安吾の「狂人遺書」からはそんな光景も読みとれる。

十七、風雲児・安吾逝く

昭和二十九年から翌三十年の初めにかけて、安吾は執筆と取材旅行の両面に亘って多忙を極めていた。長男綱男の誕生を機に、余所目《よそめ》にもいじらしいほどの子煩悩ぶりを発揮し、妻子の生活費を稼ぐために再び書きまくるようになる。死の直前に書き上げた「砂をかむ」（昭和30・3『風報』）は一歳半の愛児を巡る安吾の戸惑い――と言っても結構愉しみながらの――を披瀝した雑文であるが、こんなところにもかつての安吾には見られない変容ぶりが窺われる。

《五十ちかい年になってはじめて子ができるというのは戸惑うものである。できるべくしてできたというのと感じがちがって、ありうべからざることが起ったような気持の方が強いものだ。大そうてれくさい。お子さんは近ごろ、なぞと人に云われると、それだけでてれたりしてしまう。

そんなわけで、自分を子供になんと呼ばせるかということでは苦労した。お父さん、というのはてれくさくていけない。子供にお父さんなぞと呼ばれると、生きてる限りぞッとしなければならないような気持で、子供の生れたては気が滅入ってこまったものであった。日本では

（たぶん外国でもそうらしいが）子ができると女房までにわかに亭主をお父さんと呼びかえるような習いがあるから、いろいろ思い合わせて薄気味わるくなるばかりであった。

結局パパママというのを採用することにしたが、これはよその国の言葉だから、全然実感がなくてよい。陰《いん》にこもったところがない。子供や女房にパパと呼ばれても人ごとのようにサラサラしていて直接肌にさわられるようなイヤらしさがなくてよかった。

けれども、なにぶん五十にもなって生れてはじめて使いはじめた言葉であるから、使う方でも全然実感がわかないのである。父がパパで、母がママだというのは英語の本を読む時には間違う心配がないものだが、さて当人が日常実用するとなるとそうはいかないもので、自分のことをママと云ってしまったり、女房をパパと云ってしまったりで、混乱してしまう。一度その混乱がはじまると、それが意識にからむから、益々混乱がはげしくなる。五十の手習いはおそすぎるということをしみじみ味った次第である。

オヤジがこの状態であるから、ちかごろ子供の奴《やつ》がパパとママに混乱を起してしまった。奴も自信がなくなってしまって、私をママとよんで様子を見たり、パパとよんで、すぐママと云い直してみたりのあげく、ちかごろでは私と女房のどちらに話しかけるにもパパママと二ツつづけて云うようになった。私も女房もパパママである。なるほどこれならどちらか当っているから心配ない。奴めも、これなら、という自信ありげな顔である。そういう子供の顔を見ると、なさけないことになったなと思う。よその国の言葉をうかつに日常用に採用すべきではないらしい。もっともこれは私だけで、女房はマチガイを起さないから、年のせいかと考えている。できないつもりの子供ができた戸惑いであろう。一生つづくものと覚悟はしているが、砂をかむような味である。》

これと前後して書かれた短文「育児」（昭和30・4『婦人公論』グラビア）にも、「五十ちかい年で初子が生れると、てれたり、とまどったりするばかりで育児については無能である。いまもって子の抱き方も知らないが、たまに父が子を抱いたり世話したり母のしてやるようなことをすると、たいそう喜ぶものである。別にしつけらしいことはしないが、父のすることをまねながら自然に育つものらしい。私のしてやることといえば毎日何か食べさせて時々オナカを悪くさせることぐらいで、女房にたしなめられるばかりだが、オッパイのある母親とちがって、父の愛情の表現は何かうまそうな物を食べさせてやるくらいしかないことを母は理解してくれない。そして母親は本能的に子供の独占慾が旺盛であるが、結局その方が無能な父には手が省けるので、専ら母の独占慾にまかせている」と子煩悩ぶりを披露している。

三千代が『クラクラ日記』で述べているように、綱男の誕生以来、明らかに安吾は世間並みの男性に変容したのである。だから、これまで〈坂口安吾〉なる人物を理解出来ずに憂悶の日々を過ごして来た三千代も、無頼派の衣を安吾が脱ぎ捨てたこの時期になって、「私は坂口というひとを、やっとわかって来たように思って……私は世界一幸せであり、私の人生がこれから始まるように思っていた」と述懐するのである。おそらく、片言を話しはじめた綱男と戯れている時の安吾は、くすぐったいような親子の情愛を膚で感じながら、ふと今様《いまよう》歌謡集『梁塵秘抄《りょうじんひしょう》』の愛誦句を口ずさんでいたのではなかろうか。

遊びをせんとや生まれけむ
戯れせんとや生まれけむ
遊ぶ子供の声聞けば
我が身さへこそ動《ゆる》がるれ

無邪気に遊んでいる子等の明るい声を聴いていると、辛い日常を生きている自分でさえ、躍る心を抑えがたいと呟く一遊女の嘆きの唄ではあるが、安吾が人に乞われてよく揮毫するこの歌謡には〈生涯青春〉を言い続けて来た安吾の人生観が託されているのである。あどけない綱男を胡座《あぐら》の中で遊ばせながら、ごく自然に「遊びをせんとや生まれけむ……」と口ずさんでいる姿には、いかにも安吾らしい子守唄の響きが感じられる。

先にも触れたように、昭和二十九年（四十八歳）には再び多作の時期を迎えるが、この年の晩秋、長篇連載小説「真書太閤記」の合い間に短篇「狂人遺書」を脱稿して『中央公論』に渡した安吾は、十二月中旬に中央公論社からの依頼で「安吾新日本風土記」執筆のための取材旅行に出かける。同行者は中村正也カメラマンと竹内一郎編集員である。「狂人遺書」が掲載された『中央公論』一月号に、安吾は予告として「『安吾・新日本風土記』（仮題）について」の一文を寄せている。

《挨拶／予告して申し上げるほどの言葉はまだないのです。しかしとにかく土地土地には生き生きと働く人々は云うまでもなく町や風物や山河や歴史にもそれぞれ自らを語っている個性的な言葉があるもので、私はそれを現地で見また聞きわけたいと思っているだけです。そしてそれを私自身の生存の意義と結び合せ、私自身の言葉で語り直してみたいと思っているだけです。何を見て何を聞きわけてくるかは現地へ行ってみるまでは私自身にも見当がつかないのです。この前文藝春秋へ書いた安吾新日本地理（注、昭和26年3月号〜12月号）と同じように何を書くかという一貫した狙いは今度もありませんが、あのころに比べると飛行機があったりして旅行が楽になったし時日も充分にかけてくれと中央公論の申出もあるので、見こぼれ聞きこぼれがないように念を入れ手間をかけてやります。すべてを我流でやるのですから見方の相違はやむを得ませんが多少とも愛読をうれば幸福です。以上》

もともとこの企画は安吾から出たものである。中央公論社編集部の笹原金次郎氏が桐生の安吾を訪れて原稿を依頼し、これが「狂人遺書」を産み出すことになるのであるが、その際安吾は笹原氏に、「日本全国を歩こう。地方を廻って、古老から話を訊くんだ。日本人の、全く新しい歴史を書きたいんだ。まず、九州の日向に行こう」（「桐生の一夜」）と持ちかけ、それが実現して「安吾新日本風土記」の取材旅行が始まったのである。

安吾はこのシリーズの第一回「高千穂に冬雨ふれり《宮崎県の巻》」（昭和30・2『中央公論』）の

冒頭で、「私がこの仕事の第一回目に日向を選んだのは、旧友の中村地平君が宮崎の図書館長をしているからだ。本も借りられるし、土地の話も教えてもらえるし、こんな便利なことはないというわけで、一も二もなく日向にきめた。それに冬の旅は南に限る」と手の内を明かしている。

文中の中村地平《ちへい》（本名治兵衛）は太宰治と大学同期の井伏鱒二門下の一人であるが、東京帝大美術史学科卒業後、一時『都新聞』（『東京新聞』の前身）の文化部に勤める傍ら創作を始め、太宰や安吾の文学仲間として昭和十年前後から二十年前後にかけて活躍した。代表作に「土竜《もぐら》どんぽつくり」「長耳国漂流記」「八年間」などがある。昭和十九年に故郷の宮崎市に疎開し、戦後『日向日日新聞』の編集総務を経て宮崎県立図書館長となるが、安吾はそれを当て込んで宮崎入りをしたのである。

中村地平への挨拶代りに、「宮崎は小ヂンマリした明るい町。非常に道路の幅がひろいけれども、小ヂンマリという以外に言いようがないほど可愛い町だ。私が小学生のころ、県庁所在地で市でないのが二つあった。宮崎と浦和だ。いまもってそんな感じの町。十二月中旬だったが、町の中に冬の気配が何一ツ見られない。図書館の前に県庁があった。県庁の庭に三百人ほどの自由労働者が赤旗をふってデモをやっている。神話の国へきていきなりデモにぶつかったのにはおどろいたが、さすがにノンビリしたもので、警官なぞ一名も出動していない。殺気だったところがなくて、南国はデモも明るかった」と記した上で、いよいよ安吾独自の史観を駆使しながら〈天孫降臨〉の神話の世界へ踏み込んでゆく。

《天孫降臨や神武天皇の説話についてはこれを神話もしくは伝説という以上に云うべき筋合のことではないが、日向に豪族が住んでいたことは、その多くの古墳群によって知ることができる。（中略）

大和朝廷の勢力が定まるまでは日本いたるところに豪族同士の争いや戦いが行われ、私の考えでは勝者は必ず敵の祖先の墓などをあばいて敵方の荘厳の絶滅をはかったに相違ないと思うのだ。三輪神社は山が御神体であるが、私はそこに大国主命《オオクニヌシノミコト》の墓があって敵方に破壊されたのではないかと考える。大国主命が負けた神様であることからその想像をしてみるのだが、日本では山上墳がないと云われているけれども、飛騨にも日向にも山上の古墳はあるし、赤城山中にはヒッギ石という巨石があってここには明かにヒッギの字を用い、赤城神社の神様の墓石だろうと土地の人々は云い伝えている。破壊された墓である。蘇我入鹿《ソガノイルカ》やエミシが巨大な墓をつくったことは分っているがそれは今日どこにも見ることができないことなぞによっても、負けた豪族の墓があばかれ破壊されてその種族の荘厳の絶滅がはかられたであろうことは考えられるであろう。（中略）

その逆に、今日古墳群が数多く残っているところは勝った側の国であり、つまり天皇家に関係のある国、天皇家に直接ではなくともその天皇家の功臣等に関係の深い国、そういうように見てとってよろしいのではなかろうか。今の日本に古い時代の古墳が見られないということは、勝ったり負けたりのうちに全部亡び、ちょうど野球の勝抜戦と同じように全部亡び、天皇家といえども勝ちのこる前には一再ならず負けたこともあって、大和朝廷の勢力が定まる前の全ての豪族の残した荘厳が全滅したのではないかと思う。》

天孫降臨伝説の地だけに安吾も日向の古墳群にこだわり、「日向の古墳群はどうやら四五世紀をさかのぼることができないらしいが、そして大和の古墳群もそれ以上にさかのぼることができないらしいが、それが天皇家の勢力が定まった年代でもあって、そして日向が天皇家に浅からぬ関係があるであろうことは神話よりも古墳群が無事のこっていることで想定してよいのではないか」と述べている。つまり、古代における豪族間の争いに勝ち残った証しとして日向の古墳群が現存しているというのである。

昭和二十六年に発表した「安吾新日本地理」の場合を考えても、この種の紀行文を書く時はその土地にまつわる参考文献を熟読し、取材には必ず土地の案内人を同伴してかなり綿密に調査した上で、それぞれの土地の風物に安吾独自の解釈を施している。その点、方法的には今回の「安吾新日本風土記」の場合も同然である。

天孫降臨・神武天皇伝説の地と言えば、明治以来の皇国史観に支配されていた戦時下には天皇家の先祖として神秘化され、四大節の一つである二月十一日の紀元節（現在の建国記念日）には国を挙げて祝意を捧げ、祝日登校した小学生は厳粛な式典に参列して校長から神がかりの建国神話を聞き、そのあと日向の高千穂に因んだ荘重な式歌を歌わせられ、紅白の菓子を貰って下校したものである。たまたまこの日が筆者（相馬）の誕生日なので、その光景は鮮明な記憶として今に残されている。しかし「古事記」や「日本書紀」の史実性を認めない安吾は、この種の伝説をこの地に土着した遊芸人が生活を愉しむために創り上げた無邪気な〈遊び〉として捉えている。

《なんといっても、日向の旅では高千穂がおもしろかった。高天原《タカマガハラ》の伝説のせいではなくて、そういう伝説の地に住んでいる人々の生態が独特のものだったからである。それは天孫とも関係がなければ、伝説中の熊襲《クマソ》にも似ておらぬからである。一番似ているのは流浪の遊芸人が土着したような面影である。（中略）

この伝説は旅行者が日向の土地をふんでみると実感として感じられるからおもしろい。まさに熊襲の武勇も荒々しさもこの土地にはなくて、あるとすれば熊襲の愛嬌の方だけである。南国の開放的な色情が漲っているがそこには動物的なものが感じられず、愛嬌と明るさと清潔さがむしろ感じられるのはそれが遊芸と結びついているからかも知れない。しかしまた伝説的に異形とマゴコロを愛され天皇の身辺に召されて奉仕したが、その身分は大そう低かったというような愛嬌が一貫して今も日向の地の性格をなしているからだ。

隼人《ハヤト》（遊芸人）も時に反逆したような史実はあるが、それは日向の性格ではないのである。熊襲踊りは怖ろしい熊襲の面をかぶって性交の身ぶりのあげくぶっ倒れ悶絶の様を示すような珍妙な踊りだそうであるが、それが日向では自嘲とかデカダンを感じさせず、純粋に人生の幸、生きることの幸を感じさせるところに明るさや大らかさや清潔さがにじみでてくるのかも知れない。しかも日向の男の感覚や神経は案外女性的で、開放的ではあるがデリケートであり、そんなところにも古い世からの遊芸人の血筋を見ることができるような気がするのだ。
高天原の伝説などというものはこういうノンキでクッタクのすくない連中が、いつのまにか自分のふるさとの伝説につくりあげてしまったばかりでなく、一々地名をつくりあわせ、天《アメ》の岩戸をつくったり、念には念を入れて悦に入っていた連中の残した仕業のような気がするのだ。そういう風に人生をたのしむことにかけては邪念がなくて一生懸命の気風があり、要するに彼等は芸術家だ。そういう土地柄という感じである。》

このあと安吾の一行はタクシーで宮崎から青島を経て鵜戸《うど》神宮へと向かうが、誰の手配かタクシーにはバス会社のバスガールが同乗して説明してくれたという。海に面した岩窟の中にある鵜戸神宮は神武天皇の父・ウガヤフキアエズノミコトを祀っているが、安吾はこの神様の誕生伝説に興味を示している。それは、「山幸と海幸の兄弟が狩と漁の仕事を交換してやる話」である。兄の海幸彦《ウミサチヒコ》の釣針をなくした弟の山幸彦《ヤマサチヒコ》が、「竜宮へつれて行かれて海神の娘と結婚し、ともに日向へ戻ってきてその娘がウガヤフキアエズノミコトを生むのであるが、産室をのぞいてみるとワニの姿でお産をしていたという話である。そのお産の岩窟が鵜戸神宮という伝えになっている」のだという。

安吾は宮崎県内の神話と結びついている土地を幾つか歩き廻りながら、明治以後アカデミックな皇国史観によって神秘化され聖化されて来た天孫降臨伝説を権威の呪縛から解き放ち、庶民の生活史の中で捉えなおしている。例えば「岩戸神楽」を辞書で引くと、「神事芸能。天照大神が天の岩屋戸にこもり、その前で神々が舞楽を奏したという神話に基づく神楽。天児屋根命《アメノコヤネノミコト》、天鈿女命《アメノウズメノミコト》、手力男命《タヂカラオノミコト》などの神々の仮面をつけた者が登場し、天照大神の岩戸隠れや素戔嗚尊《スサノオノミコト》の大蛇《おろち》退治などを黙劇風に舞う神代神楽」（小学館版『日本国語大辞典』）とあるが、安吾はそれを次のように解釈している。

《……神域を、俗をはなれ不浄をたった聖地化しようとするような精神は明治までこの土地では見られなかったものらしく、宮崎神宮なぞが聖地化されたのも明治以後においてであり、天の岩戸で神々が笑いどよめいて、ストリップに打ち興じるようなところが、里人たちの神によせる愛であり、また神々に見出したおのれのふるさとであるわけだ。（中略）

たとえば彼らの神楽に岩戸神楽というのもある。そして岩戸村もあれば天《アメ》の岩戸神社もあって岩戸神楽ならば岩戸神社で演ずるのが何より適していそうなものであるが、そういうことが行われた例がないのである。彼らの神楽は必ず部落部落の農家を選んで行われる。彼らの祖先は朝廷に召されて神前で神楽を奉仕する例があったにも拘らず、神に神楽を奉仕するということが彼ら自身の生活としては全然行われていないのだ。岩戸神楽があり岩戸神社があってすらそうなのだ。神楽は彼らにとって人間同士の娯楽であり、またあわよくばそれによって美女の心をひき美女に愛されたいための必需品的なものなのだ。神楽の成り立ちから彼らにとってはそうであり、神楽を神に奉仕するという観念は昔から一貫して欠けているのだ。こういう点についてみても、彼らが自分の村に所有している高天原や岩戸神社と実は精神的に結びついているものがないことが分るし、この村におけるそれらの聖地の発生というものが案外無邪気な理由からなんとなく出来上ったにすぎないものではないかということが察せられるのである。》

万事がこんな調子である。安吾は自らの史観の根底にその土地土地の庶民の生活史を据え、その上でイデオロギーや神話で美化され聖化されて来た伝説のヴェールを剝ぎ取り、その地方の伝統や習俗を本来の素朴な姿に立ち返らせようとしているのである。これは明らかに文明批評家の史観である。安吾はこのことについて、「私のこの種の考え方は一文士のあまりにも文学的な歴史観にすぎないのだが、人間が為すであろうこと、行うであろうことの考察から歴史を考えてみることも、一つの試みとして有ってもよかろうと思う」と述べている。

しかし、その一方で安吾は神武天皇生誕地（鵜戸神宮の洞窟）の伝説に基づいて戦時中に国策標語〈八紘一宇《はっこういちう》〉の塔が建てられ、日向が日本の聖地にされたことを踏まえて、「鵜戸神宮が神々の伝説を幻想的な風光の中に生かし、庶民の生活の中にも生き生きと息づいている大らかな様相にくらべて、強いて伝説を史実化したりすることの無理は伝説のもつ大らかな生命すらも殺してしまう。八紘一宇の塔が（敗戦後）平和の塔に変り、それがまたぞろ八紘一宇の塔になりかねない危なさ悲しさ。それは日向の悲しさではなくて明治の悲しさであり、日本の悲しさだ」と時代の右傾化を憂慮し、明治以来、神話を史実化して天皇神格化を鼓吹してきた皇国史観の復活に警鐘を鳴らしている。

安吾の一行が高千穂を去る日、冷たい雨が降り出し、熊本行のバスが山中にさしかかると濃霧に見舞われた。「カーブの標識が全然見えない」と呻《うめ》く運転手に同情しながら、ふと安吾は「霧がふり、霧がはれ、もとの自分を見出して一生を子孫につないできた温和で素直な漂泊の遊芸人たち」の物哀しい運命について想ってみるのである。標題の「高千穂に冬雨ふれり」はこのラスト・シーンから採ったものである。

九州の旅から帰って第一回分の原稿を脱稿した安吾は、一ト月後の昭和三十年一月中旬、前回と同じメンバーで今度は富山と新潟へ取材旅行に出かける。これが第二回の「富山の薬と越後の毒消し」の旅である。冒頭の〈発端〉によると、「先月日向を旅行したとき、宮崎市内の鉄道沿線に『クスリは富山の広貫堂』という広告板を見た。富山の薬は販売員が各地の家庭を一々訪問して薬袋を預けて行く特別な商法であるが、南の果ての日向にまでその行商の足がのびているのかと思うと、本拠地を訪問したい意欲がうごいたので」、高千穂の山奥の宿で同行の中村カメラマンと竹内編集員に「来月は富山の薬と越後の毒消しだよ」と宣言したのだという。

《行商は商業の最も原始的な形態だ。現今でも押売りという行商が横行しているが、富山の薬は一風変っていて、代金は後廻しだ。まず薬袋を預けて行く。翌年見廻りにきて、のんだ分の代金をうけとって行くという仕組みである。代金後払《あとばら》いというところが一般の行商と類を異にしているから、どこの家庭でも押売りとは区別して考える。一つは歴史のせいもあろう。夏の金魚売りなぞと同じように、なくてはならぬ土地の風物化している親しさもあって、関東の農村では村々の入口に「押売りの村内立入りお断り」という高札がかかげてあるが、富山の薬売りと越後の毒消し売りは特別だ。毒消し売りは現金引き換えであるが、これもその歴史と、売り子が女という点に親しみがあるのであろう。毒消し売りはちょッとした美人系で、その伝説によっても名物化しているようだ。》

富山の薬売りは安吾の生活史に浅からぬ因縁があるそうだが、津軽生れの私にとっても幼少時の懐しい想い出の一ト齣《こま》である。江戸時代の旅人姿そのままの富山の薬売りは毎年秋の昼時にわが家を訪れ、持参の弁当を食べながら各地の珍しい話を語って聞かせたものだ。幼い私は薬売りの小父さんから四角や丸の紙風船を貰うのが嬉しかった。これは何時頃まで続いたのであろうか。大きく〈六神丸〉と刷り込んだ薬袋や薬箱が記憶にある。

安吾は富山の案内役に作家・堀田《ほった》善衛《よしえ》の母堂を頼んだ。堀田善衛は富山県高岡市伏木《ふしき》港の出身である。昭和二十六年下半期の第二十六回芥川賞の受賞作「広場の孤独」の時、選考委員の安吾は宇野浩二と共に否定論者の急先鋒であった。手紙による選評で、「作者が人間全体に対している心構えの低さ、思想の根の浅さ、低さ」及び「ドラマ性の欠如」を挙げて堀田の「広場の孤独」を全否定した安吾が、それから三年後に堀田の母堂に富山の製薬業の案内役を頼んだのはどういう経緯からであろうか。おそらく堀田善衛を通じての依頼だと思うが、それにしても虫のいい話である。

安吾は戦前に古本屋で『富山売薬業史資料集』全三冊を入手し、富山の製薬業については或る程度の知識を持っていたが、薬の行商人については考え違いをしていたという。今回富山へ行ってみて判ったことだが、「行商人は製造業者が派遣《(ママ)》しているのではないのである。中間に帳主というものがあるのだ。これが売り子を使っているのである。つまり富山の製薬業者は置き売りには直接従事していない。帳主というのが製薬業者から薬を大量に仕入れるのである。そして売り子（売人もしくは配置員という）を使って全国を行商させる。もっとも帳主自身も行商に歩くのが多い。帳主の数は七千人であり、売人は一万二千人だそうだ。帳主の一番大きいので売人を五十人使っている」とのことである。

しかし、長い歴史を持つ富山の置き薬商法も近代化の波にさらされて生気を失い、今では「売人は骨董的にただ命脈をつなぎつつ各々孤立の道を歩きかけている」だけである。安吾は最後に堀田善衛の生地・伏木港を訪れるが、伏木は新潟を凌ぐ良港であるにも拘らず、「北鮮や樺太との航路を失った現在では全然開店休業の寂しさで、港には一隻も船の姿がなく、クレーンは動かず、人影すらもない」風景に接して暗然とした想いに駆られる。真冬の荒寥とした日本海を前にして、「私たちの旅の足は重かった。こうして重い足をひきずりながら、予定にしたがって越後の毒消し部落へ向ったのだが、気持は滅入るばかりで、明るさを考えることができなくなっていた」という。

新潟は安吾のふるさとである。善くも悪くも識り過ぎた土地である。富山では得意のユニークな発想を披露する機会のないまま、滅入るような暗い気持で引きあげて来た安吾は、新潟県に入った途端に饒舌になる。しかし、新潟生れでありながら〈越後の毒消し〉については殆ど知識がなかったので、実兄坂口献吉が取締役会長を務める新潟日報社を訪れて毒消し部落の所在地を訊ね、日本海に面した西蒲原《かんばら》郡角田《かくだ》村（現、同郡巻《まき》町角田浜）を確認する。ここから安吾のお国自慢が始まるのである。

《越後女の特例といえば、越後には農村にすらも芸者がいる。いわゆるダルマ（注、売春婦）とはちがって、むろんその方の勤めもするが、立派に三味線も踊りもできる芸者である。そして越後の芸者は総じて「私は越後の生れです」ということを誇りとしているのである。他国では誰しも生れた土地で芸者や女郎にはでたがらないものだ。ところが越後では土地の女でないと芸者や女郎のハバがきかない。親子代々芸者というのがザラであり誇りですらもあるのである。生れた土地で芸者にでるのが誇りやかである風さえなきにしもあらずである。

越後の聖山を弥彦《やひこ》山という。ここに一の宮弥彦神社がある。越後平野の中央、日本海の海岸に弥彦角田という一連の二ツの山が孤立している。この聖山の裏側、日本海に面した孤島のようなところが毒消しの本拠だ。また表側の越後平野に面して聖山をとりまく山麓の穀倉地帯が越後芸者の本拠、産地なのである。裏と表に毒消しと芸者の本拠地が土地の聖山のまわりを蟻の這いでる隙間もなく取りまいているのだ。越後の国は西蒲原《カンバラ》郡という。越後獅子の本拠もここにある。歴史的に独特な越後はここだ。》

毒消し部落だと訊いて訪れた角田村は日本海に面した砂丘の上に出来た村である。村長から聞いた話では、「村のほぼ全部が砂丘であるから、この村には現在（注、昭和三十年）でも水田が八十町歩しかない。昔は全然水田がなかったであろう。……八十町歩を村人全体に割れば供出どころか二三ヵ月の食い扶持《ぶち》にしかならない。つまり村人は昔から百姓でありながら自分の食う米を作ることができなかった。エンエンたる大砂丘にとぼしい畑を耕しつつ、主食を買うか、買う金がなければ米を食わずに生きて行くか、どちらかの貧しい生活をしなければならなかったのである。百姓ではどうしても生活がたたないために、村の女が毒消しという行商にでるようになった。この事情は今日でも同じである」という。

村の入口に役場と小学校が貧乏村のシンボルのように建っているが、双方とも「一押しでつぶれそうなボロ小屋」なので安吾は驚いた。もしも、村長の話を聞いただけでこのまま引き返せば、角田村はボロ小屋ばかりの貧乏村だということになってしまう。しかし、村の中へ一歩踏み込んだ安吾はそこで再び驚かされる。そこには「貧乏たらしいボロ小屋や貧しそうな農家なぞは見当らない。半数は農家という構えですらない。邸宅というべきだ。それらは門構えをもち、土蔵や倉をもち、石組みの塀をめぐらし、庄屋の屋敷かと思うのが無尽蔵に次から次へ現れ出て」、安吾ら一行を面食らわす。ボロ小屋は村役場と小学校だけだったのである。

《役場から三十分も歩いた部落のどんづまりに寺がある。山門に陽明門のような彫刻をほどこした、しかも落ちつきのある立派な寺。寒村の貧乏百姓に建てられる寺ではなく、成金の建てる寺でもない。何代かの裕福な生活がうちつづいた旦那衆の集まりが建てることのできる落着きのある寺である。寺の裏はもう海で、そこが部落の行きづまりであった。そして寺の角に毒消しの薬を製造している家があった。二人の年配の婦人が毒消しを製造している。この部落で私が見かけた唯一の工場だ。そこの主人は私たちを快く迎えてくれた。》

主人の話によると、「このずッと奥に角海《カクミ》という部落があります。……その部落に称名寺という寺があって、この寺が毒消しを造りはじめた元祖です。もとは角海の部落の者が毒消しを売ってたのですが、いまは角海の者はやらなくなって、角田の者だけが売りに出る」のだという。

弥彦・角田両山の山麓は越後美人の産地だという伝説があるが、別して角海は美人系の土地だと聞いて安吾の食指は動く。しかし、「そこへ行くには今でも道らしい道がない。木の根によじながら山をこえて行くようなところ」なので、舟で行くより方法がなく、冬の荒れる日本海ではそれも無理だという。そこで安吾は、「気候のよい季節に改めて角海に行ってみる」ことにして、今回は諦めることにした。角海への興味は美人系もさることながら、「弥彦角田周辺の平野が概ね信濃川の土砂によって後年に土地をなし、後年に至って人々が移り住んだのにひきかえ、角海にはそれ以前の太古から人間が住んでいたと考えられる」からである。安吾史観によるユニークな推理を働かせて美人系の謎を解き明かしたいと思ったのであろう。

同じ薬の行商でも、富山の薬売り（男）よりも越後の毒消し売り（女）の方に儲けが多い理由を安吾は二つ挙げている。一つは、富山の薬売りは薬だけを商うが、越後の毒消し売りは毒消しのほかに反物・オムツカバー・メリヤスのシャツ・化粧品・シャボン・ブラシ・鋏・ナイフ・ヘアピン等の日用品をも商う、自称〈移動百貨店〉であること。今一つは、富山の薬売りは国家公務員の初任給が一万九千円当時、一泊三百円もする商人宿へ泊るが、越後の毒消し売りは行商先に小さな一部屋を借りて数人組んで下宿するか、小さな一軒家を借りて十数名泊り込み、自炊生活をするので費用が少なくて済むことである。この拠点作りも行商の仕事の一つなのである。

《（毒消し売りは）昔は五月半ばに行商にでて十月には帰ったものだが、今では年中である。正月とお盆と四月と十月の村祭りに帰るだけで、村にいるのは通算して約二ヵ月。十ヵ月は行商にでているのだ。全員例外なくそうである。個人行動は許されない。むろん新婚の妻も古女房も例外ではなく、年に十ヵ月は旅にでているのである。常に団体をなして合宿しているのであるから身持ちの方は当然まちがいが少いが、なかには男をつくる女の場合がないでもない。女房の方が（娘よりも）多いそうだ。それが亭主に分っても女の働きが大きいから亭主はジッと我慢するばかり、家庭不和が生じる例はほとんどないという話である。まさに平和なる村である。女が胸をさすってジッと我慢するうちは落第なのである。男がジッと我慢するようにならないと本当の平和は到来しないものなのである。なぜなら、女房がジッと我慢するのは破産型の平和で、土蔵や倉がたつどころか土蔵や倉がつぶれる平和であるに反し、亭主がジッと我慢する平和は土蔵や倉がたつ平和だからである。（中略）

しかし彼女らにとって本当の男は自分の村の男だけだ。他国の男は男の中にははいらない。

そのよい例が、彼女らは自分の村の男たちには決して毒消し売りの姿を見せないということだ。処女が裸体を男に見せたがらないよりも、もっと極端に商売姿を村の男に見せたがらないのだ。彼女らは村をでる時と、村へ戻ってくるときはパリッとした洋装にハイヒール、どこの姫君かとまごう姿で出発し、戻ってくるのだ。手には立派なハンドバッグを持ってるだけだ。荷物一切は先に貨物で送りだして、いつも手ブラで、美しい姿で、村をでて、また村へ戻ってくる。》

安吾は最後に同じ西蒲原郡岩室《イワムロ》村の若い芸者衆に触れ、「このあたりの娘たちの開放性は、南国の、たとえば日向あたりの開放性とよく似ている」と言い、「新潟県に限ってその土地の生れでないと芸者のハバがきかないのは、ちょっと面白い現象だ。あるいは貧乏のせいかも知れない。美しい娘はその土地で芸者にひろわれ、美しくない娘は他国へ働きにでなければならなかったような理由によって、土地で芸者にとられたということが選ばれた誇りになりえたのかも知れない」と推測している。

しかし、生活が豊かになった今日でも「芸者にでる娘の種はつきないのである。そしてその娘たちは天真ランマンで明るいのだ。これはいったいどういうわけだか、もう私には見当がつかない。この土地の伝統かな。土蔵も倉もありながら、年のうち十ヵ月も故郷をはなれて毒消し売りをする境地や伝統と同じものなのだろうか」と自問してはみるものの、「もはや俗物には見当がつかないと云うべきかも知れない」と匙を投げ、結論を同郷の大先達・良寛の〈天上大風〉に委ねている。

九州と北陸の取材旅行の結果は、昭和三十年の『中央公論』二月号（「高千穂に冬雨ふれり」）と三月号（「富山の薬と越後の毒消し」）に掲載されるが、第三回の取材先に南国土佐を選んだ安吾は、同年二月十日から十五日にかけて、前回同様に中村カメラマンと竹内編集員を同伴して高知県へ旅立った。竹内氏の「書かれなかった安吾風土記」（昭和30・4『中央公論』）によれば、高知に関しては三人共全く土地不案内であるのに、安吾は竹内氏に、「今度はお膳立てを絶対にしないでほしいネ。それに旅行プランも行くさきざきで、明日のことは前の晩にきめればいい」と申し渡し、最初からツテを求めることを拒絶したという。

安吾は先の取材旅行のあと、二回の風土記執筆のほかに、創作「能面の秘密」やエッセー「諦めている子供たち」「砂をかむ」「世に出るまで」など予約原稿の執筆で多忙を極め、しかも高知へ旅立つ一週間前から風邪を引いて体調を崩していた。竹内氏がそのことを心配すると、安吾は「風邪なんかは病気のうちに入りませんネ。肺炎にさえならなければ俺は絶対大丈夫。それに肺炎の予防にはちゃんとこれがあるんだ」と言って、テラマイシンの入った小瓶を見せた。

高知での足どりについては竹内氏の前掲文（のち冬樹社版『坂口安吾研究Ⅰ』に転載）に譲るが、最初からはっきりした旅行プランを立てず、しかもツテを持たない取材旅行だったので行き当りばったりで、時間のロスも多かったようである。とりわけ三日目は、「朝八時に高知（市）を出発したというのに、その日の宿泊地清水市にたどりついたのは夜の九時に近かった」という。紆余曲折の激しい山道をタクシーにゆられ、「正味十時間のドライブでくたくたになって清水にたどりついた」時は、さすがに安吾も疲労困憊の体《てい》で、いつものように当り散らす元気もなかった。

この時の五泊六日の旅が安吾の命取りになるとは、当人は勿論のこと、誰も予想しなかったことである。しかし考えてみると、前年からの多忙を極めた執筆、寒冷の短期間に三回の取材旅行、旅先での深酒、風邪による体調不良などを総合すると、元来高血圧の安吾にとっては限界を超えた無謀な旅だったのである。坂口三千代の「亡き夫へ」（昭和30・4『中央公論』）によると、「……十五日の晩おそくお勝手口の方からもどられて、『オーイ』と言ったのであわてて私はとび出して行きました。そしておどろいたのは顔がちいさく茶いろく見えたことでした」とあって、ひどく疲れているとは思ったものの、それが死の前兆だとは気づかなかったようである。家の中へ入るなり、まだ起きていた綱男を抱き上げ、「よかった、よかった」を繰り返して喜んだという。

《……どこからどんなにおそく帰ってもすぐウイスキーを飲む習慣で、その夜も例外ではなかった。「とてもつかれた。もうちょっと早く帰れたのに飛行機が遅れて新橋の五時何分に間に合わなかった。仕方がないから染太郎（注、浅草のお好み焼き屋）で八時までひまをつぶした。けれども坊やが起きててくれて本当にうれしい、ねちゃっていると淋しいなと思ったんだよ」そう言いながらも鞄をもどかしげに受取って中をかきまわし、坊やには飛行機でお八ツにでたお菓子と、私には「これはお前のお誕生祝いだ」と言いながら、土佐産のサンゴの首かざりを二ツ出して下さった。一つは百合の花を彫ったペンダントで、も一つはサンゴの粒をあつめたおじゅずのようなものだった。それはピンクの優しい感じのものだった。私はうれしくてたまらなかった。（中略）その晩は五日ほど留守にしていたパパをなつかしがって膝から離れない坊やと三人で二時すぎまでおしゃべりしていたが、坊やがねむり、私にもねるようにといい、自分はしばらく新聞を読んでいたようだったが、やがて二階にあがって行かれた。

十六日は朝から「今日はパパが坊やをお風呂に入れてやるよ」と言っていた。パパが坊やをお風呂に入れてくれるのはこれで三回目か四回目かであるから、もちろん私はうれしかった。父と子と喜びあう様子をみて楽しくない妻はいないはずだ。けれどもひどいつかれの様子で、あんまを呼んでくるようにと言ってストーブのあるお茶の間で床をのべて横になった。》

このあと茶の間で二時間余り按摩に揉んでもらい、頭痛がすると言ってケロリンを服用し、そのまま茶の間で眠ってしまったという。翌十七日の桐生の朝は寒かった。茶の間で早く目が覚めた安吾は、「けむりの来ないように間のカラカミを閉め切って自分でストーブをつけて下さった。坊やがむずかり始めたし、この頃は坊やが寒くないようにといって時々ストーブをつけて下すったのであまり気にもとめなかった」が、その時、「みちよ、みちよ」と呼ばれたので三千代が茶の間に行ってみると、「舌がもつれる」と言って手真似で窓を開けることとストーブに石炭を入れることを指示した。

《……もしや脳溢血ではと思ってふりかえると貴方は静かに横になられるところであった。抱きかかえるようにしてその場に横にさせると、私の顔をみて何かいいたいように見えたのでしたが、言葉にはならなくて両腕をちぢめ全身が痙攣しておりました。あわてた私は「待って下さい、今お医者に電話します」といってお医者を呼んだのですが、十分か十五分の間のまちどおしかったこと。……それからお医者様が見えた時にはとうに意識を失っておられました。舌がもつれるとおっしゃった以外は私が何をいっても御返事もないし、いつから意識を失われたかもわからない。お医者様が二人で必死になってあらゆることをして下すったようですが刻々に心臓は弱まり意識は再びもどりませんでした。》(「亡き夫へ」)

昭和三十年(一九五五)二月十七日午前七時五十五分、一代の風雲児・坂口安吾は彼の予言どおり脳出血のためその生涯を閉じた。享年四十九歳。織田信長が「人間五十年、下天《げてん》のうちをくらぶれば、夢まぼろしの如くなり。一度《ひとたび》生を享《う》け、滅せぬ者のあるべきか」と詠じて戦場に赴いたように、信長贔屓《びいき》の安吾もまた、戦前・戦中・戦後の波瀾に富んだ五十年の歳月を文学一筋に駆け抜けて生きた。

三千代の『クラクラ日記』によると、「坂口は『屍《しかばね》を人目に晒《さら》すのは嫌だね』と云っていたことがあるが、彼の死顔は泰平で美しいものだった。誰にでも見せてあげたいくらいだと私は思った」という。葬儀は二月二十一日、東京の青山斎場で葬儀委員長尾崎士郎によって執り行われ、先祖の眠る新潟県新津市大安寺の坂口家墓所に埋骨された。

おわりに──詩魂と淪落と

坂口安吾の〈人と文学〉を追跡してみて痛感したことは、伝説化された実人生に対する興味もさることながら、長篇・短篇・エッセーを問わず、安吾の作品はいずれも理詰めの説得力に富んだものばかりだということである。そのことの善し悪しは別にして、安吾独自のダイナミックな、けれども無駄のない簡潔な文体で有無を言わせずぐいぐい引きずり込んでゆく手練手管に先ず驚かされる。この文章の魔力を生み出している源泉は、おそらく天衣無縫の詩魂と若い時に学んだ印度哲学とが融合発酵して醸成された淪落の思想であろう。

安吾にとって〈淪落〉とは何か。それは、この世のあらゆる虚飾、あらゆる偽善を棄て去り、〈絶対孤独〉に徹して生きる人生観である。文章においても然りである。それは、「汝の書こうとしたことが、真に必要なことであるか、ということだ。汝の生命と引換えにしても、それを表現せずにはやみがたいところの汝自らの宝石であるか、どうか、ということだ。そして、それが、その要求に応じて、汝の独自なる手により、不要なる物を取去り、真に適切に表現されているかどうか」（「日本文化私観」）という、文字どおり命を懸けた彫心鏤《る》骨《こつ》の境地である。

すでに見てきたように、安吾にとって〈淪落〉は乱世を生き抜くための唯一の倫理である。「人は正しく堕ちる道を堕ちきることが必要なのだ。そして人の如くに日本も亦堕ちることが必要であろう。堕ちる道を堕ちきることによって、自分自身を発見し、救わなければならない」（「堕落論」）というのが安吾の持論である。そこから、生存それ自体が孕んでいる絶対孤独――即ち魂の〈ふるさと〉が見えてくる。安吾は「青春論」（昭和17・11『文学界』）の中で、「僕の小説それ自身、僕の淪落のシムボルだ」と述べた上で、次のような本音を吐露している。

《……僕は、全く小説は山師の仕事だと考えている。金が出るか、ニッケルが出るか。ただの山だか、掘り当ててみるまでは見当がつかなくて、とにかく自分の力量以上を賭けていることは確かなのだから。もっとも普通の意味に於ても小説家はやっぱり山師だと僕は考えている。山師でなければ賭博師だ。すくなくとも僕に関する限りは。／こういう僕にとっては、所詮一生が毒々しい青春であるのはやむを得ぬ。僕はそれにヒケ目を感じること無きにしもあらずという自信のない有様を白状せずにいられないが、時には誇りを持つこともあるのだ。そうして「淪落に殉ず」というような一行を墓に刻んで、サヨナラだという魂胆をもっている。／要するに、生きることが全部だというより外に仕方がない。》

現在、安吾の生家跡に近い新潟市寄居《よりい》浜の丘の上に、「ふるさとは語ることなし　安吾」と刻まれた巨岩の文学碑が建っているが、このような在り来たりの碑文よりも、「淪落に殉ず　安吾」の方がいかにも当人に相応しいような気がする。せめて、安吾の眠る新津市大安寺の坂口家墓所に墓碑銘として残せないものかとも思ってみる。

ところで、坂口安吾には熱烈なファンがある一方で、名前が知られている割には作品が余り読まれていないという現実がある。とりわけ女性の読者が少ないようである。自ら戯作《げさく》者を以て任じた安吾は、ファルス（道化劇）の方法を駆使して読者の意表をつくような、けれども読みごたえのある物語を精力的に創出し、純文学作家としても娯楽小説家《エンターテイナー》としても、日本の現代文学を代表する作家の一人である。

更に評論やエッセーの領域でも優れた業績を残しており、鋭い洞察力に裏打ちされた彼の文明批評は他の追随を許さないほど独創的なものである。また我が国の古代史に対する造詣も深く、歴史学者からはペダンティックな〈文学者の史観〉などと揶揄されながらも、独自の推理を働かせた古代史解釈には充分読者を納得させるリアリティーが感じられる。つまり、坂口安吾は日本には珍しい多面的な作家であり、従来の評価軸では律しきれない巨人である。にも拘らず、安吾文学は余り読まれていないという。何故なのであろうか。このことについて、前衛的な作風で知られている作家の倉橋由美子は冬樹社版『定本坂口安吾全集』第二巻（昭和43）収録の巻末「作家論」で次のように分析している。

《坂口安吾はひとに愛される作家ではないようです。愛してくれるものたちをもたない作家は忘れられます。安吾がいなくなって十三年、ひとはとっくに安吾のことを忘れてしまいました。

わたし自身も、安吾が死んだのは焼跡の瓦礫のうえを「白痴」や「堕落論」という彗星が飛び去った、そのころであろうと思いこんでいたのでした。ところが安吾はそれから十年近くも生きていて、おびただしい仕事をして、それも苦《に》がい汗を流しつづけたというだけのことをして、ついに脳溢血で死んでしまいました。ずっとまえに世を去った太宰治のほうは、いまだに異様な親衛隊につきまとわれていますが、坂口安吾にはそういうものはありません。（中略）かれはただ死んでしまったのであり、死んでしまえばなにもない、死んだらそれでおしまいだと安吾がいっていたのは、生き残った人間の態度でもあるのです。安吾は愛されず、したがって死後に生《なま》がわきのミイラを残すこともありませんでした。だから、いまさら安吾の遺体を発掘してなにになるのかという声がきこえてきます。縦から横から寸法を測りなおしてその文学的可能性の大きさをたしかめようというのも、いささかあさましい魂胆につながります。

坂口安吾が愛されない理由ははっきりしています。安吾の文学は、太宰治のそれとはちがって、性的な構造をもっていないということにつきます。太宰の場合、文学（小説）とは他者との精神的媾合《こうごう》の関係そのものでした。かれのことばは精神の恥部をめざす愛撫の手であり、読者は恥――わたしにはそれは精神の性感であるように思われます――の火を燃やしながら太宰治を愛してしまうのです。（つまり太宰の文学はひたすら読者を女性化するためのもので、その意味では太宰治ほど男性的な作家はいないでしょう。）作家が愛される秘密は、かれのなかの「おまえ」の恥部を愛撫することにあります。この本能をそなえている作家の文体にはあられもないいやらしさ

があり、したがってまさにその理由でかれは確実に愛されているのです。》

倉橋由美子によると、善かれ悪しかれ安吾にはこの資質が欠けていることになる。安吾の文学は「純粋な精神の運動の軌跡以外のなにものでも」なく、時に「曲芸荒わざのたぐいをみせられたり唄をきかされたり」するが、これらは性的誘惑とは無縁のもので、読者は安吾の精神の体操に立ち合っているにすぎないというのである。

ここで倉橋は、太宰を肯定し安吾を否定しようとしているのではない。太宰ファンのように、「自分の愛人のどこがすばらしいかをめんめんと語るといった非文学的な努力を批評の仕事と錯覚する」ような愚を避け、それよりはむしろ「意識して性的誘惑とは無限にへだたろう」としている安吾の精神の運動に付き合おうとしているのである。勿論、だからと言って安吾文学を高く評価しているわけでもない。通説として、「坂口安吾のロマンには成功したものがない」と言われていることに対して倉橋は、「小説がなぜ小説になりそこねるのか、イカーロスからライト兄弟までの飛行家たちはなぜ墜落したのか。空を飛ぶためには流体力学の法則に従わなければならないように、小説がことばの集まりとして、持続するエネルギーをになうためには、ある力学法則に従わなければなりません。つまりはことばをどう使うかという問題ですが、そういっただけでは散文一般のことになり、問題を小説に即して考えるには、ここで『他者』という変数を手がかりにするのが有益」だとして、次のような小説論を展開している。

《ことばを使うということ自体が「他者」にかかわる行為なのですが、公衆のまえでしゃべったり、手紙を書いたりする場合の他者ははっきりしていて、この他者との関係も単純であるだけに、ときによってはほとんど他者の存在を忘れてことばを使うこともできます。だが日記を書くあたりからは他者との関係は微妙なものになってきます。日記のなかでひとにはいえないことを告白しようとするとき、書き手のまえに奇怪な影があらわれ、するとことばはこの他者に向かって動き、かれの力に対抗しながらひとつのことばによる空間をつくってしまう——いや、これはすでに小説の話にはいっています。そして書き手がこのような自我剝離《はくり》的な他者をみいだすかどうかも問題であって、普通のひとは日記を書きながらこんな奇怪な状態には陥らないでしょう。だが他者をみいだすことのできた人間なら、ここで実際にはなかったが可能なことを、つまり嘘を書くことによって、他者を極とするこの空間をちょっと歪めてみようという誘惑に身をまかせるのはごく自然のなりゆきです。あとはこのことばの空間にどのような形をあたえるかということがすべてとなります。この作業はそれ自体がひとつの探求であって、ここにはさまざまの発見がありうるので、それに応じて作者の名前つきの小説が存在することになります。そこで坂口安吾の小説というものがあれば、それが十九世紀のだれかの小説と同じパターンに属さないから小説になっていないなどということはもちろんできなくて、問題は右のような操作で小説空間がつくられているかどうかということにかかっています。つくられているならば読者はあの他者が占めていた位置をあたえられて、たしかにひとつの空間の存在を感じることができるでしょう。そして読者はこの空間のなかで生きて、たしかにべつの時間

が流れることを知ります。》

ところが、安吾の小説はしばしばこのような「他者」と関わる構造を欠いているというのである。元来小説というものは、「さまざまな声色《こわいろ》でおもしろおかしく語られる自己表現というような単純素朴なもの」ではなく、「小説家とは、おそらく、あの『他者』にみいられてかれを攻略するためにことばを使い、しかもそれが同時に新しい小説の方法の探求にほかならないような、ことばの技師」でなければならず、このようなタイプの小説家にとって「必要な情熱は、あるいはきわめて病的なもの」であるはずなのに、「安吾は小説家であるにはあまりに健康すぎた」という。そのため、「かれはまず人間として生きることを欲したのであり、かれが憑かれていた生きるという観念を追及することと、小説を書くという行動とは、不幸にして一致しなかった」と倉橋は見ているのである。

本来、作家にとって書くことと生きることは一つであることが望ましいのに、「書くことと生きることはべつのことで、書いているときは生きていないような人間がいたとすれば、かれにとっては自己表現ということさえ余分の行為となるでしょう。いいたいことはあるがことばを使うのに時間をついやすこと自体がたえがたい。一瞬のうちに、すべてを表現する魔術はないものか——このいらだちは、ことばを表現の手段としか信じられなくなった人間のものです。このようないらだちと、ことばの酷使が安吾の晩年の作品にはみられる」というのである。昭和三十五年に処女作「パルタイ」を引っ下げ、前衛的な反リアリズム作家としてデビューした倉橋由美子は、ファルスの方法を駆使して反リアリズム作家と目されてきた坂口安吾に、この「作家論」の結末で次のような引導を渡している。

《挫折とか失敗といったことばをわたしは好みません。それはいかにも線的な考えかたで、その線が中途で消えたのをひきのばしたり他のどこかへつなげたりするのは、文学史のつじつまを合わせるためには必要かもしれませんが、そうした駅構内のポイント切換作業のようなことは、文学の仕事とはあまり関係ないように思われます。安吾は安吾で終ったのです。かれは近代的リアリズム小説を書かず、安吾流の小説を書きました。それをアンチ・ロマンとよぶことは、それが意識的な近代小説の破壊作業を意図していない以上、できなくて、また超近代小説とかヌーヴォー・ロマンなどとよぶのも線的な考えかたにとらわれすぎます。ともかくそれは(小説になっているかぎりでは)非近代小説の一種であり、現代の日本の小説であることだけはたしかです。

これから小説を書こうとする人間が、安吾や、あるいはその他の比較的新しい死火山をながめるとき頭に浮かぶ疑問のひとつは、現代の小説を書くためにはまず近代小説を書く必要があるのではないか、ということでしょう。もちろん、その必要はないとわたしは考えています。必要なことは小説を書く人間が、自分のなかの「他者」を操作できるような二重構造をもった「個人」であるということです。そうでない種類の日本人が書く小説が日本の現代小説といえるものを形成するかどうかはあまり信用のできない話だとすれば、過去のそういう作家の書い

たものを線でむすんでも、現代文学の伝統というものができあがるわけではないことも明らかだといえましょう。》

同じ血統の後輩作家だと思われている倉橋由美子から〈死火山〉の烙印を押され、過去の作家として葬り去られた安吾は、あの世でさぞかし苦笑いしていることであろう。太宰の死の直後に発表した「不良少年とキリスト」(昭和23・7『新潮』)で安吾は太宰の人間性に触れながら、「人間は生きることが、全部である。死ねば、なくなる。名声だの、芸術は長し、バカバカしい。私は、ユーレイはキライだよ。死んでも、生きてるなんて、そんなユーレイはキライだよ」と述べているが、早くから死後の名声を無意味なものとして否定してきた安吾にとって、後輩作家から〈安吾は安吾で終った〉と決めつけられても、さして痛痒《つうよう》を感じまい。そして笑いながら、こう言って切り返すだろう。「ところで、そういうオマエさんはどうなんだ。生きながらにして、すでにユーレイになってしまったんじゃないのかね」――と。

太宰治を論ずる際に安吾を持ち出すことは余りしないが、何故か安吾を論ずる際には往々にして太宰が引き合いに出される。しかもその場合、太宰の人と文学を否定することによって安吾を肯定する、というパターンが目立つ。無頼派とか新戯作派と称される同時代・同傾向の作家だから、というのは理由にならない。太宰以外にも織田作之助・石川淳・檀一雄・田中英光など同じ範疇に属する作家が少なからずいるのに、安吾のために彼等が否定の生贄《いけにえ》になることは先ずない。

安吾を論ずるのであれば、安吾の人と文学に限定すればいいのであって、仮に周辺作家を引き合いに出す場合でも、是々非々で論ずるのが批評する側のモラルというものであろう。戦後の一時期〈安吾・太宰〉と並称され、共に流行作家として出版ジャーナリズムを賑わしたのに、安吾の死後は一方的に太宰だけがもてはやされていることへのジェラシーから発したものだとすれば、何ともみっともない話である。今その一例を挙げてみる。評論家田中美代子は『ユリイカ』〈坂口安吾特集〉（昭和50・12）収載の「『青春』の死について」の中で、安吾と太宰について次のように言及している。

《時代の変転によって、一人の作家が忘れられたり、返り咲いたり、ひととき火が消えたかと思うと、また火勢をもりかえして一種のブームをつくったりする、というのは、考えれば不思議なことである／しかしそこには時代思潮と作家の精神的体質との間に微妙な照応や背反があって、この関係の検討が、大げさにいうと文化の照準器になる、といっても過言ではない。従って流行必ずしも作家の名誉ではなく、むしろ時には時代から忘れられることがその文学の運命の輝きであるような場合もありうる筈だ。

太宰治がもてはやされ、坂口安吾がないがしろにされるのは、石が浮かんで木の葉が沈むような珍事である、と三島由紀夫は云ったが、この評言には、むろん彼自身の現代に対するある精神的落差の悲劇性への共感がこめられているだろう。（中略）なぜ太宰治と対照的に、現代の若者にとって坂口安吾が不人気なのか。といえば理由は明瞭で、当世流の猫舌的精神では、この熱い男性的精神、いわばもっとも反日本人的な開拓者精神の凛烈、行手に破滅と悲劇がまちうけていることを予感しながら、木枯しの吹きすさぶ中をまともに顔を上げてすすむ、あっけらかんとした孤独な魂に太刀打ちできないからだ。／我と来て遊べや親のない雀。肩をたたき、心弱く微笑みかけ、或は背後からそっと抱きかかえるようにして、君の孤独は僕のもの、と囁きかけてくれる甘美な肌のあたためあいの方が、どんなにいいかわからない！》

読んでいて気恥ずかしくなるような自己陶酔の文章である。安吾を表層的にしか捉えていない論者ほど、大上段に構えて相手を威圧したがるのが通例である。要するに太宰は「安全圏内の見栄やポーズで、無頼派やニヒリストを気取ったり」して猫舌的精神の若者たちを甘美な肌で抱きかかえているからもてはやされ、一方安吾は「我にもあらず時代や状況を峻拒し、超克して」反日本人的な開拓者精神を厳しく貫いたから不人気なのだと決めつけているのである。安吾を肯定するために太宰を否定の材料に用いることは、最も浅薄な単細胞的俗論である。安吾自身、死後にそんな扱いを受けることを迷惑千万に思っているに違いない。

安吾と太宰は昭和十年前後から井伏鱒二や檀一雄らを通じて交流があり、互いの作品を認め合いながら作家活動を続けて来た間柄である。太宰は安吾の詩的なダイナミズムに脱帽し、安吾は太宰の繊細で柔軟な感受性を称揚して来た。すでに見て来たように、先の「不良少年とキリスト」の中でも、「太宰は、時々、ホンモノのM・C（注、マイ・コメディアン）になり、光りかがやくような作品をかいている。『魚服記』、『斜陽』、その他、昔のものにも、いくつとなくあるが、近年のものでも、『男女同権』とか『親友交歓』のような軽いものでも、立派なものだ。堂々見上げたM・Cであり、歴史の中のM・Cぶりである」と述べて、虚構の名手（M・C）の不慮の死を悼んでいる。安吾はまた、アンケート「百万人の文学」（昭和25・2・26『朝日新聞』）の中でも太宰を次のように扱っている。

《二十年ほど昔「アドルフ」（注1）を買ったら百六十何版とあったのを記憶する。百何年という年月とはいえ、こんな一般向きのしない小説が、チリもつもれば山となるらしい。／フランスで一版というのは、だいたい五万部が単位だということであるが、常にハッキリと、また、歴史的にも、そうであったかどうか知らないが、俗説通りに勘定すると、ほかの出版屋の分もあるだろうから、百何年間に一千万以上の人が一本ずつ買ったと見ていい。（中略）

歴史の中に生き残ると、「アドルフ」のような片すみの文学も、百何年かに千万人に読まれるのだから、百万という数は、傑作の読者数の単位としては少なすぎるようだ。／しかし百万人の小説という意味を歴史的な傑作という意味に解すれば、百万人の小説とは、批評家やジャーナリズムから独立して、直接に大衆の血の中におよび迎えられて行くものの意味でもあろう。皮肉なもので、批評家やジャーナリストの高級な価値判定と、読者の血肉としての受けとり方は違うことが多い。（中略）

百万人の文学の性格を一言にいえば、読者が血肉をもってうけとるにこたえるだけの、作者の血肉がこもっていなければいけないということで、鬼の一念によって書かれていることが条件である。／明治以降、百万人の文学と認めてもよいと思われるものは、見た目にスケールが大きそうな漱石や潤一郎にしても、四畳半できくサワリ程度に小型で、人間と格闘したような大きな荒々しいものはない。現代の作家では、弱々しいセン光の身もだえに似たものであるが太宰が「アドルフ」と同じように百何年後に千万人の魂と結合する程度に愛読されるだろう。》軽薄な「批評家やジャーナリズムから独立」して、安吾と太宰の文学は地下水のように涸れることなく、百年後も人々の「魂と結合」しながら読み継がれて行くだろう。長年、太宰治と坂口安吾の〈人と文学〉に関わって来た者として、私はそれを信じて疑わない。

なお、本稿の執筆に際して、当初から私は出来るだけ安吾の作品の引用を心掛けてきた。安吾は名前が知られている割には余り作品が読まれていないことを知ったからである。中には、奇矯な安吾伝説に惑わされて食わず嫌いの人も見受けられるが、これを機会に是非安吾文学に親しんでほしいものである。現在入手し易いものとしては、筑摩書房刊の〈ちくま文庫〉版『坂口安吾全集』全十八巻がある。また、講談社から〈文芸文庫〉として安吾の主要作品が刊行されている。共にコンパクトで持ち歩き易いので、どこでも読むことができて便利である。

注記

1 「アドルフ」＝一八〇六年に刊行されたバンジャマン・コンスタン（一七六七〜一八三〇）の中篇小説。フランスの政治家でもあったコンスタンが、女流作家スタール夫人（一七六六〜一八一七）との長年に亘る恋のもつれをモチーフにして書いた作品である。ドイツの某大公の宮廷の侍従であった青年アドルフが、同じ宮廷に仕えるP伯爵のお囲い者エレノールに偽りの恋を仕掛け、一度は拒絶されるが、やがて相思相愛の仲に発展する。しかし、恋を得た直後からアドルフの愛情は冷めはじめ、エレノールの献身的な愛情を重荷に感じるようになる。P伯爵を裏切り、地位も名誉も捨て、一切を犠牲にして尽す彼女に、アドルフは義務感でしか応えられない。いろいろな事件のあと、最後にエレノールはアドルフが自分と別れたがっていることを確認し、そのショックで悶死する。エレノールの束縛から解放されたアドルフは漸く〈自由〉を得たが、誰からも相手にされず、廃人のように虚脱した結末を迎えることになる。作中のアドルフには作者コンスタンが、エレノールにはスタール夫人が投影されているという。作中人物の内面的情況が作者の体験に似ているところから、「アドルフ」は自伝的小説と呼ばれている。フランス語に堪能だった安吾のことだから、「アドルフ」(Adolphe)を原書で読んだものと思われる。

坂口安吾　略年譜

明治三十九年（一九〇六）　当歳
十月二十日、新潟市西大畑通二十八番戸（現、西大畑町五七九番地）に父坂口仁一郎《にいちろう》（四十七歳）・母アサ（三十七歳）の第十二子・五男として生れる。丙午《ヒノエウマ》年生れの五男ということで炳五《へいご》と命名。当時、仁一郎は憲政本党に所属する衆議院議員で、新潟新聞社（現、新潟日報社の前身）の社長を務め、五峯《ごほう》の雅号を持つ漢詩人としても知られていた。先妻ハマが三人の女児を残して病没後、明治二十四年九月にアサが後妻として入籍。アサは中蒲原《かんばら》郡五泉町（現、五泉市）の豪農・吉田久平の次女で、現在五泉市に残る吉田邸や新津市の秋葉山公園に移築された吉田家の瀟洒な離れ座敷は往時を偲ばせるが、安吾の生家は跡形もない。坂口家の先祖が住んだ中蒲原郡阿賀浦村大安寺（現、新津市大安寺）の豪邸も今は無く、同地に安吾も眠る坂口一族の墓所が残されているのみである。
（次男と三男は夭折）

明治四十三年（一九一〇）　四歳
五月、仁一郎は立憲国民党新潟支部を結成して支部長となる。八月、五姉セキが東頸城《くびき》郡松之山村の村山家（酒造業を営む大地主）の長男・貞雄に嫁ぐ。同家の先代・政栄に叔母サダ（仁一郎の妹）も後妻として嫁いでいる。

明治四十四年（一九一一）　五歳
三月、妹千鶴《ちづ》誕生。四月、西堀幼稚園に入園。この頃から放浪癖があり、独りで新潟市内をさまよい歩いたものだという。

大正二年（一九一三）　七歳

四月、新潟尋常高等小学校に入学。夏には三歳年長の四兄上枝《ほずえ》と近くの寄居浜《よりいはま》の海で毎日のように泳ぎ、また子供仲間のガキ大将としてあばれ回った。

大正五年（一九一六）　十歳

小学校の成績は優秀だったが、家では腕白ぶりを発揮して持病の膀胱結石に苦しむ母を悩ました。子供仲間でも〈坂口組〉のボスとして他のグループと張り合った。十二月、仁一郎は芸者・五泉キチに生ませたキヌ（二十五歳）を養女として入籍。家族のほか居候が多かったので政治家の歳費では家計を賄いきれず、子供らは小遣銭もろくに貰えなかったという。この年、早稲田大学政経学部在籍中の長兄献吉（二十一歳）が喀血して療養生活に入る。

大正八年（一九一九）　十三歳

三月、新潟小学校を六十六名中、第三席で卒業。四月、県立新潟中学校に百五十名中、二十番の成績で入学。この頃から友人の薦めで文学書を読みはじめる。年末、仁一郎の新聞のライバル紙『新潟毎日新聞』が坂口一族を誹謗する醜聞デマを流す。

大正九年（一九二〇）　十四歳

四月、第二学年に進級するが急に学習意欲を失い、無断欠席が多くなる。漢文教師に、名前の〈炳〉は光り輝く意であるが、不勉強なお前は自己に暗い奴だから〈暗吾〉と名乗れと言われたという。この頃から視力の低下を訴えるようになる。五月、仁一郎は衆議院の臨時総選挙で当選するが、胃癌を患う。

大正十年（一九二一）　十五歳

三月、英語Ⅰ・Ⅱ、代数、博物の四科目が不合格となり二学年に留年。相変らず欠席時数が多く、教室を抜け出して寄居浜の砂丘に寝ころぶことが日課となる。九月、『新潟毎日新聞』が長姉シウに関わる無署名のデッチ上げ記事「恐ろしき女—姑に毒薬を飲ましむ」の連載を開始し、実名で登場する仁一郎をはじめ坂口一族を苦境に陥れる。

大正十一年（一九二二）　十六歳

四月、かろうじて第三学年に進級。成績不振のため八月三十一日付で新潟中学校を退学。九月、東京の私立豊山《ぶざん》中学校（現、日大豊山高校）第三学年に編入学。戸塚の家に父や兄たちと同居す。この頃から長兄や級友の影響で文学、哲学、宗教に興味を示し、また落伍者意識に取り憑かれる。

大正十二年（一九二三）　十七歳

文学への関心が深まり、啄木調の短歌を試作し、また谷崎潤一郎や芥川龍之介らの作品に親しむ。その一方で仏教への興味から、参禅したり仏典を読んだりして観照を深めることに努める。九月一日の関東大震災の際、病臥中の父の名代として憲政会総裁の加藤高明や副総裁格の若槻礼次郎らの火事見舞いに行く。十一月二日、父仁一郎は細胞肉腫により東京で死去。享年六十五歳。父の死後、家賃節約のため戸塚の借家を引き払い、兄たちと共に池袋の四軒長屋へ引越す。

大正十三年（一九二四）　十八歳

三月、父の存命中に結婚した長兄献吉が早稲田大学政経学部を卒業し、長岡銀行東京支店に入社。文学に対する自信喪失から陸上競技や柔道などのスポーツに熱中す。九月、第十回全国中学校陸上競技大会に出場し、走り高跳びで優勝。校内の相撲大会や柔道大会にも選手として出場。十二月、坂口家の財産整理が行われ、十万円ほどの負債が判明す。

大正十四年（一九二五）　十九歳

三月、豊山中学校卒業。四月、荏原《えばら》第一尋常高等小学校下北沢分教場（現、世田谷区立代沢小学校）の代用教員となり、五年生を担当す。月給四十五円。分教場近くの下宿屋に住み、その後、分教場主任の二階に移る。この頃『改造』の懸賞小説に応募したが落選。谷崎、芥川のほか正宗白鳥や佐藤春夫の作品にも親しみ、外国文学ではチェーホフの作品に興味を示した。

大正十五年・昭和元年（一九二六）　二十歳

三月、本格的に仏教を学ぶつもりで代用教員を辞す。四月、東洋大学印度哲学倫理学科に入学。悟りの境地に入ろうとして仏教書・哲学書などを耽読し、夜十時に寝て午前二時起床の厳しい読書生活を続ける。六月、本籍地の新津市で徴兵検査を受け、第二乙種補充兵を申し渡される。十一月、長兄献吉が新潟新聞社に入社し、東京支局に勤務。

昭和二年（一九二七）　二十一歳
睡眠不足がたたって神経衰弱に陥る。五月頃、不注意から自動車にはねられて頭を打ち、以来鬱病に悩まされる。七月、私淑していた芥川龍之介の自殺に衝撃を受け、自殺の誘惑に駆られる。鬱病が昂じて幻聴・耳鳴りなどに苦しみ、神経衰弱を克服するために読書に没頭して梵語やパーリ語などの勉強に専念する。この年、校内の同人雑誌『涅槃《ネハン》』に「意識と時間との関係」と「今後の寺院生活に対する私考」の論考を発表。

昭和三年（一九二八）　二十二歳
三月、同居中の四兄上枝《ほずえ》が早稲田大学機械科を卒業して小石川の東京計器会社に入社。四月、東洋大学に在籍のままアテネ・フランセ初等科に入学し、フランス語とラテン語の勉強に打ち込む。アテネ・フランセで知り合った長島萃《あつむ》と江口清の三人で読書会を始め、デュアメルの「深夜の告白」やルノルマンの「落伍者」などの原書をテキストに使用する。

昭和四年（一九二九）　二十三歳
四月、アテネ・フランセの中等科に進級。モリエール、ヴォルテール、ボーマルシェらの作品を愛読し、創作に意欲を燃やすようになる。同月、母アサが妹千鶴《ちづ》を伴って上京し、池袋の狭い借家に同居す。この頃、芥川の甥・葛巻義敏と知り合う。

昭和五年（一九三〇）　二十四歳
三月、東洋大学を卒業。四月、アテネ・フランセの高等科に進級。五月、荏原《えばら》郡矢口町安方一二七番地（現、大田区東矢口二丁目）に坂口家の住宅が新築され、母、長兄夫妻、上枝、千鶴と共に同居す。十一月、アテネ・フランセで知り合った葛巻義敏、江口清、長島萃、若園清太郎らと翻訳中心の同人雑誌『言葉』を創刊。葛巻と交代で編集兼発行人を務める。創刊号にマリイ・シェケビッチの「プルウストに就てのクロッキ」の翻訳を発表。

昭和六年（一九三一）　二十五歳

一月、『言葉』第二号に処女作「木枯の酒倉から」を発表。同誌はこの号で廃刊。五月、後継誌『青い馬』を葛巻の働きかけで岩波書店から創刊。創刊号に創作「ふるさとに寄する讃歌」、エッセー「ピエロ伝道者」、翻訳「ステファヌ・マラルメ」「エリック・サティ（コクトオの訳及び補註）」を発表。この頃から実験小説の方法としてファルス（笑劇）を考えるようになる。六月、同誌第二号に創作「風博士」、翻訳「いんそむにや」、七月、第三号に創作「黒谷村」をそれぞれ発表。同月、ファルスを先取りした作家・牧野信一が『文芸春秋』付録冊子で「風博士」を激賞。牧野は八月二十三日付の『時事新報』でも「黒谷村」を絶讃し、期せずして安吾は新進気鋭の作家に持ち上げられた。九月、初めての依頼原稿「海の霧」を『文芸春秋』に発表。十月、『作品』に創作「霓《ニジ》博士の廃頽」、牧野主宰の『文科』に長篇「竹藪の家」（翌年三月まで連載）を発表。以後、牧野を中心とする文学グループに加えられ、文壇人との交流が始まる。

昭和七年（一九三二）　二十六歳

前年から「竹藪の家」を連載していた『文科』は三月刊の第四輯で廃刊となったので「竹藪の家」は第六章で中絶（のちに単行本で第九章まで続稿を加筆）。三月、評論「FARCEに就て」を『青い馬』第五号に発表。同誌もこの号で廃刊。新しい創作方法を模索していた安吾は牧野信一と意見の対立が多くなり、次第に敬遠するようになる。この頃、行きつけの京橋のバー・ウヰンザアの女給と親しくなり、二人でホテルや旅館を泊り歩く。そのウヰンザアで安吾は女給のことで中原中也と恋の鞘当てをし、また〈文壇の三美人〉と称された秋田出身の女流作家・矢田津世子（二十五歳）と知り合う。ここから安吾と津世子の恋の遍歴が始まる。十二月、鎌倉で病気療養中の姪・村山喜久を見舞い、回復を祈って「小菊荘画譜」に多くの戯画戯文を書き込む。この年、創作「蟬」「群集の人」「母」「Piérre Philosophale」「村のひと騒ぎ」などを発表。

昭和八年（一九三三）　二十七歳

一月、矢田津世子との交際が深まり、この頃から文通が頻繁になる。三月、津世子の属する同人雑誌『桜』の創刊に加わり、創刊号から長篇「麓」を連載する。四月、津世子が『時事新報』の社会部々長・和田日出吉と逢い引きを重ねていることを知って衝撃を受け、津世子を忘れるために六月頃から蒲田の酒場ボヘミアンのマダム・お安と深い仲になる。七月、津世子は左翼関係者への資金カンパの件で戸塚署の特高に連行されて十日以上も留置され、以後体調を崩すようになる。九月、文学仲間を誘ってドストエフスキー研究会を立ち上げる。十一月、病臥中の津世子を自宅に見舞う。この年、創作「傲慢な眼」「小さな部屋」のほか、評論「新らしき性格感情」「新らしき文学」「ドストエフスキーとバルザック」などを発表。

昭和九年（一九三四）　二十八歳

一月、親友長島萃の死に烈しい衝撃を受ける。三月、ボヘミアンのお安と蒲田のアパートで同棲生活に入る。七月末、富山県魚津の知人の貧乏寺を単身訪れ、一夏を過ごす。九月、お安と大森のアパートに引っ越す。十二月、銀座出雲橋の「はせ川」で井伏鱒二に檀一雄を紹介される。この年、創作「姦淫に寄す」、エッセー「長島の死」「神童でなかったラムボオの詩」などのほか、戯曲「麓」を発表。

昭和十年（一九三五）　二十九歳

三月、若園清太郎著『バルザックの生涯』の出版記念会に出席して石川淳と知り合う。六月、竹村書房から第一創作集『黒谷村』を刊行。七月十五日、新宿白十字で同著の出版記念会が催される。同月末から九月上旬まで病気療養の若園清太郎と共に長野県小県《ちいさがた》郡の奈良原鉱泉に滞在。十二月、同棲中のお安と別れ、蒲田の自宅へ帰る。この年、創作「淫者山へ乗りこむ」「蒼茫夢」「逃げたい心」「をみな」などのほか、評論「悲願に就て」「枯淡の風格を排す」などを発表。

昭和十一年（一九三六）　三十歳

一月、矢田津世子とひと月ほど頻繁に会う。三月一日、文学に専念するために本郷の菊富士ホテルに転居。その直後に津世子の訪問を受ける。同月二十四日、牧野信一自殺の報に接して小田原に赴く。六月、五年間親交を続けてきた津世子に絶縁の手紙を送り、作家としての転機を図る。十一月、新たな構想のもとに津世子をモデルにした長篇小説「吹雪物語」の執筆に取りかかる。この年、創作「狼園（未完）」「禅僧」「雨宮紅庵」「母を殺した少年」などのほか、エッセー「流浪の追憶」「牧野さんの死」「スタンダアルの文体」「一家言を排す」などを発表。

昭和十二年（一九三七）　三十一歳

一月下旬、東京での生活に不安を感じて京都行きを決意し、執筆中の「吹雪物語」の原稿持参で京都の知人を訪ねる。二月末、京都市伏見区稲荷鳥居前町の中尾方二階を間借りして執筆を続ける。四月、尾崎一雄、小田嶽夫、伊藤整、上林暁らの同人雑誌『文学生活』の同人に加わるが、同誌はこの年の六月号をもって廃刊。六月、伏見区深草町一之坪の上田食堂二階に移り、第六章まで書き進めた「吹雪物語」を放置して酒と囲碁の日々を過ごす。十一月に第七章までを書き上げる。

昭和十三年（一九三八）　三十二歳

五月、出版社からの催促もあって「吹雪物語」を中途で擱筆。六月中旬、上京して第八章未完のまま「吹雪物語」の草稿を竹村書房に渡す。同月二十九日、姪・村山喜久自殺（二十歳）の報に接し、松之山の村山家に赴く。七月、竹村書房から『吹雪物語』を刊行。十二月、宇野千代主宰・三好達治編集の文芸誌『文体』に創作「閑山」を発表。これを契機に日本の古典や説話に関心を示すようになる。

昭和十四年（一九三九）　三十三歳

一月、長兄献吉が新潟新聞社取締役に就任。五月、長篇の腹案を練るために竹村書房主の世話で茨城県取手町に移り、休業中の取手病院の離れを借りて住む。八月一日、洪水のあと増水している利根川で溺死した子供の水死体を潜って引き上げる。予定していた長篇の構想はまとまらず、鬱状態が続く。この年、創作「紫大納言」「木々の精、谷の精」「総理大臣が貰った手紙の話」「勉強記」のほか、評論「かげろふ談義」「茶番に寄せて」などを発表。

昭和十五年（一九四〇）　　三十四歳

一月中旬、取手の寒さに悲鳴を上げ、三好達治の誘いに応じて小田原の早川橋際《きわ》にある亀山別荘に移る。三好の奨めで日本における切支丹関係の書物を読みはじめ、ガランドー工芸社の山内直孝らと交遊す。十二月、大井広介（本名・麻生賀一郎）に誘われて『現代文学』の同人に加わる。この年、創作「篠笹の陰の顔」「盗まれた手紙の話」「イノチガケ」「風人録」などを発表。

昭和十六年（一九四一）　　三十五歳

この年から大井広介宅に不定期滞在することが多くなり、大井家で『現代文学』同人の平野謙、荒正人、佐々木基一、南川潤、井上友一郎らと探偵小説の犯人当てなどの遊びに興ずる。四月、創作集『炉辺夜話集』を刊行。五月、歴史小説「島原の乱」の構想を立て、長崎へ取材旅行に出かける。八月中旬、暴風雨のため堤防が決壊し、留守中に小田原の借家が流失。九月、長篇「島原の乱」の執筆開始。十二月七日、小田原のガランドー・山内直孝を訪ねて一泊す。翌日、日本軍による真珠湾攻撃のニュースを聞き、アメリカ空軍の反撃を予感す。この年、創作「波子」「島原の乱雑記」のほか、評論「作家論について」「文学のふるさと」などを発表。

昭和十七年（一九四二）　　三十六歳

二月十六日、母アサ死去。享年七十五歳。八月、長兄献吉が新潟市二葉町に新築移転したので、「島原の乱」執筆のために長兄宅で一夏を過ごす。この年、創作「真珠」のほか、評論「日本文化私観」「青春論」などを発表。

昭和十八年（一九四三）　三十七歳

二月、亡母の一周忌に帰省。六月末から八月まで「島原の乱」執筆のため新潟の長兄宅に滞在。七月、取材で新潟を訪れた檀一雄と酒を酌み交わす。十月、大観堂から短篇集『真珠』を刊行。収録した一部の作品が時局にふさわしくないとの理由で再版を禁じられる。十二月、文体社から評論集『日本文化私観』を刊行。執筆中の「島原の乱」を中断して「二流の人」の執筆に取りかかる。この年、創作「五月の詩」「二十一」などを発表。

昭和十九年（一九四四）　三十八歳

一月、歴史小説「黒田如水」（「二流の人」の一部）を『現代文学』に発表。同誌はこの号で廃刊。二月、檀一雄や南川潤らと共に大井広介の一族が経営する福岡県の炭鉱会社・麻生鉱業を見学。大井の紹介で、徴用逃れのため日本映画社の嘱託となる。三月十四日、矢田津世子が独身のまま病死、享年三十七歳。六月、文化映画「大東亜鉄道」と芸術映画「アッツ島」の脚本を書いたが映画化されなかった。十月、長兄献吉が自分で社名を変更した新潟日報社の社長に就任。十二月、「黄河」の脚本を頼まれ、黄河に関する文献を渉猟。この年、創作「鉄砲」のほか、エッセー「歴史と現実」「芸道地に堕つ」などを発表。

昭和二十年（一九四五）　三十九歳

一月、シナリオ「黄河」第一部の執筆を始めたが、気乗りせず中絶。二月から三月にかけて東京は各地で大空襲に遭う。長兄献吉から再三新潟疎開を勧められるが、大東京の壊滅を見届けると称して蒲田の自宅に留まる。四月十五日、蒲田地区一帯が空襲に遭って一面の焼け野原となるが、幸運にも自宅は焼け残る。この日に召集令状を受けていたが、空襲の混乱にまぎれてすっぽかす。八月十五日、終戦。戦争責任を追及する声が興る。九月二十日、日本映画社を辞職。十一月、長兄は戦争責任の追及を怖れ、新潟日報社の社長を辞任して専務となる。同月、尾崎士郎の発案による同人雑誌『風報』の創刊に参加。年末、戦争協力の戦犯容疑でGHQに呼び出された尾崎士郎に秘書の名目で同行し、尾崎の弁護に当たる。この年、創作「露の答」のほか、エッセー「予告殺人事件」「咢堂小論」（十二月～翌年一月）などを発表。

昭和二十一年（一九四六）　四十歳

罹災を免れた安吾は、焼け残った自宅の二階で精力的に執筆活動を始める。一階には、焼け出された親戚筋の大野璋五裁判官の一家四人が同居。安吾は評論「堕落論」（『新潮』四月）と創作「白痴」（同、六月）で脚光を浴び、一躍戦後の流行作家となる。注文が殺到し、覚醒剤ヒロポンとアルコールの助けを借りて執筆を続ける。この年、創作「わが血を追ふ人々」「外套と青空」「女体」「いづこへ」「戦争と一人の女」「石の思ひ」などのほか、評論「デカダン文学論」「堕落論」（続篇）などを精力的に発表し、いわゆる無頼派作家の存在感を示す。十一月下旬、実業之日本社及び改造社の主催で太宰治・織田作之助と共に二度にわたって鼎談するが、直後に織田が喀血して東京病院に入院する。

昭和二十二年（一九四七）　四十一歳

一月十日、織田作之助死去、享年三十四歳。三月初旬、新宿の酒場「チトセ」の手伝いをしていた梶三千代（大正十二年二月七日生れ）と知り合い、秘書名目で雇い入れて半同棲生活を始める。四月下旬、三千代が盲腸炎から腹膜炎を併発して南雲《なぐも》医院に入院したので、五十日余り付ききりで看護に当たる。三千代は六月に退院し、それから間もなく結婚生活に入る。二月十八日から『東京新聞』に連載していた長篇「花妖」は五月八日に新聞社の都合で打ち切りとなる。この年も注文が殺到し、創作「道鏡」「風と光と二十《はたち》の私と」「私は海をだきしめてゐたい」「二十七歳」「暗い青春」「金銭無情」「桜の森の満開の下」「不連続殺人事件」「青鬼の褌を洗う女」などのほか、評論「戯作者文学論」「恋愛論」「私は誰？」「大阪の反逆」「教祖の文学」など多数発表。年末からヒロポンに代えて覚醒剤ゼドリンを愛用しはじめる。

昭和二十三年（一九四八）　四十二歳

六月、太宰治失踪の情報に接し、マスコミの問い合わせから逃れるために熱海の旅館・桃李境へ身を避ける。訪ねてきた田中英光（太宰の弟子）と二人で太宰を励ます手紙を書いたが、投函する前に太宰の死が報じられる。享年三十九歳。八月ごろから鬱病再発、思考力集中持続のためゼドリンを大量に服用し、不眠から催眠剤アドルムを常用したので幻視・幻聴に苦しむ。その対症療法として「新潮」に三千枚を約束した長篇「火」の執筆に取り組む。大晦日に「火」の取材のため三千代同伴で京都へ向かう列車内で風邪を引き、京都の旅館で病臥。この年、創作「淪落の青春」「出家物語」「ジロリの女」「三十歳」「織田信長」「死の影」などのほか、評論「不良少年とキリスト」「太宰治情死考」「戦争論」などを発表。このあたりから安吾は、民主主義の笠をかぶりながら日本の再軍備と天皇制復活を望む反文化的風潮が興りつつあることへの警鐘を鳴らすようになる。

昭和二十四年（一九四九）　四十三歳

発熱のため取材を諦め、京都に一週間滞在して一月上旬に帰宅。アドルムによる中毒症状が昂じて再び幻覚に悩まされる。二月二十三日、東大病院神経科へ入院。入院中に長篇「火」の第一章その一が「にっぽん物語」のタイトルで『新潮』に無断掲載され、怒った安吾は新潮社に絶縁状を届ける（翌年和解）。三月、芥川賞選考委員に推され、引き受ける。四月十九日、長篇「火」の完成を期して希望退院。入院中に自宅は税金滞納により蒲田税務署の差し押え（保留）に遭い、異議申立書を提出す。八月下旬、ホーム・ドクター南雲医師の勧めで伊東温泉へ転地療養に赴く。現地で近所に住む尾崎士郎や来訪した檀一雄らと交遊。尾崎の紹介で天城診療所の佐藤清一医師（肝臓先生）の診察を受ける。伊東の風土になじみ、徐々に健康を回復する。この年、創作「復員殺人事件」「行雲流水」「小さな山羊の記録」「火—第一章その二」のほか、エッセー「精神病覚え書」「勝負師」「わが精神の周囲」などを発表。十一月三日、田中英光が三鷹禅林寺の太宰治の墓前で睡眠薬自殺、享年三十六歳。

昭和二十五年（一九五〇）　四十四歳

三月、妻三千代の妊娠を知るが、自分に子種がないと思いこんでいる安吾は妻を疑ってしつこく難詰するので、三千代は産む気がなくなり中絶す。伊東から上京中に体調を崩し、六月下旬から七月上旬まで南雲医院に入院。十一月、長兄献吉の公職追放が解け、新潟日報社（亡父仁一郎が社長を務めた新潟新聞社の後身）取締役に再任、同会長となる。この年、創作「肝臓先生」「投手《ピッチャー》殺人事件」「街はふるさと」「明治開化・安吾捕物」「落語・教祖列伝」などのほか、評論「安吾巷談」「百万人の文学」「推理小説論」「我が人生観」などを発表。

昭和二十六年（一九五一）　四十五歳

一月中旬から文芸春秋社企画の「安吾の新日本地理」取材のため各地を旅行。同月、税金滞納で『安吾巷談』他の初版印税を差し押えられる。三月、出来たばかりの伊東競輪場へ夫婦で通い出す。五月、留守中に熱海税務署員に家財と蔵書を差し押えられる。六月、死後の三千代のために、尾崎士郎を証人に立てて「遺言状」を作成。同月下旬、国税局を相手どって税金闘争を始め、「中央公論」に「負ケラレマセン勝ツマデハ」を発表。九月、伊東競輪で写真判定に不正ありとして静岡地方検察庁沼津支部へ告発状を提出。このことでマスコミが騒ぎ出し、安吾に不利な情報が流されたので被害妄想に取りつかれ、大井広介や檀一雄の家に一時身を隠す。十一月、多量のアドルムを服用して半狂乱になり、檀一雄らに迷惑をかける。競輪の写真判定事件以来、次第にジャーナリストの眼を恐れるようになり、同月下旬に三千代の向島の実家に身を潜める。十二月、群馬県桐生市在住の作家・南川潤の紹介で群馬大学工学部の写真の専門家に判定写真の精密調査を依頼するが、証拠を確認できず競輪事件に自らピリオドを打つ。この年、連載の「安吾の新日本地理」「明治開化・安吾捕物」「落語・教祖列伝」のほか、エッセー「チッポケな斧」「孤立殺人事件」「歴史探偵方法論」「光を覆うものなし」などを発表。

昭和二十七年（一九五二）　四十六歳

二月二十九日、南川潤らの尽力で群馬県桐生市本町の織物買継商《かいつぎ》・書上《かきあげ》文左衛門邸の母屋に転居。転居早々、酔漢として桐生署に留置され、桐生の人たちを驚かせた。三月ごろから桐生周辺の古墳めぐりを始め、また八月ごろからゴルフに凝り出す。この年、創作「安吾史譚」「夜長姫と耳男」「幽霊」「漂流記」などのほか、新聞小説「信長」を発表。

昭和二十八年（一九五三）　四十七歳

三月、新聞小説「信長」の執筆が捗らず、疲れを覚えたので〈桶狭間の戦い〉で一応終了す。同月、妻の三千代から妊娠を打ち明けられ、「生れて来るものは生みなさい」と許諾す。六月、栃木県足利市に永住するつもりで自宅建築の計画を立てるが、直前になって資金難のため見合わせる。同月下旬、東京へ出掛けてアドルムを多量に服用したことから、帰宅後錯乱状態に陥ってゴルフのクラブを振り回し、この時身重の三千代をかくまった南川潤に乱暴を働いたので、南川から絶交を申し渡される。（のちに人を介して和解）。七月下旬から八月上旬にかけて、文芸春秋新社企画の「決戦川中島」で上杉謙信役の安吾と武田信玄役の檀一雄は実地踏査の旅に出る。帰路、松本市の平島温泉ホテルに逗留中、安吾は泥酔して暴れ回り、松本警察署の留置場に拘留される。翌八月六日、釈放されてホテルに帰ってきた時、長男誕生の報に接する。同月二十日、桐生市内のカフェで乱暴を働き、桐生署に一晩留置される。同月二十四日、桐生市長に詫び状を届けると同時に、これまで放置していた三千代との婚姻届と長男・綱男の出生届を桐生市役所に提出した。この年、創作「犯人」「都会の中の孤島」「南京虫殺人事件」「梟雄《きょうゆう》」「中庸」「山の神殺人」「幽霊それから」「神サマを生んだ人々」「砂丘の幻」「発掘した美女」などのほか、新聞連載エッセー「明日《あした》は天気になれ」や「決戦川中島・上杉謙信の巻」などを発表。

昭和二十九年（一九五四）　四十八歳

長男綱男を溺愛する子煩悩ぶりを発揮。八月、昭和二十四年以来務めてきた芥川賞選考委員を、選考方法に疑義を感じて辞任。十月一日、亡父母の法要のため親子三人で新潟に帰省。十二月中旬、中央公論社企画の「安吾新日本風土記」取材のため宮崎へ旅行。この年、創作「餅のタタリ」「握った手」「曽我の暴れん坊」「女剣士」「保久呂《ほくろ》天皇」「真書太閤記」「裏切り」「心霊殺人事件」「桂馬の幻想」などのほか、エッセー「人の子の親となりて」「安吾武者修業・馬庭念流訪問記」などを発表。

昭和三十年（一九五五）　四十九歳

一月中旬、「安吾新日本風土記」取材のため富山と新潟へ赴く。二月十一日、風邪気味を押して同じく高知へ取材旅行に出かける。同月十五日に高知から疲れて帰宅し、十七日早朝、自宅で脳出血により急逝。同月二十一日、尾崎士郎を葬儀委員長として青山斎場で無宗教の葬儀が執行され、川端康成、佐藤春夫、青野季吉が弔辞を読む。この年、創作「狂人遺書」「能面の秘密」などのほか、エッセー「安吾新日本風土記」「砂をかむ」などを発表。芥川の甥の葛巻義敏と芥川の書斎で同人雑誌を編集した話を書いた遺作「青い絨毯《じゅうたん》」は、死後『中央公論』四月号に掲載されるが、題材と内容から推して、昭和二十二年に発表された「暗い青春」と同じ時期の執筆かと思われる。

（相馬正一作成）

［編集付記］

＊本書の引用作品の表記について

（1）引用は、当該個所に明記した。

（2）原則として旧仮名づかいで表記されているものは原文を生かし、旧字・俗字で表記されているものは新字・正字に改めた。

（3）読みにくいと思われる漢字には必要に応じてふり仮名を付した。

（4）送り仮名は原文を重んじて、みだりに送らない。

（5）今日では、不当・不適切と思われる語句や表現については、時代背景および作品の価値にかんがみ、具体的な文脈に即して読まれる必要があり、安吾の用いた語句・表現はそのまま採用した。

編集　道川龍太郎

協力　青研舎

あとがき

坂口安吾に、昭和二十三年（一九四八）十月に発表した「戦争論」と題する評論がある。これは安吾の先見的洞察力を物語る好箇の文明論として貴重な一文である。敗戦の翌年に新憲法が公布され、明治以来の天皇主権が国民主権へと大きく転換して戦争放棄・戦力不保持を宣言したはずなのに、その後の日本人はこの現実をどう受け止めているのか。戦後の混乱の中で、安吾はそのことを問うているのである。

安吾は戦争のもたらした効用として、「文明の発達、文化の交流、そして、それが今後に於いては、世界単一国家となり、それが戦争の最後の収穫となるべき筈であった」としながらも、原子爆弾のような人間の空想を遥かに超えた魔力が現われた以上、これからは「戦争の力に頼ってその収穫を待つことは許されない。他の平和的方法によって、そして長い時間を期して、徐々に、然し、正確に、その実現に進む以外に方策はない」と述べて、次のような警告を発している。

《今日、我々の身辺には、再び戦争の近づく気配が起りつつある。国際情勢の上ばかりではなく、我々日本人の心の中に。……現在の日本は、戦争前のころ、否、日華事変（日中戦争）のはじまりかけた頃よりも、さらに好戦的に見受けられる。日華事変の当初は、国民の多くは決して好戦的ではなく、軍部と一部の好戦者が声をからしているばかりであった。反戦的な庶民が駆り立てられて軍服を着せられ、戦地へ送られ、それでも兵隊になりきれず、庶民的な（反戦の）魂を失うことができずにいた。今日に於ては、人々は軍服をぬぎながら、そして、武器を放しながら、庶民的習性に帰るよりも、むしろ多くの軍人的習性をのこし、民主主義的な形態の上に軍国調や好戦癖を漂わしているのである。

先ず、第一に、天皇に対する人間的限界を超えた神格的崇拝の復活である。すでに帝国ではない民主国日本に於て、天長節（天皇誕生日）の復活も奇怪であるが、天皇制というものが、国内統一の一時的な方便として便利であるというタテマエならば、これは大いに間違っている。（中略）方便の場合は、あくまで方便であり、それを利用して、次なる展開や向上をもとめているもので、あくまで、人間が方便を支配しているものなのである。ところが、天皇制の場合には、政府が方便のつもりでいても、民間に於ては狂信となり、再び愚かなる軍国暗黒時代となり、文化は地をはらい、方便が逆に人間を支配するに至る危険をはらんでいる。一人の人間を助けるために、多数の人間を殺す愚にひとしいものだ。》

再軍備の第一歩となった警察予備隊（のちの保安隊・自衛隊）が設立される二年前の発言である。野心家の政権担当者にとって、問答無用の〈天皇制〉は政策実行のための最も有効な方便であった。しかし安吾に言わせると、「天皇制というものを軍人が利用して、日本は今日の悲劇をまねいた。その失敗から、たった三年にして、性こりもなく、再び愚をくりかえそうとは！　なるほど、一時的に、安易に安定をもとめるためには、それが便利であるかも知れぬ。然し、かかる安易は、罪悪である。こりることを知らないことは、罪悪である」と決めつける。

　敗戦後わずか三年にして、安吾はすでに将来の日本の危険な徴候を予見していたのである。「私は日本の同胞諸友に訴えなければならない」と提言する安吾のこの警告は、平和憲法を恣意的に解釈して軍備拡充のための既成事実（例えば自衛隊の海外派兵など）を構築している今日の日本の現実にそのまま当てはまる。おそらく、明治以来の国家主義の亡霊に取り憑かれている保守政権党の政治家や黒衣《くろご》官僚たちは、明治政府の創作した神聖不可侵の〈天皇制〉を日本民族固有の伝統と見做《みな》してその復活を画策しているのであろう。皇室や天皇を担ぎ出す政治手法に国民の多くが余り違和感を示さないことを、彼らは過去の経験からよく心得ているのである。

　安吾は、政治家や官僚にとって〈天皇制〉は政策運用の単なる手段に過ぎないが、超自然的・超人間的古代神話（国家神）を産土神《うぶすながみ》信仰のように受容してきた日本の民衆の眼に〈天皇制〉が万世一系の崇高な聖域と映ることを懸念しているのである。安吾が昭和二十三年の時点で警告したこの問題が、半世紀以上を経た今日の日本に具体的な形で露呈していることを考えると、文明批評家としての安吾の炯眼《けいがん》に改めて敬服させられる。

　実は、戦時下の日本文学を国策遂行文学に統括するため、内閣情報局の主導で「日本文学報国会」（会長・徳富蘇峰）が結成された昭和十七年（一九四二）六月、安吾は当局に迎合する国策文学を牽制して、同月発行の『現代文学』第七号に「甘口辛口」と題する次のようなエッセーを発表している。

《日本文学の確立ということは戦争半世紀以前から主要なる問題であった。近代日本文学の混乱低迷は輸入文学の上に日本的なるものを確立するための苦闘の結果であるとも云える。それは政治や経済がその領域で日本的性格を必要とし問題としたよりも遥かに深刻で、作家はそこに血肉を賭けていたと云うことが出来る。近頃は文学以外の場所で日本的道義の確立（大政翼賛会の臣道実践）ということが頻《しき》りに論じられているけれども、この事も亦、近代日本文学が自ら負わずにいられなかったシメールのひとつで、日本的モラルの確立は若い作家の命とりの癌《がん》であった筈なのだ。ところが戦争このかた、文学の領域では却ってこの問題に対する精彩を失い、独自なる立場を失い、人の後について行くだけが能でしかないという結果になっている。指導原理が違うから仕方がないと云えばそれまでだが、「日本的」なる懐疑と建設への先駆者たる文学が独自なる立場を失い、徒《いたず》らに迎合を事とするというのは情ない。曽《かつ》て我々の血肉を賭けた文学の原理が戦争の前でコッパ微塵に消え失せる程いい加減なものであった筈がない。》

若い頃、フランス文学の影響下にファルス（人間存在を全的に肯定する表現形式）の文学で悪戦苦闘した体験を踏まえての発言であろう。安吾はデビュー直後の昭和八年五月に発表したエッセー「新らしき文学」の中で、「文学の領域は言うまでもなく個人である。個人を離れて文学は成り得ない。……我々の個人は変化の一過程に於て歴史に続き永遠につながる。然し文学は単に変化への、そして時代への追随ではない。変化に方向を与える能動的な役割をなすものが文学であって、時代創造的な意思なくして文学は成り立たぬ。社会は常に一つの組織の完成を意味し、科学的なものであるが、個人は常に破壊的、反社会的であり、文学的である。文学は科学の系統化に対して、個人の立場から反逆的な役割をなす」と自らの反俗的な文学観を披瀝しているが、この考えは戦中・戦後を通じて少しも変っていない。

政府主導の大政翼賛会（総裁は東条英機首相）の一翼を担わされる「日本文学報国会」の設立が何を物語るかは自明のことで、国家権力に迎合して戦争を美化する国策文学に手を染めれば、文学の自殺行為となることは言うまでもない。狂信的な超国家主義が政界や軍部を支配して言論・思想の弾圧が強化され、翼賛政治を批判しただけで不敬罪に問われるような狂気の時代に、当局が鳴り物入りで喧伝する〈日本的〉なるものに敢えて疑問を投げかけ、安易な追随をたしなめて文学の独自性を主張する安吾は、それなりの覚悟をしていたはずである。神奈川県警の特高によるデッチ上げの言論弾圧事件として有名な〈横浜事件〉の発端となる出版関係者の検挙・拷問が発生するのもこの年である。

こうして見ると、戦前・戦中・戦後を通じて安吾には時流に迎合した形跡は全く見られず、最後まで独自の反俗精神を貫き通して生きた作家であることが判る。安吾文学がいつも時代の節目で話題になるのは、学生時代に培った印度哲学とフランス合理主義の教養をベースにして複眼的に捉える〝日本及び日本人〟が、彼の作品の中で建前（偽装）の衣を剝ぎ取られて裸の実体を曝《さら》されているからである。安吾文学は時代の流行を透視して、その裏側に隠されている人間や組織の欺瞞をあぶり出してくれる。

安吾文学の中には、時代の本質を洞察する文明批評家と豊饒なコトバの世界に遊ぶ戯作者とが同居しており、それが時には鋭い現実批判となって権力の側《がわ》の独善を糾弾し、時には幻想的なメルヘンとなって読者を耽美の世界へと誘導する。安吾文学の時代を超えた斬新さ、奇抜な人物造形の前衛性、観念的ではあるが詩的ダイナミズムの文章力、そして何よりも、奇妙キテレツな人間の生き様《ざま》を面白おかしく愉しませてくれる語り（騙り）の巧《うま》さ、などの魅力の秘密もそこに由来している。

安吾が世を去ってすでに半世紀も過ぎたのに、安吾文学はすべてのジャンルに亘って今なお少しも色褪《あ》せていない。むしろ、保守政権が国益論を振りかざして民衆を巧みにナショナリズムへと誘導し、水面下で再軍備や右傾化を画策している二十一世紀日本の現実を予見しているような文明論に接すると、余りにも今日的で、安吾はまだ生きているのではないかと錯覚するくらいである。

創作の面でも、男女を問わず登場人物を自在に操って独自のキャラクターを付与し、心理と生理を巧妙に使い分けながら人間実存の深奥に迫る描写力は、近年のモノカキには真似のできない強烈な作家魂を感じさせる。文学に文字どおり血肉を賭けた安吾は、おそらく日本における最後の〈文士〉なのかも知れない。安吾の死後、安吾を超える作家はまだ出ていない。

本稿は、新潟県内の隔月刊文芸誌に「安吾追跡」の表題で連載した小論の第二部《敗戦から晩年まで》を補筆改訂したものである。第一部《出生から敗戦まで》は、すでに『若き日の坂口安吾』の表題で洋々社から刊行済みである。第二部は平成十三年に一応完結したあと、少し手を加えたい箇所があったのでそのままにしておいたが、今年(二〇〇六年)は安吾生誕百年に当たるので、一本にまとめることを思い立ち、そのことを人文書館主の道川文夫氏に相談したところ、早速旧稿に目を通して下され、補筆改訂して上梓することを勧めてくれた。坂口安吾生誕百年を機に、先に出した小著『若き日の坂口安吾』の続篇として『坂口安吾―戦後を駆け抜けた男』を刊行できたのは、偏に道川氏の御高配によるものである。また、道川氏の御尽力で、小著のカバー装画に三岸節子画伯の名画「さいたさいたさくらがさいた」を戴いたことは望外の仕合わせである。思いがけない幸運を悦び、ここに改めて深甚の謝意を表する次第である。

二〇〇六年十月

信濃追分の山荘にて　　相馬正一

相馬正一

……そうま しょういち……

昭和4年(1929)、青森県に生まれる。
弘前大学卒業。弘前大学非常勤講師、
上越教育大学教授、岐阜女子大学教授を歴任。
現在、岐阜女子大学名誉教授。
専攻は、日本近・現代文学。
著書『若き日の太宰治』『評伝 太宰治』『井伏鱒二の軌跡』
『若き日の坂口安吾』『太宰治と井伏鱒二』
『国家と個人』(人文書館刊)など

坂口安吾
戦後を駆け抜けた男

発行　二〇〇六年十一月二十日
初版第一刷発行

著者　相馬正一

発行者　道川文夫

発行所　人文書館
〒一五一—〇〇六四
東京都渋谷区上原一丁目四七番五号
電話　〇三—五四五三—二〇〇一（編集）
〇三—五四五三—二〇一一（営業）
電送　〇三—五四五三—二〇〇四
http://www.zinbun-shokan.co.jp

ブックデザイン　鈴木一誌＋仁川範子

印刷・製本　信毎書籍印刷株式会社

ISBN 4-903174-09-3
Printed in Japan